Kontaktadresse nach EU-Produktsicherheitsverordnung:
produktsicherheit@droemer-knaur.de

AF168420

*Im Knaur Taschenbuch Verlag sind bereits
folgende Bücher des Autors erschienen:*
Purpurdrache
Brennen muss die Hexe
Dünengrab

Über den Autor:
Sven Koch, geboren 1969, arbeitet als Redakteur bei einer Tageszeitung. Auch als Fotograf und Rockmusiker hat er sich einen Namen gemacht. Sven Koch lebt mit seiner Familie in Detmold.
Mehr Infos über den Autor unter: www.sven-koch.com

Sven Koch

TOTENMOND

Kriminalroman

Besuchen Sie uns im Internet:
www.knaur.de

Vollständige Taschenbuchausgabe November 2013
Knaur Taschenbuch
© 2013 Knaur Taschenbuch
Ein Unternehmen der Droemerschen Verlagsanstalt
Th. Knaur Nachf. GmbH & Co. KG, München
Alle Rechte vorbehalten. Das Werk darf – auch teilweise –
nur mit Genehmigung des Verlags wiedergegeben werden.
Redaktion: Regine Weisbrod
Umschlaggestaltung: ZERO Werbeagentur, München
Umschlagabbildung: © plainpicture/Sven Paustian;
© FinePic®, München
Satz: Daniela Schulz, Puchheim
Printed in Germany
ISBN 978-3-426-50856-5

The killing moon
will come too soon

Echo & The Bunnymen

1.

Die aufgeplatzten Lippen der Beute stießen weiße Atemfahnen aus. Das Keuchen trieb den Kreislauf an. Pumpte das Blut aus den Schnitten. Es lief seitlich in Rinnsalen an den Rippen entlang, sammelte sich in kleinen Pfützen auf dem rostigen Metall der Tischoberfläche. Dann riss die Beute die Augen auf. Wirbelte mit dem Kopf herum. Links. Rechts. Links. Sah erst die alten Leuchten unter der Decke an. Starrte nach vorne und wurde vom Licht der Scheinwerfer geblendet, die neben dem Kamerastativ standen. Wollte sich bewegen und begriff, dass das nicht möglich war, weil die Hand- und Fußgelenke an den Tischbeinen mit Klebeband fixiert waren. Schließlich begann sie zu jammern und zu betteln.

Schweigend betrachtete der Mann die junge Frau. Er klappte das Rasiermesser zusammen, ließ es in der Tasche verschwinden und zog seinen Schal etwas enger. Es war fürchterlich kalt, und er hoffte, dass er sich keinen Schnupfen einfangen würde. Dann neigte er den Kopf zur Seite und blickte aus dem mit Eisblumen überzogenen Fenster, hinter dem der Vollmond sein fahles Licht vom sternenlosen Himmel auf die tiefverschneite Landschaft warf. Noch stand er nicht hoch genug.

»Kennst du die Band Creedence Clearwater Revival?«, fragte der Mann beiläufig und wandte sich wieder um.

Die Beute verneinte und klapperte mit den Zähnen. »Bitte«, flüsterte sie, »ich mache alles, was Sie wollen.«

»Ich weiß«, antwortete er mit einem Seufzen, zog den Handschuh aus und griff ihr an den Hals. Drückte einmal zu und ließ dann wieder locker. Sie zuckte und bäumte sich auf.

»Nicht!«, schrie sie. Nein, es war mehr ein Kreischen und tat in den Ohren weh. Unangenehm. Die Melodie der Verzweiflung. Sie hallte zwischen den Wänden der leerstehenden Möbelfabrik wider.

Als endlich wieder Ruhe herrschte, dozierte der Mann: »Ich bin der Meinung, dass Creedence nur das schmückende Beiwerk für ihren Frontmann John Fogerty waren, ein Genie.«

Er nahm die Hand wieder fort und betrachtete die Beute. Wie alt war sie noch gleich? Zweiundzwanzig? Fünfundzwanzig? Spielte das eine Rolle? Natürlich nicht.

»Fogerty«, fuhr er fort, »hat *Rocking all over the world* geschrieben, das Status Quo für alle Zeiten verdorben hat. Wirklich nie von Creedence gehört?«

»Nein, tut mir leid«, keuchte die Beute.

»Dabei gibt es einen Klassiker, der gut zu unserer Situation passt. *Bad Moon Rising.* Im Text heißt es: Treib dich heute Nacht nicht herum, denn man hat es auf dein Leben abgesehen. Weil ein böser Mond aufgeht.«

Er schenkte der Beute ein Lächeln und rieb sich die Hände. Die Kälte kroch sogar ihm bis in die Handschuhe. Er warf erneut einen Blick aus dem Fenster und sah, dass es nun an der Zeit war. Kurz darauf spürte er es auch am Reißen und Zerren in seiner Haut, am Zittern jedes einzelnen Muskels. Seine Nasenflügel blähten sich.

Die Bestie kam hervor.

2.

»Hallo, mein Name ist Alexandra Stietencron«, sprach Alex in das Handy.

»Sie sollen alle abhauen! Ansonsten werde ich einen nach dem anderen erschießen!«

Alex lockerte den Schal. Nicht mehr lange, dann würde sie im eigenen Saft kochen. Die Heizungen hier in der Stadtbücherei gegenüber dem Alexander-von-Kemper-Gymnasium mussten auf Anschlag stehen.

Sie antwortete: »Darüber muss ich mit dem Einsatzleiter sprechen. Ich habe nicht die Befugnis, es selbst anzuordnen.«

»Sie haben fünf Minuten!«

»Okay, ich habe verstanden«, sagte Alex und blickte zu Rolf Schneider. Er saß wie ein dicker Buddha rechts neben ihr, hatte ein Headset auf und sah sie abwartend aus kleinen Schweinsäuglein an. Hinten an den Buchregalen stand Stephan Reineking mit dem Leiter des Sondereinsatzkommandos, gegen den er wie ein Strich in der Landschaft wirkte. Reineking trank Kaffee aus einem Pappbecher und verfolgte das Gespräch über Lautsprecher. Seine Geheimratsecken versteckte er unter einer Cap. Reineking hatte bis auf weiteres die Einsatzleitung – so lange, bis die Verhandlungsgruppe eintreffen würde. Vor ihm stand einer der Rollwagen, mit denen die Bibliothekare normalerweise Bücherstapel hin und her fuhren. Heute lagen zwei Laptops darauf, daneben Funkgeräte, eine schusssichere Weste, zwei Thermoskannen und ein Korb voller Süßigkeiten.

Wieder brüllte die Stimme aus dem Telefon. »Fünf Minuten, kapiert?«

»Ich werde das mit dem Chef besprechen. Ich kann aus rechtlichen Gründen selbst keine Entscheidungen treffen.«

»Reden Sie keinen Scheiß! Ich weiß doch, wie das läuft. Sie sind die Psychotante und sollen mich beruhigen – und pfeifen Sie die Scharfschützen zurück!«
»Ich glaube, hier sind keine Scharfschützen«, antwortete Alex.
»Für mich interessiert sich doch eh kein Arsch! Aber das wird sich ändern – und reden Sie keinen Mist, ich habe Hubschrauber gehört!«
»Das war bestimmt das Fernsehen. Ich könnte mich darum kümmern, dass die Reporter verschwinden – möchten Sie das?«
Gernot schwieg eine Weile. Dachte nach. Alex nutzte die Zeit, um sich noch einmal vor Augen zu führen, was in solchen Situationen erforderlich war. Eingehen auf den Geiselnehmer. Analytisch zuhören. Eine persönliche Basis aufbauen, Stress vermeiden. Im Konjunktiv bleiben. Und in diesem besonderen Fall Aufmerksamkeit schenken, bemüht sein – denn das Szenario war hochsensibel. Es sah wie folgt aus:
Der Oberstufenschüler Gernot Brinkmann war bewaffnet in das Lemfelder Gymnasium eingedrungen und hatte fünfzehn Schüler einer Chinesisch-AG als Geiseln genommen. Die Waffen stammten vermutlich aus dem Besitz des Vaters. Er war Jäger und besaß zwei großkalibrige Revolver, die für Fangschüsse benutzt wurden. Schüler hatten die Polizei vom Handy aus alarmiert und berichtet, was geschehen war und dass es Schüsse gegeben hatte. Angeblich waren dadurch Personen verletzt worden. Aktuell hatte sich Gernot in einem Klassenraum verbarrikadiert. Was er wollte, war unklar. Möglicherweise handelte es sich um einen Racheakt, vielleicht ging es um ein Mädchen, in das Gernot verliebt war. Einen klassischen Amoklauf schloss die Polizei jedenfalls aus, denn dann würde Gernot sicher nicht mit der Polizei telefonieren, sondern wäre damit beschäftigt, so viele Schüler wie möglich zu töten.
»Sind Sie noch da, Gernot?«
»Ja. Nein ... Ist mir egal, die mit den Kameras können bleiben,

nur die Bullen sollen endlich verschwinden.« Er klang nun etwas ruhiger.

»Okay, ich werde das gleich besprechen. Würden Sie mir denn sagen, ob es Ihnen gutgeht und in welcher Verfassung die anderen sind?«

»Drei liegen schon in der roten Soße, und davon wird es gleich noch mehr geben!« Damit brach die Verbindung ab.

Schneider massierte sich den Nasenrücken. »Drei angeschossene Personen – wir müssen die Verletzten rausholen. Und dazu müssen wir da rein.«

Alex legte das Handy beiseite und fragte in den Raum: »Kann ich bitte etwas zu trinken bekommen?« Sie zog sich den dunklen Rolli zurecht und band ihre schwarzen Haare mit einem Gummi im Nacken zusammen. Niemand gab ihr eine Antwort. Also ging sie selbst los, um sich ein Mineralwasser einzugießen, und hörte Reineking sagen: »Wir sollten es weiter mit Reden versuchen. Aushandeln, dass wir die Verletzten rausholen können.«

Der SEK-Einsatzleiter widersprach ihm. »Er hat bereits drei angeschossen. Er wird weitere Personen verletzen. Mein Vorschlag: Ich bringe ein Team an der Hinterseite des Gebäudes in Position. Da sieht er uns nicht. Wir gehen über die Umzäunungen des Sportplatzes und dann ins Hauptgebäude. Das zweite Team setzen wir vom Hubschrauber aus auf dem Dach ab. Wenn er sich über die Rotoren beklagt, sagen wir ihm, ein Notarzt sei eingeflogen worden.«

Reineking dachte nach und nickte schließlich zögernd. »Gut. Einverstanden.«

Das Telefon klingelte erneut. Alex stellte den Pappbecher ab und hastete zurück zu Schneider, der ihr bereits das Handy entgegenstreckte.

»Ja? Stietencron?«

»Ich weiß es jetzt«, sagte Gernot Brinkmann. »Sie sind wirklich die Psychotante. Sie waren in der Zeitung und im Radio.«

»Okay«, erwiderte Alex zäh, »ich bin die Psychotante.«

»Ich will, dass Sie zu mir reinkommen. Sie können von hier aus weiter mit denen reden, aber ich will Ihnen dabei in die Augen sehen.«

Schneider klappte die Kinnlade runter. »Was soll denn das jetzt?« Alex deckte mit der Hand die Sprechmuschel ab und fragte in die Runde: »Was nun?«

Sie blickte zu Reineking, dessen Adamsapfel nervös auf und ab hüpfte. Darauf schien er nicht vorbereitet zu sein. Niemand war darauf vorbereitet. Alex sagte zu ihm: »Es hilft nichts, Stephan. Wir müssen flexibel reagieren.«

»Gebt ihr ein Headset«, sagte Reineking. Zwei Kollegen in Uniform setzten sich sofort in Bewegung.

»Gernot?«, fragte Alex, nachdem sie das Handy wieder ans Ohr genommen hatte.

»Ja?«

»Ich komme.«

»Sollte ich noch irgendwen anders sehen, gibt's hier Tote.« Damit beendete er das Gespräch.

Alex hob die Augenbrauen, blähte die Backen und steckte das Handy ein. Ein Streifenpolizist heftete ihr ein Sende-Empfänger-Modul an den Gürtel und gab ihr das Headset. Ein anderer reichte ihr eine Schutzweste. Sie schlüpfte hinein und zurrte die Klettverschlüsse fest. Sie zog ihre Dienstwaffe aus dem Gürtelholster, lud eine Patrone in die Schusskammer und steckte die Pistole zurück. Sie steckte sich den Kopfhörerknopf ins Ohr und pappte sich das Kehlkopfmikro unter ihren Rollkragen. Dann zog sie ihre Daunenjacke über.

Der SEK-Leiter sagte zu Alex: »Die Situation hat sich zwar verändert, aber wir halten am bisherigen Plan fest. Das bedeutet: Keine Alleingänge, klar?«

Alex schüttelte den Kopf.

»Unter gar keinen Umständen. Das ist unser Job.«
Alex nickte und zog die Daunenjacke mit dem Reißverschluss zu.
»Schönen Gruß dann an den Geiselnehmer«, sagte Schneider. Er hob die Hand zum Abschied. Alex atmete noch einmal tief ein und aus wie eine Schwimmerin, bevor sie ins Becken springt. Dann machte sie sich auf den Weg.

3.

Der kalte Wind schlug Alex entgegen. Wie Krümel aus Styropor tanzten kleine Schneeflocken vom grauen Himmel und ließen sich auf ihrem Haar nieder. In den kahlen Bäumen des Kemper-Parks vor der Bücherei hingen die bereits eingeschalteten Glühbirnen der städtischen Weihnachtsbeleuchtung. Von der nahen Fußgängerzone her strahlten die Lichter des Weihnachtsmarkts herüber.

Vereinzelt flackerte das Blaulicht von Streifenwagen auf. Sie standen an Kreuzungen und auf Straßen, um den Bereich rund um das Gymnasium abzusperren. Auf dem Parkplatz der Bücherei hielten sich Rettungswagen in Bereitschaft. Dazwischen parkten zivile Polizeifahrzeuge mit NRW-Kennzeichen. Kollegen in gelben Signalwesten mit der Aufschrift »Polizei« sahen Alex hinterher.

Ihre Schritte knirschten im gefrorenen Schneematsch auf der Straße, als sie auf das große Eingangstor der Schule zuging. Alex hob das rot-weiße Plastikband einer Polizeiabsperrung hoch, schlüpfte darunter hindurch und betrat den Schulhof. Links und rechts waren in den schmucklosen Nebengebäuden die Verwaltung sowie die Kunst- und Musikräume untergebracht. Der zentrale, mehrgeschossige Haupttrakt war ein historischer Bau. Er glich mit seinen Säulen und Friesen einem klassizistischen Schloss.

»Ich betrete das Gebäude«, sagte Alex in das Kehlkopf-Mikrofon und hörte kurz darauf Reinekings Stimme antworten: »Mach einen Deal mit ihm. Wir müssen die Verletzten rausholen, und das SEK muss Zeit gewinnen, um in Stellung zu gehen.«

Alex nickte und stellte sich vor, wie die Scharfschützen jeden ihrer Schritte durch Ferngläser verfolgten. Sie streckte die Hand aus, fasste nach dem Knauf der Eingangstür und lauschte in die Leere.

Da war nur der Wind, der um das Gebäude pfiff. Schließlich betrat sie die Pausenhalle im Hauptgebäude.

An den Wänden hingen abstrakte Bilder – wahrscheinlich von Schülern des Kunst-Leistungskurses gemalt. Die hohe Decke wurde von zwei Säulen getragen. Am Ende der Halle führte eine geschwungene Treppe nach oben. Ausgestreckt lag auf den untersten Stufen eine Frau in einer Blutpfütze.

»Weibliche Person unterhalb der Treppe am Boden«, murmelte Alex in das Mikrofon. Ihre Gummisohlen quietschten laut auf dem Linoleum. Sie hockte sich hin, um nach dem Puls der Verletzten zu fühlen. Das junge Mädchen trug eine Pudelmütze mit Lappland-Muster und einen Parka, der an der Schulter zerfetzt und vom Blut durchnässt war. Eine Schusswunde. Vielleicht war sie außerdem die Treppe hinabgestürzt.

»Sie ist verletzt. Schussverletzung in der rechten Schulter. Eventuell Frakturen durch Treppensturz.«

»Verstanden«, bestätigte Reineking.

Alex richtete sich wieder auf. Stufe für Stufe erklomm sie die Treppe und gelangte auf den Flur des ersten Stocks. Auch hier Bilder an den Wänden. Klassenraumtüren, die weit offen standen.

»Das SEK ist jetzt am Hauptgebäude, Alex«, hörte sie Reineking, während sie die Treppe ins zweite Geschoss hochging. »Eine Gruppe geht wie besprochen unten rein, die andere wird auf dem Dach abgesetzt und seilt sich ab.«

Alex sagte nichts. Sie erreichte den Flur im zweiten Stock. Links befanden sich wieder offen stehende Klassenraumtüren – und vor einem Getränkeautomaten lagen zwei Personen am Boden.

»Zwei weitere Verletzte im linken Flügel nahe der Treppe«, sagte Alex.

Mit drei ausladenden Schritten war sie bei den beiden Frauen. Die ältere wahrscheinlich eine Lehrerin, ihre blonden Haare waren blutverschmiert. In der rechten Schläfe befand sich ein Loch, das eine schwarze Korona aus Schmauchspuren aufwies. Direkt neben der Lehrerin lag eine jüngere Frau. Dunkelbraune Haare. Graue Jacke aus Fleece, die in der Mitte dunkel verfärbt und mit Blut vollgesogen war. Alex ging in die Hocke, streckte die Hand aus und legte Zeige- und Mittelfinger auf die Halsschlagader des Mädchens.

»Die ältere Person ist tot. Die andere lebt noch, eine Schülerin, Schussverletzung in der Bauchgegend.«

»Alex, sieh zu, dass du eine Vereinbarung mit ihm triffst. Hol ihn auf den Flur und bring ihn fort von den Geiseln.«

»Okay«, flüsterte sie und stellte sich wieder hin.

»Die alte Schlampe habe ich sauber erwischt, oder?«, gellte eine Stimme durch den Flur.

Alex wirbelte herum und zwang sich, nicht nach ihrer Waffe zu greifen. Gernot. Er trug einen schwarzen Schlumpf mit keltischem Muster, das an eine Tätowierung erinnerte. Die Kapuze hatte er weit über den Kopf gezogen. Eine Armee-Tarnhose. Springerstiefel. Verspiegelte Pilotensonnenbrille. Mit dem Revolver in der rechten Hand zielte er in das Innere des Klassenraums, dessen Tür er eben geöffnet hatte. Wahrscheinlich mit einem Schulterstoß, denn er hatte keine Hand frei: In der Linken hielt er einen zweiten Revolver, der auf Alex gerichtet war.

»Hallo, Gernot«, sagte Alex und hob die Hände leicht an, die Handflächen zu ihm gewandt.

Er hob das Kinn an und blaffte: »Wenn Ihnen jemand gefolgt ist, gibt es ein Blutbad!«

»Was ich nicht möchte«, entgegnete Alex mit ruhiger Stimme.

»Und was möchten Sie?«

»Dafür interessiert sich doch sowieso kein Schwein!«

»Doch, ich.«

»Bring ihn ans Fenster«, sagte Reinekings Stimme im Kopfhörer, »und mach einen Deal.«

Alex sagte: »Gernot, ich glaube, dass Sie keine weiteren Menschen verletzen möchten. Ich soll Sie fragen, ob es okay ist, wenn wir die Verletzten auf dem Flur ...«

»Ist mir egal, was die fragen wollen!« Gernot griff seine Waffen fester. Er blickte hektisch zwischen dem Klassenraum und Alex hin und her.

»Bring ihn ans Fenster«, redete Reineking wieder dazwischen.

Alex biss die Zähne aufeinander. Das Dazwischenfunken und Fernsteuern störte sie. Sie musste sich konzentrieren. Das hier war nun ihr Spiel, weil sie explizit ins Spiel gebracht worden war, und sie hatte bereits in der Vergangenheit bewiesen, dass sie sehr wohl in der Lage war ...

»Alex«, sprach Reineking weiter, »das SEK braucht noch vier Minuten, bring ihn weg von der Tür ans Flurfenster!«

Alex griff sich ans Ohr, riss den Kopfhörer am Kabel ab und rupfte damit auch das Mikrofon von ihrer Haut. Sie hielt das Headset demonstrativ in Richtung von Gernot und warf es dann auf den Boden.

»Ey!«, rief Gernot. Er war nun wieder voll auf Alex konzentriert.

»Wenn es Ihnen egal ist, was die wollen, ist es mir auch egal. Sie wollten mit mir reden, Gernot. Und hier bin ich. Die Psychotante. Also. Reden wir.«

»Wieso haben Sie das gemacht?«

»Damit Sie mir vertrauen.«

»Aha.« Gernot klang baff.

Alex sagte: »Ich möchte die Verletzten rausbringen und bin im Gegenzug bereit, etwas für Sie zu tun. Gibt es jemanden, mit dem Sie reden wollen? Ihre Mutter? Ein Mädchen?«

Gernot zögerte. Er schien sich auf die neue Situation einstellen zu müssen. Dann sagte er mit einem Achselzucken: »Okay, von mir aus.« Er bewegte den Kopf ruckartig in Richtung des Klassenzimmers. »Jasmin!«, brüllte er. »Hierher!«

Ein strohblondes Mädchen trat heraus. Gernot presste ihr den Lauf einer seiner Waffen an den Kopf. »Aua!«, machte Jasmin und blickte Gernot sauer an.

»Die Schlampe hat mich im Internet angeschissen! Gemobbt!«

Aus den Augenwinkeln nahm Alex am Flurfenster einen Schatten wahr und kurzfristig ein grellrotes Blitzen. Laserlicht von einer Zieleinrichtung. Das SEK.

»Warum hast du das getan, Jasmin! Siehst du nicht, dass Menschen deinetwegen sterben mussten? Und jetzt musst du sterben!« Gernot spannte mit dem Daumen den Abzughahn.

Alex senkte langsam die rechte Hand. »Gernot, weg mit der Waffe.«

Er reagierte nicht, sondern schrie weiter. »Jetzt weißt du, wie man sich fühlt, Jasmin! Du hast noch drei Sekunden! Drei ...«

Gernot hielt zwar nach wie vor einen Revolver auf Alex gerichtet. Aber er war voll und ganz auf das Mädchen konzentriert. Alex' Hand senkte sich weiter, kam an der Hüfte an und tastete unter dem Saum der Daunenjacke in Richtung Hosenbund.

»... zwei!«

Alex spürte den Knauf der Walther. Sie stellte die Beine etwas auseinander, um einen sicheren Stand zu haben.

»... eins!«

Alex riss die Waffe hoch.

Gernot wirbelte herum.

Dann krachten drei Schüsse. Das Echo hallte laut nach. Hülsen tanzten um Alex' Füße.

Als der Rauch sich gelegt hatte, zog Gernot Brinkmann die Kapuze herunter, nahm die Sonnenbrille ab und kratzte sich nachdenklich das kunstvoll rasierte Kinnbärtchen. Er hatte drei nass glänzende rote Farbflecken auf Brust und Bauch.

»Ich bin mir nicht sicher, ob das im Sinne des Erfinders war«, sagte Mario Kowarsch, der die Rolle des Geiselnehmers übernommen hatte.

Kowarsch war muskulös, klein und kompakt. Er ließ die zwei schlumpfblauen Waffen in den Taschen seiner Jacke verschwinden. Es waren ebenfalls mit Markierungs-Patronen gefüllte Varianten vom Original. Sie wurden zu Übungen verwendet und waren aus Sicherheitsgründen farbig gekennzeichnet, damit man sie von echten unterscheiden konnte.

»Wieso?«, fragte Alex und steckte die Trainings-Walther weg.

Neben Mario stand die Kollegin namens Finja Werner. Sie durfte heute das Opfer des Geiselnehmers darstellen und rieb sich den kreisrunden Abdruck an der Schläfe. Sie murmelte etwas davon, dass Kowarsch ja wohl nicht so fest hätte zudrücken müssen.

»Mensch«, sagte er zu Alex, »das war eine SEK-Übung und dazu gedacht, das Zusammenspiel der Kräfte zu simulieren!« Er suchte in der Seitentasche seiner Bundeswehrhose ein Funkgerät und sprach hinein: »Sie hat mich erledigt.«

»Wie, was, wer?«, rauschte es zurück. Es war die Stimme von Schneider.

»Alex«, funkte Kowarsch zurück. »Ich bin tot. Kannst alles abbrechen.«

»Nee, ne?«, krächzte Schneider. »Kacke, Reineking tobt, weil sie das Headset abgerissen hat, Mann, Mann.«

»Super gelaufen«, sagte Kowarsch sarkastisch und steckte das Funkgerät zurück. Aus den Augenwinkeln sah Alex, wie die beiden vom Jugendrotkreuz zu Opfern geschminkten Beamtinnen am Getränkeautomaten standen und sich streckten.

»Aber ...«, stammelte Alex. »Ich meine, aus der Situation heraus habe ich richtig gehandelt, oder?«

Kowarsch rollte mit den Augen. »Darauf kommt es doch nicht an, wenn man einen koordinierten Einsatz übt. Der ganze Aufwand da draußen, wochenlanges Warten auf den Weihnachtsferienbeginn, Genehmigungen, Straßensperrungen, Hubschrauber – hast du darüber schon mal nachgedacht?«

Hatte sie darüber nachgedacht? Nein, hatte sie nicht. Sie hatte gehandelt. Wollte man ihr das nun vorwerfen? Schien so. Sie spürte, dass ihre Unterlippe zu beben begann. »Außerdem hast du mich hier reingeholt, *das* war nicht abgesprochen«, entgegnete Alex.
»Reineking wird dich in der Luft zerreißen.«
Alex ballte die Fäuste und sah trotzig zum Flurfenster hinaus. Sie hatte das Richtige getan und würde dafür ungerecht behandelt werden. Wieder einmal. Zwei SEK-Männer in Schwarz baumelten vor dem Glas und seilten sich langsam ab.
»Reineking«, sagte sie mit brechender Stimme, »kann mich mal!« Damit drehte sie sich um und lief die Treppen runter. Sie wollte nichts als raus. Auf der letzten Stufe trat sie ins Leere und knickte mit dem Fuß um. Etwas knackte im Sprunggelenk. Ein scharfer Schmerz schoss durch den Unterschenkel – so, als habe ihr jemand mit einem Hammer auf den Knöchel geschlagen. Auch das noch. Alex hielt sich mit der Linken am Handlauf des Treppengeländers fest, schnaubte »Scheiße« und spürte, wie sich ihre Augen mit Tränen füllten.

4.

Der Mann trat von der Polizeiabsperrung zurück und gab sich alle Mühe, dass niemand seine Aufregung bemerkte. Er wandte sich zur Seite, faltete die Hände wie zum Gebet, versteckte das Gesicht dahinter und gab eine Art Stoßseufzer von sich. Keuchte seinen heißen Atem durch das Handschuhleder, der in einer weißen Wolke in der eiskalten Luft verpuffte. Wer ihn sah, mochte annehmen, er hätte sich bloß die Nase geputzt.

Dann drehte er sich wieder nach vorne und beobachtete die Frau weiter, die vom Gymnasium aus über die Straße ging und dabei ein Bein nachzog. Der Mann war darüber fast ein wenig empört. Sie schien sich verletzt zu haben. Das war nicht gut. Er wollte sie in Topform haben. Das Humpeln beeinträchtigte ihre ansonsten geschmeidigen Bewegungen. Beim Laufen, beim Einkaufen, wenn sie abends nach Hause kam.

Er hatte sie beobachtet und ihr einen Brief geschickt, den sie leider noch nicht beantwortet hatte. Aber er war sich sicher, dass sie sein Schreiben noch zur Kenntnis nehmen würde. Spätestens, wenn man seine letzte Beute fand, sollte sie auf die richtige Fährte geraten.

Sie, Alexandra von Stietencron. Polizeipsychologin in Lemfeld. Profilerin. Jägerin, und in dieser Hinsicht ein wenig wie er selbst. Der Mann hatte alles über sie gelesen und den Fall mit dem Purpurdrachen und den Hexenmorden gebannt verfolgt. Sich gefragt, wie es wäre, wenn diese Alexandra hinter ihm her wäre, statt hinter irgendwelchen anderen, die nicht ansatzweise über die Komplexität seiner Persönlichkeit verfügten. Es wäre berauschend, zu verfolgen, wie sie sich ihm Schritt für Schritt annäherte, dachte der Mann. Und weil er das große Potenzial in Alexandra sah, hatte er entschieden, ihr eine Chance zu geben.

Ohnedies war sie die Einzige, die in Lemfeld dafür in Frage kam. Alexandra, dessen war er sich sicher, hatte Format, war nicht so dämlich und tapsig wie die anderen Bullen. Die Tölpel hatten keine Ahnung, standen viel weiter unten in der Nahrungskette und hatten bislang nicht einen einzigen seiner Hinweise verstanden.

Alexandra hingegen wäre vielleicht klug genug, um in Gänze zu erfassen, was er tat und warum. Wenn sie sich als stark genug erweisen würde, um die Bestie in ihm zu erlegen, würde er ihr sogar freiwillig die Kehle darbieten. Damit sie sie zerfetzen konnte. Je länger er darüber nachgedacht hatte, desto besser hatte ihm der Gedanke daran gefallen. Denn selbst würde er das Tier in sich niemals besiegen können.

Falls sie sich jedoch nicht als würdig erweisen würde und ihn enttäuschte, würde es eben andersherum laufen müssen. So war das in der Natur. Der eine jagte den anderen. Der Bessere setzte sich durch.

Nun hatte sie die andere Straßenseite erreicht. Bei jeder Bewegung tanzte der Zopf in ihrem Nacken. Ihr Gesicht war weiß wie der Schnee.

Sie blieb auf dem Bürgersteig stehen, besprach etwas mit einem ihr entgegenkommenden Polizisten und sah zur Seite. Zur Absperrung. Zu ihm. Für einen Moment trafen sich ihre Blicke. Ein Moment, der ihn so sehr schaudern ließ, dass er sich am Mast eines Straßenschilds festhalten musste. Sie strich sich eine Haarsträhne aus der Stirn. Eine Bewegung voller Anmut und Grazie, die seinem Herzen einen Stich versetzte. Dann war der Augenblick vorüber, und die Geräusche der Stadt drangen wieder an sein Ohr. Plappernde Menschen, knirschender Schnee. Das Krächzen von Funkgeräten.

Wenige Augenblicke später war Alex in der Bücherei schräg gegenüber verschwunden, und damit erlosch das Interesse des Mannes an der Übung. Er tat einen Schritt zur Seite und bewegte sich durch die Menschen. Er ging an Streifenwagen vorbei und nickte zwei Passanten zu, die ihn grüßten. Denn natürlich war er kein Unbekannter in Lemfeld, allerdings nicht allzu bekannt. Und niemand hatte einen Schimmer davon, nicht die geringste Ahnung, was und wer er wirklich war.

Im Gehen zog er den rechten Handschuh aus und vergrub die Finger in der Manteltasche. Sie suchten nach dem Rasiermesser und schlossen sich fest darum, nachdem sie es ertastet hatten. Sein Gewicht war beruhigend, wie das eines Handschmeichlers. Die hochelastische Klinge war aus Damaszener Stahl gefertigt. Ihre aufregende Optik entstand, indem man Stahlsorten unterschiedlicher Härte aufeinanderschmiedete und mit einer anschließenden Behandlung im Säurebad das charakteristische Tigerstreifenmuster hervorhob. Das Muster eines Jägers. Dann blieb der Mann an einer der Buden auf dem Weihnachtsmarkt stehen und kaufte ein paar warme Donuts.

Er ließ sie zum Mitnehmen einpacken und pfiff im Weggehen die Melodie von *Bad Moon Rising.*

5.

Leon, Franky und Hans hatten die Power. Sie waren Tush, was so viel bedeuten konnte wie »Müll«, »Eckzahn« oder einfach den Ausruf »Pah!«. Eine Menge von Möglichkeiten, und das hatte den aufgehenden Stern am Lemfelder Alternative-Rock-Himmel von Anfang an begeistert.

Gerade schlichen sie mit gegen die Kälte hochgezogenen Schultern über den alten Parkplatz an den Schliemannschen Werken, ihre Instrumentenkoffer im Schlepptau. Hans trug darüber hinaus Stativ sowie die digitale Spiegelreflex von seinem Vater. Es war Sonntag, arschkalt. Es lag Schnee, und sie wollten mit Selbstauslöser ein paar Band-Fotos machen. In ein paar Wochen hatten sie einen Gig im *Station* im alten Bahnhof, eigentlich ein Blues- und Jazz-Club. Aber es gab regelmäßig einen Tag im Monat für Nachwuchsbands, und sie brauchten Bilder für die Werbung.

»Krass«, sagte Franky, blieb stehen, legte den Kopf in den Nacken und betrachtete die Ruine. Hans war ein langer dünner Schlaks mit gepiercter Augenbraue. Er hatte eine Wollmütze auf dem Kopf, rauchte eine Selbstgedrehte und kaute gleichzeitig ein Kaugummi.

»Ja, ne?«, meinte Hans und stellte den Kamera-Kram ab. Er war der Schlagzeuger und hatte deswegen keine Gitarrenkoffer zu schleppen, und ein ganzes Schlagzeug musste man für die Aufnahmen nun nicht ab- und wieder aufbauen.

Hans schnaubte in seinen Wollschal, zu dem er eine Army-Jacke trug. Er sah sich um. Es war an diesem trüben Tag kaum richtig hell geworden, aber noch war genug Licht. Die Kulisse der Ruine würde sich astrein auf den Bildern machen. Die alten, verbrannten Holzbalken des Dachstuhls. Die langen Eiszapfen. Der Frost auf den Fenstern und alles. Total »spooky«, und außerdem passte es gut zum CD-Titel von Tush: Die CD hieß »Icemen«.

Leon stellte den Basskoffer ab und nickte. In seinem Bart hatten sich einige Schneeflocken verfangen. Über die Säume seiner weiten Cargohose hatte er graue Stricksocken gezogen. Die Stricksocken steckten in Springerstiefeln. Er sagte: »Geht glatt als 'nen New Yorker Hinterhof durch oder so.«
»Oder Seattle«, ergänzte Franky.
Leon grinste zufrieden und nickte immer noch. Er tat das dauernd, so, als folge er irgendeinem inneren Groove, den nur er und sonst niemand hörte. »Genau, Seattle. Kurt hätte seine wahre Freude gehabt.« Er meinte Kurt Cobain von Nirvana, die aus Seattle stammten. Kurt war längst tot und Nirvana wie Kurt eine Alternative-Rock-Legende.
Hans klappte das Stativ auseinander, stellte es vor sich und schraubte die Spiegelreflex obendrauf. »Vor der siffigen Wand mit den vereisten Fenstern wäre das geil«, sagte er. »Das gibt noch so visuelle Effekte, die bekommst du beim Bearbeiten gar nicht hin.«
»Echt ist immer besser.« Leon nickte, nahm den Bass aus dem Koffer und schlurfte zur Wand.
Der Putz war großflächig abgeplatzt und gab das Mauerwerk frei. Mannshohe, teils erblindete Fenster bildeten eine Art Glasfassade. Einige waren stellenweise mit Eis und Frost verkrustet. Leon stellte sich mit dem Rücken zur Wand in Pose. Er hielt das Instrument wie einen Baseballschläger in den Händen und schob das bärtige Kinn vor. »So?«
Hans schaute kurz hin. Sah gut aus. Er hob einen Daumen und grinste. Franky postierte sich mit Gitarre neben Leon und setzte einen möglichst coolen Gesichtsausdruck auf. Hans richtete die Kamera aus, wählte einen Bildausschnitt, der für ihn selbst noch genug Platz ließ, und stellte den Selbstauslöser ein. Schließlich lief er los, stellte sich zwischen seine Bandkollegen, stopfte die Hände in die Hosentaschen und versuchte, so zu gucken wie Dave Grohl auf einem der Foo-Fighters-Plakate, die zu Hause bei Hans an der

Wand hingen. Grohl war früher Drummer bei Nirvana gewesen. Drummer wie Hans.

Dann löste die Kamera aus. Sofort geriet Bewegung in Tush. Die Musiker gruppierten sich um den Fotoapparat. Hans rief auf dem Display das Bild auf und war zufrieden.

»Stark«, kommentierte Franky.

Leon nickte. »Zoom doch mal ran, ich will sehen, wie wir gucken.« Hans drückte auf die Taste mit der Lupe und vergrößerte das Bild. Im nächsten Moment war das Display von irgendeinem Muster auf den Fenstern ausgefüllt. Sah fast aus, als stehe ein Mensch dahinter, dachte Hans. Er scrollte den Ausschnitt zu den Gesichtern.

»Deine Augen sind zu, Leon«, sagte Hans. »Das geht nicht, müssen wir neu machen.«

»Okay.« Leon nickte und ließ die Antwort wie eine Frage klingen.

Franky sagte: »Zeig doch noch mal den Ausschnitt von eben. Das kam krass irgendwie.«

Hans scrollte zurück. Wieder kam es ihm so vor, als stehe da jemand hinter dem Fenster. Er skalierte den Ausschnitt noch etwas. Und hielt die Luft an.

Leon gab ein unbestimmtes Geräusch von sich. Franky ein leises »Wow«. Hans sagte kein Wort.

Er hatte plötzlich das Gefühl, als würde er in einem Fahrstuhl ungebremst in einen Abgrund sausen. Er rannte zum Fenster, legte beide Hände gegen die Scheibe und sein Gesicht an die Handkanten. Sein schneller Atem ließ das Glas beschlagen, aber er konnte immerhin erkennen, dass er sich nicht getäuscht hatte. Er flüsterte »Fuck«, machte einige Schritte rückwärts und sah hektisch hin und her. Irgendwo musste doch eine Tür sein.

Er hörte Franky rufen: »Was ist da, Hans?« Seine Stimme klang deutlich höher als üblich.

Hans ignorierte ihn, denn er hatte eine Tür entdeckt. Ein Rolltor.

Er lief hin und prüfte, ob es offen war. Hinter sich hörte er Schritte im Schnee knirschen. Leon.

Leon sagte mit starrem Blick: »Alter, da ist nicht drin, was ich denke, dass da drin ist, oder?«

Hans antwortete: »Ich weiß nicht. Kann sein.« Er redete wie ferngesteuert, spürte sich selbst nicht mehr.

»Du willst da doch nicht rein jetzt, oder?«

Doch da hatte Hans schon am Rolltor geruckt. Es war nicht verschlossen und ließ sich ohne Probleme öffnen. Er trat ein. Der Rest von Tush folgte ihm.

Die leere Halle war in diesiges Zwielicht getaucht. Deswegen verstand Hans zunächst nicht, was er da sah. Als er es begriff, hatte er das Gefühl, sich gleich in die Hose machen zu müssen.

»Alter«, hörte er Leon keuchen. »Alter, das sieht aus wie in einem Horrorfilm. Haben die hier einen krassen Film gedreht?«

Mit Ersterem hatte Leon völlig recht. Da stand ein rostiger Metalltisch, der aussah, als habe jemand darauf einen Kanister schwarzes Altöl ausgeschüttet. Allerdings glaubte Hans nicht, dass es Öl war. Und sie waren noch nicht einmal in dem Raum, in den er von draußen hineingeschaut hatte. Dieser lag noch etwas weiter rechts. Eine Stahltür führte dorthin. Sie stand offen. Hans ging zu der Tür. Seine Schritte hallten durch den Raum. Die von Leon und Franky ebenfalls.

Hinter der Tür lag eine Art Heizungsraum mit jeder Menge Rohren. Und mit jeder Menge Blut auf dem Boden. Darüber hing an einem Stahlseil das, was Hans auf dem Foto und danach durchs Fenster gesehen hatte. Der Körper einer Frau. Die Füße nach oben, Kopf nach unten. Schneeweiß und wie ein umgedrehter Jesus. Bauch und Brust waren aufgebrochen. So, als habe sich etwas von innen durch Fleisch und Knochen nach außen gewühlt.

Hans drehte sich wie in Zeitlupe zu seinen Band-Mitgliedern um. Ihnen war das Entsetzen wie mit einem Meißel ins Gesicht gezogen worden. Franky zitterte wie Espenlaub und fasste nach rechts, um sich irgendwo festzuhalten. Da war ein Hebel. Als Franky danach packte und ihn umklammerte, setzte er einen Mechanismus in Gang. Es rumpelte laut, und Hans verstand, dass der Griff zu einer Seilwinde gehörte, die über Rollen unter der Decke verlief.

Er folgte dem Stahlseil mit dem Blick – und verfolgte, dass sich der zerfetzte Körper mit einem Ruck absenkte und nach unten rauschte. Der Kopf schlug mit einem entsetzlichen Geräusch auf und knickte zur Seite. Dann fiel der Rest der steifgefrorenen Leiche auf den Boden.

Ein lauter Schrei gellte durch den Raum. Hans hatte keine Ahnung, ob seiner oder der von Leon oder Franky. Was er allerdings bewusst mitbekam war, dass Leon sich zur Seite beugte und sich übergab. Er selbst sackte auf die Knie und spürte, wie es heiß zwischen seinen Beinen wurde, als sich seine Blase schlagartig entleerte.

6.

»Er ist ein Dreckskerl.«
Helens Stimme übertönte das Kindergeschrei. Sie biss in ein Stück Mikrowellenpizza.
»Ein mieser Dreckskerl sogar«, entgegnete Alex in der gleichen Lautstärke.
Die Luft war zum Schneiden. Es roch nach einem Gemisch aus Körperausdünstungen, Fritteusenfett und Reinigungsmitteln. Zu Hause, dachte Alex, würde sie als Erstes gründlich duschen und ihre Sachen sofort in die Waschmaschine werfen. Zwei Jungs sausten auf Dreirädern an dem weißen Plastiktisch vorbei und fuhren beinahe den Stuhl um, auf dem Lisas Sachen lagen.
Helen war Alex' beste Freundin und mit ihrer Tochter übers Wochenende zu Besuch. Nachher würden sie wieder zurück nach Düsseldorf fahren. Lisa hüpfte auf dem Trampolin der Indoor-Spielewelt mit der Schwerkraft um die Wette, während Alex sich eine Pause gönnte. Sie hatte den nackten Fuß auf einem Klappstuhl hochgelegt. Hoffentlich würde sie als Andenken nicht einen Pilz zwischen den Zehen bekommen. Aber ohne Socken kam man besser die Luftkissenrutsche hoch – ein Trick, den Lisa Alex verraten hatte. Der zweite notwendige Trick war, die Zähne zusammenzubeißen und nicht an den Schmerz im Fußgelenk zu denken.
»Weißt du«, sagte Helen, »ich habe ihn zwar verlassen, aber das gibt ihm noch lange nicht das Recht, sich sofort eine andere zu nehmen. Für wen hält der mich? Für ein Möbelstück, das man einfach ersetzen kann?« Helen mümmelte an der Pizza. Unter ihren wippenden blonden Locken funkelten die blauen Augen. »Und guck mich nicht so vorwurfsvoll an. Diese Pizza ist verdammt lecker!«
Alex sagte: »Es ist normal, dass du sauer auf ihn bist. Das ist gekränkte Eitelkeit.«

»Also bitte«, fiel Helen Alex ins Wort und legte ihre Pizza auf den Pappteller. »Eitelkeit? Ich und eitel? Und dieser Mistkerl ist das absolute Gegenteil von eitel. Ich wünschte, er wäre mal ein wenig eitel gewesen, statt seine Nasenhaare so lang wachsen zu lassen, dass man ihm einen Bauernzopf hätte flechten können, Schneewittchen!«

Alex schmunzelte und verdrehte kurz die Augen.

Schneewittchen.

Seit sie sich auf der Polizeiakademie kennengelernt und schnell Freundschaft geschlossen hatten, nannte Helen Alex in Anspielung auf ihr Aussehen so. Schwarze Haare, kirschroter Mund, blasse Haut. In diesem Moment kam sie sich in der Tat vor wie eine ungeküsste Prinzessin im Dauerschlaf. Hier saß sie nun an einem mit Ketchup und Fanta beschmierten Klapptisch und dokterte an der gescheiterten Beziehung ihrer besten Freundin rum. Immerhin hatte Helen schon ein Kind und bald eine Ehe hinter sich. Und was hatte Alex? In Kürze ihren dreiunddreißigsten Geburtstag, eine dicke Katze, die Hannibal hieß, und einen angesehenen Düsseldorfer Anwalt zum Vater, der es ihr gegenüber mittlerweile aufgegeben hatte, von Enkelkindern zu sprechen, und die Kleine seiner zweiten Tochter Jule demonstrativ mit Geschenken und Bausparverträgen überhäufte. Alex hatte nicht einmal jemanden, mit dem sie Weihnachten verbringen konnte – und damit keine Ausrede, um an Heiligabend dem familiären Overkill bei ihren Eltern zu entgehen.

»Ich meine doch nicht diese Art von Eitelkeit«, sagte Alex und tastete ihr Gelenk ab. »Es ist die Ego-Kränkung. Aber es ist gut, sauer auf ihn zu sein, und ja, er ist ein Dreckskerl, der nie begriffen hat, was er an dir hat, und er soll mit seiner dummen Pissnelke glücklich werden oder auch nicht.«

Helen blickte Alex einen Moment lang fragend an. Dann brach sie in ihr lautes, etwas ordinäres Lachen aus. »Pissnelke«, wiederholte Helen, wackelte mit dem Kopf und ließ sich das Wort auf der Zun-

ge zergehen. »Gar nicht schlecht.« Sie blickte auf Alex' Knöchel und tippte einmal vorsichtig mit der Fingerspitze drauf. »Solltest du damit nicht langsam mal zum Arzt gehen?«
»Halb so wild.« Alex winkte ab. In ihrer aktiven Zeit als Triathletin hatte sie oft genug mit Verletzungen zu tun gehabt, um zu wissen, dass man sich von einem verknacksten Knöchel nicht davon abhalten lassen durfte, zum Ziel zu kommen. Dann verfinsterten sich Alex' Gedanken und wanderten zurück zu dem Probeeinsatz am Kemper-Gymnasium. Versagt hatte sie in den Augen der anderen, obwohl sie doch das einzig Richtige in der Situation getan hatte. Aber darauf kam es offenbar nicht an. Es kam darauf an zu funktionieren. Wie ein Rad im Getriebe. In gewisser Weise war die Übung an der Schule symptomatisch für ihr Leben: Ganz allein auf sich gestellt, hatte sie ihr Ding durchgezogen und Erfolg damit gehabt – aber niemand hatte es anerkannt.
Unvermittelt fragte Helen: »Was machen eigentlich deine Männer?«
»Bitte?«
»Entschuldigung, ich frage ja bloß. Ich meine, schau dich an: Du bist bildhübsch, ich würde umfallen, wenn ich ein Mann wäre und mit dir arbeiten müsste. Du bist intelligent, einfühlsam, zehnmal so ordentlich wie ich und hast auch noch einen stinkreichen Vater.« Helen machte eine Pause und sah ein paar Kindern hinterher, die kreischend mit Gokarts an ihnen vorbeifuhren.
Die Antwort war einfach: Es war noch nicht der Richtige dabei gewesen. Außerdem nahm ihr Job sie vollends ein, nachdem ihr zuvor das Studium und die Ausbildung alles abverlangt hatten. Und davor hatte es Benji gegeben. Benjamin. Damals, als Alex siebzehn war, hatte ein Unbekannter ihre erste große Liebe auf dem Parkplatz einer Disco erstochen. Benji war in Alex' Armen verblutet. Manchmal klaffte die Erinnerung daran noch wie eine offene Wunde.

Alex zuckte mit den Schultern. »Du weißt genau, dass meine Stelle in Lemfeld befristet ist, ein auf drei Jahre festgeschriebenes Pilotprojekt, und es ist meine große Chance. Ich darf das nicht vergeigen, und gerade habe ich bei der Übung angeblich Mist gebaut, da kann ich mir keinen weiteren Patzer leisten.«

»Was hat denn ein Kerl mit Patzern zu tun?«

»Ich will mich nicht ablenken lassen.«

»Es gibt mehr als die Arbeit im Leben.«

Alex zuckte mit den Schultern.

Helen machte eine abschneidende Geste. »Jeder macht Fehler, nur dass du dir keine erlauben willst. Du meinst immer noch, du müsstest deinem Dad beweisen, dass es mindestens so toll ist, wenn er eine bekannte Kriminalpsychologin zur Tochter hat wie eine renommierte Düsseldorfer Rechtsanwältin. Aber bei allem vergisst du dich selbst. Du vergisst zu leben. Und du als Psychologin solltest das selbst wissen, statt es dir von einer pummeligen Kripo-Beamtin sagen zu lassen.«

»Bei dir ist das anders, Helen. Du bist anders. Sicher, wir haben vieles gemeinsam, aber wir sind auch grundverschieden. Ich bewundere, wie du mit deiner Rolle als alleinerziehende Mutter klarkommst.«

»Das ist alles Fassade«, sagte Helen und aß noch ein Stück Pizza. »In Wahrheit war es ein grandioses Scheitern, eine Bankrotterklärung an alle Ziele, die ich im Leben hatte. Aber soll ich von morgens bis abends jammern?« Helen schüttelte den Kopf. »Keine Chance.«

Wie ein an Land gezogener Fisch begann Alex' Handy auf dem Tisch zu zappeln. Helen zog verächtlich eine Augenbraue hoch, weil Alex nach wie vor das einprägsame Titelthema von *Beverly Hills Cop* als Klingelton verwendete. Alex warf einen Blick auf das Display. Es zeigte Schneiders Nummer an. Schneider war inzwischen so etwas wie Alex' Partner bei der Polizei. Wer ihn nicht kannte, mochte ihn für einen tumben Typen halten. Doch hinter der Maske eines Kegelbruders versteckte sich ein glasklarer Verstand. Schneider war außerdem der Einzige gewesen, der nach der Sache im Gymnasium in Alex' Büro gekommen war und gesagt hatte, sie solle sich mal wieder einkriegen, außerdem sei Kowarsch verantwortlich, weil er sich nicht an den Ablaufplan gehalten habe. Schneider am Sonntag, das konnte jedenfalls nur zwei Dinge bedeuten: Ärger oder Arbeit.

Alex griff nach dem Telefon, presste sich das linke Ohr mit dem Zeigefinger zu und meldete sich mit einem knappen: »Hallo?«

»Ich störe dich ja nur ungern am Wochenende, aber ...« Schneider unterbrach sich. »Sag mal, was ist denn das da für ein Lärm, bist du im Hallenbad?«

»Nein, Kinderspielewelt.«

»Soso. Ich würde ja gerne noch weiter mit dir plaudern, aber ich friere mir hier draußen mit der Spusi den Arsch ab. Dein Typ wird verlangt.«

»Was gibt's denn?«, fragte Alex ernst und schaute Helen in die Augen, die besorgt zurückblickte, während sie sich mit dem Handrücken den Mund abwischte.

»Eine Tote. Die alten Schliemannschen Möbelwerke – weißt du, wo das ist?«

»Sicher.«

»Komm in die Strümpfe. Und zieh dir was Warmes an.« Dann beendete er das Gespräch.

»Arbeit?«, fragte Helen.

Alex nickte stumm, zog sich eilig ihren roten Pullover über und schlüpfte in die mit Fell gefütterte Bomberpiloten-Lederjacke, steckte das Handy in die Seitentasche und stieß dabei an den dämlichen Briefumschlag von neulich, den sie immer noch nicht abgeheftet hatte.

»Leichenfund«, entgegnete Alex geistesabwesend, band sich die

Haare zusammen, knotete den Schal um und zog den Haustürschlüssel aus ihrer Tasche, um ihn Helen zu reichen. »Tut mir leid, ihr wollt ja gleich wieder nach Düsseldorf fahren, und eure ganzen Sachen ...«

»Kein Problem«, sagte Helen und nahm den Haustürschlüssel entgegen. »Ich lege ihn wieder unter den Blumenkübel.«

»Sag Lisa, dass ich ...«

»Mach dir keine Gedanken«, kürzte Helen ab.

Alex entschuldigte sich mit einem Lächeln und humpelte so schnell wie möglich in Richtung Ausgang. Als sie ihn fast erreicht hatte, hörte sie Helen rufen.

»Alex!«

Alex drehte sich um und tastete dabei instinktiv ihre Taschen ab. Hatte sie etwas vergessen? Ihre Geldbörse? Ihre ... Dann sah sie, was Helen mit spitzen Fingern hochhielt. »Deine Socken!«

7.

Die alten Schliemannschen Werke lagen im Zentrum einer Gewerbebrache direkt gegenüber dem früheren Holzlager von Schwering und Söhne – einst das pumpende Herz der Region, das die Lemfelder Möbelindustrie mit Rohmaterial aus aller Welt versorgt hatte. Doch die goldenen Zeiten waren lange vorbei. Der Strukturwandel hatte tiefe Wunden gerissen.

Um eine solche handelte es sich bei den Schliemannschen Werken, deren seit Jahren offen stehenden Schlagbaum Alex' Mini gerade passierte. Das ehemalige Pförtnerhäuschen war mit Graffiti besprüht, der weitläufige Hof dahinter mit Neuschnee bepudert. Links und rechts lagen die beiden Hauptgebäude, die über eine Versorgungsbrücke verbunden waren. Gewaltige Eiszapfen hingen davon herab. Alex konnte sich der Vorstellung nicht erwehren, vom mit durchsichtigen Reißzähnen bewehrten Schlund eines Tiefseemonsters verschlungen zu werden. Ein Streifenpolizist in neongelber Signaljacke stellte sich ihr in den Weg. Er schwenkte eine rote Haltekelle, winkte Alex aber durch, nachdem er sie erkannt hatte, und deutete in Richtung Hauptgebäude, wo einige Streifenwagen und zivile Fahrzeuge parkten.

Der zentrale Bau der Fabrik war zur Hälfte eingestürzt. Alex sah zerplatze Fenster, zerborstene Wände und die verkohlten Balken der Dachkonstruktion, die wie die Rippen eines auf dem Rücken liegenden Brandopfers in den schmutzig grauen Himmel stachen. Aus einigen der noch intakten Verglasungen des Erdgeschosses strahlte gleißendes Licht. Es musste von den Scheinwerfern der Spurensicherung stammen.

Alex brachte den Mini zum Stehen, setzte die Strickmütze auf und griff vom Beifahrersitz nach der neuen Umhängetasche, die sie sich selbst zum Nikolaustag geschenkt hatte. Sie war aus grauen

Wolldecken gefertigt und trug ein aufgenähtes Schweizer Kreuz als Eyecatcher. Dann glitt Alex in die Handschuhe und zog den Reißverschluss der gefütterten Lederjacke bis oben zu. Im Aussteigen hängte sie sich die Tasche um und kam kurz darauf an einer grünlichen Stahltür zum Stehen, vor der Schneider rauchend wartete. Der Qualm vermischte sich mit der weißen Fahne seines Atems. Mit einem Blick auf Alex' Tasche nuschelte er: »Ah, das Rote Kreuz. Na hoffentlich haste einiges an hochherrschaftlichen Pflastern in deinem Notarztbeutel dabei, Frau Doktor.«

Hochherrschaftlich. Ständig diese Anspielungen auf den Titel in ihrem Namen. Alexandra *von* Stietencron. Sie war schon als Kind genug damit gehänselt worden. Und dieses blöde *Frau Doktor* – bloß, weil sie Psychologin war und auch ein paar Semester Medizin studiert hatte. Ihr wäre lieber, wenn Rolf ab und zu mal *Frau Kommissarin* sagen würde. Schließlich hatte sie sich diesen Titel mit Abschluss an der BKA-Akademie und einer ordentlichen Polizeiausbildung mehr als verdient.

Alex öffnete den Mund, schluckte dann aber runter, was sie hatte antworten wollen, und entgegnete lediglich ein trockenes: »Hallo, Rolf.«

Schneider nickte knapp. »Du humpelst.«

»Blitzmerker«, antwortete Alex. Schneider brummte. Dann führte er sie nach drinnen.

In der geräumigen Halle, in der früher die Maschinen gestanden haben mussten, war es trotz der Scheinwerfer der Spurensicherung kaum wärmer als draußen. Das grelle Licht verlieh der Szenerie etwas Unwirkliches. Alex fröstelte. Sie sah die dunklen, gefrorenen Pfützen. Ihr Blick wanderte zu einem der Kriminaltechniker, der in seinem weißen Overall wie ein Gebirgsjäger in Schneetarn aussah. Er hantierte an einem Stativ herum. Darauf war etwas befestigt, das auf den ersten Blick einem Akkuschrauber glich.

»Neues Spielzeug«, erklärte Schneider mit einer Geste zum Stativ, drückte die Zigarette an einer Wand aus und ließ die Kippe in der Jacke verschwinden. »Spherocam High Dynamic Range für die fotorealistische Dokumentation. Die Kamera zeichnet in einem Winkel von 360 Grad horizontal und 180 Grad vertikal auf. Das System lässt hinterher jeden nur erdenklichen Betrachtungswinkel zu. Du kannst dich wie in einem virtuellen Raum bewegen – ganz großes Kino.«

»Aha«, entgegnete Alex und betrachtete einen Metalltisch, der geradezu in Blut getaucht worden zu sein schien. Schwarz und glänzend reflektierte seine kristallisierte Oberfläche das Licht der Scheinwerfer. An den Tischbeinen war das Blut in langen Schlieren herabgelaufen. Dort befanden sich auch Reste von Klebestreifen. Alex presste die von der Kälte aufgesprungenen Lippen aufeinander, als sie sich vorstellte, was auf diesem Metalltisch geschehen sein musste. Ohne die Augen abzuwenden fragte sie Schneider: »Wo ist ...«

»Die Leiche ist nicht hier«, sagte Schneider. Er deutete mit dem Kopf nach rechts in Richtung einer weit offen stehenden Schiebetür, aus der ebenfalls Scheinwerferlicht fiel, das die langen Schatten von zwei Männern auf den Boden warf. »Sie ist nebenan bei Reineking und Kowarsch.« Schneider hielt inne, verzog das Gesicht und kratzte sich das unrasierte Kinn. »Ein paar Jungs haben die Leiche heute Nachmittag entdeckt. Sind jetzt für Zeugenaussagen auf der Wache. Ziemlich durch den Wind, die drei. Und leider haben sie uns den Tatort versaut.« Dann sah er Alex an. »Bereit, dir das Weihnachtsfest zu verderben?«

Alex ließ die Hände in den Jackentaschen verschwinden und knibbelte mit dem Daumen nervös an der Ecke des zusammengefalteten Briefumschlags. Dann schluckte sie und nickte stumm.

8.

Zuerst fielen ihr die merkwürdigen Zeichen an der Wand auf. Dann sah sie Reineking, der einen Beweismittelbeutel gegen das Licht hielt. Schließlich Kowarsch, der mit einem Kriminaltechniker sprach. Den Rest, dessen war sich Alex sicher, würde sie nie mehr wieder vergessen können.

Rolf sagte mit gesenkter Stimme: »Es ist nicht das erste Mal, dass das passiert ist.«

Alex sah den Körper. Die gefrorenen Blutlachen. Ihre Kehle fühlte sich an, als sei sie verstopft. Sie räusperte sich und fragte: »Nicht das erste Mal?«

Rolf legte ihr die Hand auf die Schulter. »Es gab einen Fall wie diesen vor deiner Zeit. Den Fall Nele Bender. Aber lass dich davon jetzt nicht ablenken. Sieh dich um. Den Rest erkläre ich dir später.«

Und Alex sah sich um.

Der Raum glich einem Schlachthaus. Im Scheinwerferlicht schien alles wie für ein Filmsetting hergerichtet. Die Blutpfützen auf dem Boden wirkten wie ausgegossener Lack und waren mit einer feinen Frostschicht überzogen. Genau wie der aufgebrochene Körper einer jungen Frau.

Die nackte Leiche lag mit ausgebreiteten Armen wie eine herabgestürzte Christusfigur vor dem mit Rostflecken besprenkelten Kessel. Um die Fußgelenke war ein Stahlstrick gebunden, der zu einer Seilwinde zu gehören schien. Ihre vereiste, zerschnittene Haut war wie von Klauen zerfetzt. Die Brustwarzen waren entfernt worden. Alex sah gefrorene Organe. Der Kopf war fast abgerissen, die Augen ausgestochen, das Hüftgelenk sah zertrümmert aus. Auf den ersten Blick schienen ganze Fleischstücke zu fehlen. Als sei eine wilde Bestie über das Mädchen hergefallen, um sie zu fressen.

Und dann waren da die Zeichen. Für Alex war es keine Frage, dass der Täter das Blut seines Opfers benutzt hatte, um sie an die Wände zu schmieren. Zeichen, die Alex noch nie zuvor gesehen hatte. Auf den ersten Blick schienen es astrologische oder archaische Symbole zu sein. Doch was auch immer der Täter geschrieben hatte, dachte Alex, es war seine Signatur. Die Unterschrift des Bösen.

9.

Sie hatten etwa zwei Stunden am Tatort zugebracht und gewartet, bis das Team der Rechtsmedizin aus Münster erschienen war. Dann konnten sie einen schweren Gang nicht mehr weiter aufschieben, den Besuch der Mutter des Opfers. Es war nicht schwer gewesen, sie ausfindig zu machen: Der Täter hatte den Personalausweis des Opfers dagelassen. Er klemmte zwischen den Zähnen der Leiche.

Unterwegs hatte Schneider Alex kurz erklärt, der andere Fall habe sich vor ihrer Zeit in Lemfeld zugetragen, und er werde ihr nachher noch die vollständige Akte zeigen. Auf ihre Nachfrage, warum sie die nicht längst kannte, hatte er etwas pampig angemerkt, dass sie erstens nicht erwarten könne, dass ihr jeder offene Fall auf dem Silbertablett und mit Zucker bepudert serviert werde. Zweitens habe wahrscheinlich niemand daran gedacht, weil sie in der letzten Zeit mit den Purpurdrachen- und den Hexenmorden sowie der Restrukturierung der Polizeibehörde mehr als genug zu tun gehabt hatten. Ansonsten hatten sie kaum ein Wort gewechselt. Zu tief saß der Schreck über das, was sie eben gesehen hatten.

Die Aussicht, einer Mutter die Nachricht vom Tod ihrer Tochter zu überbringen, machte es nicht besser. Niemand mochte das, weil sich das Objekt Leiche dabei wieder in etwas Menschliches verwandelte. An die Toten konnte man sich gewöhnen. Sie schrien nicht über den Verlust und rissen sich nicht die Haare aus oder zerkratzten sich das Gesicht. Außerdem war Antje an Huef mit ihren einundzwanzig Jahren nicht bei einem Verkehrsunfall ums Leben gekommen. Sie war von einem namenlosen Monstrum zerfleischt worden.

Antje an Huef war der Name des Opfers. Eine Tochter aus gutem Hause, wie es schien. Ihr verstorbener Vater Ernst-Wilhelm an

Huef war General bei der Bundeswehr gewesen. Die Mutter bewohnte heute allein das Haus der Familie – eine alte Jugendstilvilla im eleganten Viertel außerhalb des Zentrums an den Hängen des Stausees, auf dessen gefrorenem Eis seit Tagen Schlittschuhläufer ihre Runden drehten.

Als Alex und Schneider ausstiegen, roch es nach Schnee. Alex schaute auf, und für einen Moment hoffte sie, dass Hilde an Huef nicht zu Hause wäre. Vielleicht bei einer Freundin zu Besuch oder bei einem der anderen Kinder, die nach den ersten Ermittlungen in Wiesbaden und Hamburg lebten. Als Alex die zwei hellerleuchteten Fenster sah, war dieser Augenblick vorüber. Sie nestelte mit den Lippen an ihrem über das Kinn hochgezogenen Schal und atmete tief ein, als Schneider die Klingel drückte, worauf ein sanfter Gong aus dem Inneren ertönte. Sie fühlte sich, als hätte sie den ganzen Tag lang noch keinen Bissen, stattdessen aber fünf Liter Kaffee zu sich genommen. Dann ging die Tür auf.

Alex blickte in das noch ahnungslose schmale Gesicht einer großen und schlanken Frau. Sie trug eine Hausjacke aus rotem Mohair, über der ein abstraktes Medaillon an einer Goldkette baumelte. Unter dem dunklen Pagenschnitt musterten grüne Augen die Besucher.

»Ja, bitte?«, hörte Alex die leise Stimme.

Abwartend hob Hilde an Huef die fein gezupften Augenbrauen und schaute zwischen Schneider und Alex hin und her, bis sich Alex schließlich ein Herz nahm und sagte: »Mein Name ist Alexandra von Stietencron, und das ist mein Kollege Rolf Schneider. Wir sind von der Kriminalpolizei und müssen Ihnen leider eine sehr schlimme Mitteilung machen.«

10.

Hilde an Huef hatte die Nachricht vom Tod ihrer Tochter stoisch aufgenommen. Wie die Frau eines Soldaten, dachte Alex, die sich mit dem Gedanken hatte abfinden müssen, dass jederzeit ein dunkler Wagen vorfahren könnte und ihr gesagt würde, dass ihr Mann in irgendeinem fremden Land gefallen war. Auch jetzt noch, nachdem Alex in klaren Worten, wenn auch ohne Details zu nennen, berichtet hatte, was vermutlich mit ihrer Tochter geschehen war, saß Hilde an Huef in dem schweren Sofa gefasst und mit im Schoß gefalteten Händen.

»Darf ... darf ich Ihnen etwas anbieten?«, fragte sie leise. »Ich habe eben einen Tee aufgesetzt.«

Schneider hob die Augenbrauen und murmelte ein »Danke, nein«, während Alex ein »Gerne« hervorbrachte.

Hilde an Huef nickte, stand langsam auf und strich sich ihren Rock zurecht. Dann machte sie Anstalten, um den Wohnzimmertisch herumzugehen, und strauchelte wie an einem unsichtbaren Hindernis. Gerade noch schaffte sie es, die Lehne eines Esszimmerstuhls zu fassen, um nicht den Halt zu verlieren, und brach schluchzend in Tränen aus.

Schneider wollte vom Sofa aufstehen und der Frau zu Hilfe zu kommen, aber Alex legte ihm mit einem Kopfschütteln die Hand auf den Oberschenkel. Hilde an Huef war keine Frau, die es zulassen würde, sich von Wildfremden in den Arm nehmen und trösten zu lassen.

Schon hatte sie sich wieder gefasst. Ihr Körper gewann an Spannung, und sie wischte sich mit der Handfläche über die Augen, wobei sie darauf achtete, den Polizisten den Rücken zuzukehren. Dann sagte sie kaum lauter als das Ticken der großen Standuhr, die unter den vielen anderen Antiquitäten das Wohnzimmer dominierte: »Wissen Sie, wie mein Mann Antje immer genannt hat? Meine kleine Mondfee.« Mit einem gequälten Lachen, das mehr wie ein Stoßseufzer klang, drehte sie sich um.

Alex nahm das Lächeln auf. »Das ist sehr schön. Verraten Sie mir, warum Mondfee ihr Spitzname war?«

»Ach«, winkte Hilde an Huef mit ihren zitternden, schmalen Händen ab. »Das war so eine Marotte von den beiden. Ernst hatte ein Faible für Astronomie, und er hat mit Antje Traumreisen zu den Sternen erfunden ...« Sie brach mitten im Satz ab, zog den Stuhl etwas zurück und setzte sich. Ihr Blick verlor sich in der Ferne.

Alex verschränkte die Hände ineinander und ließ ihre Augen über die teuren Möbelstücke gleiten, auf denen Fotos in edlen Rahmen standen.

»Wissen Sie«, fuhr die Frau fort und stützte den Kopf auf, »als Sie eben geschellt haben, da dachte ich ... Ich dachte, es ist Antje, die zum Tee vorbeikommt, und dass sie wieder mal ihren Hausschlüssel vergessen hätte. Es ist so eine Angewohnheit von ihr ...« Wieder wischte sie sich durch die Augen und korrigierte sich. »Verzeihen Sie, es *war* so eine Angewohnheit von ihr.«

Dann brach Schneider sein Schweigen. »Es tut mir wirklich leid, Frau an Huef, aber ich fürchte, wir werden Ihnen noch ein paar Fragen stellen müssen. Hatte Ihre Tochter einen Lebensgefährten? Gibt es Ex-Freunde, von denen sie sich im Streit getrennt hat? Wo hat sie zuletzt gewohnt, und wann hatten Sie zuletzt Kontakt mit ihr?«

Hilde an Huef schüttelte den Kopf. »Antje hatte keinen Freund, was ich nie verstanden habe. Sie war so ein hübsches Mädchen, lebenslustig. Ich vermute, es hat an ihrem Beruf als Krankenpflegerin und ihren Wechselschichten gelegen, dass sie einfach nicht die Zeit und Gelegenheit dazu hatte, jemanden kennenzulernen. Ich habe zuletzt Anfang der Woche mit ihr telefoniert. Sie hat eine kleine Mietwohnung.« Hilde an Huef nannte Schneider die Adresse und fügte hinzu: »Wir wollten eigentlich gemeinsam über Weihnachten zu ihrer Schwester nach Hamburg fahren.«

»Mhm.« Schneider nickte und spielte verlegen an seinen Fingern. Alex deutete auf die Bilder in den Silberrahmen, die auf einem exklusiven Sekretär aufgereiht waren. »Sind das alles Familienbilder?«, fragte sie sanft.

»Ja.«

»Darf ich?«

Hilde an Huef nickte stumm. Alex stand auf, ging über den tiefen Flor des hellen Teppichs und betrachtete die Aufnahmen. Dann erhob sich auch die Frau, deren Familie diese Galerie gewidmet war, stellte sich neben Alex und strich mit dem Finger über den Silberrahmen, in dem sich ein Foto befand, das drei Mädchen in verschiedenen Altersstufen zeigte. Ein Sommerbild. Die Kinder trugen Bikinis, hatten Zöpfe und spritzten mit einem Schlauch im Garten herum. »Die Größere ist Gritta, sie lebt jetzt mit ihrer Familie in Hamburg und hat zwei Kinder. Daneben steht Ronja. Sie wohnt in Wiesbaden und hat gerade ihr erstes Kind bekommen. Und die Kleine hier ist meine Antje – sie war damals etwa sieben Jahre alt.«

Ein Lächeln umspielte Alex' Lippen. Solche Bilder gab es auch von Jule, ihrer Schwester, und ihr selbst. Alex blickte zu Schneider, der stumm aus dem Fenster starrte. Dann bemerkte sie, dass Hilde an Huef auf ein weiteres Bild zeigte. Ihre Finger verharrten auf dem Rahmen, in dem sich das Foto einer jungen Frau befand. Sie strahlte eine natürliche Herzlichkeit aus. Ihr braunes Haar war halblang geschnitten, die grünen Augen blitzten freundlich. Eine moderne Frau Anfang zwanzig, schick gekleidet und hübsch – niemand, der nicht sofort Anschluss finden würde.

»Antje«, sagte Hilde an Huef mit erstickter Stimme und wischte sich mit dem Handballen eine Träne aus dem Augenwinkel. Dann

hielt sie einen Moment inne und fasste nach Alex' Hand, die sie sofort ergriff und fest und beschützend in die ihre nahm. Alex schluckte und sah der älteren Dame tief in die rotgeränderten Augen.
»Sagen Sie mir, wie ist sie ums Leben gekommen?«
Wieder blitzen die Bilder vom Tatort durch Alex' Kopf. Details. Großaufnahmen. »Wir wissen sicher, dass sie ermordet worden ist und dass die Leiche heute an den Schliemannschen Möbelwerken entdeckt wurde. Aber alles Weitere können wir erst nach der rechtsmedizinischen Untersuchung sagen.« Die sicher nicht vor morgen geschah, überlegte Alex, weil der zerfetzte Körper aufgetaut werden musste.
»Sie wollen sie aufschneiden?«
Alex dachte, dass das schon jemand anders getan hatte, und zögerte einen Moment. Dann antwortete sie: »Das müssen wir bei einem Gewaltverbrechen.«
Hilde an Huef sah Alex durchdringend an – ein Blick, der verriet: Die Frau ahnte, dass Alex ihr nicht die ganze Wahrheit sagte.
»Wer«, fragte Hilde an Huef leise, »hat ihr das angetan?«
»Wir finden es heraus«, sagte Alex. »Wir finden es heraus.«

11.

Die Lemfelder Polizeibehörde war in einem früheren Kasernengebäude aus dem neunzehnten Jahrhundert untergebracht. Die Decken waren hoch, manche mit Stuck verziert, auch die in Alex' Büro. Schneeflocken tanzten vor dem Fenster, während Schneider zwei Kaffeebecher auf den penibel aufgeräumten Schreibtisch von Alex abstellte. Es gab darin jeweils unterschiedliche Fächer für bronzene Büroklammern und silberne, für Scheren, Tesafilm und Kugelschreiber.

Schneider ließ eine Aktenkladde mit der Aufschrift »Nele Bender« folgen. Dann setzte er sich ächzend in einen Ledersessel, nahm seinen Laptop zur Hand und schaltete ihn ein.

Alex schlug die Mappe auf, öffnete einen Hefter mit Ausdrucken und zog Fotos hervor. Bilder, dachte sie, die auch aus der alten Fabrik stammen konnten. Fotos, die einen zerstörten Körper zeigten, dazu die Zeichen an der Wand – die Botschaft des Mörders.

»Mein Gott«, murmelte Alex und blätterte in den Papieren.

»Das war vor deiner Zeit. Etwa ein Jahr bevor du zu uns gekommen bist.«

Schneider zog ein Tempo hervor und putzte sich die Nase, während das Betriebssystem sich mit einem Gong zum Bereitschaftsdienst meldete.

»Darf ich die Akte mit nach Hause nehmen?«

Schneider nickte und schob eine DVD in seinen Computer.

»Was machst du da?«

»Ich brenne dir eine DVD fürs Nachtprogramm mit den Spherocam-Dateien vom Tatort an den Schliemannschen Werken.«

Alex faltete die Hände über der Akte zusammen. »Wie kommst du auf die Idee, dass ich heute Nacht noch ...«

»Weil du das immer machst.«

»Wirklich?« Alex wusste, dass das eher eine rhetorische Frage war. Schneider startete ein Programm. Der Laptop begann zu surren.
»Tust du. Ist wie ein Zwang. Du musst aus irgendwelchen Gründen immer hart gegen dich selbst sein. Und das macht dich noch härter.«
Alex hob erstaunt eine Augenbraue. So persönlich hörte sie Rolf selten reden. Was war mit dem denn los? »So, bin ich hart geworden?«
»Ja. Ich sage ja nicht, dass das schlecht ist. Fällt einem nur auf.«
»Also«, sagte Alex, wie um sich zu entschuldigen, »wenn es dich beruhigt: Eigentlich wollte ich ja gleich noch weg. Mal ein bisschen unter die Leute in diesen Jazzclub *Station*. Ein wenig Abwechslung tut ganz gut, glaube ich. Kommst du mit?«
Alex betrachtete Schneider, der ohne zu antworten weiter auf den Bildschirm starrte. Auch nach einer halben Minute kam keine Antwort.
Alex sagte: »War ja nur eine Idee.«
Schweigen.
»Hast du etwas vor?«
Schneider gab ein unbestimmtes Geräusch von sich und nickte. Anscheinend wollte er nicht darüber reden. Alex blickte wieder in die Akte und öffnete wie nebenbei die Schreibtischschublade, griff nach einigen Büroklammern und begann, sie ineinander zu verhaken.
Sie fragte: »Was habt ihr damals in der Bender-Sache ermittelt?«
»Alles und nichts. Wir haben die Stadt auf den Kopf gestellt. Es gab zig Vernehmungen, doch keinen Tatverdächtigen. Aber der ganze Modus ist identisch mit dem Mord an Antje an Huef.«
Alex betrachtete das Bild mit den merkwürdigen Zeichen. Es handelte sich um archaisch anmutende Symbole. Wie Alchemistenzeichen. Ein Halbkreis mit Sternen am Ende, einige versetzte Kreuze, spitzwinklige Dreiecke, Wellenformen, Punkte. »Habt ihr etwas über diese Zeichen herausgefunden?«

Schneider nahm die DVD aus dem Laufwerk. »Nein. Wir waren davon ausgegangen, dass es sich um so eine Art persönlicher Geheimsprache handeln muss.«

»Es gibt darüber auch kein Gutachten?«

»Nein.« Schneider reichte Alex die DVD. »Und da war noch etwas Merkwürdiges.«

»Und das wäre?«, fragte Alex und hielt damit inne, ihre Büroklammerkette zu flechten.

»Wir haben damals am Tatort Tierhaare gefunden«, erklärte Schneider. »Von einem Leoparden.«

12.

»Blue moon, you saw me standing alone«, hörte Alex den Sänger der Bluesband von der Bühne klagen. Na großartig. Da hatte sie beschlossen, sich unter Menschen zu begeben. Und wovon sang jetzt dieser Typ? Von der Einsamkeit.

Die Bühne befand sich zwischen zwei verzierten Metallsäulen, auf denen das gewölbte Dach des früheren Wartesaals im alten Lemfelder Bahnhof ruhte. Dort hatte sich das *Station* zu einer »festen Größe in der regionalen Jazz- und Bluesszene« entwickelt. So stand es zumindest auf dem Programm-Flyer des Clubs, den Alex gestern aus dem Briefkasten gefischt hatte. Sie schwenkte den Rotwein im Glas hin und her und dachte an die Akte von Nele Bender. Spätestens morgen würde eine neue angelegt werden, auf deren Deckel der Name Antje an Huef stand. Zweimal der wohl identische Modus. In beiden Fällen die merkwürdigen Zeichen an den Wänden der Tatorte. Und wenn ein weiteres Mal auch die Haare einer Raubkatze gefunden würden, wäre das ein zusätzliches und verlässliches Indiz dafür, dass die beiden Fälle zusammenhingen. Was auch immer das bedeuten mochte.

Sie trank einen Schluck Rotwein und dachte darüber nach, was Schneider ihr noch gesagt hatte. Dass sie härter geworden sei. Härte definierte sich durch den Widerstand gegen andere Körper. Was blieb ihr also anderes übrig, als hart zu sein, um nicht verletzt zu werden – bei allem, was sie insbesondere in den letzten beiden Jahren und in der Zeit davor schon erlebt hatte? Alex trank einen kräftigen Schluck und wischte sich mit dem Daumen einen Tropfen von den Lippen. Sie stellte das Weinglas ab und begann, einen neuen Turm aus Bierdeckeln zu bauen.

»Nicht Ihre Musik, oder?«

Die Stimme stach unvermittelt dicht neben ihr aus dem aufbrausenden Gemurmel und Gebrabbel heraus. Alex zuckte zusammen und stieß so heftig mit dem Knie unter den Tisch, dass ihr Wein beinahe übergeschwappt wäre. Sie hatte gar nicht mitbekommen, dass die Band nicht mehr spielte.

»Was?«, fragte Alex und blickte auf. Vor ihr stand ein Mann. Er mochte um die vierzig sein, wirkte aber jünger. Seine dunklen Haare waren strubbelig, von grauen Strähnen durchzogen und kurz geschnitten. Lachfalten hatten sich um die blauen Augen herum tief in die Haut eingegraben. Er war ganz in Schwarz gekleidet, und kleine Schweißtropfen standen ihm auf den Schläfen. Er lächelte und machte eine abwehrende Geste. »Sorry, wollte Sie nicht stören.«

»Sie stören mich nicht.«

Er deutete mit dem Zeigefinger auf die Bühne. Sie war bis auf Verstärker, Schlagzeug und Mikrofonstative leer. »Ich habe Sie die ganze Zeit von da oben beobachtet, und Sie haben nicht bei einem einzigen Lied geklatscht, sondern nur vor sich hin gestarrt und durch mich hindurchgesehen, als wäre ich aus Glas.«

Alex schmunzelte. Jetzt war ihr klar, wer der Typ war und warum er so schwitzte. Eben hatte er noch im Licht der Bühnenscheinwerfer Gitarre gespielt und vom traurigen Mond gesungen.

Sie fragte: »Sie sind es wohl nicht gewohnt, dass man Ihnen nicht zujubelt?«

»Ach, unwichtig.« Er winkte mit einem verschmitzten Lächeln ab, trank einen Schluck Bier, und Alex entging nicht, wie er sie dabei betrachtete. Ihr Gesicht. Die feine Goldkette. Den Ausschnitt ihrer taillierten und weit aufgeknöpften weißen Bluse. Ihre übereinandergeschlagenen Beine in der engen schwarzen Jeans, die im weichen Leder kniehoher schwarzer Stiefel steckte, die so gerade eben über den geschwollenen Knöchel gepasst hatten.

Dann wuschelte er sich durch die Haare, suchte augenscheinlich nach Worten und fand sie schließlich. »Also eigentlich hatte ich mich nur gefragt, warum jemand wie Sie da so alleine am Tisch sitzt, und ...«

Alex rollte mit den Augen. »Wollen Sie jetzt wissen, ob ich was trinken will und öfter hier bin, und hinzufügen, dass es laut *Bumm* gemacht haben muss, als ich vom Himmel fiel?«

Er betrachtete sie mit einem Ausdruck, den Alex nicht zu deuten wusste. »Nein, wenn Sie öfter hier wären, wüsste ich das, denn ich spiele hier fast jeden Sonntag. Und wenn welche wie Sie runterfallen, macht das ein anderes Geräusch. Eher so ein lautes Platschen.«

»Boah!«, machte Alex und lachte fassungslos.

Er trank den Rest Bier aus und grinste wie ein kleiner Junge. »Das Klatschen ist das Geräusch von Prinzessinnen, die man ab und zu mal in eine Pfütze fallen lassen muss, bevor man sie weiter auf Händen trägt.«

Hatte er das gerade wirklich gesagt? Wie war der denn drauf? Alex schmiegte das Gesicht in die Hand, stützte den Arm auf dem Tisch auf. »Sie haben eine ungewöhnliche Art, Frauen anzumachen. Ich kenne das Geräusch. Ich erlaube Ihnen sogar, weiterzureden. Aber nur deswegen, weil ich wissen will, wie Sie aus der Nummer wieder rauskommen.«

Er nickte und stellte bei einer Kellnerin, die ein Tablett mit Biergläsern durch die engen Reihen der Gäste balancierte, sein Bierglas ab und griff sich ungefragt ein neues, was das Mädchen mit einem Lächeln quittierte.

»Also, Neustart: Ich habe mich gewundert, was Sie hier machen, wenn Sie schon nicht auf Blues stehen. Von der Bühne aus sitzen Sie nun mal in meiner Sichtachse und bauen diese ...« Er wedelte mit der Hand und deutete auf den Bierdeckelturm vor Alex. »Sie bauen diese Bierdeckeltürme. Einen nach dem anderen.«

Alex lachte laut auf. Dann wischte sie die Bierdeckeltürme zur Seite. »Das können Sie alles von dort oben sehen?«

Der Mann schaute zur Decke und deutete mit einem Nicken nach oben. Alex folgte seinem Blick, starrte in das grelle Licht eines nach unten strahlenden Scheinwerfers und sah sofort wieder weg. Grüne und rote Punkte tanzten vor ihren Augen.

»Sie sitzen mitten im Licht«, erklärte er, »und sind einfach nicht zu übersehen.«

Alex blinzelte, um die Geisterbilder zu vertreiben, die der Strahler auf ihrer Netzhaut hinterlassen hatte. »Frauen im Rampenlicht interessieren Sie?«

»Nein.« Er griff sich einen Stuhl und setzte sich neben Alex. »Nur solche, die ich nicht übersehen kann, die aber mich übersehen, wenn ich mir die Seele aus dem Leib singe, und stattdessen lieber Bierdeckeltürme bauen.«

»Also doch ein Ego-Problem.« Alex trank einen Schluck Wein, sah dem Mann betont tief in die Augen und leckte sich mit der Zungenspitze etwas Rioja von der Unterlippe, was ihm nicht zu entgehen schien.

»Wer weiß«, antwortete er und legte den Kopf schief. »Jedenfalls wird man als Musiker meistens auf die Show angesprochen, wenn man von der Bühne kommt, und nicht analysiert.«

»Und mich will man für gewöhnlich nicht sofort ins Wasser werfen, noch bevor man meinen Namen kennt.«

»Ich bin Jan.«

»Alex.«

»Und das Analyse-Ergebnis?«

»Ich weiß noch zu wenig über deine Kindheit.«

Jan lachte. »Bist du Psychologin?«

Alex nickte. »Bin ich. Willst du nun lieber wieder aufstehen und singen gehen?«

»Noch nicht. Psychologie finde ich interessant.«

»Oh, ein Kollege.«

»Nicht ganz. Ich bin in der Werbung.«

»Ach?« Alex wollte gerade eine Bemerkung über Werbung und

das Ansprechen von Frauen in Clubs machen, schob dann aber die Bierdeckel zusammen, steckte sie zurück in den Kunststoffhalter, auf dem das Logo der Lemfelder Privatbrauerei gedruckt war, und sagte stattdessen: »Mir gefällt eure Musik wirklich gut – ich bin nur etwas, sagen wir, in Gedanken zurzeit. Die Songs sind ein wenig traurig. Bringt mich nicht gerade wieder hoch.«
»Der verdammte Weihnachtsblues?«
»Der verdammte Weihnachtsblues. Und mit Blues kennst du dich ja aus. Blue moon, you saw me ...«, summte sie die Melodie des Liedes.
»Ist von Elvis«, erklärte Jan und trank das Bier aus. »Und ich muss mich entschuldigen: Du hast ja doch zugehört.«
»Dann ist dein Ego ja wieder aufpoliert.« Sie zögerte. Lächelte. In einem ernsteren Tonfall fügte sie hinzu: »Natürlich habe ich zugehört. Und das mit dem Ego meine ich nicht wirklich. Ich rede manchmal nur so daher.« Was nicht gelogen war. Kein Stück.
Jan lachte und stellte sein Bierglas auf den Tisch. Alex sah, wie sich ein anderer in Schwarz gekleideter Mann durch die Menschentrauben zu ihrem Tisch drängte und Jan auf die Schulter tippte. »Alter, wird Zeit für das nächste Set.« Jan nickte dem Mann zu, der wieder verschwand.
»Unser Drummer«, sagte Jan. »Pause beendet.«
»Okay, kein Problem.« Alex sah auf die Uhr. »Ich muss ohnehin gleich los und werde mir nicht mehr alles anhören können. Muss früh aufstehen.«
»Schade.« Jan klopfte im Aufstehen mit den Fingerknöcheln auf den Tisch. »Gerade, wo wir angefangen haben, uns richtig zu unterhalten.«
»Tja«, zuckte Alex mit den Schultern, »that's life, oder?«
»Ja, manchmal ist das so.« Und damit zwängte sich Jan in Richtung Bühne.
Alex leerte den Rotwein und wischte sich die feuchten Hände an

der Jeans ab. Ihre Wangen glühten, und sie hoffte, dass Jan das nicht bemerkt hatte. Hatte sie gerade mit ihm geflirtet? Wenn ja, dann war sie ziemlich aus der Übung. Andererseits hatte Jan auch nicht den allerbesten Start hingelegt. Aber es war ein schönes Gefühl, von einem attraktiven Mann angesprochen zu werden. Zudem einem, der nicht sofort wieder auf dem Absatz kehrtgemacht hatte, sobald er gegen ihren Panzer geknallt war. Eine Eigenschaft, die Alex sehr schätzte. Und die dringend nötig war, wenn man sich mit ihr abgab. Dennoch: Wenn sie es ernsthaft angehen wollte, jemanden näher kennenzulernen, vielleicht jemanden wie diesen Jan, würde sie dringend an sich selbst arbeiten müssen, denn ...
»Sorry, habe etwas vergessen.«
Alex' Herz machte einen Sprung. Jan hatte sich wieder zurückgedrängelt und beugte sich über den Tisch zu ihr herüber.
»Ja?«, fragte sie eine Spur zu laut.
Jan wuschelte sich durch die Haare und schien wieder nach den richtigen Worten zu suchen. »Also, da du ja gleich wieder losmusst, ähm, dachte ich mir ...«
»Ja?« Wie süß. Er stammelte. Und sie selbst saß wie vom Schlag getroffen da.
»Also, ich würde mir ansonsten in den Hintern treten, und ...« Er sah sie aus tiefblauen Augen an. »Also, hast du ein Handy?«
Alex nickte.
»Ja, wenn du mir deine Nummer gibst, würde ich mal anrufen und einfach sehen, ob du drangehen möchtest ...«
»Oh, ja klar, kein Problem.« Alex fühlte sich, als würde ihr der Boden unter den Füßen weggezogen. Hektisch griff sie in ihre Handtasche, zog zielsicher einen Block mit Post-it-Zetteln und einen Kugelschreiber hervor. In Windeseile notierte sie ihre Handynummer, riss den Zettel ab und gab ihn Jan. »Heiligabend bin ich ab morgens nicht da«, erklärte sie. »Und am ersten Feiertag bin ich bestimmt ab mittags oder nachmittags wieder zurück. Aber ich

habe das Handy sowieso immer an und bin eigentlich ständig erreichbar.«

»Prima.« Jan strahlte sie an, legte zum Gruß zwei Finger an die Stirn. »Dann vorsorglich schon mal frohe Weihnachten«, rief er im Gehen.

»Ebenfalls«, antwortete sie und dachte: *Hast du gerade wirklich einem Kerl deine Handynummer gegeben? Und wie ein Schulmädchen bei der ersten Verabredung gestammelt und diesem Mann deinen Terminkalender vorgebetet? Geht's denn noch, Alex?*

13.

Der Mann stand am Fenster, blickte in den nächtlichen Himmel über Lemfeld und erinnerte sich an früher.
»La-Le-Lu, nur der Mann im Mond schaut zu«, hatte seine Mutter früher gesungen und dabei seinen kleinen Bruder auf dem Schoß gewiegt. Sie sang es immer nur für ihn, den Bruder. Den anderen. Wenn Mama den anderen ins Bett gelegt hatte und wieder aus dem Kinderzimmer gegangen war, stand der Junge oft noch lange am Fenster und betrachtete das bleiche Rund am Himmel.
Er wusste, dass dort der Mann im Mond leben sollte. Aber der Mann im Mond wachte nicht über den Schlaf. Er lauerte da oben, denn er wollte Kinder fressen. So wie Peterchen und Anneliese in Peterchens Mondfahrt. Papa hatte ihm das erzählt. Und davon, dass der Mondmann die ausgerissenen Beinchen vom Käfer Sumsemann nicht herausrücken wollte.
Ja, der Mann im Mond war ein ziemlich übler Kerl. Oft hatte der Junge vor lauter Angst deswegen ins Bett gemacht. Wenn Papa das herausgefunden hatte, was er jedes Mal tat, dann hatte er den Jungen bei den Ohren aus dem Zimmer gezogen, die Musik laut gestellt und ihn mit dem Ledergürtel verdroschen. Dabei hatte der Junge sich jedes Mal tief in die Musik versenkt, war fortgedriftet mit den Noten und hatte sich auf die Zunge gebissen, bis Blut hervorquoll, um nicht schreien zu müssen.
Erst viel später hatte er begriffen, dass der Mond nicht immer beängstigend war. Er konnte einen auch stark machen und in etwas verwandeln, das in der Lage war, jeden Schmerz zu überstehen. Etwas Mächtiges, das den Gejagten zum Jäger machte. Aber der Mann im Mond forderte seinen Tribut. Am Ende war das Mondlicht wie Heroin. Ein grausamer Gott, dem er opfern musste, um im Gegenzug Kraft zu erlangen. Am Anfang hatte er sich noch mit

Maikäfern zufriedengegeben, denen er die Beine ausriss. Später wollte er Kleintiere. Hamster, Meerschweinchen, Katzen, Hunde. Schließlich hatte auch das nicht mehr gereicht.

Ja, dachte der Mann und starrte weiter aus dem Fenster. So war es überall auf der Welt. Ein Geben und Nehmen. Fressen und gefressen werden. Ein Teufelskreis. Das eine existierte nicht ohne das andere, und ein Jäger wie er brauchte einen mächtigeren Gegner, um sein Dasein zu rechtfertigen. So wie in den alten Comics, in denen er zum ersten Mal von der Kraft des Mondes gelesen hatte. Nun, möglicherweise hatte er diesen Jäger nun endlich gefunden. Genauer gesagt: die Jägerin.

Der Mann nahm das Zeitungsfoto zur Hand. Er hatte es ausgeschnitten und laminiert. In der Unterzeile stand: »Profilerin der Lemfelder Polizei: Alexandra von Stietencron.« Sein Daumen rieb ihr über das Gesicht. Fast zärtlich. Er war heute Nachmittag vor lauter Neugierde an den alten Schliemannschen Werken vorbeigefahren und hatte dort die Polizeiwagen gesehen. Jetzt stellte er sich vor, wie Alexandra in der Ruine sein Werk betrachtete. Vielleicht machte sie sich gerade jetzt über ihn Gedanken. Schlaflos in der Nacht.

Es würde aufregend werden, dachte der Mann. Sehr aufregend.

14.

Alex lag frisch geduscht und mit einem Espresso auf dem wuchtigen Sofa ihrer Dachgeschosswohnung. Die Akte »Nele Bender« ruhte auf ihrem Schoß. Kater Hannibal streckte sich auf dem Laminatboden aus. Er schien zu überlegen, ob er die Wagenfeld-Lampe auf dem Schreibtisch angreifen sollte, deren Kabel sich verdächtig zu bewegen schien, hatte dann aber offenbar doch zu viel Respekt vor Bauhausdesignern und trottete zum Sofa.

Es war beinahe Mitternacht. Draußen hatte es wieder zu schneien begonnen. Das schräge Dachfenster war wie von Geisterhand mit einer dicken weißen Schicht bedeckt worden. Joss Stone sang aus den Boxen der kleinen iPod-Docking-Station eine Swingversion von *Let it snow,* und Alex' Knöchel puckerte im Takt dazu. Es war schlimmer mit den Schmerzen geworden, weswegen Alex sich vorgenommen hatte, morgen früh einen Facharzt zu bitten, einen Blick auf das Gelenk zu werfen. Vielleicht diesen Dr. Pfeiffer – er hatte seine Praxis gleich um die Ecke in Alex' Straße.

Alex schlug die Akte auf. Nele Bender hatte ihren neunzehnten Geburtstag nicht mehr erleben dürfen – und viele der Lebensjahre davor mussten schrecklich gewesen sein. In der Kindheit war sie von alkoholkranken Eltern geschlagen und vom Onkel sexuell missbraucht worden. Nachdem das Jugendamt sie im Alter von neun Jahren aus der Familie genommen hatte, war sie in einer betreuten Siedlung für Kinder und Jugendliche aus Problemfamilien untergekommen – dem Luisenhof. Der Name der sich in kirchlicher Trägerschaft befindenden Einrichtung sollte an Fürstin Luise erinnern, die im neunzehnten Jahrhundert in Lemfeld eine vorbildliche soziale Ader bewiesen hatte und noch heute namentlich im Titel vieler Einrichtungen in Erscheinung trat. Wie Alex aus der Ortschronik wusste, wurde Luise sogar die Erfindung des Kindergartens zugeschrieben – Nele hatte nach den Akten einen solchen jedoch nie von innen gesehen, bis die Jugendbehörde zu Zwangsmaßnahmen griff und durchsetzte, dass das Kind eine Kita besuchte. In Neles Schulzeit war schließlich ein Missbrauch an dem Mädchen offenkundig geworden.

Im Luisenhof war Nele zunächst in die Kindereinrichtung gekommen, später in die Jugendgruppe gewechselt und dann in eine betreute Wohngruppe, wo sie sich geradezu vorbildlich entwickelt und ihr Abitur mit einem Notendurchschnitt von 2,1 bestanden hatte. Danach hätte ein Coaching mit Pädagogen erfolgen sollen, um Nele in einen Job oder in ein Studium zu führen.

Aber ein Mörder hatte einen anderen Plan mit ihr gehabt. Und im Zuge der Ermittlungen hatte sich herausgestellt, dass Nele – sehr zum Schock ihrer Betreuer – im Verborgenen ein Leben geführt hatte, das so gar nicht zu ihrer ansonsten vorbildlichen Entwicklung zu passen schien. Sie hing in der Drogenszene rum, hatte zahlreiche Männerbekanntschaften, oft mit Älteren, von denen sie vermutlich auch Geld annahm. In der Vernehmung hatte ein Gruppenpädagoge namens Gregor Potthast angegeben, er hätte das bei einem Mädchen wie Nele nie für möglich gehalten.

Der Mord war, wie Schneider schon berichtet hatte, in dem Jahr geschehen, bevor Alex nach Lemfeld kam. Er lag somit mehr als zwei Jahre zurück, und die Suche nach dem Täter war im Wesentlichen ergebnislos geblieben.

Alex legte die Akte beiseite und stand auf, um den Computer einzuschalten und die DVD von Schneider einzulegen. Mit einigen Mausklicks installierte sie die Software für das Viewer-Programm. Schließlich lud sie die Datei der Spherocam mit den Aufnahmen aus den Möbelwerken. Ihr Zeigefinger klickte die linke Maustaste und hielt sie fest. Sie versetzte die virtuelle Kamera in Bewegung. Der Bildschirm zeigte eine in den Dimensionen leicht verzerrte Ansicht des Tatorts. Alex scrollte zum Kesselraum der Schliemannschen

Möbelwerke, wo sich das Opfer befunden hatte. Sie bewegte den Cursor zu einem Lupensymbol in der Werkzeugleiste. Stufenlos zoomte die Kamera an die Mauer heran, bis die in Blut gemalten Symbole den Bildschirm ausfüllten – ein Halbkreis mit Sternen, einige Kreuze, spitzwinklige Dreiecke, Wellenformen, Punkte.

Alex fertigte einen hochauflösenden Ausdruck von der Inschrift an. Dann stellte sie den Computer wieder aus und nahm ihr Moleskine-Notizbuch und einen Block mit Post-it-Klebezetteln zur Hand. Sie liebte diese nützliche Erfindung und hatte bereits während der Vorbereitung aufs Abitur eine geradezu emotionale Bindung zu den Post-its entwickelt, mit denen sich herrlich Struktur in das Chaos von Lehrbüchern und Kapiteln bringen ließ. Außerdem taugten die Dinger zu noch viel mehr – sie konnten die Arbeit, das ganze Leben systematisieren. Alex ließ sich wieder aufs Sofa fallen und streckte sich aus.

Sie dachte darüber nach, wen sie zu den Zeichen befragen könnte. Möglicherweise gab es an einer Uni einen Experten für Semantik, vielleicht konnte auch die Völkerkundliche Abteilung des Lemfelder Landesmuseums mit einem Hinweis weiterhelfen. Sie würde dort morgen einmal anrufen.

Alex machte sich eine Notiz und überlegte, dass in den Unterlagen zum Fall Bender eine fundierte Fallanalyse fehlte. Wie es schien, hatte den Kollegen damals entweder die nötige Sensibilität dafür gefehlt, eine solche Untersuchung beim LKA oder einem privaten Institut zu beauftragen, oder es war aus Budgetgründen nicht erfolgt. Alle Berichte aus der Gerichtsmedizin, toxikologische und histologische Befunde lagen jedenfalls vor – und wenn morgen die Obduktion von Antje an Huef stattfinden würde, konnte man Vergleiche anstellen.

Alex notierte außerdem, dass eine Suche nach ähnlich gelagerten Verbrechen in den Polizeidatenbanken sowie eine aktuelle ViCLAS-Recherche nötig wären – schließlich sah bislang alles danach aus, als habe man es mit einem Serientäter zu tun. Die Abkürzung ViCLAS stand für »Violent Crime Linkage Analysis System« – eine bundesweite Datenbank für Gewaltverbrechen. Serientäter waren zwar meist in bestimmten Umkreisen um ihren Ankerpunkt aktiv, aber vielleicht war der Mörder nach Lemfeld gezogen und hatte vorher woanders gelebt.

Schließlich legte sie die Akte beiseite, schloss die Augen, streckte sich auf dem Sofa aus und ließ ihren Gedanken freien Lauf.

Beide Tatorte lagen in Lemfeld. Beide befanden sich in Industriebrachen. Die alten Schliemannschen Möbelwerke auf der einen Seite. Auf der anderen die alte Ziegelei außerhalb der Stadt. Nele wurde im Sommer getötet, Antje im Winter. Vielleicht spielten die Jahreszeiten eine Rolle. Beide Opfer waren Frauen und jung. Antje war Single, Nele laut Aussage ihrer Mutter ebenfalls. Sie waren beide attraktiv, aber nicht der gleiche Typ. Nele Bender lebte in einem Heim, führte eine Doppelexistenz und stammte aus zerrütteten Verhältnissen. Antje an Huef wohnte allein und kam aus einem gutsituierten Elternhaus. Keine Übereinstimmung in diesem Punkt.

Nele Bender lebte riskant und promiskuitiv. Die Kollegen hatten einige Personen überprüft und befragt, die über das Internet mit Nele in Kontakt getreten waren. Es hatte sich zwar kein Tatverdacht erhärtet, dennoch, überlegte Alex, könnte der Täter sie in einem Forum kennengelernt haben. Facebook vielleicht.

Alex sackte etwas tiefer in die Kissen und fragte sich, warum der Täter Antje den Personalausweis zwischen die Zähne geklemmt hatte. Weil er sich der Polizei überlegen fühlte und sie verhöhnen wollte? Weil er auch Nele Bender auf dem Gewissen hatte und keiner ihm bislang auf die Schliche gekommen war? Möglich.

Dann dachte sie darüber nach, wie er vorging. Er suchte sich zunächst Opfer aus, die in sein Beuteschema passten. Das war Teil des Spiels. Er überwältigte sie und brachte sie an einen verlassenen

Ort, wo er seine Ruhe hatte. Er fixierte die Opfer und ritzte ihnen in die Haut – mit einem Messer oder Krallen. Mit dem Blut schrieb er Zeichen an die Wand.

Aber warum zerfetzte er die Opfer derart brutal, dass es aussah, als sei ein Werwolf oder ein wildes Tier über sie hergefallen? Spielte das Haar aus einem Leopardenfell eine Rolle, das am Nele-Bender-Tatort gefunden worden war?

Alex überlegte, ob sie den Analysebericht der KTU in Bezug auf das Fell heraussuchen sollte, aber das Sofa war zu gemütlich, um sich zum Boden zu beugen, wo die Akte lag.

Das brutale Vorgehen sprach einerseits für einen Blutrausch. Aber Alex glaubte nicht an einen emotionalen Kontrollverlust, der das Zerfetzen der Opfer zur Folge hatte. Sie vermutete eher, dass der Täter sich bis zu einem bestimmten Punkt völlig unter Kontrolle hatte. Er brachte die Opfer nur deswegen nicht sofort um, weil er mit ihnen spielen wollte. Wie eine Katze mit der Maus. Es ging ihm darum, den Zeitpunkt zu bestimmen. Macht auszuüben. Gefühle zu provozieren. Und er nahm sich Souvenirs mit, die Brustwarzen, wahrscheinlich noch mehr. Im Obduktionsbericht von Nele Bender stand, dass einige Fleischteile fehlten. Und Organe. Nieren. Sie waren nirgends gefunden worden.

Alex gähnte. Das Sofa schien sie in sich hineinzusaugen. So, als würde ihr Körper immer schwerer und die Kissen immer weicher. Die Bilder von Tatorten, Opfern und Wunden verschmolzen mit der Musik, dem Schnurren Hannibals, den freundlichen Augenfalten von Jan, dem Bluesmusiker, der mit einem für Prinzessinnen vorgesehenen Silbertablett durch einen leeren Lagerraum huschte und sagte »Bitte Platz nehmen, Gräfin«, bevor er mit ihr eine Luftkissenrutsche in der Spielewelt hinabsauste, wo unten Schneider wartete und schimpfte »Und das mit deinem schlimmen Knöchel«, als alles schwarz wurde, schwer und gleichzeitig leicht – und Alex schließlich in einen tiefen Schlaf glitt.

15.

»Dann schauen wir uns das doch mal an«, sagte Dr. David Pfeiffer. Er legte seine weiche Hand sanft unter Alex' Fußsohle und bewegte ihren Spann vorsichtig in verschiedene Richtungen. Alex keuchte. Aus den unsichtbaren Boxen in dem modern eingerichteten Behandlungsraum flutete unauffällige Loungemusik – ein Remix von *Moon River*. In der Ecke blubberte ein Luftbefeuchter vor sich hin. Er war gerade erst eingeschaltet worden: Alex war die erste Patientin am Montagmorgen. Kunststück, sie wohnte ja gerade mal hundert Meter weit entfernt.
»Mhm«, machte Pfeiffer, während er ihr Sprunggelenk abtastete. In seinem leuchtend roten Poloshirt und der weißen Jeans wirkte er so, als sei er gerade vom Segeln oder aus der Tennishalle gekommen. Pfeiffer mochte Mitte dreißig, Anfang vierzig sein. Seine Haut wies noch die Restbräune eines vergangenen Urlaubs auf.
»Wie haben Sie denn das hinbekommen?«, fragte der Arzt, ließ das Gelenk wieder los und warf einen Blick auf das Röntgenbild.
»Ich bin auf der Treppe umgeknickt«, erklärte Alex und stützte sich auf der Behandlungsliege mit den Ellbogen ab. »Ich nehme an, dass nichts gebrochen ist. Ich habe den Knöchel etwas gekühlt. Die Schwellung deutet allenfalls auf einen Bänderriss hin, wenn überhaupt.«
Pfeiffer lachte leise und ließ das Röntgenbild sinken. »Können Sie das so genau fühlen?«
»Nein«, sagte Alex und lächelte. »Ich habe das Medizingrundstudium absolviert und früher viel Leistungssport betrieben – Triathlon. Daher rede ich mir ein, mich ein wenig auszukennen.«
»Aha.« Pfeiffer schien wenig interessiert. Er legte ihr die rechte Hand wieder auf das Gelenk. Es steckte kein Ring am Finger. »Sie haben recht, es ist nichts gebrochen und nichts gerissen. Die

Schwellung sieht schlimmer aus, als sie ist. Gleichwohl ist eines der Bänder überdehnt, und ich möchte den Knöchel mit einem Verband stabilisieren.«
»Ich muss doch nicht an Krücken laufen oder krankgeschrieben werden?«
»Das kommt auf Ihren Beruf an und ob Sie viel herumlaufen und den Fuß sehr belasten müssen«, antwortete der Orthopäde, ohne die Hand wegzunehmen. Seine hellen Augen blinzelten. Er blickte fragend. »Kann es sein, dass ich in der Zeitung schon mal ein Bild von Ihnen gesehen habe?«
»Möglich. Aber vielleicht sind Sie mir schon mal auf der Straße begegnet, wir sind ja quasi Nachbarn. Und ich bin Polizistin. Ab und zu muss ich dabei durchaus in der Gegend herumlaufen.«
Pfeiffer nickte. Dann stand er auf, nahm aus einer Schublade Verbandsmaterial und eine Tube. Er rieb ihr eiskaltes Gel auf den Knöchel. Dann hob er Alex' Fuß vorsichtig an und begann damit, den Stretchverband stramm um ihr Gelenk zu wickeln. »Benötigen Sie nun eine Krankschreibung oder nicht?«, fragte er in seine Arbeit vertieft.
»Nein, im Augenblick wäre es das Letzte, was ich gebrauchen kann.«
Pfeiffer zuckte mit den Schultern. »Wie Sie meinen.« Dann lehnte er sich zurück. »Für eine Zeitlang werden Sie wohl nur den zweiten Platz belegen, wenn Sie Verbrechern hinterherlaufen.«
Alex lachte.
Pfeiffer machte eine auffordernde Geste. »Probieren Sie mal.«
Alex setzte sich aufrecht hin, ließ die Füße von der Liege baumeln und stellte sich hin, um das Gelenk zu belasten. Es tat schon viel weniger weh. »Sehr gut. Wie sieht das mit Joggen aus?«
»Joggen?«, fragte der Arzt und hob eine Augenbraue.
»Ich laufe immer noch jeden Tag. Ich brauche es wie die Luft zum Atmen.«

»Ja«, machte Pfeiffer und winkte ab. »Ich weiß – es ist eine Sucht.«
Alex griff nach ihrem Strumpf und zog ihn vorsichtig über den Fuß. »Sie laufen auch?«
»Nein. Aber ich habe einige Semester Sportmedizin studiert.«
»Ah, na, dann bin ich ja in den besten Händen.« Alex schlüpfte in ihren Lederstiefel und begann, ihn locker zuzuschnüren.
»Sowieso«, sagte Pfeiffer, rollte mit seinem Stuhl zum Schreibtisch, um etwas auf einen Rezeptblock zu notieren. »Ich schreibe Ihnen noch ein Gel auf. Kühlen Sie das Gelenk weiter. Das Joggen sollten Sie zunächst bleiben lassen und dann ausprobieren, ob es wieder geht – was Sie ja sowieso tun werden, richtig?«
Alex lachte und strich sich eine Strähne aus der Stirn, während sie prüfend mit dem Fuß im Stiefel herumrutschte. »Richtig.«
Pfeiffer reichte Alex das Rezept. »Lassen Sie sich für nächste Woche einen Termin geben. Ich mache über Weihnachten und Neujahr keine Praxisferien.«
»Okay.«
Der Arzt reichte ihr die Hand. Alex ergriff sie.
»Wiedersehen, Frau von Stietencron.« Er lächelte.

16.

Auf dem Weg zum Büro nahm sich Alex einen Kaffee aus der Teeküche mit, ging gedankenverloren über den Flur und beobachtete im Gehen das Muster des Teppichs. Es erinnerte an ein Störbild im Fernsehen.

Die Akte »Nele Bender« lag auf ihrem Schreibtisch, und sie musste die Kollegen dringend auf die Ermittlungslücken hinweisen, die ihr darin aufgefallen waren. Allen voran Reineking, ihren Abteilungsleiter. Allerdings war für heute Vormittag zunächst Antje an Huefs Obduktion angesetzt. Zudem hatte Alex telefonisch einen Termin im Landesmuseum verabredet, um dort den Ausdruck mit den Schriftzeichen beurteilen zu lassen. Sie wollte sich mit einem Ethnologen treffen, einem Marc Berner. Der Mann hatte sehr gestresst geklungen und irgendwelche Dinge von Sonderausstellungen und Umbauten erzählt und dass er sie irgendwie kurzfristig dazwischenquetschen würde.

Ein frischer Parfümduft ließ Alex aufschauen. Schon im nächsten Moment stieß sie mit einer Frau zusammen, die ebenfalls in sich versunken den Flur entlangmarschierte. Alex schaffte es gerade noch, den Kaffeebecher auszubalancieren, um den Inhalt nicht auf das Zopfmuster des beigefarbenen Rollkragenpullovers und den braunen Rock ihres Gegenübers zu verschütten.

»Sorry, ich war wohl …«

»… in Gedanken, ja, dito«, vervollständigte die Frau Alex' Satz mit tiefer Stimme und sah sie lächelnd aus dunkelbraunen Knopfaugen an.

Sie war etwas kleiner als Alex und perfekt geschminkt. Ihr Gesicht wirkte unter dem sportlichen Kurzhaarschnitt ein wenig mäuschenhaft, aber das täuschte sicher. Ihre Züge waren knallhart, und ihr Blick haftete an Alex wie eine Tackerklammer.

»Veronika Martens, LKA«, sagte die Frau und streckte Alex die Hand hin. Ihr Griff war genauso fest wie ihre Stimme. »Sie müssen Alexandra von Stietencron sein. Ich habe von Ihnen gehört. Diese Purpurdrachen-Sache. Die Hexen-Geschichte ...«

»Ah, oh, ach so, ja ...«, stammelte Alex und zuckte mit den Schultern, während die Gedanken mit ihr Karussell fuhren. LKA? Was hatte das nun zu bedeuten?

»Ich bin gespannt auf Sie.« Erst jetzt ließ Martens Alex' Hand los und erklärte: »Ich übernehme die Kommissionsleitung in der Mordsache Antje an Huef. Wir rollen auch den Bender-Fall wieder neu auf. Scheint ja Zusammenhänge zu geben. Solange die Direktion Kriminalität in Lemfeld offiziell nur kommissarisch besetzt ist, sollen wir bei euch reingrätschen. Auch deswegen, weil ihr nicht ausreichend personelle Kapazitäten habt.«

Ja, dachte Alex, die Stelle der Dezernatsleitung war nach wie vor vakant und das Ausschreibungsverfahren noch nicht abgeschlossen. Es war ein offenes Geheimnis, dass Reineking sich beworben hatte. Aber keiner glaubte ernsthaft, dass er den Job erhalten würde. Alle rechneten mit einer externen Besetzung, und zwar mit einer Topkraft. Nur wer hatte das LKA auf den Plan gerufen? Der Staatsanwalt? Oder Möbius, der Behördenchef? Hatte der Landrat Druck gemacht? Oder war Veronika am Ende schon die neue Chefin, die sich einarbeiten sollte?

»Ich war gerade auf dem Weg zu Ihnen, Alex – ich darf doch Alex sagen?«

Alex nickte mit offenem Mund. »Zu mir?«

»Die Nele-Bender-Akte. Ich habe gehört, die ist bei Ihnen?«

»Ah, okay«, nickte Alex. »Ja, habe ich.«

Veronika blickte Alex einen Augenblick schweigend an und musterte sie. Dann sagte sie wie aus der Pistole geschossen: »Es wird dem Kollegen Reineking sicher nicht gefallen, dass ich hier aufkreuze. Und vielleicht stinkt euch anderen das auch. Aber wir sitzen alle in einem Boot. Gehen wir zu Ihnen?« Damit griff sie Alex sanft am Arm und zog sie mit sich.

»Okay?«, sagte Alex fragend. Sie hatte nicht einmal mehr die Zeit, sich von Veronikas bestimmender Art überrumpelt zu fühlen, und ließ sich regelrecht von ihr abführen.

17.

»Schöne Aussicht«, sagte Veronika Martens mit einem Blick in Alex' Büro. »Und alles so ordentlich.«

»Ich habe gerne den Überblick«, antwortete Alex, lehnte sich an den Schreibtisch und schob mit der Fingerspitze den Kugelschreiber auf der Schreibtischunterlage wieder gerade, bevor sie nach der Bender-Akte griff.

Veronika schloss die Tür und setzte sich in den weichen Ledersessel. »Mhm«, machte sie, lehnte sich zurück und schlug die Beine übereinander. »So einen hätte ich auch gerne.«

Alex zuckte mit den Schultern und mühte sich mit einem Lächeln ab. »Eine Liege hat der Etat nicht hergegeben, aber ein Sessel war das mindeste – schließlich bin ich hier die Psychologin.«

Veronika lachte hellauf und verstummte ebenso schnell wieder. »Ich will Sie nicht weiter aufhalten, Alex. Ich dachte nur, wir sollten uns einmal kurz kennenlernen.«

»Klar«, antwortete Alex und reichte Veronika die Akte.

Die LKA-Beamtin nahm sie entgegen und drehte an einem Goldring herum, der auf dem kleinen Finger ihrer rechten Hand steckte. »Sie sind nach meiner Kenntnis im Rahmen eines Pilotprojekts mit Schwerpunkten wie Schulungen, Team-Entwicklung, Befragungen, psychosoziale Betreuung und dem Erstellen von Präventionskonzepten befasst. Nur am Rande zur Unterstützung bei Einsätzen, Vernehmungen und Fallanalyse. Aber in die Bender- und An-Huef-Sache sind Sie schon eingebunden, stimmt das?«

Alex fragte sich, worauf die Frau hinauswollte, und erklärte: »Ja, bin ich. Ich habe ein Studium beim BKA absolviert und eine Polizeiausbildung mit allem Drum und Dran. Es geht in meinem Projekt darum, die Schwerpunktbehörden in Ermittlungen zu stärken, um die Zentralen zu entlasten. Zum Beispiel das LKA.«

»Gut.« Veronika lächelte freundlich. »Sie haben es ja auch schon zu einem gewissen Bekanntheitsgrad gebracht.«

Alex nahm einige Büroklammern und sortierte sie auf der Schreibtischunterlage in eine Reihe. »Herr Dr. Stemmle von der Operativen Fallanalyse ist mein Projekt-Mentor in der Koordinierungsstelle in Düsseldorf.«

Veronika nickte. »Stemmle, ah ja. Ich habe in einer Reihe von Serientäterfällen ermittelt. Dieser Typ, der auf fahrende Lkw im Ruhrgebiet geschossen hatte. Die Kiosk-Morde in Düsseldorf, derlei Dinge. Verschiedentlich habe ich bereits mit der Operativen Fallanalyse zusammengearbeitet und ...«

Alex biss sich auf die Unterlippe. Sie ahnte, was Veronika als Nächstes sagen würde.

»... was halten Sie vor dem Hintergrund Ihrer Erfahrung davon, wenn wir ein paar Profis von der OFA in unsere Fälle einbeziehen?«

Alex zuckte unmerklich zusammen und fühlte sich, als hätte sie gerade einen Tritt in den Solarplexus bekommen. Die *Profis?* Und was war sie? Ein Lehrmädchen in der Provinzbehörde?

»Tja«, sagte Alex und starrte auf ihre Fingernägel. »Wenn Sie meinen.«

Veronika musterte Alex und zögerte einen Moment. »Das ist jetzt vielleicht falsch rübergekommen. Missverstehen Sie mich bitte nicht. Ich finde es richtig gut, jemanden wie Sie beratend an Bord zu haben. Ich habe bloß laut nachgedacht, denn im Fall an Huef und Bender zeichnet sich das Werk eines Serientäters ab, und wir sollten nicht ausschließlich im eigenen Saft vor uns hin schmoren.«

Alex blickte die Ermittlungsleiterin mit offenem Mund an. Veronika schaute zurück. Dann lachte sie laut und klatschte in die Hände. Ihre Augen lachten nicht mit.

»Tut mir leid, Alex. Ich merke schon, dass ich mich bei Ihnen gerade um Kopf und Kragen rede. Ich bin nur dafür, dass man mit offenen Karten spielt, und vielleicht könnten wir Ihre Kontakte nach Düsseldorf einfach ganz gut gebrauchen. Wir beide wissen ja, wie lange man sonst warten muss mit der OFA, all die ganzen Anträge ...« Sie leckte sich über die Lippen und behielt die Hände gefaltet auf dem Schoß, schien über etwas nachzudenken. Dann machte sie eine Art abwehrender Geste und fügte hinzu: »Ich habe, ehrlich gesagt, auch von dieser missglückten SEK-Übung kürzlich gehört und mir gedacht, Sie möchten im Moment vielleicht ganz gerne etwas in Deckung bleiben.«

Alex klappte den Mund wieder zu. »Ja. Nein. Deckung?« Wurde sie hier gerade wegen der dämlichen SEK-Sache aus dem Team gekickt? Wollte Veronika sie abchecken, für sich einnehmen? Die Frau war nicht zu durchschauen.

»War nur ein Gedanke, Alex. Wenn ich mich täusche, ist das völlig okay. Umso besser. Ich weiß lediglich gerne, woran ich bin.«

Alex knetete ihre Knöchel und sagte: »Es gibt keinen Grund zur Sorge.«

»Sehr gut.« Veronika stand schwungvoll auf und zog ihren Rock straff. »Dann wäre es toll, wenn Sie sich kurzfristig mit der OFA in Verbindung setzen und die Kollegen dort unterrichten. Nur, dass die erst mal im Bilde sind.« Sie ergänzte: »Schön, dass wir uns kurz beschnuppern konnten. Wir sehen uns gleich zur Besprechung?«

»Ich begleite zunächst den Kollegen Rolf Schneider ins Klinikum zu Antje an Huefs Obduktion. Danach habe ich einen Termin im Landesmuseum vereinbart. Vielleicht kann man mir dort mit der Inschrift weiterhelfen.«

»Diesen Zeichen an den Wänden?«

»Genau.«

»Und warum im Landesmuseum?«

»Ich vermute, dass die Zeichen eine Sprache sind. Eine Art Glyphen. Vielleicht sagen sie einem Archäologen oder Völkerkundler auf Anhieb etwas.«

Veronika lächelte schief. »Aber da brauchen wir schon ein Fachgutachten und nicht nur eine Meinung von irgendwem.«

»Das«, antwortete Alex kühl, »sehe ich genauso. Aber das Museum ist ein erster Schritt.«

»Ah, okay, fein. Macht ihr Lemfelder mal. Wir Düsseldorfer müssen uns ohnehin erst mal sortieren«, sagte Veronika mit einem Lächeln und verließ das Büro grußlos.

Als sie die Tür geschlossen hatte, griff Alex nach einem Papierstapel. Einen Augenblick starrte sie die Excel-Tabellen in ihrer Hand an und überlegte, ob sie sie durchs Büro werfen soll. Sie ließ es bleiben. Aber eins war klar: Veronika Martens war eine blöde Kuh.

18.

»Immer dasselbe«, murmelte Schneider und starrte auf die Bedienelemente des Fahrstuhls im Klinikum. »Drückt man jetzt den Knopf, auf dem der Pfeil nach unten zeigt, weil man runter will, oder den nach oben, damit der Fahrstuhl hochkommt?«

Alex rollte mit den Augen, streckte den Arm an Schneider vorbei aus und drückte den Knopf, über dem ein nach unten zeigender Pfeil schwebte. »Nicht denken, machen!«

»Ist aber nicht immer die beste Lösung.«

»Soll das eine Anspielung sein?« Alex zog den Lederriemen ihrer Umhängetasche stramm und rollte den Kopf im Nacken, wo es leise knackte. »Wahrscheinlich wird es mir auf ewig nachhängen, dass ich bei der Übung Initiative gezeigt habe, und jetzt fängst du auch noch damit an.«

»Ich sage ja nur, dass man manchmal besser die Bremse tritt und sich einen umfassenden Überblick verschafft. Für mich ist der Käse jedenfalls gegessen.«

»Okay, dann wäre das ja erledigt.« Alex betrachtete Schneider nachdenklich.

»Hab ich was im Gesicht?« Er wischte sich über das Kinn und schaute in seine offene Hand.

»Nein. Hast du diese Martens schon kennengelernt?«

»Jau, also die hat mir zu meinem Glück noch gefehlt. Reineking ist sicher schon tot umgefallen – den können wir unten in der Pathologie gleich für morgen anmelden.«

»Ich glaube, die will mich nicht dabeihaben, Rolf.«

Schneider begutachtete seine Fingernägel. Das Geräusch des nahenden Fahrstuhls wurde lauter.

Alex sagte: »Ist nur so ein Gefühl. Sie kam vorhin zu mir und hat mich mehr oder weniger durch dir Blume gefragt, ob ich im Moment den Ball nicht lieber flachhalten will und mal bei der OFA in Düsseldorf anrufe ...«

Schneider lachte trocken auf und winkte ab.

»Ich finde das überhaupt nicht komisch, Rolf.«

»Die will vorsichtig verdeutlichen, wer der Chef im Ring ist. Sie ist außerdem mit einer eigenen Crew aus Düsseldorf angerückt, soweit ich mitbekommen habe. Leute, die sie kennt. Uns kennt sie nicht.«

»Meinst du, sie wird die Direktionsleitung übernehmen?«

Schneider machte eine abschätzende Geste. »Möglich. Und über diese Martens habe ich gehört, dass sie Haare auf den Zähnen hat, karrieregeil sein soll und ihre Ellbogen auszufahren weiß. Etwas Besseres als solch einen Fall gleich zum Auftakt kann der doch gar nicht passieren. Die will sofort die volle Punktzahl einstreichen und nichts davon abgeben. An dich sowieso nicht.«

»Wie soll ich deiner Meinung nach darauf reagieren?«

Schneider sah Alex vielsagend an. »Als wir uns damals in deinen ersten Tagen über den Weg gelaufen sind, hast du mich mal zum Armdrücken aufgefordert, weißte noch? Sieh das Ganze einfach als sportliche Herausforderung.«

Alex nickte. Wie üblich hatte Schneider recht, und sie war noch nie einem Wettkampf aus dem Weg gegangen – mit dem Unterschied, dass es dieses Mal um mehr gehen könnte als um eine Medaille beim Triathlon oder einen Titel. Und falls Veronika das so haben wollte, dann sollte sie es bekommen.

Schneider sagte: »Freundschaft zwischen Frauen ist doch sowieso immer nur ein Waffenstillstand.«

Jetzt musste Alex doch lachen. »Woher kommt denn der Spruch?«

»Habe ich neulich mal gehört. Was machst du eigentlich Heiligabend?«, wechselte Schneider das Thema, während ein leiser Gong ertönte, sich die Fahrstuhltür öffnete und beide die Kabine betraten.

Heiligabend. Overkill.

Alex hatte die Gedanken daran fast schon wieder verdrängt. Sie

drückte den Knopf für das zweite Kellergeschoss, neben dem »Pathologie« geschrieben stand. Die Fahrstuhltür schloss sich rumpelnd, die Kabine setzte sich mit einem sanften Ruck in Bewegung.
»Ich werde wohl nach Düsseldorf fahren. Familie. Das alljährliche Drama.« Alex blickte zu Schneider. »Und du?«
»Och«, machte er und betrachtete seine Schuhe, an denen sich weiße Schneeränder abzeichneten. »Habe mich für den Bereitschaftsdienst gemeldet. Die Kollegen mit Familie sind ja eh schon alle am Motzen, dass wir ausgerechnet in den Weihnachtsferien noch so ein Ei gelegt bekommen haben. Ein Besuch bei meiner Mutter im Altenheim … Ich lege nicht so viel Wert auf die Feierei. Und dann mal sehen. Ein paar DVDs vielleicht. Ich schenke mir selbst die letzte *Crossing-Jordan*-Staffel.«
Alex hob amüsiert eine Augenbraue. »Kannst ja Frau Dr. Woyta auf einen Glühwein einladen«, sagte Alex. Sie wusste, dass Schneider etwas für die Rechtsmedizinerin übrig hatte, die für die Obduktion mit ihrem Team aus Münster angereist war. Zeitgleich beschloss sie, ein kleines Geschenk für Schneider zu besorgen und es ihm kommentarlos auf den Schreibtisch zu stellen.
Schneider lachte. »Ach, lass mal. Aber vielleicht habe ich ja Silvester eine Verabredung«, sagte er, während der Fahrstuhl zum Stehen kam.
»Ein Date? Etwa mit einer Pathologin?«, fragte Alex, deren Miene sich mit einem Mal erhellte.
»Quatsch, das fehlte mir auch noch! Na ja, schaun mer mal.«
Schneider betrat den Flur, nachdem sich die Schiebetüren geöffnet hatten.
»Na, komm schon, raus mit der Sprache«, bohrte Alex nach und boxte Schneider mit der Linken an die Schulter. Sie dachte an gestern, als sie mit Rolf ins *Station* gewollt und er so rumgedruckst hatte.
»Da gibt's nichts zu erzählen«, entgegnete er und schlurfte den weißgetünchten Gang entlang, der zu einer matt silbern glänzen-

den Tür aus Edelstahl führte. »Ist eine ganz Nette. Ich kenne sie aus dem Chat.«
»Nette? Chat?«
Bitte? Schneider und *Chat?* Rolf war eher der seriöse Typ und hörte von morgens bis abends Volksmusik. Alex hätte erwartet, dass er zu einer angesehenen Partneragentur gehen würde, wenn er eine Frau kennenlernen wollte. Er schien ihr als der Typ Mann, der mit einer Rose als Kennzeichen in einem Kur-Café zum Rendezvous bei Käsekuchen sitzen würde. Offenbar hatte sie ihn ein weiteres Mal falsch eingeschätzt – Schneider war schon oft für eine Überraschung gut gewesen. Auch, als Alex erst neulich ganz nebenbei erfahren hatte, dass er schon einmal verheiratet gewesen war.
Schneider machte im Gehen eine wegwerfende Geste. »Wo will man denn heute noch wen kennenlernen in unserem Beruf?«
»*Du* chattest?«
»Na ja, Chatten ist übertrieben. Ich habe zufällig mal bei GetLove reingeschaut, dieser Freundschaftsbörse.«
Ja. GetLove. Die Plakatwände in der Stadt und die Anzeigenteile der Zeitung waren voll mit Werbung. Alex hatte dem bislang keine große Beachtung geschenkt. Es gab schließlich Hunderte solcher Freundschafts-Communitys, soziale Netzwerke und Kontaktbörsen, wenngleich GetLove ausschließlich regional orientiert war.
»Klingt aber schon eher nach etwas mehr als Freundschaftsbörse«, sagte sie.
»Da sind alle möglichen Leute Mitglied, die haben mehr als zehntausend Accounts, das boomt wie blöde.« Schneider streckte die Hand aus, um die Tür zur Pathologie zu öffnen.
»In jedem Fall finde ich das klasse, Rolf, und ich freue mich für dich. Ich hatte mich nur gewundert, weil etwas wie Internet-Foren einfach nicht in mein Bild von dir passt.«
Er lächelte schüchtern. »Der Onkel hat immer noch ein paar frische Farben auf der Palette.«

19.

Als Alex und Schneider den weißgefliesten Obduktionssaal der Pathologie betraten, nähte ein Obduzent gerade Antje an Huefs Oberkörper so gut es ging zusammen. Ein anderer war damit beschäftigt, Gerätschaften von Blut und Körperflüssigkeiten zu reinigen.
Auf einem Edelstahltisch war die am Tatort gefundene Kleidung ausgebreitet. Dr. Irina Woyta lehnte an einem weiteren Tisch und sprach ihren Befund in ein Diktiergerät. Unter einem weißen Kittel trug sie den obligatorischen grünen OP-Anzug. Sie schenkte Alex und Schneider ein offenes Lächeln, bei dem ein Brillant auf dem Eckzahn ihres strahlend weißen Gebisses aufblitzte und sich sympathische Fältchen an ihren Augen bildeten. Neben ihr stand ein Koffer, in dem Alex medizinische Instrumente, elektronische Geräte, einige Beweismittelbeutel sowie Kunststoffampullen mit rotem Schraubverschluss ausmachen konnte. Hinter der Ärztin war außer einem Laptop ein großer Flachbildschirm aufgebaut – auf den ersten Blick nicht das übliche Handwerkszeug eines gerichtsmedizinischen Teams.
»Schönen guten Morgen«, sagte die Ärztin und legte ihr Diktiergerät zur Seite. Dr. Woyta drehte sich postwendend zu dem Computer um und schaltete den Großbildschirm ein.
»Ist das ein 3-D-Bildschirm?«, fragte Schneider.
Die Ärztin winkte ab. »Nein. Wir haben das Gerät nur zum Ausprobieren mitgebracht. Meine Studenten in Münster können dann besser sehen, wenn wir schneiden. Bilde dir bloß nicht ein, dass ich das Ding jedes Mal dabeihabe.«
»Schade aber auch«, sagte Schneider. »Irina, du hast dir den Tatort ja angesehen. Nach dem, was wir bislang rekonstruieren können, ist der Täter mit einem Wagen vorgefahren, hat das Opfer in die

Halle geschleift, entkleidet und mit Klebeband auf einem Tisch fixiert. Er ging seinen Handlungen nach und hat das Klebeband dann wieder aufgeschnitten, das Opfer in den Heizkesselraum verbracht und an der Seilwinde festgemacht.«

Dr. Woyta nickte. Sie wandte sich zu Alex. »Ich gehe davon aus, dass das Opfer recht lange den Minusgraden ausgesetzt gewesen ist. Der Todeszeitpunkt lässt sich daher leider nicht sehr genau festlegen. Die Tat dürfte vor sechs bis acht Tagen stattgefunden haben. Allerdings haben wir auch Glück: Der Mageninhalt ist wegen des Frostes gut konserviert worden. Hier, seht ihr die Blutspuren?«

Sie deutete auf den Monitor und rief Bilder vom Tatort auf. Einige hatte sie selbst geschossen, andere waren ihr vom Polizeifotografen zur Verfügung gestellt worden. Alex sah darauf eine Vielfalt von Spritzern und Tropfen.

»Die Blutmarkierungen weisen verschiedene Auftreffwinkel und Verschmierungen auf. Sie sind vermutlich entstanden, als das Herz noch schlug.« Die Ärztin wies mit dem Zeigefinger auf runde Tropfen, die der Fotograf am Boden des Kesselraums aufgenommen hatte. Dazu zeigte sie Bilder von den getrockneten Blutrinnsalen an den Schenkeln und Füßen des Opfers. »Todesursache ist entweder immenser Blutverlust oder Unterkühlung. Das Genick ist zwar gebrochen, aber das führe ich auf den Sturz zurück. Der Körper war ja von der Winde gefallen, als einer der Finder versehentlich einen Auslöser betätigt hatte.«

»Was«, fragte Alex und wünschte, sie hätte ein paar Zahnstocher oder Stifte, um sie zu sortieren, »hat er im Einzelnen mit dem Opfer gemacht? Offensichtlich sind ja ...«

»... die Schnitte am Körper, die leeren Augenhöhlen, fehlende Organe und Fleischteile sowie weitere Blessuren«, fiel Irina Woyta Alex ins Wort. »Der Täter hat sein Opfer mit einem stumpfen Gegenstand mindestens dreimal auf den Hinterkopf geschlagen – und hier kann ich ausschließen, dass es sich um Verletzungen vom

Absturz des Körpers handelt. Zu welchem Zeitpunkt er sich an ihr vergangen hat, kann ich nicht genau sagen. Er hat vermutlich ein Kondom benutzt.«

Schneider schaltete sich ins Gespräch: »Er gabelt sie irgendwo auf, zieht ihnen eins über den Schädel.«

Dr. Woyta zuckte mit den Schultern. »Denkbar.« Sie erklärte: »Der Körper ... Ich habe so etwas bislang nur ein Mal gesehen – in der Nele-Bender-Sache. Die feineren Schnitte stammen von einer sehr scharfen und dünnen Klinge. Eine Rasierklinge, vielleicht ein Skalpell. Die anderen sind recht grob, sehr tief, symmetrisch und verlaufen parallel. Sie sehen mehr wie Risse aus, wie Verletzungen von Klauen – ich würde auf so etwas wie eine spitze Hacke tippen. Eine Harke vielleicht. Es wirkt fast so, als sei ein wildes Tier über die Frau hergefallen. Als sei der Torso von Pranken zerfetzt und aufgebrochen worden, um an die Innereien zu gelangen. An der Hüfte scheint es, als sei ein Stück herausgebissen und der Bewegungsapparat dabei verletzt worden. Nieren und Leber hingegen sind mit präzisen Schnitten herausgetrennt worden. Sie fehlen – ebenso das Stück der Hüftmuskulatur. Genau wie bei Nele Bender.«

»Und wie bei Nele Bender haben wir diese Körperteile nicht am Tatort gefunden. Er nimmt sie mit«, schnaufte Schneider.

»Gleiches gilt wohl auch für die Brustwarzen«, sagte Dr. Woyta und klickte eine Detailaufnahme des Oberkörpers auf den Bildschirm. »Wenn ich es nicht besser wüsste, würde ich ja sagen, dass die Frau von einem Löwen oder etwas Derartigem angegriffen worden ist. Genau wie Nele Bender.«

»Und er hat seine Tat erneut gefilmt«, sagte Schneider.

»Gefilmt?« fragte Alex.

»Ich dachte, du hast die Akte gelesen?«

»Leider noch nicht in allen Details, und Veronika wollte sie vorhin haben. Mir sind aber dennoch ein paar Dinge aufgefallen, die ...«

Schneider hob die Hand, um Alex zu bedeuten, dass jetzt nicht der passende Zeitpunkt dafür war. »Wir haben an den Schliemannschen Werken Spuren sichergestellt. Einige auf dem staubigen Boden der Lagerhalle, punktförmige Abdrücke von Stativen sowie von Kabeln verwischter Staub. Nach der Anordnung zu urteilen, hat der Täter eine Kamera aufgebaut und links und rechts daneben Scheinwerfer postiert.«

»Ich dachte, die Halle steht seit Jahren leer – woher der Strom?«, fragte Alex.

»Eine Autobatterie oder ein kleiner Generator.«

»Also«, sagte Dr. Woyta, sah auf die Uhr und dann zu der Leiche von Antje an Huef, »ich denke, die ersten Analysen werden wir nicht vor Mittwoch haben – schneller als einen Tag vor Heiligabend wird es wohl nicht gelingen. Wir können wegen der Weihnachtsferien nur mit einer Sparbesetzung fahren. Aber da ich selbst den Notdienst habe, setze ich alles in Bewegung«, erklärte sie mit einem Augenzwinkern.

»Du hast die Arschkarte gezogen?«, fragte Schneider.

Dr. Woyta schüttelte ihren Pagenkopf und lächelte. »Nein, freiwillig gemeldet. Ich lege auf Weihnachten nicht so viel Wert. Vielleicht sehe ich mir abends ein paar DVDs an oder besuche meine Mutter, mal schauen.«

»Ah so, verstehe«, machte Schneider.

Alex verkniff sich ein Lächeln. Dann betrachtete sie den geschundenen Körper von Antje an Huef und dachte daran, was sie hatte erleiden müssen. Und wie unsagbar brutal der Täter vorgegangen war.

20.

Es war bereits später Nachmittag, als Alex in der weitläufigen Eingangshalle des Lemfelder Landesmuseums stand und in einem Prospekt blätterte. Der kubusförmige Bau hatte von außen wie ein auf den Kopf gestelltes Aquarium ausgesehen. Durch die großen Glasfronten fiel die Wintersonne auf den grauen Steinboden, und Alex merkte kurz auf, als sich die Flügeltüren öffneten und lärmend eine Kindergartengruppe in das Foyer stürzte. Sie wurde von einer rundlichen Frau in Empfang genommen, bei der es sich wahrscheinlich um eine Museumspädagogin handelte. Die Frau sagte etwas zu den Kindern, das Alex nicht verstand – es hallte wie im Schwimmbad. Dann setzte sich die Gruppe in Bewegung, ging an Alex und dem Tresen mit der Kasse vorbei.
Ein Lächeln huschte über Alex' Lippen. Sie musste an Larissa denken, ihre kleine Nichte. An Lisa, die Kleine von Helen, für die nächstes Jahr die Schule beginnen würde. An die regelmäßigen Hinweise von Mama, dass Alex' Uhr ticke. Das Lächeln legte sich. Sie dachte an Papas ständige Bemerkungen darüber, wie großartig Opasein sei, und die nervenden Belehrungen ihrer Schwester Jule über die Segnungen der Mutterschaft. Und letztlich daran, dass sie dem ganzen Spektakel zu Weihnachten in diesem Jahr definitiv nicht aus dem Weg gehen konnte.
Alex legte den Prospekt zurück und wandte sich dem Buchregal zu. Sie erkannte Publikationen über die Germanen, die römische Präsenz am Rhein, mittelalterlichen Städtebau, frühneuzeitliche Agrarwirtschaft, über die Personalunion von Scharfrichtern und Chirurgen, eine Abhandlung über Darstellungen auf mittelalterlichen Herdplatten sowie über die Geschichte der Judenverfolgung in Lemfeld.
Dreimal wurde als Autor oder Koautor ein Dr. Martin Ruppel

genannt. Auf dem Einband der Stadtchronik stand der Name Dr. Bernhard Funke. Sie kannte beide Namen nur zu gut. Martin Ruppel war der Lemfelder Stadtarchivar. Alex überlegte, ob er ihr vielleicht mit einigen Informationen über die Tatorte weiterhelfen könnte, zu dieser alten Fabrik etwa. Andererseits hatte sie Martin lange nicht mehr gesprochen. Dass man Freunde bleiben würde, sagte sich immer so leicht. Es zu praktizieren, wenn man sich dabei fühlte wie ein Hund, dem man die Wurst vor die Nase hielt, war eine andere Sache. Alex war in diesem Spiel nicht der Hund.

»Frau von Stietencron?«

Alex drehte sich um.

Die Stimme gehörte zu Marc Berner. Mit seinem Tweed-Jackett und der roten Fliege sah er aus wie ein Oxford-Professor. Er mochte um die vierzig Jahre alt sein, trug sein halblanges, weizenblondes Haar an den Seiten mit Gel zurückgestrichen. Seine Blicke huschten rastlos umher. Berner war Anthropologe und leitete die Abteilung für Völkerkunde, die sich gerade im Umbau befand und mit einer großen Mumien-Sonderschau neu eröffnet werden sollte. Für einen Wissenschaftler hatte er einen überraschend festen Händedruck. Und einen feuchten dazu.

»Marc Berner«, stellte er sich knapp vor. Er wirkte gestresst.

»Stietencron, Kripo«, sagte Alex. »Vielen Dank, dass Sie sich so kurzfristig Zeit für mich nehmen konnten.«

»Ähm.« Berner rieb sich nervös das Ohrläppchen. »Ja, ich habe leider nicht sehr viel davon. Sie müssen bitte entschuldigen: Im Rahmen unserer baldigen Mumien-Sonderschau erwartet mich eine Delegation vom Deutschen Museumsverband und unserer Träger. Lobbyarbeit, wenn Sie verstehen ...«

»Kein Problem«, sagte Alex.

»Gehen wir doch in mein Büro.«

»Gerne«, sagte Alex und folgte Berner durch den langen Flur. Berner legte raumgreifende Schritte vor. Im Gehen erklärte er: »Der

Schwerpunkt unserer Einrichtung liegt auf Naturkunde, Ur- und Frühgeschichte, Volkskunde und Landesgeschichte. Wir präsentieren hier Kulturgüter aus der Lemfelder Region – aber natürlich nicht ausschließlich.«

»Ich weiß«, sagte Alex und gab sich Mühe, mit Berner Schritt zu halten. »Ich war im Frühjahr bereits wegen einer Recherche hier.«

Berner blieb vor einer Glastür stehen, öffnete sie schwungvoll und hielt sie für Alex offen. »Richtig. Ich erinnere mich. Wegen des Steinkreises. Da hatte unsere Abteilung für Bodendenkmalpflege Infos rausgegeben.«

Alex ging durch die Tür und folgte Berner einige Treppenstufen hinauf.

»Ich bin seit zweieinhalb Jahren hier«, erklärte er, »und leite seitdem die Abteilung. Die Völkerkunde ist im anderen Gebäudeflügel und wird auch unsere neuen Museum-in-Aktion-Räume beherbergen. Für Sonderausstellungen wie die, von der ich eben sprach. Fürchterlich viel Arbeit.«

Deswegen, dachte Alex, waren wohl Teile des Museums eingerüstet – fast die gesamte rückwärtige Fassade. »Hankemeier Baugerüste« hatte sie auf den Schildern gelesen.

Berner sagte: »Ein Millionenprojekt. Dafür sind natürlich Zuschüsse und künftig höhere Etats nötig. Deswegen ist das heutige Treffen so wichtig.«

»Kein Problem«, wiederholte Alex.

Sie erreichten einen Flur und schließlich Berners Büro. Während der Wissenschaftler seinen vollgepackten Schreibtisch umrundete, bot er Alex einen Platz an. Als Alex sich hinsetzte, balancierte Berner einen Karton voller Flyer von der Schreibtischunterlage, um ihn auf einer Kommode abzustellen. Dort befanden sich auch einige afrikanische Holzmasken.

Berner nahm ein Leporello heraus und reichte ihn Alex. »Frisch aus der Druckerei. Die Infos zu unserer Sonderausstellung ›Mumien,

Mythen, Metamorphosen‹. Vielleicht gebe ich Ihnen ja mal eine Privatführung.« Er lächelte süffisant. Alex lächelte unverbindlich zurück, steckte den Flyer in ihre Umhängetasche und überlegte, ob das eine Anmache gewesen war.
Berner machte eine theatralische Geste. »Entschuldigen Sie bitte das Durcheinander«, sagte er und setzte sich nun ebenfalls.
»Sie sollten mal meinen Schreibtisch sehen«, log Alex.
Berner lachte. Er lehnte sich zurück und faltete die Hände. »Was kann ich für Sie tun?«
Alex öffnete die Handtasche und nahm eine Klarsichtfolie heraus. Darin steckte der Computerausdruck von den Schriftzeichen, die der Täter an die Wand der Schliemannschen Werke gezeichnet hatte. Sie schob Berner die Grafik zu. »Ich würde gerne wissen, was diese Zeichen zu bedeuten haben. Möglicherweise können Sie mir mit einem Hinweis weiterhelfen?«
Berner nahm den Ausdruck in die Hand und studierte die Symbole eingehend. »Ich bin mir nicht sicher«, sagte er nach einer Weile und sah Alex in die Augen. »Es könnte sich sowohl um Ideogramme handeln, Schriftzeichen, als auch um bloße Symbole – möglicherweise aber auch um eine piktographische Schrift. Sie kennen solche Bilderschriften sicherlich – eine der bekanntesten sind die ägyptischen Hieroglyphen.«
»Dann handelt es sich um etwas Antikes?«
»Nicht unbedingt. Wir verwenden ja heute noch solche Symbolschriften – zum Beispiel Smileys. Auch in einer Reihe von nativen Völkern sind sie nach wie vor verbreitet – oder aber in Geheimschriften.«
»Geheimschriften?«
»Ja, einfache oder hochkomplexe Codes, je nachdem«, sagte Berner. »In welchem Zusammenhang steht denn diese Inschrift? Woher stammt sie?«
»Darüber kann ich nicht sprechen. Es geht um laufende Ermitt-

lungen. Jemand hat diese Zeichen an eine Wand gemalt, und sie könnten uns eventuell zum Täter führen.«

»Aha«, sagte Berner gedehnt und studierte das Blatt weiter. »Also als einfacher Anthropologe kann ich Ihnen darüber kein Gutachten anbieten. Derlei Schriften sind nicht mein Spezialgebiet. Ich könnte das Blatt aber einem Kollegen faxen, Prof. Dr. Ruedi Moosleitner. Er ist ein Schweizer Ethnologe und hat sich auf Piktogramme spezialisiert. Ich habe einmal einen seiner Vorträge erlebt. Moosleitner arbeitet am Völkerkundemuseum der Universität Zürich. Und wenn ihm die Zeichen nichts sagen ...«

»Es wäre großartig«, sagte Alex, »die Meinung Ihres Kollegen zu hören.«

»Gut.« Berner blickte auf die Uhr und erhob sich, um Alex zum Abschied die Hand zu geben. Sie war immer noch feucht. »Ich werde das Blatt sofort nach Zürich schicken.«

21.

Der Mann ging den Bürgersteig entlang und sah tanzenden Schneeflocken zu. Die Straßenlaternen tauchten alles in ein unnatürliches, orangefarbenes Licht. Der Schnee dämpfte manche Geräusche und ließ andere wiederum unnatürlich laut erscheinen. Wie in einem schallisolierten Tonstudio, dachte der Mann. Wie in seinem eigenen Aufnahmeraum, wo er die Videos zusammenschnitt und seine Podcasts für die Internetsendungen aufnahm. Ein Hobby von ihm.

Er hörte eine Kirchenglocke schlagen. Es war bereits nach Mitternacht. In der Manteltasche strich sein Daumen über die geriffelten Griffschalen des Rasiermessers. Er verwendete die Klinge für die ersten Schnitte. Für alles Weitere benutzte die Bestie ihre Krallen. Die Hand löste sich vom Rasiermesser und ertastete das Handy. Nahm es hervor, schaltete den Ruhemodus aus. Nun sah er das Foto von ihr. Er hatte es bei der Polizeiübung mit Zoom aufgenommen und nachträglich bearbeitet. Es war nicht das beste aller Porträts, wirkte ein wenig verwischt. Er erkannte einen überheblichen Zug an den Mundwinkeln. Die fast schwarzen Augen blickten ihn hellwach an. Aber auch ein wenig traurig. Sie sahen aus, als kannten sie die Farbe der Tränen. Sie hatten schon viel gesehen und bei manchem lieber weggeschaut. Ihr Blick war abschätzend. Forschend. Erkennend. Vielleicht verstehend. Er steckte das Telefon wieder ein.

Der Mann machte einen kleinen Sprung, überquerte damit die Bordsteinkante. Er ging über die Straße und blieb vor einem Mehrfamilienhaus stehen. Davor parkte ein Minicooper. Er wusste, wessen. Natürlich wusste er das.

Sein Blick wanderte nach oben, wo er im Dachfenster noch Licht sah. Er überlegte, was sie dort oben wohl trieb. Ob sie seine Bot-

schaft schon verstanden hatte. Wie dem auch sei: Er wusste, dass sie auf der Fährte war. Aber ein kleiner zusätzlicher Anstoß konnte nicht schaden. Deswegen war er hier. Er ging zu den Briefkästen, nahm aus der linken Manteltasche die Lederhandschuhe heraus und zog sie über. Dann fasste er nach dem Briefumschlag und hielt einen Moment inne.
Was wäre, wenn sie bereits alles begriffen hatte? Wenn sie längst auf ihre Beute lauerte, um sich in einem überraschenden Moment auf sie zu stürzen. Ihn zu packen, zu zerfetzen, weil sie sein Blut gewittert hatte. Weil sie nicht anders konnte. Weil sie wie er tun musste, wozu sie geschaffen war. Weil sie eine Jägerin war …
Oder auch nicht. Möglicherweise schnallte sie überhaupt nichts und war am Ende nicht mehr als alle anderen: Fleisch für den Gott. Nun, dachte der Mann, es würde sich zeigen. Er öffnete die Klappe mit der Aufschrift »Stietencron« und warf den Umschlag hinein. Dann kehrte er auf dem Absatz um und sah noch einmal zum Dachfenster hinauf.
Ich bin ihr dunkler Schatten, dachte er.
Der Mann lächelte, senkte den Kopf, atmete tief ein und dann mit einem Seufzer wieder aus. Das Spiel begann, ihm Freude zu machen.

22.

Es war früher Morgen. Fast noch dunkel. Alex rannte wie um ihr Leben.
Die Luft stach mit jedem Atemzug wie ein Stilett in ihre Bronchien. Das Klopfen im fest bandagierten Knöchel hielt sich hingegen in Grenzen. Der Schnee knirschte im Takt unter ihren Laufschuhen. Als es leicht bergauf ging, fühlten sich die Beine an wie nasse Schwämme, die sich mit heißem Wasser vollgesogen hatten.
Alex' Rhythmus wurde ungleichmäßig. Der Puls pumpte das Blut mit Hochdruck durch ihre Adern. *Pause,* dachte sie. *Pause,* schrie es in ihr. Doch Alex lief weiter wie eine Maschine. Automatisch, machtlos gegen sich selbst und einzig getrieben vom Willen. Meter um Meter zwang diese unsichtbare Kraft ihren Körper voran.
Als Alex die Steigung überwunden hatte und der Weg sich wieder wie eine mit dem Lineal gezogene Linie zwischen den Bäumen verlor, war der tote Punkt überwunden. Die Schwere wich Leichtigkeit. Das High kam. Der Moment, in dem der Körper auf pures Endorphin umschaltete und Alex mit körpereigenen Drogen versorgte. Es war der Moment, den Alex so liebte am Laufen, der sie in den Zustand lupenreiner Klarheit und Kraft versetzte – in eine Leere, in der sie allein war mit sich selbst. Es war wie Meditation. Dazu die Luft im Wald. Der reine weiße Schnee. Keine Ablenkung.
Alex warf einen Blick auf die Uhr und bog vom Waldweg ab in eine Seitenstraße. Die Lampen der Straßenbeleuchtung gingen gerade aus, und die Stadt begrüßte den Tag.
Mütter mit Kindern, die für den Kindergarten gepackte Rucksäcke trugen, kamen aus Einfamilienhäusern und verschwanden in Minivans, SUVs oder Kombis. Auf dem Bürgersteig wich Alex einigen Mülltonnen aus, die auf die Abfuhr warteten, und schwenkte auf die Hauptstraße ein, die sie tiefer in die Stadt führte.

Das Weiß des Waldes wich matschigem Grau. Die Lieferwagen von Paketdiensten hielten vor Geschäften. An ihren Radkästen klebte der verkrustete Schnee wie Schwalbennester. Busse der Stadtverkehrsgesellschaft waren unterwegs, orangefarbene Streufahrzeuge ebenfalls. Der Lkw eines Möbelunternehmens hupte, als Alex vor ihm über die bereits Gelb zeigende Ampel huschte. Dann bog sie in ihre Straße ein, lief an dem kleinen Kiosk vorbei, an dem sich bereits morgens Menschen in Trainingsanzügen und Mänteln aus der Altkleidersammlung trafen, um ihre in der Nacht leergelaufenen Alkohol-Tanks aufzufüllen. Sie passierte die Bäckerei, aus der es immer so gut nach frischem Brot roch und in deren Schaufenster Knusperhäuschen aus Lebkuchen standen.

Wie jeden Morgen verlangsamte Alex an dem modernen Neubau des Ärztehauses an der Ecke den Schritt, in dem auch Dr. Pfeiffer seine Praxis hatte, hielt dann vor »Erwins Weindepot« die Arme hoch in die Luft, um sie bis zum Stellplatz ihres Minis schlackern zu lassen, zog den Schlüssel aus der engen Laufhose, die Zeitung und die Post aus dem Briefkasten und schloss die Tür des Mehrfamilienhauses auf.

Im Flur atmete sie tief aus, schlüpfte aus den Schuhen, um in dem hell gefliesten Treppenhaus keine Schneematschspuren zu hinterlassen, und nahm die Treppenstufen bis zum Dachgeschoss im Eiltempo. Bevor sie die Nikes parallel nebeneinander auf der Fußmatte mit dem Schriftzug »Willkommen« abstellte, nahm sie einen Lappen und wischte die Sohlen trocken. Dann faltete sie den Lappen zweimal, legte ihn auf den Schuhen ab und öffnete die Wohnungstür, hinter der sie die Heizungswärme wie ein Geliebter umschlang.

Mit einem »Mmmmmrrrrrrrr« kam Hannibal vom Fensterbrett aus angeschossen, strich Alex um die Beine und verdiente sich damit ein »Naaa, mein Dicker?«.

Alex legte die Zeitung auf dem rustikalen Küchentisch aus geölter Kiefer ab, plazierte die Post daneben und schaltete den Kaffeeautomaten ein. Auf dem Weg ins Badezimmer pellte sie sich aus ihren verschwitzten Sportsachen, die mit einem schwungvollen Wurf zu einem Bündel zusammengeknüllt in der Waschmaschine landeten. Sie stellte die Dusche an und trat unter den dampfenden Strahl und ließ das Wasser einige Minuten lang auf ihre Haut prasseln, bevor sie zu Duschgel und zu Haarwaschmittel griff.

Sie seifte sich ein und musste unwillkürlich an Sonntagabend denken. An Jan. Ob er in ihrer Abwesenheit angerufen hatte? Vielleicht eine SMS? Nein, natürlich nicht. Es war noch früher Morgen. Unsinn. Gestern hatte er auch schon keine SMS geschickt. Wahrscheinlich würde er sich niemals melden.

Sie stellte das Wasser ab, schlüpfte in den weißen Frotteemantel, griff sich ein Handtuch und ging in die Küche, wo der Raum mit duftendem Kaffeeduft angefüllt war. Alex rubbelte sich die Haare trocken, verknotete das Handtuch zu einem Turban und schaltete das Radio ein. *Last Christmas* von Wham. Dann sortierte sie mit der freien Hand die Post.

Immobilien-Werbung, ein Brief von der Krankenkasse, der Flyer eines neuen Pizza-Bringdienstes und ein weißer Umschlag. Alex drehte und wendete ihn, entdeckte aber weder Adresse noch Absender. Mit dem Fingernagel öffnete sie die Papierhülle und zog daraus einen Zettel hervor. Offenbar ein Computerausdruck. Alex trank einen Schluck Kaffee, der sich in ihrer Speiseröhre heiß den Weg nach unten bahnte. Auf dem Zettel standen zwei Sätze.

»Die Brustwarzen und ein paar andere Dinge behalte ich. Sie sollten es langsam ernst nehmen.«

Alex' Magen zog sich schlagartig zu einem kleinen Ball zusammen. Sie musste sich setzen. Ihre Hand zitterte.

Seit ihren Medienauftritten hatte sie diverse anonyme Briefe und Mails von Durchgeknallten erhalten, die sich wichtigmachen wollten. Sie bezeichneten sich selbst als Ripper, Rächer, Schlitzer und Ähnliches, drohten oder kündigten Taten in der Hoffnung darauf

an, den Polizeiapparat in Bewegung zu versetzen, um sich selbst aufzuwerten. Fast schien es, als seien die Witzbolde, dummen Jungs und psychiatrischen Fälle durch Alex' Präsenz als Polizeipsychologin in Lemfeld regelrecht inspiriert worden. Zunächst war die Polizei noch einigen Schreiben nachgegangen. Einige waren von zwei Sechzehnjährigen verfasst worden, die zusammen mit ihren Eltern vorgeladen und vom Jugendrichter ordentlich zusammengestaucht worden waren. Am Ende hatte man die gelegentliche Post nur noch so ernst genommen wie alberne Spaßanrufe unter 110.
Aber das hier war anders. Es offenbarte Täterwissen.
Alex starrte auf den Zettel, stand auf und ging mit dem Kaffee zum Fenster, von wo aus sie über die winterliche Stadt blicken konnte. Irgendjemand da draußen wollte mit ihr Kontakt aufnehmen. Schickte ihr einen Beweis. Außerdem war der Brief nicht gestempelt. Der Absender wusste also, wo sie wohnte. Und die Schrift sagte ihr etwas.
Verdammt, dachte Alex, der Umschlag in ihrer Tasche.
Sie stellte den Kaffee ab und hastete auf den Flur, wo sie an der Garderobe die Hände in den Taschen der dort aufgehängten Lederjacke vergrub, den aufgerissenen Umschlag ertastete und den Brief herauszog. Er war ihr vor einigen Tagen postalisch im Büro zugestellt worden. Sie hatte ihn aus dem Eingangskorb genommen und in die Jackentasche gesteckt, um ihn später abzuheften – und das schlichtweg vergessen, weil sie zwischendurch den wärmeren Daunenblouson getragen hatte.
Jetzt musterte sie den Umschlag und zog das Schreiben heraus. Mit einem Mal gehörte der Brief nicht mehr zur üblichen »Idiotenpost«.
Alex hielt die beiden Blätter nebeneinander, um sie zu vergleichen. Die Schriften waren identisch und das Papier ähnlich. Alex betrachtete den Stempel auf der Frontseite des Umschlags, den sie vor etwas mehr als einer Woche erhalten hatte. Ja, das Datum passte.

Dann fiel ihr etwas ein. Mit großen Ausfallschritten hastete sie Richtung Schreibtisch, riss einen säuberlich beschrifteten Aktenordner aus dem Ikea-Regal, schlug ihn auf und blätterte durch die Klarsichtfolien, in denen sie die Zuschriften der Möchtegern-Psychopathen aufbewahrte. Alex hatte den Ordner übers Wochenende aus dem Büro mitgenommen, um Helen einmal ihre zahlreichen fragwürdigen »Fanbriefe« zu zeigen. Schließlich wurde sie fündig und fingerte einen weiteren Umschlag heraus. Papier und Schrifttyp schienen ebenfalls zu passen.

»O Gott«, murmelte Alex und fröstelte. Das Zimmer schien um sie herum in Bewegung zu geraten. Ihre Beine wurden schwach, und sie musste sich erneut setzen.

Ja, dachte sie. Sie sollte es wirklich ernst nehmen.

23.

Die Plätze an den Tischen im Lage- und Besprechungsraum waren mit Kollegen aus der Behörde und mit einer Reihe von Polizisten besetzt, die Alex nicht kannte. Wahrscheinlich LKA-Leute oder aus einem Ermittlerpool. Veronikas Crew. Gemurmel füllte den Raum aus. Es roch nach Mensch und Kaffee. Alex setzte sich neben Schneider, der den ganzen Morgen über unauffindbar gewesen war und gerade mit einem Kollegen sprach. Sie legte ihre Mappen auf die im Tisch fest installierten Laptopanschlüsse und griff nach den Handzetteln, die an den Plätzen lagen. Sie enthielten Kopien der Tatortuntersuchung, Fotos von Antje an Huef sowie eine schriftliche Zusammenfassung des Nele-Bender-Falls.
Alex flüsterte Schneider aufgeregt zu: »Ich muss dir unbedingt etwas erzählen, ich ...«
»Hat das nicht bis nachher Zeit?«
»Rolf, ich habe neue und sehr wichtige Erkenntnisse, und ...«
Wieder schnitt er ihr das Wort ab. »Dann erzähl sie doch am besten gleich allen.«
Alex presste die Lippen zusammen, als Schneider sich wieder dem anderen Sitznachbarn zuwandte, um von ihm eine Fotokopie entgegenzunehmen. Es war ein Rezept für selbstgemachten Glühwein. Manchmal, dachte Alex, könnte sie Rolf wirklich eine kleben.
Alex direkt gegenüber saßen Kowarsch und Reineking. Mario trug einen leuchtend roten Rollkragenpulli, der ihm überhaupt nicht stand und ihn wegen seines Bodybuilderkörpers so aussehen ließ, als habe er keinen Hals. Die Ärmel waren aufgekrempelt. Mario gehörte zu der Sorte Mensch, die eine Heizung eingebaut haben mussten und niemals froren. Sein schmaler Bart war kunstvoll

rasiert, und er wirkte damit auf den ersten Blick wie ein Proll, der sich einen Latino-Look geben wollte. Alex fiel auf, dass er heute ausnahmsweise keine dunklen Ringe unter den Augen hatte – ein Markenzeichen, seit er Vater einer süßen Tochter geworden war.

Während Mario Alex zuzwinkerte, schaute Reineking drein, als warte er auf seine Hinrichtung. Wahrscheinlich ahnte er, was gleich auf ihn zukam. Seine Geheimratsecken glänzten, und die Nasenflügel in seinem spitzen Gesicht blähten sich. Er tuschelte mit zwei Kollegen und hielt die zusammengehefteten Waschzettel in der Hand. Hinter Reineking waren an einer Magnetwand einige Blanko-Formulare befestigt, die die üblichen Parameter für die Ermittlungslogistik aufwiesen: Versammlungsort, Einsatzleiter et cetera. Am Kopfende der Runde nahm Veronika Martens Platz, rückte ihr Namensschild auf dem Tisch zurecht und nickte einem Beamten zu, den Alex nicht kannte. Der Mann startete einen Laptop, der an einen Beamer angeschlossen war. Der Beamer zielte auf die fest installierte Projektionsfläche, die an der Wand hinter Veronika von Lautsprechern eingefasst wurde.

»Feindliche Übernahme«, flüsterte Schneider zu Alex. »Reineking ist total angepisst.«

»Da ist er nicht der Einzige. Ich muss dir noch etwas sagen, Rolf ...« Alex startete erneut einen Versuch, ihm von den Briefen zu erzählen, ob er ihr nun zuhören wollte oder nicht, als Veronika Martens aufstand.

Sie stemmte sich mit den Händen auf die Tischplatte und sagte in die Runde: »Okay, ich denke, wir fangen dann mal an, auf uns wartet eine ganze Menge Arbeit, Kollegen.«

Sofort erstarben die Gespräche, und alle Augen richteten sich nach vorne.

»Falls es einige noch nicht wissen: Mein Name ist Veronika Martens. Ich leite die Kommission. Herzlichen Dank an die Lemfelder Kollegen für die bisher geleistete tadellose Arbeit. Ich habe einige

Kollegen aus Düsseldorf mitgebracht und einige weitere gewinnen können, mit denen ich bereits erfolgreich zusammengearbeitet habe. Vielleicht besteht im Anschluss noch die Möglichkeit, einander ein wenig zu beschnuppern, und ...«

»Beschnuppern«, murmelte Schneider und verzog das Gesicht. Reineking starrte weiter auf seine Papiere.

Die Tür ging auf. Zwei Männer kamen herein.

»Oh«, machte Veronika.

Die Männer nickten in die Runde. Der Mann mit Glatze und kunstvoll gezwirbeltem Schnurrbart trug unter seinem Sakko einen grasgrünen Pullover und war an die sechzig Jahre alt. Dieter Möbius, Chef der Lemfelder Polizeibehörde. Er stand auf schrille Farben. Der andere trug einen gutsitzenden Anzug und eine breite Krawatte. Er reichte Veronika routiniert und mit einem jovialen Lächeln die Hand. Seine schwarzen Haare waren dicht und wirkten gefärbt. Feine rote Äderchen zogen sich in Mustern über die Wangen.

»Entschuldigen Sie bitte die Störung«, sagte Landrat Heinz Lücking und lächelte ein professionelles Politikerlächeln. Lücking war als Chef der Lemfelder Kreisverwaltung sozusagen der oberste Polizist. Alex kannte ihn vom Tag der offenen Tür und natürlich aus der Zeitung. Von Lücking hieß es, er lasse sich kaum eine Gelegenheit entgehen, das Gesicht in die Linse einer Kamera zu halten.

Lücking fuhr fort: »Herr Möbius und ich möchten nur kurz die Gelegenheit beim Schopf ergreifen, Ihnen eine glückliche Hand bei den Ermittlungen in diesem grässlichen Mordfall zu wünschen, der uns alle mehr als betroffen macht. Ich möchte aber auch die Möglichkeit nutzen, eine angenehme Mitteilung zu überbringen. Ihnen allen ist bekannt, dass wir seit vergangenem Sommer eine Vakanz in der Leitung der Direktion Kriminalität haben. Diese Lücke wird Frau Veronika Martens füllen. Sie wird offiziell erst zum Januar in die Leitungsposition wechseln, hat sich aber direkt in die Arbeit stürzen wollen. Die Formalitäten«, Lücking tippte auf die rote Mappe unter seinem Arm, »sind bereits geregelt, und ich denke, zu einem feierlichen Akt werden wir im neuen Jahr ausreichend Gelegenheit haben – und dann hoffentlich auch gemeinsam darauf anstoßen, dass der laufende Fall glücklich abgeschlossen worden ist.«

»Ging ja schnell jetzt«, flüsterte Schneider.

Alex schluckte und blickte in die erstaunten Gesichter der Kollegen. Viele hatten es bereits geahnt, aber mit einer solchen Bescherung ausgerechnet zu Weihnachten hatte niemand gerechnet. Reineking saß starr da. Sein Adamsapfel hüpfte beim Schlucken auf und ab.

»So«, sagte Lücking, »dann drücke ich Ihnen die Daumen und wünsche Ihnen und Ihren Familien trotz der traurigen Umstände frohe Weihnachten.«

Vereinzelt klopften Beamte mit den Knöcheln auf den Tisch – zumeist welche, die zu Veronikas Truppe gehörten. Dann schloss sich die Tür. Lücking und Möbius waren so schnell wieder verschwunden, wie sie aufgetaucht waren.

Veronika lächelte freundlich in die Runde und zuckte mit den Achseln. »Okay, das war jetzt eigentlich nicht so geplant – doch jetzt ist es raus.« Sie warf einen Seitenblick zu Reineking, der diesen nicht erwiderte. »Ich stehe zwar der Sonderkommission vor, die Ermittlungen laufen aber weiter beim Kollegen Reineking zusammen, der die Direktion Kriminalität so lange kommissarisch weiter leitet, bis meine Amtszeit beginnt. Danach wird er dann das KK 11 für Kapitaldelikte führen.«

Sie machte eine Pause. Reineking schaute unbeteiligt vor die Wand. Dabei, dachte Alex, war doch die Kommissariatsleitung besser als gar nichts.

»Gut, dann zur Sache«, sagte Veronika. »Fassen wir zunächst zusammen, was wir Neues wissen, bevor wir das weitere Vorgehen besprechen.«

Veronika bedeutete dem Mann am Laptop, die Diaschau zu starten. Einige Tatortbilder aus der Schliemannschen Fabrik liefen ab, schließlich Aufnahmen und Details der Leiche von Antje an Huef, die die Rechtsmediziner angefertigt hatten.

»Zusammengefasst«, sprach Veronika weiter, »können wir davon ausgehen, dass wir es mit einem Serientäter zu tun haben, der bereits nach gleicher Vorgehensweise Nele Bender ermordet hat. Markant an der Sache sind das Vorgehen des Täters, seine Vorliebe für abgelegene Industriebrachen, für weibliche Opfer im Alter um die zwanzig Jahre, für Videos, Folter, sowie, dass er sich keine große Mühe gibt, Spuren zu verwischen.«

Alex hob die Hand.

»Ja?«, fragte Veronika und verschränkte die Arme vor der Brust. Ihr Blick richtete sich auf Alex wie das flammende Auge von Sauron aus dem *Herrn der Ringe.*

»Es gibt noch ein weiteres Kriterium.«

»Darf ich erst ausreden?«, fragte Veronika.

»Natürlich«, nickte Alex, ohne sich für ihren Zwischenruf zu entschuldigen.

»Aus den Ermittlungen im Fall Nele Bender«, fuhr Veronika fort, »wissen wir, dass der Täter einen Golf Kombi fährt und Schuhgröße 43 trägt. Er vergewaltigt seine Opfer und hinterlässt Spuren an den Leichen, die einem Raubtierüberfall ähneln. Wahrscheinlich verwendet er dazu eine Art von Klauen und scharfe Messer. Weiter gibt es persönliche Signaturen, die der Gesuchte mit dem Blut der Opfer an die Wände schmiert. Der Täter geht organisiert vor und dürfte den bisherigen forensischen Annahmen zufolge zwischen dreißig und fünfzig Jahre alt und kräftig sein.«

Veronika trank einen Schluck Wasser. Dann nahm sie einen Zettel zur Hand. »Die Kollegen haben in Erfahrung gebracht, dass Antje

an Huef allein lebte und keine Beziehung hatte. Sie arbeitete als Krankenpflegerin und wird als freundlich, zuvorkommend und unauffällig beschrieben. Sie ist hübsch, hat zwei Schwestern, ihr Vater ist tot. Kontakte zu Männern sind nicht bekannt. Ihre kleine Wohnung wies keine Besonderheiten auf – Fernseher, Schrankwand, Computer, Laptop, Küche. Sie führte ein geregeltes Leben, war immer pünktlich, kleidete sich gerne schick, ging aber selten aus.«
Alex sah Kowarsch nicken. Er hatte gestern Antje an Huefs Wohnung inspiziert.
Veronika legte das Papier wieder zur Seite. »Unsere Ermittlungen konzentrieren sich zunächst auf das persönliche Umfeld von Antje an Huef. Ich möchte wissen, ob sie möglicherweise wie Nele Bender viel im Internet unterwegs war und Männerbekanntschaften pflegte, von denen ihre Familie nichts weiß. Die KTU durchleuchtet zurzeit ihren Computer und das Handy. Weiter sollten die bislang im Fall Bender vernommenen Personen mit Antje an Huefs Bekanntenkreis verglichen werden. Vielleicht gibt es eine Schnittmenge. Ergebnisse der Untersuchungen vom Tatort an den Schliemannschen Werken dürften noch auf sich warten lassen. Weihnachten und die Ferien kommen uns dazwischen, die Labors sind nur knapp besetzt.«
Veronika Martens nahm wieder Platz. Saurons Auge richtete sich erneut auf Alex. »Alex, Sie wollten etwas anmerken?«
»Was?«
Veronika machte eine fragende Geste. »Habe ich Sie falsch verstanden?«
»Nein«, antwortete Alex mit glühenden Wangen, griff nach ihren Unterlagen und wollte sich gerade von ihrem Platz erheben, ließ es dann aber doch bleiben. Sie sagte: »Der Täter schreibt mir Briefe.«
Alex ließ die Worte einen Moment lang wirken. Nun hatte sie die Aufmerksamkeit aller im Raum.
»Er hat nicht nur mir Briefe geschrieben. Er hat sich auch schon

vor meiner Zeit in dem Nele-Bender-Fall gemeldet. Ich habe vor der Besprechung einen Blick in die Unterlagen geworfen und ein vergleichbares Schreiben gefunden.«
»Briefe?«, fragte Veronika und ließ es wie eine Feststellung klingen.
»Seit ich in Lemfeld bin, erhalte ich gelegentlich E-Mails oder anonyme Schreiben von Menschen, die sich wichtigmachen wollen. Einige waren an mich persönlich adressiert, andere pauschal an die Polizeibehörde oder gar nicht. Idiotenpost – genau wie Spaßanrufe von dummen Jungen, wir alle kennen das. Natürlich war nie eine ernste Absicht dahinter zu erkennen, es gab keinerlei Bezüge – bis heute. Heute Morgen fand ich im Briefkasten diese Mitteilung.«
Alex reichte Schneider, der sie fassungslos ansah, eine Fotokopie des Schreibens und bat ihn, es weiterzugeben.
»Der Schrifttyp hatte mich an etwas erinnert – ein anonymes ausgedrucktes Schreiben, das ich vor etwa zehn Tagen erhalten habe. Papier, Briefumschläge und Inhalt habe ich einem weiteren Brief zuordnen können, der aus dem frühen Herbst stammte. Alles ist auf den ersten Blick identisch mit dem Brief aus der Nele-Bender-Akte. Ich gehe davon aus, dass alle Texte vom Täter stammen.«
Alex reichte weitere Fotokopien herum. Langsam wurde sie warm, und mit einem Kontrollblick zu Veronika sah sie, dass ihr Vortrag die richtigen Saiten zum Klingen brachte.
Sie hörte Schneider murmeln: »Brustwarzen ... Der perverse Kerl. Und die anderen Ausdrucke, ja, der gleiche Schrifttyp. Sieht aus wie Arial, aber – ich meine, das in den anderen Briefen sind ja Liedtexte?«
»Ja«, erklärte Alex. »Liedtexte. Nach dem Stempel des jüngeren zu urteilen, ist er zwei Tage vor dem Mord an Antje an Huef aufgegeben worden. Der älteste stammt vom vorletzten Sommer – er wurde zwei Tage vor dem Mord an Nele Bender versendet. Einen weiteren habe ich an mich adressiert Ende September erhalten.

Und hier kommen wir zu einem Problem – es gibt zu dem Brief vom September keinen passenden Mord.«

»Du meinst, es müsste einen weiteren Mord geben?«, fragte Mario, der fassungslos die Kopien betrachtete.

»Ich glaube, dass der Täter uns die Morde angekündigt hat. Wenn es stimmt, haben wir eine dritte Leiche, die bisher noch nicht gefunden worden ist.« Alex atmete tief durch und fuhr fort: »Dazu kommt noch etwas. Die Texte waren zunächst nicht mit den Morden in Verbindung zu bringen – bis ich heute darauf hingewiesen worden bin, dass wir es endlich ernst nehmen sollen. Die Liedtexte kamen alle postalisch. Diesen Hinweis hat er mir direkt in den Briefkasten geworfen.«

Veronika fragte: »In *Ihren* Briefkasten? Diesen Zettel?« Sie hielt eine der Kopien hoch, die Alex hatte herumgehen lassen.

»Ja. Ich halte ihn für authentisch. Es klingt Täterwissen an. Dass er die Brustwarzen der Opfer mitnimmt. Was die Liedtexte im Einzelnen zu sagen haben, weiß ich noch nicht. Der jüngste trägt den Titel *Bad Moon Rising,* ein Lied der Band Creedence Clearwater Revival.«

»Kenne ich«, nickte Mario.

»Der zum Nele-Bender-Mord passende Song ist *Moonlight Shadow* von Mike Oldfield, und der vom Herbst ist *Moon over Bourbon Street* von Sting. Auffällig ist, dass jedes Mal vom Mond die Rede ist. Es würde mich nicht wundern, wenn sich in den Texten oder Liedern versteckte Botschaften finden würden, die im Zusammenhang mit den Tatorten oder Opfern stehen.«

»Er möchte wissen«, ergänzte Veronika, »ob wir klüger sind als er.«

Alex nickte. »Und er verhöhnt uns, weil wir es bislang nicht sind. Der Mond scheint für ihn eine besondere Rolle zu spielen. Außerdem kennt er sich mit Musik aus. Ich nehme an, dass die Songtexte nicht nur Hinweise geben könnten, sondern auch Relevanz für

den Täter haben und etwas über ihn aussagen. Sie sind ihm wichtig. Weiter will er, dass wir endlich mitspielen. Deswegen hat er seine vierte Botschaft geschickt. Und dieses Mal hat er nicht den Postweg gewählt – er hat mir sein Bekennerschreiben in den Briefkasten geworfen. Was bedeutet, dass er weiß, wo ich wohne. Das ist zwar nicht schwer herauszufinden – aber der Gedanke daran, dass der Mörder von Antje an Huef, Nele Bender und einer Dritten vor meiner Wohnung stand, erfüllt mich nicht gerade mit Freude.«
»Shit«, zischte Schneider und machte ein besorgtes Gesicht.
Veronika legte den Zeigefinger nachdenklich an das Kinn. »Das bedeutet auf absehbare Zeit einen Streifenwagen vor Ihrer Haustür. Wir sollten auch eine Überwachungskamera anbringen.«
Alex nickte. »Außerdem glaube ich, dass wir mit ihm in Kontakt treten sollten. Es ist ein spektakulärer Mordfall, und wir müssen ohnehin damit an die Medien gehen, denn der Leichenfund wird sich herumsprechen. Ich kann mir nicht vorstellen, dass die drei Zeugen von dieser Band auf Dauer den Mund halten werden. Außerdem giert der Täter nach Beachtung. Er hat mir eine Ermahnung in den Briefkasten geworfen, weil er wahrgenommen werden will.«
»Okay«, sagte Veronika. »Wir denken drüber nach, wie wir das lancieren. Am besten geben wir eine Pressekonferenz. Da Sie persönlich betroffen sind, Alex ...« Veronika machte eine Pause und warf Alex einen Blick zu, den sie nicht zu deuten wusste. »Schauen Sie sich die Texte genauer an. Was sie zu sagen haben, ob es Querverbindungen gibt, was der Täter uns damit über sich und die Opfer oder seine Taten vermitteln will. Und natürlich müssen die Originalschreiben zur KTU zur Untersuchung von Papier und Tinte und zum Erkennungsdienst wegen der Fingerabdrücke. Alle anderen machen sich entweder in Sachen Antje an Huef kundig oder schauen sich nach potenziellen Orten um, an denen sich ein bislang unbekanntes Opfer befinden könnte, und helfen denen auf die

Sprünge, die über keine Ortskenntnis verfügen – alte Fabriken, Gewerbebrachen, heruntergekommene Lagerhallen. Falls es in den Liedtexten einen Schlüssel dazu gibt, wird Alex euch das wissen lassen. Ach, und Alex?«
»Hm?«
»Schicken Sie Kopien der Schreiben bitte zusammen mit einem Bericht auch nach Düsseldorf ans LKA, damit die OFA da mal einen Blick draufwirft.«
Alex funkelte Veronika an und sagte: »Natürlich.«
»Und allen, die morgen keinen Bereitschaftsdienst haben, wünsche ich schon mal frohe Weihnachten.«
Veronika nickte in die Runde. Alex nickte nicht zurück. Stattdessen ging sie in ihr Büro und ließ sich bockig in den Sessel fallen. Sie saugte an ihrer Unterlippe. Dann stand sie auf, ging um den Schreibtisch herum und wollte gerade zum Telefonhörer greifen, um beim LKA in Düsseldorf anzurufen, als ihr Handy sich meldete. Die Nummer im Display sagte ihr nichts. Trotzdem ging sie ran.
»Hi«, meldete sich eine tiefe Stimme. »Hier ist Jan.«
Eine heiße Woge schwappte durch Alex. »Oh, hi«, stammelte sie.
»Ja, also, ich dachte mir, dass wir vielleicht ...«
»Wird das eine Einladung zu einem Rendezvous?« Alex verkniff sich ein Grinsen.
»Daran hatte ich gedacht, ja.«
Alex' Gedanken rasten. *Keine Patzer,* dachte sie und erinnerte sich an ihr Gespräch mit Helen über Männer in der Kinderspielewelt. Und hier kam schon der Präzedenzfall. Sie steckte mitten in einem komplexen Mordfall, hatte jede Menge zu tun und diesen Düsseldorfern zu zeigen, wo der Hammer hing – und wurde zu einem Date gebeten. Allerdings wollte sie gerade Jan nicht vor den Kopf stoßen.
Alex zögerte. »Ehrlich gesagt, passt es mir im Moment nicht so gut.«

»Viel Arbeit?«

»Viel Arbeit.«

»Aber abends doch nicht.«

Gerade abends. »Versteh das bitte nicht falsch. Im Moment steht mir die Arbeit wirklich bis zum Hals, und das ist keine Ausrede. Vielleicht finden wir demnächst mal einen Termin.«

»Zum Beispiel heute?«

»Gerade heute wäre nicht so gut.«

»Hey«, sagte Jan. »Ich lasse nicht locker. Wir könnten uns zum Essen abends in der Stadt treffen. Ich hole dich gerne ab.«

»Ich weiß nicht.«

»Gerade, wenn man viel um die Ohren hat, sollte man mal kurz auschecken, finde ich. Macht den Kopf wieder klar.«

Das hätte auch von Rolf kommen können, dachte Alex.

»Zwei Stunden«, sagte Jan. »Länger dauert ein Essen nicht. Und essen musst du doch sowieso, oder?«

Alex lachte leise. »Du lässt wirklich nicht locker, oder?«

»In diesem Fall nicht, nein.«

»Ich könnte das als aufdringlich bewerten.«

»Das Risiko gehe ich ein.«

Alex überlegte einen Moment. Dann sagte sie: »Okay. Essen, Zwei Stunden. Falls noch etwas dazwischenkommt, habe ich ja jetzt deine Nummer. So gegen halb acht?«

»Perfekt.«

»Ich komme aber nur, wenn du mich nicht vom Silbertablett in den Schlamm fallen lässt.«

Jan lachte. »Ich denke darüber nach.«

»Zwei Stunden.«

»Zwei Stunden. Wie wäre es mit italienisch? Es gibt da ein ganz nettes neues Restaurant, *Machiavelli*.«

»*Machiavelli?* Kenne ich gar nicht. Ja, warum nicht?«

Jan nannte ihr die Adresse. Dann verabschiedeten sie sich.

Tja, jetzt war sie doch auf die Verabredung eingegangen, und Alex fiel ein, dass sie um den Besuch bei ihren Eltern in Düsseldorf nicht herumkommen würde, obwohl es ihr überhaupt nicht in den Kram passte. Mit leeren Händen könnte sie nicht dastehen. Wann zum Teufel sollte sie die Geschenke besorgen? Vielleicht morgen Vormittag. An Heiligabend hatten die Geschäfte ja noch bis mittags geöffnet. Verdammtes Privatleben, dachte Alex.

Sie breitete die Songtexte vor sich aus und überflog die Zeilen. In *Bad Moon Rising* ging es um eine generelle Gefahr, die über den Dingen schwebte, schwere Unwetter, weswegen man besser im Haus bleiben sollte. *Moonlight Shadow* erzählte die Geschichte von einer Frau, die um ihren erschossenen Mann trauerte. *Moon over Bourbon Street* war schon konkreter – in groben Worten berichtete er von einem Mörder, der durch die Straßen schlich.

Schließlich rief Alex ein Musikprogramm auf und hörte sich die Lieder im Internet an. Wieder und wieder. Den ganzen Nachmittag lang.

24.

Der hellbraune Kaschmirpullover mit V-Ausschnitt lag eng an. Genau wie die weiße Bluse, die Alex darunter trug. Die ausgewaschene helle Jeans betonte ihren Körper nicht weniger, und beim Anziehen war sich Alex einen Moment lang vorgekommen wie ein Teenie, der seine Vorzüge etwas zu offensiv betonen wollte. Andererseits, hatte sie gedacht, warum mit Reizen geizen, und dann auch noch den zweiten Knopf an der Bluse geöffnet.

Das *Machiavelli* war eines dieser modernen urbanen Restaurants, die neben einer geschmackvollen Inneneinrichtung im Loungestil über eine exquisite Küche verfügten. In dem attraktive Bedienungen mit langen weißen Schürzen servierten und die Weinkarte länger als die handgeschriebene Speisekarte war. Letztlich waren diese Restaurants austauschbar, für Lemfeld war der Laden aber etwas Besonderes und hatte gegenüber Alex' Stamm-Pizzeria *DiCaprio* den Vorteil, dass man nach dem Essen nicht nach Küche stank und seine Sachen anschließend in die Waschmaschine stopfen musste.

Das Rumpsteak war großartig. Mit Tomaten und Parmesan überbacken. Ausgezeichnet. »Eigentlich bin ich nicht so der Fleischtyp«, erklärte Alex und faltete die Serviette auf dem Schoß zusammen. »Aber ich bin ganz froh, dass ich eine Ausnahme gemacht habe.«

»Prima«, sagte Jan.

Er tupfte sich den Mund ab. *Prima* schien eines seiner Lieblingsworte zu sein – eines jener Worte, die man als Partner in einer Beziehung gerne übernahm, ohne es zu merken, bis man von Freunden darauf hingewiesen wurde.

Jans Haar war wieder so verwuschelt wie an dem Tag, als sie ihn kennengelernt hatte – nur dieses Mal mit ein wenig Gel aufgestellt. Es war von einzelnen grauen Strähnen durchzogen, die gut mit den

Lachfältchen an den Augenwinkeln, den makellosen Zähnen und gepflegten Händen harmonierten. Alles in allem saß ihr ein souverän wirkender, attraktiver Mann im besten Alter gegenüber, der bereits genug erlebt zu haben schien, um dem Leben entspannt entgegenzutreten. Der keine Flausen mehr im Kopf hatte und wusste, was er wollte und warum. Ein Kerl, den man auf gar keinen Fall von der Bettkante stoßen würde und dort festnageln sollte, wenn er erst einmal Platz genommen hatte. Und Alex hatte bislang keinerlei Vertiefung am Finger oder eine verräterische Stelle entdeckt, an der die Haut etwas heller war als die übrige. Wenngleich das kein Indiz dafür war, dass Jan noch nie in seinem Leben einen Ehering getragen hatte.

»Und?«, fragte Alex, »kann man denn von Musikmachen und Anzeigengestaltung leben?« Sie spielte mit dem Anhänger ihrer Goldkette.

»Nein, von Musikmachen lässt sich sicher nicht leben – zumindest nicht von meiner und wie ich sie mache. Da müsste man schon auf Tour gehen und wäre ständig unterwegs, aber dafür bin ich zu solide und auf Sicherheit bedacht ...«

Solide, dachte Alex. Auf Sicherheit bedacht. Aber trotzdem ein kleiner Rebell.

»Und Tanzmucke für den Lebensunterhalt zu spielen wäre Verrat an der Sache. Das kommt nicht in Frage, außerdem ...«

Ein Idealist, dachte sie. Zuverlässig.

»... hat Quincy Jones einmal gesagt: Wenn übers Geld geredet wird, verlässt Gott den Raum. Wenn man das begriffen hat, macht man entweder weiter, weil einem die Musik im Blut liegt, oder hängt die Gitarre an den Nagel.«

»Was du nicht getan hast.«

»Dazu ist mir das Stück Holz viel zu wichtig. Es ist wie ein Übersetzer. Es dient dazu, die Dinge verständlich zu machen, die in mir sind. Musik ist wie eine Droge. Wenn du spielst, bist du in einem Kosmos, den nur du erreichst.«

Jetzt lächelte Alex. »Ich kann mir kaum vorstellen, dass sich das Gefühl besser erklären lässt.«
Jan trank einen Schluck von dem rubinroten Montepulciano. »Und das Anzeigengestalten ...« Jan schmunzelte und blickte in das Glas. »Ich arbeite in einem kleinen Werbestudio, und da fällt die ganze Bandbreite an – Kataloge, Flyer und solche Sachen. Ich habe mich aber auf Webdesign spezialisiert.«
»Der Computer ist ebenfalls wie ein Übersetzer?«
»Das ist wahr.«
»Interessant«, sagte Alex und ließ sich von Jan den Rest Wein aus der Flasche einschenken.
»Du bist also Psychologin?«, fragte er offen und unbekümmert. Nicht wenige Menschen reagierten eher reserviert auf ihren Beruf. So, als könnte Alex Gedanken lesen oder habe nichts Besseres zu tun, als ihr jeweiliges Gegenüber permanent zu analysieren.
Sie nickte und nippte an dem Weinglas. »Ja, ich arbeite als Psychologin für die Polizei.«
»So wie in CSI? Wie Jodie Foster in *Schweigen der Lämmer?* Profiling?«, hakte Jan nach – und klang dabei so, als sei es das Normalste von der Welt, mit jemandem zu Abend zu essen, der unter anderem mit der Untersuchung von abartigen Gewaltverbrechen sein Geld verdiente.
Alex zwirbelte eine Haarsträhne und sah Jan nachdenklich an. »Profiling«, erklärte sie und sparte sich eine umfassende Erklärung, »sagt man so dahin. Es ist der englische Ausdruck, aber sicher nicht das, wofür du es hältst. Dennoch habe ich in gewisser Weise schon damit zu tun gehabt.«
»Mit Mördern?«
»Auch das.«
»Wow.« Er trank den letzten Schluck Wein aus. »Dann muss ich ja aufpassen, was ich sage, was?«
»Solange du niemanden umbringst, haben wir kein Problem.

Ansonsten lege ich dir schneller Handschellen an, als du den Anfang von *Bad Moon Rising* spielen kannst.«

Jan fragte: »*Bad Moon Rising?* Von Creedence?«

»Ja. Wieso? Was ist damit?«

»Nichts. Es ist nur ...« Er schien nach der richtigen Erklärung zu suchen. »Ich hätte irgendwie nicht gedacht, dass du den Song kennst.«

»Welche würde ich denn eher kennen?«

»Hm. Ich halte dich mehr für den Tom-Waits-Typen. Oder Nick Cave.«

Alex lachte. »Wirke ich so düster?« In der Tat hörte sie viel von denen.

Jan zwinkerte. »Keine Sorge. Du wirkst keinesfalls so. Nur durchaus so, als würdest du mehr auf substanzielles Songwriting stehen.«

Alex winkte ab. »Ich komme nur deswegen darauf, weil ich das Lied heute oft gehört habe. Dieses *Bad Moon*. Mehr nicht.«

Ein Kellner, der aussah wie ein Model, kam angewiesen. »Darf es noch etwas sein?«

Jan fragte Alex, ob sie einen Espresso mochte. Sie mochte, und er bestellte für sich einen mit.

»Natürlich«, bestätigte der Kellner und schwirrte wieder ab.

Alex fragte: »Als Musiker laufen dir doch sicher die Groupies hinterher?«

Jan grinste – so, als habe er nur darauf gewartet, dass Alex sich nach seinen persönlichen Verhältnissen erkundigen würde. »Ja sicher, schon.«

Alex spürte einen Stich.

»Aber«, er machte eine abwinkende Geste, »immer nur dieser oberflächliche Sex. Das ist es auf Dauer einfach nicht.«

Alex lehnte sich ein wenig vor, stützte sich mit den Ellbogen auf den Tisch und legte das Kinn auf die abgewinkelten Handflächen. »Was soll ich als Psychologin bloß davon halten?«, fragte sie mit gesenkter Stimme.

»Das will ich lieber nicht wissen.«
Alex lachte laut, als die Bedienung die beiden Espressi servierte.
»Aber um auf deine eigentliche Frage zurückzukommen«, entgegnete Jan und griff nach der kleinen weißen Tasse, »ich bin schon seit einiger Zeit solo.« Er trank den Espresso in einem Zug aus. Alex tat es ihm nach.
»Sorry. Ich wollte eben nicht so doof – also, ich wollte dich nicht überfallen, als ich das mit den Groupies erwähnt habe …«
»Kein Problem.« Jan zuckte mit den Achseln. »Und da ich schwer annehme, dass du ebenfalls solo bist, frage ich mich, ob du Lust hast, Silvester mit mir zu feiern?«
Alex' Augen blitzten. Sie stellte die leere Tasse zurück und leckte sich die Crema von der Oberlippe.
»Silvester, hm. Tja, mal sehen, wie ich das mache«, sagte sie. Das nächste Date. Und so würde es Schritt für Schritt weitergehen. Wer wusste schon, was an Silvester sein würde? Vielleicht hätte sie an dem Tag zu tun. Die Arbeit stünde ihr bis zum Hals. Dann sah sie Jan in die Augen und dachte wieder an Helen, die angemahnt hatte, dass Alex den Job vorschob, um Männer auf Distanz zu halten. An Schneiders Vortrag darüber, dass sie sich dauernd in die Arbeit vergrub. Und daran, dass sie Jan gar nicht auf Distanz halten wollte und dass Schneider und Helen nicht recht behalten sollten, weil sie ohnehin schon oft genug recht hatten. Beide würden ihr einen Vogel zeigen, wenn sie erführen, dass Alex eine Verabredung zu einer Silvesterparty ausschlug, weil eventuell etwas zu tun sein könnte. Ausgerechnet am Silvesterabend.
Jan sagte: »Oh, wenn du schon etwas vorhast, ist das kein Problem. War nur so ein Gedanke.«
»Ich hätte Zeit«, erwiderte Alex.
»Prima«, lächelte Jan, »aber du musst wirklich nichts absagen oder so, wenn du schon mit Freunden …«
»Was machen wir denn? Eine Party? Ein Ball?«

Jan blähte die Backen und wuschelte sich durch die Haare. »Also«, er lächelte wie ein ertappter Schuljunge, »so genau habe ich mir das nicht überlegt. Ich bin da eher spontan. Es gäbe sicher so dies und das, aber ...«

Alex faltete die Hände auf dem Tisch. »Okay, dann bin ich Silvesterabend um acht bei dir, und bis dahin hast du dich entschieden. Festliche Abendgarderobe – oder eher leger?«

»Tja.« Jan lachte baff und winkte den Kellner heran, um zu bezahlen. »Festlich, warum nicht?«

»Prima«, sagte Alex.

Prima, da war es ja schon.

25.

Nachdem Jan bezahlt, Alex in den Mantel geholfen und ihr die Tür offen gehalten hatte, gingen beide über den tiefverschneiten Parkplatz. Alex glitt in ihre Handschuhe und zog die Schultern gegen die Kälte hoch.
Jan band sich den Schal um. »Wo steht dein Wagen?«
»Bin zu Fuß.«
»Dann fahre ich dich nach Hause.«
Alex schüttelte den Kopf. Wenn Jan sie nach Hause fuhr, wäre sie versucht, ihn noch auf einen Kaffee nach oben zu bitten. Oder sie würden noch einige Zeit im Wagen sitzen bleiben und reden. Es wäre ... Es wäre einfach schon zu vertraut, und die frische kalte Luft würde ihr vielleicht ganz guttun. Ihre Gedanken sortieren, in denen sich Jan gerade mit einem *Prima* festgesetzt hatte. Außerdem war es wirklich nicht weit und die Innenstadt von der Weihnachtbeleuchtung erhellt. »Lass nur«, sagte sie. »Ein kurzer Spaziergang bekommt mir ganz gut, bevor ich mich wieder in die Arbeit stürze. Ich muss noch ein paar Akten durchsehen. Ich wohne nicht sehr weit von hier entfernt.«
Jan sah sie durchdringend an. Ihm schien nicht ganz wohl bei dem Gedanken zu sein.
»Keine Bange. Ich bin Polizistin, schon vergessen?«
»Ich hatte eher an die Kälte gedacht.«
Alex hakte sich bei Jan unter. »Das ist lieb, aber passt schon, danke.«
Vor seinem dunkelgrünen Golf blieben sie stehen, und Jan nahm die Schlüssel aus der Jacke.
»Oh, du bist ja Kombifahrer.«
Jan nickte und öffnete den Wagen mit der Fernbedienung. »Schon lange – wegen der Verstärker, wenn man mal einen Auftritt hat,

oder dem Stativkrempel bei Außenjobs ist ein Kombi einfach praktischer. Tja, dann ...«, sagte er und drehte sich zu Alex. Sie nahm ihm die Entscheidung ab und hauchte ihm einen Kuss auf die Wange.
»Danke, Jan, es war ein wunderschöner Abend.« Ja, dachte sie. Und das, obwohl er länger als die verabredeten zwei Stunden gedauert hatte. »Fröhliche Weihnachten!«
»Dir auch, Alex.«
Keine großen Gesten mehr. Kein weiteres Herumgelaber, weil er sich noch nicht lösen wollte. Jan stieg in den Wagen ein. Er winkte noch einmal, schloss die Tür, startete und fuhr davon.
Alex atmete tief durch, fröstelte und sah hinauf zum sternenklaren Himmel. Immer noch hatte sie Jans Duft in der Nase und sah den Heckscheinwerfern nach, die in der Nacht verschwanden. Sie überlegte, was an ihm anders war als an anderen. Beschreiben konnte sie es nicht. Er wirkte einerseits noch wie ein Junge. Andererseits wie ein gestandener Mann, dem man nichts vormachen konnte. Vielleicht könnte mit ihm einiges anders sein als bislang. Bislang waren die meisten Männer an Alex abgeperlt wie Wassertropfen an einem Lotusblatt. Was seine Gründe hatte. Sie selbst war der Grund. Ihre Bindungsängste. Aber irgendetwas hatte dieser Jan, das sie in seiner Gegenwart einfach nicht daran denken ließ. Es ging keine rote Lampe an. Kein Warnblinklicht. Sie musste sich nicht zwingen, den Kopf abzuschalten.
In sich versunken ging Alex über den Parkplatz, überquerte die Straße und erreichte durch eine Seitengasse die menschenleere Fußgängerzone. Die Weihnachtsbeleuchtung tauchte sie in orangefarbenes Licht Sie passierte die weihnachtlich dekorierten Holzbuden des Weihnachtsmarkts. Irgendwo ließen Jugendliche eine Knaller-Matte hochgehen. Deutlich verfrühtes Feuerwerk. Es ratterte wie der Klang einer Maschinenpistole durch die Gassen. Statt zusammenzuzucken, hüpfte Alex gut gelaunt über ein paar am

Boden liegende Versorgungskabel, bog in die Marktstraße ein, die sie in die Brüderstraße sowie schließlich in den Luisenweg führte, und dachte an Jan und alles, was er gesagt und was er nicht gesagt hatte.

Die Schmetterlinge im Bauch erstarrten in der Bewegung, als Alex die unbeleuchtete Wallgasse an der alten Stadtmauer erreichte und die Schritte hörte. Es war nicht zuzuordnen, woher genau sie kamen, aber sie waren klar und deutlich zu vernehmen.

Alex stoppte und drehte sich um. Die Schritte stoppten ebenfalls. Niemand war zu sehen. Kunststück, in der Dunkelheit zwischen den eng stehenden Fachwerkhäusern. Aber war da nicht ein Schatten, der aus einer Einfahrt auf die Straße fiel? Alex ging weiter. Kaum später setzten sich die Schritte ebenfalls fort. Sie griff ihre Umhängetasche fester. Spürte ihr pochendes Herz. Ein Geschmack auf der Zunge, als hätte sie eine Handvoll Centstücke in den Mund genommen.

Verfolgte sie da jemand? Jemand, der auch wusste, wo sie wohnte? Oder war das nur ein Anflug von Paranoia?

Wieder blieb sie stehen. Wieder stoppten die Schritte. Die Hauptstraße war nur noch gute zwanzig Meter entfernt. Dort flogen die Lichter von Autos vorbei, bündelte sich das Licht heller Straßenlaternen und verhieß Sicherheit. Von dort war es nur noch ein Katzensprung bis nach Hause.

»Hallo?«, rief Alex über die Schulter in die Leere hinter sich. Ihre Hand griff wie ferngesteuert in die Tasche und tastete nach der Dienstwaffe – aber natürlich lag die Dienstwaffe da, wo sie hingehörte: im Waffenschrank der Polizeibehörde. Dafür stießen ihre Finger gegen etwas anderes. Sie schlossen sich wie ein Schraubstock um die Dose Pfefferspray.

»Wer ist da?«

Keine Antwort.

Alex hielt die Luft an und drehte sich um. Wer auch immer hinter

ihr war, setzte sich jetzt wieder in Bewegung. Absätze auf Kopfsteinpflaster. Gemächlich. Das Geräusch schien näher zu kommen.
»Hallo?« Ihre Stimme hallte wie ein Echo.
Ein lauter Knall ließ sie zusammenzucken. Sie zog das Pfefferspray hervor, legte den Kopf etwas zur Seite und lauschte in die Finsternis. Das Krachen war wohl nur ein Kanonenschlag gewesen. Von den zündelnden Jugendlichen mit ihrem Feuerwerk, dachte Alex. Bis auf das leise Hintergrundrauschen von der Straße war wieder alles still.
Und jetzt hörte es sich auf einmal so an, als seien die Schritte weiter entfernt als eben noch. Sie wurden leiser. Wenige Augenblicke später waren sie nicht mehr zu vernehmen.
Es hatte sie jemand verfolgt, dachte Alex. War stehen geblieben, als sie ebenfalls stehen geblieben war, war ihr nahe gekommen und dann vielleicht von dem Kracher verschreckt worden oder von ihrem Rufen, und ...
Sie schauderte. Zitterte, was nicht an der Kälte lag. Ärgerte sich über sich selbst, dass sie unbedingt zu Fuß nach Hause hatte gehen wollen, anstatt sich von Jan bringen zu lassen. In der Stadt war ein perverser Mörder unterwegs, der sich Alex als neue Brieffreundin ausgesucht hatte. Der wusste, wo sie wohnte. Sie womöglich sogar verfolgte, und zwar gerade eben. Alex keuchte. Vielleicht bildete sie sich das auch nur ein. Möglicherweise war bloß jemand wie sie auf dem Weg nach Hause gewesen. War an Schaufenstern stehen geblieben und dann weitermarschiert. Oder auch nicht. Was sie sich eindeutig nicht einbildete, war ihre Angst.
Alex klemmte sich die kleine Dose mit dem Pfefferspray unter die Achsel, griff in die Handtasche und fasste nach etwas Eckigem. Nach ihrem Handy. Sie öffnete mit dem Daumen den Kontakte-Speicher, suchte Jans Nummer heraus und wählte sie an. Er musste sich noch ganz in der Nähe befinden. Nach zweimaligem Klingeln ging er ran.

»Kannst du mich doch nach Hause fahren?«, fragte Alex und beobachtete die leere Gasse.
»Ähm – na klar.«
Etwas rauschte im Hintergrund aus dem Telefon. Alex zuckte zusammen, als die Kirchturmuhr am Marktplatz elf Uhr schlug. Leise hörte sie die Glocken etwas zeitversetzt auch im Handy.
»Alex?« fragte Jan. »Alles klar?«
»Sitzt du nicht im Auto?«, fragte sie. »Ich dachte ...«
»Ich habe gerade getankt und stehe an der Tankstelle am Innenstadtring. Wo bist du?«
Alex überlegte einen Augenblick, bevor sie es ihm erklärte. »Gib mir fünf Minuten«, sagte Jan.
Tatsächlich brauchte er kaum eine Sekunde länger als fünf Minuten. Fünf Minuten, in denen Alex sich keinen Zentimeter bewegt hatte und die ihr wie fünf Stunden vorgekommen waren. Als Alex in den Wagen stieg, war ihr, als werde eine Steinplatte von ihrer Brust genommen. »Danke«, sagte sie zu Jan, schenkte ihm ein Lächeln und erklärte ihm den Weg. Unterwegs redeten sie kaum, und er fragte nicht nach Gründen, was Alex gut gefiel. Als sie vor der Tür anhielten, fügte Alex ein weiteres »Danke« an.
»Kein Problem«, sagte er.
Alex fasste nach dem Türgriff und hielt einen Moment inne.
»Eigentlich«, sagte sie leise, »wäre das jetzt der Moment, dich zu fragen, ob ich dir für das Chauffieren wenigstens noch einen Kaffee anbieten kann, aber ...« Sie zögerte. Aber – was? Gab es denn ein Aber? Doch, gab es. »... aber vielleicht ist das heute keine so gute Idee. Wie gesagt – ich habe noch etwas zu tun.« Sie lächelte entschuldigend und hätte sich im gleichen Moment am liebsten selbst in den Hintern getreten.
Jan sah sie an wie ein kleiner Junge, der nach einem Stück Schokolade gefragt und es nicht bekommen hatte. Er sagte: »Demnächst vielleicht, Alex. Schlaf gut.«

Dann sah Alex ein zweites Mal an diesem Abend den Rücklichtern seines Wagens hinterher. Als sie verschwunden waren, nahm sie den Hausschlüssel aus der Tasche und blickte sich um. Etwa zwanzig Meter weiter hielt an der gegenüberliegenden Straßenseite ein Streifenwagen. Ihre Bewacher waren also bereits eingetroffen. Die Ärmsten mussten sich ihretwegen nun die eiskalte Nacht um die Ohren schlagen.

Nein, dachte Alex beim Reingehen. Nicht wegen ihr. Sondern wegen ihm. Wer auch immer er war.

26.

D-Day. Heiligabend. Mit schweißnassen Händen am Lenkrad und verspanntem Nacken hatte Alex den Mini auf der Autobahn Asphalt fressen lassen, den Kofferraum voller Geschenke, die sie am Morgen noch in letzter Minute besorgt und verpackt hatte. Die ganze Fahrt über waren drei Lieder ihre Begleiter gewesen, die sie gestern Abend noch auf den iPod überspielt hatte.
Bad Moon Rising, Moonlight Shadow, Moon over Bourbon Street – inzwischen konnte sie jedes auswendig. Was wollte der Täter damit sagen?, hatte Alex sich immer wieder gefragt. Doch die Lieder hatten ihre Geheimnisse nicht preisgegeben.
Um halb fünf war Alex mit dem Mini schließlich in die Einfahrt ihres Elternhauses gebogen. Gerade noch rechtzeitig. Neben Dads Mercedes und Mums Porsche parkte der X5, der ihrer älteren Schwester Jule und deren Mann Sebastian gehörte. Auf der Rückscheibe verkündete ein Aufkleber, dass »Larissa on Board« sei.
Alex konnte hinter einer weiten weißen Schneefläche das graubraune Band des Rheins erkennen, als sie aus dem Wagen ausstieg und die Geschenktüten aus dem Kofferraum holte. Die weiße Gründerzeit-Villa im linksrheinischen Oberkassel lag unweit der Wiesen eines Flussbogens in einer der teuersten Stadtlagen.
Alex war zur Tür gehastet und hatte mit dem Ellbogen den Klingelknopf gedrückt. Nach dem Öffnen hatte sie Mama mit großem »Hallo« geherzt, die heute ein champagnerfarbenes Kostüm trug. Schließlich gab es ein Bussi von Papa, der Alex um Haupteslänge überragte und einen dunkelblauen Zweireiher anhatte. Dann war Jule an der Reihe, Küsschen auf die Bäckchen, und schließlich Alex' Nichte Larissa, die sich verschämt lächelnd zunächst hinter Jule versteckt und Alex' Taschen voller Geschenke nicht aus den Augen gelassen hatte. Sebastian begrüßte sie gewohnt reserviert

und nur mit Handschlag. Jules Mann trug unter seinem Hemd eines dieser schnöseligen Seidenhalstücher. In Düsseldorf läge der Schnee ja ganz schön hoch, sagte er, um irgendetwas zu sagen. Alex hatte geantwortet: »Ach, ich dachte, das sei alles Koks und deswegen die Mieten hier so teuer.«

Ansonsten war die Atmosphäre befremdlich gelöst und entspannt. Das war Alex schon beim Kaffee aufgefallen. Entweder die Ruhe vor dem Sturm oder aber die Vorboten von etwas Unfassbarem: einem ganz normalen Weihnachtsfest ohne Streit, Tränen, Vorwürfe, aufgewärmten Zwist sowie einer Mama, die einmal nicht spätestens nach dem Abendessen die Eineinhalb-Promille-Grenze überschritten hatte. Sie trank jedoch den ganzen Abend lang Mineralwasser statt ein »Veuvchen« nach dem anderen. Ein vielsagender Blick von Mum hatte ihr bestätigt, dass sie wusste, dass Alex es bemerkt hatte.

Unter dem riesigen Tannenbaum hatten Berge von Geschenken gelegen, und das Leuchten in Larissas Augen erwärmte Alex' Herz. Ihre Nichte war jetzt fünf Jahre alt und wusste zwar, dass Eltern, Tanten und Großeltern mit Sicherheit irgendeine Rolle in Bezug auf Geschenke spielten. Der Weihnachtsmann aber auch. Es war zu süß, zu verfolgen, wie die Kleine versuchte, diese beiden Tatsachen unter einen Hut zu bringen.

Jetzt war Larissa mit der Playmobil-Polizeistation beschäftigt, die Alex ihr geschenkt hatte. Mit echter Gefängniszelle! Jule saß daneben. Sie trug die mit Diamanten besetzte Kette, die sie von Basti bekommen hatte. Alex stellte sich vor, wie Jule anderntags mit ihren Schnösel-Freundinnen vergleichen würde, wessen Gatte tiefer in die Tasche gegriffen hatte. Jule hatte zwar ein überdurchschnittlich erfolgreiches Jura-Studium absolviert, die eigene Karriere aber zugunsten der Rolle als Mutter und Ehefrau aufgegeben. Genau wie die anderen aus ihrer Clique. Genau wie Mama damals. Basti saß neben Dad auf dem Sofa und freute sich über seine neue

Armbanduhr. Nicht dass er eine benötigt hätte. Oder irgendetwas anderes. Basti stammte aus altem Düsseldorfer Geldadel, und soweit Alex es beurteilen konnte, interessierte er sich außer für sich selbst vor allen Dingen für alte britische Sportwagen und Immobilien, worüber er stundenlang dozieren konnte. Alex hatte ihn noch nie ausstehen können. Nein, das war zu schwach ausgedrückt: Sie hatte ihn und alles, wofür er stand, stets verachtet. Wenigstens war Basti helle genug, um das zu begreifen, und seine Empfindungen gegenüber Alex waren ähnlich gelagert. Jetzt schwenkte er ein Cognacglas, neigte sich zu Dad und erzählte irgendetwas über Speichenfelgen, worauf Dad nickte, scheinbar zuhörte und die goldenen Manschettenknöpfe bewunderte, die Alex für ihn bei einem Lemfelder Juwelier erworben hatte. Dad mochte so was. In der Hinsicht war er rundherum altmodisch.

»Magst du das auch wirklich?«, fragte Mum und zupfte vor dem Spiegel an Alex' Schultern herum. Eine Wohltat, sie aus dieser Nähe einmal ohne Fahne zu genießen. »Ich kann es sonst auch zum Schneider bringen, oder du bringst das selbst zu irgendwem, aber ich finde, es steht dir wirklich phantastisch. Vielleicht ist das ja mal was für Silvester, falls du etwas vorhast – hast du etwas vor? Jedenfalls konnte ich einfach nicht daran vorbeigehen, es stand sozusagen *Alex* auf dem Etikett gedruckt.«

Mama lachte über ihren eigenen Witz und stoppte für einen Moment den Redeschwall. Sie konnte morgens zu plappern beginnen und es ohne Unterbrechung bis abends fortsetzen. Vielleicht, weil sonst niemand besonders viel mit ihr sprach.

»Mama?«, fragte Alex und betrachtete sich im Spiegel.

»Hm?«

Alex drehte sich um und gab ihrer Mutter einen Kuss auf die Stirn.

»Das Kleid ist toll. Es muss nichts daran geändert werden. Es sitzt perfekt.«

Was die reine Wahrheit war. Mama hatte es mit dem Augenmaß

gekauft, über das nur eine Mutter verfügte. Es war ein klassisches schwarzes Cocktailkleid von Dior und sicherlich sündhaft teuer gewesen.

Mama griff Alex sanft in den Nacken, bündelte die dicken schwarzen Haare zu einem Zopf und hob ihn an, um eine Hochsteckfrisur zu simulieren. »Schau mal, das kannst du auch super so tragen. Hast du Schuhe dafür? Na ja, die bekommst du schon noch irgendwo. Aber Schuhe verschenke ich nicht, das macht man nicht. Nur eins fehlt noch.« Alex sah Mama im Spiegelbild lächeln. Mit dem Zeigefinger fuhr sie Alex von hinten am Schlüsselbein entlang. »Eine schöne Kette. Aber vielleicht bekommst du das ja noch zu Weihnachten von irgendwem.«

Sie zwinkerte. Alex schmunzelte. Das war Mamas Art zu fragen: Und, was machen die Männer? Gibt es inzwischen einen Freund? Ist er nett? Sieht er gut aus? Behandelt er dich anständig?

»Ich arbeite dran«, sagte Alex.

»Na immerhin«, sagte Mum, ließ Alex' Haare wieder los und gab ihr einen Klaps auf den Po. »Wäre ja nun wirklich eine Schande. Also, wenn ich ein Mann wäre und dich so sehen würde, ich würde alles stehen und liegen lassen.«

»Darf ich dich was fragen, Mama?«

»Klar«, sagte sie und lehnte sich an eine Biedermeierkommode, auf der ein Strauß weißer Lilien stand und den Raum mit Duft erfüllte.

»Machst du eine Entziehung?«

Mum musterte Alex stolz von oben bis unten und schien die Frage zunächst gar nicht wahrzunehmen. Dann sagte sie beiläufig: »Nein. Ich bin einer Gruppe beigetreten, habe mir einen Therapeuten genommen und trinke seit drei Monaten nur noch Wasser.« Sie beugte sich nach vorne und lupfte den Saum des Kleides einige Zentimeter. »Meinst du nicht, es könnte hier noch ein Hauch weggenommen werden?«

Alex schüttelte den Kopf. »Nein, alles gut so, wie es ist.«
»Gut, wenn du meinst.« Mama schien noch einen Augenblick nachzudenken, stellte sich dann aber wieder aufrecht hin.
»Und bleibst du dabei?«
Mama lächelte. Statt zu antworten, nahm sie Alex' Gesicht in die Hände und gab ihr einen Kuss. »So, und jetzt gehen wir wieder zu den anderen, damit sie dich bewundern können.«
Alex nickte und folgte ihrer Mutter ins Wohnzimmer. Dad strahlte wie die Julisonne, als er sich über die Sofalehne umdrehte und durch die Zähne pfiff.
»Es ist sooo toll«, sagte Jule und faltete ergriffen die Hände. Sogar Sebastian schnalzte mit der Zunge. Er fragte: »Ist das die neue Polizeiuniform?«
»Das könnte dir so passen«, sagte Alex.
Basti drehte sich stumm um und widmete sich wieder dem Cognacschwenker, während Dad aufstand, »todschick« murmelte und Alex umkreiste. »So würde ich dich gerne mit zum nächsten Ball der Wirtschaft nehmen.«
»Damit alle denken, er hat jetzt eine Jüngere?« Mum hob die Augenbrauen und boxte Dad spielerisch an die Schulter.
»Na, warum denn nicht.« Er hob einladend einen Arm, damit sich Alex darin einhaken konnte. Sie kam der Geste nach. »Begleiten Sie mich nach oben, Madame?«
»Oben?« Alex hob fragend die Augenbrauen. *Oben* war der Olymp. Das Heiligtum. Dads Tempel. Niemand wurde nach *oben* gebeten, wenn es nicht um etwas wirklich Wichtiges ging.
»Oben«, wiederholte er. »Teambesprechung.«

27.

Das Arbeitszimmer lag im ersten Stock und sah so aus, wie man sich das Büro eines Anwalts in der New Yorker Upper East Side vorstellen würde. Wahrscheinlich hatte Dad es deswegen auch so einrichten lassen. Ein dunkler Raum, die Decke in der Farbe der Regalwände mit tiefbraunem Holz vertäfelt. In Leder gebundene Buchrücken reihten sich aneinander, dazwischen standen Aktenordner, gerahmte Urkunden und Golftrophäen. Auf dem wuchtigen Schreibtisch thronte die unvermeidliche Lampe mit grünem Glasschirm und goldenem Fuß. Der Sessel davor war mit genopptem, weinrotem Leder bezogen – ebenfalls das niedrige Ecksofa, auf dem Dad nun wie zu einer geschäftlichen Besprechung Platz nahm. Auf dem runden Glastisch vor ihm stand ein Aschenbecher aus Messing, und der ganze Raum duftete nach aromatischem Pfeifentabak – ein Geruch, den Alex an jedem Platz der Welt wiedererkennen und wissen würde, dass ihr Vater in der Nähe sein musste.
»Setz dich zu mir.«
Dad klopfte mit der flachen Hand auf das Sofaleder. Er fuhr sich durch die Haare, knöpfte sich den Zweireiher auf und lockerte die Krawatte. Er nahm die Brille ab, legte sie auf den Tisch und massierte sich den Nasenrücken. Dann lehnte er sich nach hinten, schlug die Beine übereinander und musterte seine Tochter. »Sebastian geht mir schrecklich auf die Nerven.«
Alex musste laut lachen. »Ich dachte immer, du hältst so große Stücke auf ihn?«
Dad schmunzelte. »Er ist ein guter Anwalt. Er ist der Vater meiner Enkeltochter. Jule liebt ihn. Aber du und ich wissen, dass er ein Vollidiot und Aufschneider ist.«
Alex' Augen wurden groß, und ihr Mund stand offen.
»Weißt du, weshalb ich unbedingt wollte, dass du Alexandra

heißt? Weil wir zwei aus demselben Holz geschnitzt sind. Alexandra und Alexander. Ich habe es in deinen Augen gesehen. Als ich dich zum ersten Mal in den Armen hielt. Du warst zwar gerade erst einen Tag alt. Deswegen ist es ja auch so schade, dass ...« Dad machte eine Pause. Dann winkte er ab. »Ehrlich gesagt, ich habe nie wirklich damit gerechnet, dass du einmal in die Kanzlei einsteigst. Aber gewünscht habe ich es mir immer.«
Alex seufzte. Ja, Dad hatte es sich sogar so sehr gewünscht, dass er Alex fast verstoßen hätte, als sie ihm offenbarte, dass sie nach dem Abbruch ihres Medizinstudiums zur Polizei gehen und Psychologie studieren wolle. In den Holzwänden des Arbeitszimmers hingen noch die Echos zahlloser Streitgespräche. Alex wollte gerade fragen, warum er erst jetzt zugab, dass er insgeheim immer gewusst hatte, dass ein Leben als Anwältin nichts für sie war, als er unvermittelt fragte: »Was machen die Männer?«
Damit schnitt Dad sein zweites Lieblingsthema an. Alex zuckte mit den Schultern und klemmte sich die Hände unter die Achseln. »Ich habe viel Arbeit, und da bleibt nicht viel Zeit, wie du weißt – aber ich wiederhole mich immer gerne wieder ...«
»Versteck dich nicht hinter dem Job. Ich habe das selbst jahrelang getan. Dadurch ist mir viel entgangen. Aber mehr noch ...« Er beugte sich vor und strich Alex mit der Hand über die Wange. Sein Gesicht nahm weiche Züge an. »Lass die Toten ruhen. Ich weiß, dass es dich nervt, wenn ich das sage. Aber du bist meine Tochter, und deswegen nehme ich es mir heraus, und du musst es dir anhören. Lass die Schatten endlich hinter dir.«
Er spielte auf Benji an. Benji, ihren verstorbenen Freund. Dad glaubte, Alex sei nur deswegen zur Polizei gegangen, um irgendetwas wiedergutzumachen. Seinen bis heute nicht gefassten Mörder zu finden. Vielleicht stimmte ein Teil davon sogar.
»Papa, es ist nicht so einfach, aber ...« Alex suchte nach Worten. »Ich habe schon sooft versucht, es dir zu erklären.«

»Ich verstehe dich.«

Was war das denn? Hatte das gerade *ihr* Vater gesagt? Alexander von Stietencron selbst? War das wirklich *Dad,* der ihr gegenübersaß, oder eine Wunschprojektion? Ein programmierter Klon?

»Damals, als du nach dieser Purpurdrachen-Sache mit der Schussverletzung im Krankenhaus warst und Mama und ich dich besucht haben, ist etwas in mir zersprungen. Aber es hat mich auch zum Nachdenken gebracht. Weißt du, wir haben beide diesen Gerechtigkeitsspleen. So unterschiedlich sind wir nicht, nur unsere Methoden sind jeweils anders. Und irgendjemand muss diese Verbrecher stoppen. Ich kann das nicht. Aber es macht mich stolz, wenn du es tust. Mehr wollte ich nicht sagen.«

Wortlos schlang Alex die Arme um ihren Vater. Drückte ihn fest, was er erwiderte. Dann löste sie sich wieder.

Er strich ihr lächelnd über die Wange. »Es gibt da noch etwas.«

Dad beugte sich vor, griff unter das Sofa und holte ein in buntes Papier verpacktes Paket hervor. Es hatte etwa die Maße eines Laptops, war aber bedeutend dicker. Er reichte ihr das Geschenk. Es war schwer.

Alex sah ihren Vater fragend an und löste dann die Schleife. Schließlich zerriss sie das Geschenkpapier und legte einen schwarzen Hartschalenkoffer frei, in dessen von einer Einfräsung eingefassten Deckel in Versalien die Buchstaben »LOCK« geprägt worden waren. Dann öffnete sie die Schnappverschlüsse und damit den Koffer – und verstand, dass die Fräsung, die den Schriftzug einfasste, ein großes G darstellte.

Alex schwieg. Fuhr nur mit der Hand über den im Schaumstoff des Kofferinneren eingebetteten Mix aus mattem Stahl und Kunststoff.

»Auf der Waffenbesitzkarte steht noch mein Name, das war beim Kauf nicht anders möglich. Du musst sie natürlich umgehend auf dich umschreiben und entsprechend registrieren lassen. Ich bin

mir sicher, in deiner Dienststelle lässt sich das schnell und unkompliziert erledigen. Immerhin hast du ja einen Waffenschein und bist Polizistin. Es ist eine ...«
»Glock 17, Kaliber 9 x 19, leichtgewichtig wegen der Kombination aus Metall und Polymer-Kunststoff, siebzehn Schuss im Standardmagazin sowie einem Tactical Light ...«, sagte Alex atemlos.
»Die Taschenlampe kann man unter den Lauf klemmen und von Xenon auf Laser umschalten.«
Alex nickte heftig.
»Das Modell wird von vielen Polizei-Einheiten eingesetzt. Sie soll sich wegen des geringen Gewichts noch etwas besser für Frauen eignen als euer Dienstmodell. Das Magazin hat eine ausgezeichnete Kapazität.«
Wieder nickte Alex. Das war Dad. Sie konnte ihn vor sich sehen, wie er das Internet durchforstete, um sich in die Waffenkunde einzuarbeiten. Wie er sich am Telefon bei Bekannten von der Polizei oder einer Beschussabteilung und schließlich in einem Fachgeschäft kundig machte, um herauszufinden, was das Beste vom Besten für seine Tochter war.
Alex schloss den Koffer. »Ich weiß nicht, was ich sagen soll.«
»Vor allem sag deiner Mutter nichts. Kein Wort.« Dann beugte er sich vor und griff nach Alex' Hand. »Ich wünsche mir, dass du sie niemals benutzen musst. Aber wenn du sie benutzen musst, dann will ich, dass du immer eine Kugel mehr im Magazin hast als der andere und dass dir das bestmögliche Werkzeug zur Verfügung steht.«
»Aber wir dürfen im Einsatz nur unsere Dienstwaffe benutzen. Ich meine, ich darf die Glock natürlich führen, aber als private Waffe nicht im Einsatz und ...«
»Mach damit, was du meinst. Es ist die einzige Art, die mir einfällt, wie ich meine Tochter beschützen kann.«
Alex lachte. Dann wurde sie wieder ernst und dachte an das Lied von Sting.

Du wirst weder meinen Schatten sehen noch meine Schritte hören, während der Mond in die Bourbon Street scheint.

Und daran, dass es vielleicht nicht verkehrt war, wie andere Kollegen ebenfalls eine private Waffe zu besitzen, wo sie die Dienstwaffe jeden Tag wieder abgeben musste. Eine private Waffe, die man offiziell für das Großkaliberschießen im Polizeisportverein nutzte. Eine Waffe, die man inoffiziell zur persönlichen Sicherheit besaß. Für den Fall der Fälle. Und der konnte schneller eintreten, als einem lieb war.

28.

Das andere Päckchen öffnete Alex erst zu Hause.
Nach dem Ankommen hatte sie zunächst Hannibal ausgiebig beschmust und sich anschließend eine heiße Dusche gegönnt. Schließlich hatte sie für das neue Dior-Kleid einen Ehrenplatz im Kleiderschrank gesucht. Dort hingen alle Kleidungsstücke fein säuberlich nach Farben sortiert auf den Kleiderbügeln oder lagen in DIN-A4-Größe akkurat gefaltet auf den Regalbrettern. Bei der Gelegenheit hatte Alex einen Blick auf ihre Schuhsammlung geworfen – und beschlossen, dass ein Shoppingtrip unumgänglich war, um ein Paar passende Pumps zu dem Kleid zu erstehen. Schließlich war sie in ein T-Shirt, eine dicke Jogginghose sowie Stricksocken geschlüpft und hatte auf dem Flur das Geschenkpapier von dem Päckchen entfernt. Wie erwartet enthielt es einen Karton mit Patronen im Kaliber 9 x 19. Sie nahm eine Handvoll heraus. Schwer wogen sie in der Hand.
Wie in Butter glitten sie in das Magazin. Selbst randvoll beladen, lag die Glock leicht in der Hand. Elegant. Machtvoll. Kompakt. Modern. Duftend nach Eau de Ballistol – Waffenöl. Wie würde es sich anfühlen, wenn die Pistole in ihrer Hand zuckte und Blei spuckte? Sie würde es bald bei einer Runde im Schießkino erfahren. Dort würde sie auch den Laser des Tactical Light justieren. Außerdem müsste sie einen Heimtresor kaufen, einen kleinen Waffenschrank, wo sie die Glock aufbewahren konnte, und sich so schnell wie möglich um das Umschreiben der Besitzkarte bemühen.
Alex hatte die Waffe gerade zurück in die Kunststoffbox gelegt, als sich ihr Handy meldete.
Jan.
Alex' Muskeln brannten mit einem Mal vor Aufregung.

»Weihnachtsfest gut überstanden?«, fragte er.

»Ja, danke, überraschenderweise schon. Meine Familie ist eigentlich etwas, hm, schwierig. Ich hatte mich auf das Schlimmste vorbereitet, aber es war wirklich schön.«

Kaum zu glauben, dass sie so etwas einmal sagen würde – fast schon surreal.

»Ist doch toll. Familie ist etwas Wichtiges. Man sollte sie genießen, solange man noch eine hat.«

Alex knabberte an der Unterlippe. Was wollte Jan ihr damit sagen? Oder hatte er es nur zu sich selbst gesagt? Sie begnügte sich mit einem »Mhm«, schob mit dem Fuß einige Tannennadeln zusammen, die Hannibal in ihrer Abwesenheit aus einem Adventsgesteck gezupft hatte, und fragte dann: »Und selbst? Auch reich beschenkt worden?«

»Ach, na ja, das Übliche halt.« Alex sah ihn förmlich abwinken. »Ich mache mir nicht so viel aus Weihnachten.«

Noch so einer, dachte Alex und musste schmunzeln. Noch so einer, der Single war und sich insgeheim wahrscheinlich nichts mehr wünschte als Gemeinsamkeit unter dem Weihnachtsbaum, Harmonie und eine Perspektive für sein Leben.

»Ganz ehrlich?«, fragte Alex.

Jan zögerte einen Moment. »Nein«, sagte er. »In Wahrheit gibt es nichts Tolleres, als Weihnachtsmann zu spielen.« Er gab sich alle Mühe, das Eingeständnis ein wenig ironisch klingen zu lassen, um es herabzuspielen.

»Stelle ich mir nett vor«, sagte Alex. »Ein Bluesmusiker im roten Mantel. Du hast doch einen?«

»Aber natürlich. Alles, was dazugehört. Bart. Rute. Das komplette Paket.«

Alex lachte. »*Das* würde ich ja gerne mal sehen.«

»Kein Problem. Soll ich ihn Silvester anziehen?«

»Kommt darauf an, wohin du mich ausführen möchtest.«

»Tja, mal sehen.«
Alex stellte sich vor, wie sich Jan durch die Haare wuschelte.
»Wohin denn?«
»Ach, es gäbe da verschiedene Dinge, mal sehen ...«
»Heißt das, du hast noch keine Karten für gar nichts?«
»Karten?«
»Für einen Ball. Eine Party. Was auch immer.«
Jan zögerte, und Alex wusste, dass die Antwort »nein« war. Aber sie wollte ihn nicht beschämen und auch nicht darüber diskutieren, denn wenn sie das Diskutieren begann, fing sie meist das Zicken an – und es war nun einmal an der Zeit, dass sie lernte, im richtigen Moment die Klappe zu halten. Also sagte sie: »Weißt du, was, ich lasse mich einfach überraschen.«
»Prima«, sagte Jan und klang erleichtert. »Soll ich dich abholen?«
»Nein, sag mir deine Adresse.«
Jan tat es. »Ich freue mich«, fügte er hinzu.
»Ich mich auch«, antwortete Alex.
Schließlich verabschiedeten sie sich. Nachdem Alex das Handy zur Seite gelegt hatte, sah sie sich im Garderobenspiegel wie ein Honigkuchenpferd grinsen. Mit klopfendem Herzen ging Alex in die Küche und schaltete die Kaffeemaschine ein. Eigentlich hatte sie vorgehabt, sich ins Bett zu legen. Aber jetzt war Alex zu aufgedreht dazu. Außerdem warteten irgendwo da draußen ein Mörder, eine wahre Bestie, und ein Opfer, das bislang noch nicht gefunden worden war.
Bestie. Monster.
Es fiel naturgemäß schwer, die bizarren Taten eines Mörders wie des in Lemfeld aktiven emotionslos und sachlich zu betrachten – zumal er darum bemüht schien, eine persönliche Verbindung zu Alex aufzubauen. Aber hinter jeder dieser Bestien musste man auch den Menschen sehen, in dessen Entwicklung etwas falsch gelaufen war.

Alex ging mit einem Kaffee zum Schreibtisch, riss einen neuen Block Post-its auf und griff nach einem Kugelschreiber.

Die meisten Serientäter führten nach Erfahrung der Polizei ein unauffälliges Nischenleben als soziale Außenseiter, wurden von Fehlschlägen, Stigmatisierungen und Versagen geprägt, litten an Persönlichkeitsstörungen, Minderwertigkeitsgefühlen oder Missbrauchserfahrungen. Der Durchschnittstäter war zwischen zwanzig und vierzig Jahre alt, männlich, ledig oder geschieden, hatte keine Kinder, stammte aus Problemfamilien, verfügte über eine durchschnittliche bis unterdurchschnittliche Intelligenz und schlechte Bildung. Hochintelligent, gebildet, von Macht besessen – diese Attribute trafen auf die wenigsten zu. Wenngleich Alex glaubte, dass die Polizei in Lemfeld es gerade mit einem solchen zu tun hatte. Diese Psychopathen waren hochgefährlich, oft charismatisch und einnehmend. Sie tarnten sich wie ein Chamäleon. Niemand blickte hinter ihre Fassade. Und wenn, dann sah man dort nur eine Welt aus Eis, in der es ausschließlich Raum für den gab, der die Maske trug.

Sein planvolles Vorgehen war charakteristisch für diesen Tätertypus. Dass er Kontakt zur Polizei aufgenommen hatte, sprach dafür, dass er seine Taten in den Medien verfolgen wollte. Oft handelte es sich bei solchen Menschen um regelrechte Polizeifans. Der Mann ging vermutlich einer festen Beschäftigung nach und lebte sozial angepasst, dachte Alex und klickte nachdenklich mit dem Kuli.

Er verwendete offenbar technisches Equipment – Alex dachte an die Abdrücke von Stativen, die Spuren von Kabeln. Dafür brauchte man Geld. Sein Faible für das Filmen dürfte den in Frage kommenden Täterkreis weiter einschränken. Zudem verfügte er über Praxis. Und hatte seine Vorlieben entdeckt. Eine persönliche Handschrift entwickelt. Im Fall von Antje an Huef hatte er genau gewusst, was zu tun war. Die Akte Bender sprach die gleiche Sprache.

Beide Taten wirkten nicht dilettantisch, und wenn man bei einem Menschen Organe entfernte, musste man sich auskennen. War vom Fach oder hatte bereits anderswo praktische Erfahrung gesammelt. Aber warum die lange Pause zwischen den beiden Morden? Und wie und wo hatte der Mann seine Techniken trainiert?

Alex trank einen Schluck Kaffee und skizzierte eine vereinfachte Version der Zeichen, die der Täter an den Tatorten hinterlassen hatte. Was mochten sie bedeuten? Vielleicht würde sie bald darauf eine Antwort vom Landesmuseum erhalten. Marc Berner würde sich sicherlich melden, sobald er eine Antwort von dem Spezialisten aus der Schweiz hatte.

Und was hatten die Songtexte mit den Morden zu tun? Es musste eine Verbindung zwischen den bereits bekannten Fällen und den Botschaften geben: eine Art Code.

Sie stützte das Kinn mit dem Handballen ab, tippte mit dem Kuli auf dem gelben Block herum und dachte nach. Der Täter hatte seine Briefe jeweils vor den Morden abgeschickt und der Polizei damit stets etwas Handlungsspielraum gelassen, in dem man ihn hätte stoppen können. Er brachte die Polizei auf eine Fährte zu den Morden. Ein perfides und riskantes Spiel nach seinen Regeln – sowie jedes Mal ein erneuter Triumph, wenn es der Polizei nicht gelang, den Killer zu ermitteln.

Alle Lieder hatten mit Gefahr und Tod zu tun – sehr direkt bei Stings *Moon over Bourbon Street*. Fast schien es, als habe der Täter ihn sich selbst gewidmet. Beim Zuhören dachte man unweigerlich an einen Jack the Ripper, der durch die Straßen von New Orleans schlich. Es war von den Augen des Biestes die Rede, versteckt unter einer Hutkrempe. Vom Licht der Straßenlaternen, vom Lauern in den Schatten. Und es war die Rede vom Mond. Aber der Mond schien überall auf der Welt.

Was hatte der *Bad Moon* im Fall von Antje an Huef zu sagen? Alex zog die Computertastatur zu sich heran und öffnete ein Online-

Wörterbuch. Dann gab sie einem Post-it-Zettel die Überschrift »Antje an Huef, Schliemannsche Werke« und notierte Stichworte aus dem Text von Creedence.
Ärger unterwegs. Erdbeben. Blitze. Schlechte Zeiten. Nicht rausgehen. Lebensgefahr. Hurrikan. Über die Ufer tretende Flüsse. Zorn. Zerstörung. Schlechtes Wetter.
Nun, das alles schien nicht viel mit dem Opfer zu tun zu haben. Antje an Huef hatte – soweit bekannt war – ein beschauliches Leben geführt. Waren die Beschreibungen ein Hinweis auf den Tatort? Die Schliemannschen Möbelwerke? Alex dachte nach. Im Original war die Rede von *Rage and Ruin*. *Ruin* konnte Untergang und auch Ruin bedeuten. Die Schliemann-Fabrik war irgendwann bestimmt pleitegegangen, und der Mörder wählte Industriebrachen als Schauplatz. Aber es gab in der Lemfelder Region Hunderte Firmen, die irgendwann geschlossen worden waren. Wie passte das in den Kontext?
Alex wusste nicht mehr weiter. Sollte sie vielleicht doch mal Martin Ruppel, den Stadtarchivar, anrufen? Allerdings würde das nicht angenehm werden. Sie hatte eine kurze, aber heftige Affäre mit dem Historiker gehabt, und immer, wenn Alex an ihn dachte, meldete sich ihr schlechtes Gewissen.
Sie nahm einen weiteren Zettel und schrieb »Nele Bender, alte Ziegelei« darauf. Zu diesem Mord gehörte *Moonlight Shadow* von Mike Oldfield. Daraus wurde sie noch weniger klug.
Fortgerissen vom Schatten des Mondlichts ... Verloren im Fluss, Rätsel der Samstagnacht ... Inmitten eines verzweifelten Kampfes verloren ... Sechsmal von einem Mann auf der Flucht angeschossen ... Sie wusste nicht, wie sie es durchstehen sollte ...
Nichts davon hatte nach dem Stand der Ermittlungen mit der Biographie des Mädchens zu tun. Und mit dem Ort? Alex knabberte an der Kappe ihres Kulis. Eine Weile saß sie so da und stierte gedankenverloren in den weißen Computermonitor. Dann raufte sie

sich die Haare. Nein, ihr fiel partout nichts ein. Außer, dass sie auch hierzu Martin fragen könnte.

Die Schliemannschen Werke, die alte Ziegelei – Kowarsch, Schneider oder Reineking wüssten vielleicht auch etwas darüber. Alex griff zum Handy. Das Display zeigte 22.14 Uhr. Konnte sie Kowarsch an einem Feiertag um diese Zeit noch anrufen? Besser nicht. Sein Nachwuchs war erst vor wenigen Monaten zur Welt gekommen, und wer weiß, wann er zum Schlafen kam. Reineking hatte über die Feiertage Besuch von seiner Tochter, die er seit seiner Scheidung nur selten sah. Auch ihn würde sie besser nicht stören.

Blieb Schneider, der Alex hatte wissen lassen, er werde über Weihnachten zu Hause sitzen und die letzte *Crossing-Jordan*-Staffel auf DVD ansehen. Alex schmunzelte. Bei der Gelegenheit könnte sie auch erfahren, ob Rolf ihr kleines Weihnachtsgeschenk auf seinem Schreibtisch gefunden hatte. Allerdings pochte er für gewöhnlich auf seinen Feierabend. Also ließ sie es besser bleiben – und dachte erneut an Martin Ruppel. Es ließ sich wohl nicht umgehen.

Alex ging zum Fenster. Im Moment war kein Polizeiwagen vor ihrer Tür zu sehen. Vielleicht lösten sich die Besatzungen gerade ab – vielleicht holten sie nur schnell beim Drive-in Abendessen: Es lag etwa drei Minuten entfernt. Sie verschränkte die Arme vor der Brust und genoss die warme Heizungsluft, die vor dem Fenster aufstieg. Der Blick aus ihrer Dachgeschosswohnung über die nächtliche Stadt war herrlich. Die Nacht war klar, die Straßen leer. Und unter der Laterne vor ihrem Haus stand auf der gegenüberliegenden Straßenseite ein Mann. Alex bemerkte ihn erst jetzt. Sah er zu ihr hoch?

Das blasse Lampenlicht. Die Augen der Bestie.

Es durchfuhr Alex wie ein Stromschlag.

29.

Der Mann hatte abgewartet, bis der Polizeiwagen verschwunden war, der seit einigen Tagen vor ihrem Haus stand – ein untrügliches Zeichen dafür, dass seine Botschaften endlich angekommen waren. Erst als die Streife weggefahren war, hatte er sich herausgetraut. Und sich außerdem darüber gewundert, dass die Wachhunde ihren Platz verließen. Vielleicht war in der Nähe ein Unfall geschehen, überlegte der Mann. Vielleicht ging es um eine Wachablösung, oder die Polizisten besorgten sich etwas zu essen. Profane Dinge, die ihm nun eine Lücke eröffneten.
Er ging zur Laterne, lehnte sich an den Mast aus Metall und blickte hinauf zum Dachfenster. Stellte sich vor, was sie dort tat. Über Weihnachten war sie fortgewesen. Aber er hatte dennoch das Gefühl gehabt, in gewisser Weise bei ihr gewesen zu sein. Wie ihr Schatten. In ihren Gedanken, die sich bestimmt um nichts anderes drehten als um ihn und das, was er tat.
Er fragte sich, ob sie bereits begriffen hatte, was er mit den Liedern sagen wollte. Die Schwachköpfe vor ihr hatten damit nichts anzufangen gewusst. Ansonsten hätten sie längst entdeckt, was er vor einiger Zeit in dem verlassenen Haus plaziert hatte. Er wusste verlässlich, dass dort noch alles an Ort und Stelle war. Erst kürzlich hatte er sich dessen vergewissert.
Sein Herz machte einen Sprung, als er am Fenster eine Bewegung ausmachte. Er erkannte den Umriss eines Körpers. Sie. Alexandra. Es hatte den Anschein, als würde sie zu ihm herabsehen. Der Mann gab vor lauter Aufregung ein ersticktes Geräusch von sich. Hatte sie ihn entdeckt? Blitzartig verschwand die Silhouette wieder.
Der Mann überlegte, dass er jetzt doch besser gehen sollte. Er tat es. Und kicherte dabei wie ein kleines Kind.

30.

Alex stürzte in den Flur, öffnete den Glock-Koffer, schob ein volles Magazin in den Schacht der Waffe und lud sie durch. Sie sprang förmlich in ein paar Ugg-Boots, riss die Daunenjacke von der Garderobe und dann die Wohnungstür auf. Hastete die Treppen hinunter, wobei sie sich im Laufen die Jacke anzog. Sie schlitterte im Erdgeschossflur über den rutschigen Marmor, öffnete die Haustür und rannte ins Freie. Sprintete mit nach vorne gestreckter Waffe um die Ecke und hastete auf den Bürgersteig.

Er war menschenleer. Die Straße ebenfalls. Niemand stand mehr unter der Laterne. Alex wirbelte herum. Auch in der anderen Richtung nichts. Der Mann war verschwunden.

Sie keuchte weiße Atemfahnen. Lauschte in die Stille. Ihre Brust hob und senkte sich rasch. Die Kälte stach in den Atemwegen. Im Mund schmeckte es, als habe sie auf einer Kugel Alufolie gekaut – metallisch, nach Adrenalin, das die Angst überdeckte. Denn nun war sie die Jägerin, nicht die mögliche Beute.

Es war unnatürlich hell. Der Schnee reflektierte das Restlicht der Stadt bis in den Himmel. Er leuchtete blassorange und grau wie ein unheimlicher Nebel. Alex überquerte die Straße im Laufschritt, um zu sehen, ob der heimliche Beobachter an der Laterne vielleicht Abdrücke im Schnee hinterlassen hatte. Aber da waren jede Menge Spuren von Fußgängern. Zahllose.

Dann vernahm Alex eine Melodie. Ein Pfeifen. Leise. Die Melodie von *Bad Moon Rising*. Sie riss den Kopf herum, griff die Glock mit beiden Händen, den Lauf auf den Boden gerichtet.

Das Pfeifen konnte von überall und nirgends kommen. Aber niemand pfiff zufällig vor ihrer Haustür ausgerechnet diese Melodie. Ein Schauer lief ihr über den Rücken. Alex hielt die Luft an und registrierte, dass sie das Handy oben hatte liegen lassen und keine

Verstärkung anfordern konnte. Außerdem fehlte vom Streifenwagen weiterhin jede Spur – was ein Fluch und ein Segen gleichermaßen war, denn immerhin lief Alex hier mit einer Pistole herum, die noch nicht auf ihren Namen umgeschrieben war und für Probleme sorgen könnte.

Sie schauderte erneut und hatte wieder diesen Geschmack im Mund, als habe sie an einer Batterie geleckt. Sie war sich sicher, dass das Pfeifen aus einer dunklen Seitengasse neben dem Kiosk kam.

Alex sprintete dorthin und presste sich mit dem Rücken an die Front aus rohem Holz. Von der Dachrinne hingen dicke Eiszapfen. Die Gasse führte einmal um den Wohnblock herum. Sie verlief entlang eines schmalen Baches, kam an einem Kinderspielplatz vorbei und stieß dann wieder auf die Straße. Es gab also nur zwei Ausgänge: diesen hier am Kiosk und den nächsten etwa zweihundert Meter weiter beim Ärztehaus. Und irgendwo dazwischen möglicherweise ein irrer Serienkiller.

Das Pfeifen war nicht mehr zu hören. Alex beugte sich nach links und riskierte einen Blick um die Ecke. Die Gasse war schmal, vielleicht knapp über einen Meter breit. Links und rechts war sie von mannshohen Hecken eingefasst, die wie weiße Wände wirkten. Weiter hinten machte die Gasse eine Biegung. An der Ecke stand eine Laterne und warf ihr spärliches Licht zu Boden.

Alex bewegte sich langsam nach vorne. Vorsichtig. Achtsam. Fünf Meter. Zehn Meter. Die mit Frost und Schnee bedeckten Hecken neben ihr schienen mit jedem Schritt dichter zu rücken und höher zu wachsen. Wie in einem Labyrinth aus Eis. Schließlich hatte sie die Laterne erreicht, atmete tief ein und machte einen Ausfallschritt zur Seite – bereit, innerhalb von Sekundenbruchteilen die Glock in Anschlag zu bringen. Doch hinter der scharfen Kurve erwartete sie nichts weiter als gähnende Leere. Eisig pfiff ihr der Wind ins Gesicht. Sie sah eine Parkbank, hörte das leise Gluckern des Baches und erkannte in etwa dreißig Metern Entfernung eine weitere Laterne. Dort meinte sie die Umrisse eines Schilds zu erkennen. Wahrscheinlich markierte es den Eingang zum Kinderspielplatz.

Sie ging weiter voran, die Waffe nach wie vor zu Boden gerichtet. Der trockene Schnee knirschte unter den Sohlen ihrer Stiefel. Der Wind ließ die vereisten Äste der Bäume klirren. Trotz der dämmerigen Dunkelheit nahm sie mit weitgeöffneten Augen Details um sich herum wahr. Die Reifenspuren von Kinderwagen im Schnee. Die Verpackung eines Schokoriegels am Fuß der Hecke. Ein Stück Plastiktüte unter einem Schneehaufen. Alex' Sinne waren geschärft wie die eines Raubvogels, der in der Nacht nach Beute jagt. Und schließlich nahm dieser Raubvogel etwas wahr: ein metallisches Quietschen.

Alex erreichte die nächste Laterne und das Schild am Spielplatz. Sie drehte sich leicht um die eigene Achse, richtete den Oberkörper parallel zu der Kette aus, die den Eingang zum Spielplatz versperrte. Sie war mit einer Schicht aus Schnee verkrustet. Alex wünschte sich, sie hätte die LED-Lampe dabei, die zu der Glock gehörte.

Der Bach blubberte. Der Wind rauschte. Und immer noch quietschte etwas. Das Geräusch kam aus Richtung des Spielplatzes.

Alex blickte nach rechts. Etwa dreißig Meter weiter gab es die nächste Abzweigung. Sie führte zu der Parkfläche mit den Haltebuchten am Ärztehaus. Von dort aus gelangte man wieder auf die Straße. Sie sah zurück zum Spielplatz. Von dort aus gelangte man wohl nirgends hin. Schließlich stieg sie über die Kette hinweg und versuchte, sich einen Überblick zu verschaffen.

Der Spielplatz maß etwa zehn mal zehn Meter. Links und rechts standen Bänke. Es gab einen Sandkasten. Tierfiguren auf Metallspiralen zum Wippen. Eine Rutsche. Alles war von Schnee bedeckt. Und da war noch das Gerüst einer Schaukel. Alex bewegte sich darauf zu. Als sie da war, verstand sie, woher das Quietschen rührte. Die Sitzflächen waren an Ketten befestigt. Sie schwangen hin und her. Das mochte am Wind liegen. Aber die eine Sitzfläche war mit Schnee bepudert. Nicht so die andere. Jemand, dachte Alex, schien hier gesessen zu haben. Vielleicht nachmittags, vielleicht auch erst gerade eben.

Nun nahm sie die Glock mit beiden Händen hoch und hielt die Luft an. Drehte sich langsam um die Körperachse. Betrachtete, soweit das wenige Licht es zuließ, jeden Winkel. Doch da war niemand. Nirgends.

Hinter der Schaukel fiel ihr nun eine Art Durchgang auf. Ein Bereich zwischen den Hecken, der nicht bewachsen war. Alex ging darauf zu und stand schließlich am Ufer des schmalen Bachlaufs. Teile des schwarzen Wassers waren mit Eisplatten bedeckt, und man konnte mit einem größeren Schritt einfach darüber hinwegschreiten. Der Durchlass schien zu einer Böschung zu führen. Die Böschung wiederum zu einigen Wohnhäusern, die an der Parallelstraße liegen mussten. Es sah aus, als sei an den Rändern der Öffnung in der Hecke Schnee von den Ästen gefallen. Am Ufer war das pudrige Weiß platt getreten. Die Spuren wirkten frisch. So, als sei gerade erst jemand hindurchgeschlüpft.

Ein Geräusch ließ Alex herumfahren. Schritte. Knirschen im Schnee. Für einen Moment begann die Welt zu taumeln. Alex spürte, wie trotz der Kälte der Schweiß von innen gegen die Poren drängte. Der Puls wühlte wie ein lebendiges Wesen in ihren Adern. Sie hastete so leise wie möglich quer über den Spielplatz und kam hinter dem Schild zum Stehen.

Die Schritte kamen näher. Schnell und bestimmt. Nicht darauf bedacht, ungehört zu bleiben. Alex lauerte hinter einem Gebüsch und wartete ab. Sie überlegte, dass man von der Parallelstraße aus wieder auf den Weg zurückgelangen konnte, wenn man sozusagen im Kreis ging.

Den Weg, der zum Ärztehaus führte, konnte sie einsehen. Den anderen Abschnitt nicht, und von dort näherte sich jemand unaufhaltsam in ihrem Rücken. Sie schloss die Augen, presste die Lider aufeinander, atmete zweimal tief durch. Dann fasste sie sich ein Herz und stellte sich breitbeinig auf den Weg. Und sah einen dunkel gekleideten Mann direkt auf sich zukommen.

Sie rief: »Stopp, Polizei!«

Der Mann blieb sofort stehen und hob die Hände, wie um Alex zu beschwören. Er trug eine Art Dufflecoat und eine Strickmütze. Das Laternenlicht von oben ließ sein Gesicht im Schatten verschwimmen.

Nach einer Sekunde sagte der Mann atemlos: »Ich gehe hier bloß lang. Entschuldigung. Ich habe nichts weiter gemacht, als hier lang...« Er unterbrach sich. »Frau Stietencron?«

Der Mann hob das Gesicht ins Licht und sah Alex fassungslos an. Alex suchte nach Worten: »Dr. Pfeiffer? Was machen Sie denn hier?«

Pfeiffer starrte auf Alex' Waffe. »Ich gehe hier bloß lang, meine Güte. Ich gehe nach Hause. Ich wohne im Penthouse über der Praxis.«

Alex ließ die Waffe etwas lockerer und schluckte. Ihr Puls beruhigte sich etwas. »Woher kommen Sie gerade?«

»Aus dem Restaurant. Ich war mit Freunden essen und gehe zu Fuß nach Hause.«

Alex dachte an die Böschung. Die Parallelstraße. An das Im-Kreis-Gehen. Sie musterte Pfeiffer. Kein Schnee am Mantel, der von einer Hecke stammte. Nun, Schnee konnte man abklopfen. Sie fragte: »Warum wählen Sie gerade diesen Weg?«

»Weil er ...« Pfeiffer deutete mit der Hand nach vorne und blickte Alex an. Dann ließ er die Hand wieder sinken. »Also, Frau Stietencron, bitte. Ich weiß ja nicht, was die Polizei hier gerade tut, aber das ist doch eine absurde Situation.«

»Warum gehen Sie nicht an der Straße entlang?«

Pfeiffer deutete wieder mit gestreckter Hand nach vorne. Er geriet zunehmend außer sich. »Weil ... Meine Güte, weil der Eingang zum Penthouse hinten liegt an den Parkplätzen und ich immer hier langgehe. Weil es fünfzig Meter kürzer ist.«

Alex steckte die Waffe in die Tasche der Daunenjacke und zog den Reißverschluss zu. Würde Pfeiffer erst unter ihrem Fenster herumlungern, dann über den Spielplatz laufen, eine Runde schaukeln, über den Bach springen, durch die Öffnung im Gebüsch schlüpfen, die Böschung hinauflaufen und dann in einem großen Bogen den gleichen Weg nochmals antreten? Wozu sollte er das tun, wenn er entkommen wollte? Mist, dachte Alex, das hier entwickelte sich von einem Moment auf den nächsten von einer sehr bedrohlichen zu einer verdammt peinlichen Situation.

Sie sagte: »Es tut mir leid, wenn ich Sie erschreckt habe, Herr Pfeiffer. Hier läuft gerade eine polizeiliche Ermittlung, und ...«

»... und ich laufe mitten hinein.«

»Ich habe einen Flüchtigen verfolgt, hörte die Schritte, und ich dachte ...«

»Ich bin kein Flüchtiger.«

»Ich wollte Sie wirklich nicht erschrecken.«

»Haben Sie aber!«

Alex machte eine entschuldigende Geste und versuchte ein Lächeln. »Es tut mir wirklich leid. Entschuldigen Sie noch einmal. In der Dunkelheit hier ... Ich weiß auch nicht.«

Pfeiffer stieß genervt einen Schwall Luft aus, der wie eine Rauchfackel aus seinem Mund puffte. »Okay. Was soll ich sagen. Kann ja mal passieren.« Er setzte seine Mütze wieder auf. »Wem sind Sie denn auf den Fersen?«

»Einem Einbrecher«, log Alex.

»Ach, deswegen steht an der Straße ein Streifenwagen.«

Waren die Kollegen etwa schon wieder da? Alex sagte: »Ja, genau. Deswegen steht der da.«

»Wo wurde denn eingebrochen?«
»Darüber darf ich nicht sprechen.«
Pfeiffer nickte mehrfach. »Tja. Kann ich dann weiter?«
»Natürlich.« Alex trat einen Schritt zur Seite.
»Was macht der Knöchel?«
Sie lächelte. Diesmal gelang es besser. »Geht schon wieder.«
»Na ja, wir haben ja demnächst einen Kontrolltermin.«
Jetzt lächelte Pfeiffer ebenfalls, etwas krampfhaft allerdings. »Frohe Weihnachten dann noch, Frau Nachbarin«, sagte er und setzte seinen Weg fort.
Alex schloss die Augen, blähte die Backen und stieß mit einer Atemwolke ein leises »Fuck« aus. Schließlich ging sie zurück zur Straße, wo tatsächlich der Streifenwagen stand. Sie klopfte ans Fenster, und sogleich wurde die Scheibe heruntergelassen. Dahinter erkannte Alex ein bekanntes Gesicht unter einem blonden Schopf – Finja Werner. Offensichtlich hatte sie heute die Spätschicht erwischt. Verbunden mit dem Job, auf Alex aufzupassen. Neben ihr am Steuer saß ein Polizist mit knallroter Brille. Jürgen.
»Hey, Alex«, sagte Finja. Sie hielt einen Milchshake mit Strohhalm in der Hand. »Alles klar?« Sie wirkte besorgt.
»Habt ihr eben einen Mann vorbeikommen sehen?«
Finja nickte. »Ja, gerade als wir zurückkamen. Waren nur schnell am Drive-in. Etwa eins achtzig groß, Dufflecoat, Strickmütze, um die vierzig Jahre alt. Der kam den Bürgersteig entlang und ist am Kiosk in die Gasse abgebogen.«
»Ist euch sonst noch jemand aufgefallen?«
Finja schüttelte den Kopf. »Warum fragst du das? Und was machst du hier draußen?«
Alex erklärte, was passiert war. Dass sie einen Mann unter der Straßenlaterne gesehen hatte. Vielleicht der Täter, der sie verfolgte. Dass er ein Lied gepfiffen hatte, dessen Melodie kein Zufall sein konnte. Alex gab ihnen eine vage Personenbeschreibung: zwischen

eins siebzig und eins neunzig groß, dunkel gekleidet, Kopfbedeckung. Eine Beschreibung, die im Winter auf mindestens drei Viertel der männlichen Lemfelder Bevölkerung im Alter zwischen achtzehn und achtzig Jahren zutraf.

Danach sah Finja noch besorgter aus. Sehr viel besorgter.

Leise sagte sie: »Bist du eigentlich noch zu retten? Da steht jemand vor deinem Haus, den du für den Killer hältst, und du rennst dem hinterher?«

Alex fröstelte. Nicht der Kälte wegen. Sondern weil ihr gerade klarwurde, was sie getan hatte. Weil die Angst sich nun ihren Weg brach wie Wasser durch einen schmelzenden Eispanzer. Sie spürte das Gewicht der Glock in ihrer Tasche, aber natürlich konnte Alex kein Wort über die Waffe verlieren. Und auch nicht erklären, dass es sich in gewisser Weise wie ein Befreiungsschlag angefühlt hatte, den Mann zu verfolgen. Raus aus der Opferrolle, rein in die des Jägers. Es hätte enorme Probleme gegeben, wenn Alex von der Waffe Gebrauch gemacht und beispielsweise Warnschüsse abgegeben hätte. Wenngleich diese gegenüber den Problemen zu vernachlässigen waren, in die Alex ebenso hätte geraten können. Alleine mit einem Serienkiller in einem Labyrinth aus Eis und Schnee – das hätte fürchterlich schiefgehen können. Ganz schrecklich schief.

Aber das alles sagte sie nicht. Sie stammelte nur: »Ich ... Ich weiß auch nicht. Da war dieser Mann, und ...« Sie machte eine unbestimmte Geste. »Ich konnte ihn doch nicht laufenlassen.«

Finja starrte Alex an und schüttelte den Kopf. »Dann bleibst du gefälligst da oben, verrammelst die Türen und rufst Verstärkung.«

Alex schluckte schwer. Zuckte mit den Achseln.

Finja gab ein genervtes Geräusch von sich. »So ein Mist. Ausgerechnet in dem Moment, wo wir mal zehn Minuten weg sind.«

»Vielleicht gerade in dem Moment, Finja. Vielleicht hat er die Gunst der Stunde genutzt.«

»Und du bist dir sicher, dass das der Irre war, der dich verfolgt?«
»Ich will es nicht ausschließen. Ja, ich hatte das Gefühl ... Kann aber auch sein, dass ich inzwischen etwas überempfindlich bin.«
»Wir werden mal nachsehen.« Finja stellte ihren Milchshake im Fußraum ab, öffnete die Tür und ließ das Seitenfenster wieder hochsurren. Sie zog die Jacke zu. Jürgen gab derweil am Funkgerät eine Personenfahndung heraus und Alex' vage Beschreibung durch. In wenigen Minuten würde die Stadt voll von Streifenwagen sein. Dann stieg Jürgen ebenfalls aus.
Alex sagte zu Finja: »Vielleicht hältst du mich für hysterisch ...«
»Nein. Tue ich nicht.«
Nein, dachte Alex. Finja vielleicht nicht. Andere womöglich schon. Alle, die jetzt nach einem dunkel gekleideten Mann suchen mussten und damit ungefähr jeden in Verdacht ziehen würden, der heute Abend noch draußen unterwegs war. Und diese anderen könnten außerdem für jede Menge Ärger sorgen, weil Finja und Jürgen ihren Standort verlassen hatten – wenn auch nur kurz.
Alex fasste sich an die Stirn. »Vielleicht sollte das in keinem Bericht auftauchen, dass ich ... Also, dass ich hier draußen ...«
Finja nickte.
»Vielleicht«, redete Alex weiter, »sollten wir auch keine Burger und Milchshakes erwähnen – sondern nur sagen, dass ihr gerade eine Routinerunde um den Block gefahren seid. Ich habe aus dem Fenster eine Wahrnehmung gemacht. Ihr habt darauf reagiert.«
Finja nickte weiter. »Verstehe. So machen wir das.«
»Okay.« Alex rang sich ein Lächeln ab.
Finja und Jürgen schlossen den Wagen ab. Jürgen schaltete sein Handfunkgerät ein. Dann machten sich beide auf den Weg in die Gasse.
Alex ging zurück zum Haus. Mit sinkendem Adrenalinspiegel meldete sich nun die Kälte: Alex trug bloß ein T-Shirt unter der Jacke. Es hatte wieder begonnen zu schneien. Der Schnee würde

alle Spuren auf dem Spielplatz verdecken. Sie lief bibbernd und zähneklappernd über die Straße, ging zurück zur Haustür, nicht, ohne sich noch einmal umzusehen. Sie seufzte und wollte die Tür öffnen.

Es ging nicht. Natürlich nicht. Sie war hinter ihr zugefallen. Alex suchte nach dem Schlüssel, zog die Glock aus der Tasche und tastete sich ab. Da war kein Schlüssel. Der Schlüssel lag oben.

»Shit«, zischte Alex. Und jetzt? Ihr blieb nichts anderes übrig, als bei einem Nachbarn zu schellen. Sie streckte den Finger aus und klingelte mit zitternden Fingern bei Jäger. Dann noch einmal. Schließlich meldete sich eine krächzende Männerstimme.

»Ja?«

»Alex Stietencron, Dachgeschoss. Tut mir leid, mir ist die Tür zugefallen, und mein Schlüssel ...«

Der Türöffner summte.

Schlotternd betrat Alex den Hausflur, fluchte über sich selbst und ging die Treppen hinauf. Vor der Wohnungstür im ersten Stock stand Artur Jäger und musterte Alex durch die dicken Gläser einer schwarzen Nerd-Brille. Sein Mund stand offen. Jäger mochte Mitte zwanzig sein und sah mit seinem Backenbart aus, als sei er direkt aus einem Siebziger-Jahre-Tatort gepurzelt, was wohl gerade besonders trendy war. Er trug eine olivfarbene Cargohose und dazu ein saftgelbes Longshirt mit »Jägermeister«-Aufdruck. Soweit Alex wusste, arbeitete er in einer Schlachterei und gehörte einem World-of-Warcraft-Clan an. Jedenfalls hatte er davon mal im Treppenhaus gesprochen. Das war wohl auch der Grund, warum er noch ein Headset trug. Wahrscheinlich war er mitten in einem Raid aufgesprungen und zur Tür gehastet.

»Danke. Es tut mir leid«, sagte sie.

Jäger starrte auf die Glock in Alex' Händen. Sie ließ sie rasch wieder in der Jackentasche verschwinden.

»Alles klar bei dir?«, fragte er heiser.

Er musste wer weiß was denken. Sie um diese Zeit in diesem Aufzug mit einer Waffe. Super. Alex nickte mit einem entschuldigenden Lachen. »Sieht schlimmer aus, als es ist.«
»Hm. Okay. Falls deine Tür oben auch zugefallen ist, kannste ja runterkommen. Dann rufen wir einen Schlüsseldienst an.« Er starrte sie immer noch so an, als sei ihm gerade Lara Croft persönlich erschienen.
»Klar«, nickte Alex lächelnd und dachte: Das fehlt mir noch, allein mit Artur in seiner Bude. Sie spürte, dass er ihr nachsah, während sie die Stufen hochstapfte. »Ach, und falls du Silvester noch nichts vorhast«, rief Jäger, »also, wir machen da eine kleine Party, vielleicht hast du Lust!«
»Ich denke drüber nach«, rief Alex zurück.
Ein plötzliches Geräusch ließ sie auf den letzten Treppenstufen zusammenzucken. Doch da war nur Hannibal, der sie fragend ansah und schließlich mit einem »Mrrrrrrrr« weglief und sich blitzschnell wieder ins Innere verzog. Gott sei Dank, dachte Alex, war die Wohnungstür nicht zugefallen.
Drinnen zog sie sich mit zitternden Händen die Jacke aus, nahm die Glock aus der Tasche und legte sie zurück. Ihr wurde schlecht und schwindelig, was nicht von der plötzlichen Wärme in der Wohnung herrührte. Es hatte damit zu tun, dass die Risse im Eispanzer nun regelrecht klafften und die Angst freie Bahn hatte. Alex hielt sich an der Garderobe fest, schloss die Augen und hatte das Gefühl, in ein tiefes Loch zu fallen.
Ihr Handy klingelte. Finja vermeldete, dass ihnen niemand aufgefallen sei. Alex hörte die Worte wie durch Watte, bedankte sich und dachte: Trotz allem – der Mann war da gewesen. Sie hatte ihn sich nicht eingebildet. Dann tastete sie sich an der Wand entlang bis ins Badezimmer, um sich zu übergeben.

31.

»Hallo, Martin.« Alex klang heiser, was an der Übersäuerung ihres Magens und der gereizten Speiseröhre lag.
»Hallo, Alex«, antwortete Martin und lächelte matt.
Alex atmete scharf ein. Warum war es immer so unangenehm, einem Ex-Partner gegenüberzustehen? Jemandem, mit dem man ein Stück des Weges gemeinsam gegangen war, mit dem man außer Intimitäten auch Gefühle und Gedanken geteilt hatte, mit dem man einmal eins gewesen war, und ...
Schneider brach das betretene Schweigen mit einem Räuspern. Eben im Wagen hatte er sich nach Alex' Befinden erkundigt, weil er natürlich von der Personenfahndung von gestern erfahren hatte. Einer Fahndung, die ohne jedes Ergebnis verlaufen war.
Schneider sagte: »Können wir reingehen? Mir ist kalt.«
»Aber natürlich«, sagte Martin, der in abgenutzten Jeans und Sportsakko nichts mit dem Klischeebild von einem Stadtarchiv-Leiter gemein hatte. Alex wusste, dass er wie sie lange Jahre aktiver Triathlet gewesen war und noch heute jeden Tag mit dem Fahrrad zur Arbeit fuhr. Er trug seine Haare genauso kurz wie den ergrauten Dreitagebart und entblößte beim Grinsen eine charmante Zahnlücke. Er öffnete die Tür. Schneider ging sofort rein. Alex blieb einen Moment neben Martin stehen.
»Martin. Es tut mir leid, dass ich mich so lange nicht bei dir gemeldet habe und nur anrufe, weil ich etwas von dir will.«
Er nickte, sagte aber nichts.
»Ich dachte ...« Alex zögerte. »Ich dachte, vielleicht ist es besser, wenn wir etwas Abstand ...« Sie zuckte mit den Schultern.
»Schon okay«, antwortete Martin. Doch der Ausdruck in seinen Augen ließ Alex zweifeln.
Das Stadtarchiv befand sich im spätgotischen Bau eines früheren

Klosters aus dem sechzehnten Jahrhundert. An den mit dunklem Holz verkleideten Wänden in Martins Büro hingen Fotos, die ihn auf dem Rennrad auf dem Gipfel des Mont Ventoux in der Provence und in den Wellen des Pazifiks beim Iron-Man-Wettbewerb auf Hawaii zeigten. Es roch nach einer Mischung aus Staub und Möbelpolitur.

»Schon besser«, brummte Schneider, ließ sich in einen Sessel fallen, öffnete den Blouson und starrte aus dem bleiverglasten Schmuckfenster, durch das buntes Licht hereinfiel.

»Wie kann das Stadtarchiv der Kripo behilflich sein?«, fragte Martin. Er ging zu einem Beistelltisch. Dort stand eine Pad-Kaffeemaschine.

»Es geht um laufende Ermittlungen«, erklärte Alex und machte eine abwehrende Geste, während Schneider nickte. »Immer noch dieses Pad-Gebräu, Martin.«

»... und immer noch dieses pauschale Abwiegeln, wenn man nach Gründen fragt.« Martin warf Alex einen Blick zu. Er schmunzelte, wobei er etwas traurig aussah, und stellte für Schneider einen Kaffee an. Die Maschine fauchte und gluckste.

Alex verkniff sich eine Antwort und sagte: »Wir haben einige Fragen zur Geschichte der alten Ziegelei und der Schliemannschen Möbelwerke.«

»Aha? Und was genau? Es gibt so einige Arbeiten über die Lemfelder Industriegeschichte, die sich mit Schliemann und Kröger befassen. Eine stammt von mir.« Martin kam mit einem Kaffee zurück und stellte ihn Schneider hin, der sich mit einem Nicken bedankte.

»Kröger?«, hakte Alex nach.

»Ja, die Ziegelei. Adolf Kröger hat sie Anfang des zwanzigsten Jahrhunderts gegründet. Das Zieglerwesen war früher ein industrieller Schwerpunkt in Lemfeld. Der Ortsname sagt es ja schon, Lehm und Feld kommen darin vor.«

»Interessant«, sagte Alex. »Kannst du uns aus dem Stand heraus etwas darüber berichten? Wenn uns etwas auffällt, fragen wir nach.«

»Okay.« Ruppel verschränkte die Arme, blickte an die mit Holzintarsien ornamentierte Decke und begann zu erzählen. »In den Siebzigern gingen die Lehmvorkommen zur Neige, und die Konkurrenz wurde immer härter – Ziegel konnten an anderer Stelle oder in Übersee günstiger hergestellt werden. Von der Entwicklung wurde Krögers Unternehmen überrannt und schloss in den achtziger Jahren. Seither steht das Areal leer. Für das Aus gab es neben wirtschaftlichen jedoch auch noch andere Gründe. Der alte Kröger hatte das Familienunternehmen mit fester Hand geführt. Sein Sohn baute es nach dem Krieg aus. Der Enkel fuhr es schließlich vor die Wand. Rainer Kröger galt als Lebemann. Er soll große Teile des Familienvermögens verjubelt haben.«

Alex zog ihr Notizbuch hervor und schrieb sich einige Stichpunkte auf.

»Rainer Kröger ist 1979 tragisch ums Leben gekommen«, fuhr Martin fort. »Seine Frau Henriette erbte das Unternehmen, konnte und wollte es alleine aber nicht führen. Sie verkaufte, verschwand aus Lemfeld und zog in eine Villa am Bodensee, wo sie sich später das Leben genommen hat. Sie hat wohl den Tod ihres Mannes nicht verkraftet – und alles Weitere, was in dem Zusammenhang öffentlich geworden war ...«

»Wie ist er gestorben?«, fragte Schneider und schlürfte an seinem Kaffee.

Ruppel sagte: »Das ist nie wirklich geklärt worden. Oder in Ihrer Sprache: ein *cold case*.«

»Im Fernsehen vielleicht.«

Ruppel zuckte die Schultern. »Es wäre auch für uns Historiker interessant, Verlässliches über die Umstände und das tragische Ende der Kröger-Dynastie zu erfahren. Man weiß lediglich, dass Rainer Kröger in der Gegend von Marbella nach einer Auseinandersetzung in einem Fluss tot aufgefunden worden ist – erschossen. Sein Mörder entkam.«

Erschossen von einem Flüchtigen, dachte Alex. Verloren im Fluss. Ein verzweifelter Kampf. Fortgetragen vom Schatten des Mondlichts. Der ermordete Kröger. Seine verzweifelte Frau. Die Verbindung zwischen der Geschichte des Liedes und der des Tatorts. Es passte zu gut.

»Es gibt einige Gerüchte«, hörte Alex Martins Worte wie durch Watte, »und diese Gerüchte besagen, dass Kröger schwul gewesen und im Streit von einem Callboy oder Lover ermordet worden sein soll.« Dann schwieg er und sah Alex an. Ihm war nicht entgangen, dass sie Schneider einen vielsagenden Blick zugeworfen und dieser mit einem ebensolchen geantwortet hatte. »War etwas Brauchbares dabei?«, fragte Ruppel.

»Möglich«, antwortete Alex. Sie klickte mit dem Kuli, legte ihn beiseite und dachte einen Moment lang nach. Dann fragte sie: »In der Firmengeschichte der Schliemannschen Werke spielt nicht zufällig ein Unglück eine Rolle? Ein Unwetter, eine Katastrophe – so etwas in der Art?«

Ruppel sagte: »Ja, aber natürlich tut es das. Hast du dir das Gelände angesehen?«

»Sicher.«

»Schliemann war früher eines der größten Möbelwerke der Region, bis es in den neunziger Jahren dem Strukturwandel zum Opfer fiel. Es war billiger geworden, in Tschechien, Polen, Ungarn oder China fertigen zu lassen. Schliemann stand vor der Pleite, und die Firma wechselte im Laufe weniger Jahre mehrfach den Besitzer – internationale Holdings grasten seinerzeit den Markt ab. Zeitgleich wurde das Personal reduziert, um Kosten zu sparen. Schließlich kam Lore.«

»Lore?«, fragte Alex und wickelte sich eine Haarsträhne um den Zeigefinger.

»Der Orkan hat in den neunziger Jahren in Deutschland mehrere Menschenleben gefordert und Hunderte Millionen Euro an Schaden angerichtet. Lemfeld war damals schwer betroffen – die halbe Stadt stand unter Wasser, unzählige Bäume wurden entwurzelt, Dächer abgedeckt. An den Schliemannschen Werken waren wohl einige Stromleitungen nicht nach Vorschrift abgesichert. Der Sturm riss dort Masten um, die Fabrik ging in Flammen auf.«

Die verkohlten Dachträger, Alex erinnerte sich. Und der Songtext sprach von Erdbeben und Blitzen. Der brüllende Orkan, die über die Ufer tretenden Flüsse, das schlimme Wetter. Auch das passte.

»Tja.« Schneider trank seinen Kaffee aus. »Das war ja ein sehr interessanter Exkurs in die Vergangenheit, vielen Dank. Ich habe so das Gefühl«, er musterte Alex aus den Augenwinkeln, »dass wir durchaus etwas klüger sind.«

»Eine abschließende Frage hätte ich noch«, sagte Alex und klappte das Notizbuch zu. Sie verschränkte die Hände ineinander und musterte ihre blutleeren Knöchel. »Was sagt dir der Begriff *Bourbon Street?*«

32.

»So ein Blödsinn«, sagte Alex, schüttelte genervt den Kopf und starrte den Stadtplan an. Er hing an einer Pinnwand im Lage- und Besprechungsraum. An der Stelle des Planes, wo sich die Schliemannschen Werke und die alte Ziegelei befanden, waren zwei Heftzwecken mit leuchtend roten Köpfen in das Papier gestochen worden. Bestätigte Tatorte. Mario Kowarsch war gerade dabei, mit grünen Nadeln weitere Industriebrachen zu markieren – mögliche Tatorte. Und davon gab es reichlich.

»Ich habe ja auch nicht gesagt, dass Dr. Ruppel als Tatverdächtiger in Frage kommt«, sagte Mario. »Aber irgendwoher muss unser Täter dieses historische Wissen haben. Ein Wissen, über das Ruppel offenbar verfügt.«

»Man ist«, sagte Alex und verschränkte die Arme, »nicht sofort ein Krimineller, wenn man über eine gute Bildung verfügt, Mario.«

Schneider sagte: »Dann lad ihn halt vor. Tupf ihm mit 'nem Q-Tip den Mund aus – und alle sind zufrieden, wenn die DNA nicht passt, meine Güte.«

»Im Ernst«, sagte Mario und warf einen Blick in das Portfolio von Lemfelder Industriebrachen. Ein Fußballkollege aus dem Fachbereich für Stadtentwicklung hatte es Mario besorgt. »Wieso darf man hier nicht laut *Dr. Ruppel* sagen?«

Alex antwortete: »Weil es völlig absurd ist. Er hat uns schon beim letzten Fall geholfen, und bei diesem erneut. Du willst mich bloß damit provozieren, darum geht es doch.«

Mario machte eine abwehrende Geste. »Komm wieder runter. Ich habe eben nur vorsichtig gefragt, ob Ruppel ein Alibi hat, mehr nicht.«

»Ja, und dabei hast du mich angeguckt, als sei ich sein Alibi – also sag doch gleich, was du denkst!«

Kowarsch drehte sich langsam um und grinste. »Weiß doch jeder, dass du mit dem mal in der Kiste warst.«

»Pff.« Alex verschränkte die Arme. »Also, ich verbitte mir wirklich, dass ...«

»Schluss jetzt«, fuhr Reineking dazwischen. Er wartete einen Augenblick ab. Dann erklärte er: »Die Laborergebnisse haben unseren Verdacht bestätigt: Alle Spuren weisen auf denselben Täter hin. Wir haben wieder die Fasern von einer Wolldecke – damit könnte er das Opfer im Kofferraum versteckt haben. Damit korrespondieren die Fasern von einem Teppich, der in VW-Golf-Modellen genutzt wird, und dazu passend die Reifenspuren, wobei es sich um neue Dunlop-Winterreifen handelt.«

»Ich rufe mal bei den Reifenhändlern an«, sagte Kowarsch, und Reineking nickte.

Er fuhr fort: »Weiter haben wir Schuhabdrücke, die zu Winterstiefeln gehören – wahrscheinlich Markenboots, außerdem Fasern von einer Fleecejacke. Wir haben erneut Haare von Leopardenfell und von männlichem Schamhaar gefunden. Das Schamhaar in Bekleidungsteilen von Antje an Huef. Das verwendete Klebeband ist erneut sogenanntes Panzerband. Also alles wie im ersten Fall, keine Abweichung. Die Autopsie hat ergeben, dass unser Mann wieder Kondome bei der Vergewaltigung benutzt hat. Im Mageninhalt von Antje an Huef wurden außer Rückständen eines Burger-King-Maxi-Menüs Spermaspuren gefunden. Die Kälte hat das Zeug einigermaßen konserviert. Trotzdem haben sie einen Heidenaufstand machen müssen, um noch etwas Verwertbares daraus zu bekommen. Und hier ist etwas komisch: Wir gehen einerseits davon aus, dass der Täter Kondome benutzt. Dennoch finden wir Sperma. Und das DNA-Material darin stimmt zwar mit dem vom Nele-Bender-Fall überein, das Schamhaar stammt jedoch von einem anderen Mann, mit dem Antje an Huef Verkehr gehabt haben könnte.«

Mario stellte seinen Stecknadelkasten auf den Besprechungstisch und runzelte die Stirn. »Also, Moment: Der Täter nutzt Kondome. Und dann ist da noch ein zweiter Mann im Spiel, der mit Antje ungeschützten Verkehr hatte. Ebenfalls mit Nele Bender. Willst du das sagen?«

Schneider nickte.

»So sieht es wohl aus«, murmelte Reineking nachdenklich. »Vielleicht spielt ein zweiter Mann eine Rolle.«

»Scheiße«, sagte Mario. »Oder sind da zwei Typen als Team am Werk? Also, im Ernst: Der Täter nutzt doch nicht erst ein Kondom und reißt sich das dann runter.«

»Und wie erklärst du dann die identischen Spermaspuren?«, fragte Alex leise. »Möglicherweise hat der Täter tatsächlich während der Vergewaltigungen beschlossen, das Kondom wegzulassen. Oder Antje hatte doch einen Freund. Einen heimlichen. Denselben wie Nele Bender. Wenngleich das eher unwahrscheinlich klingt.«

Mario schwieg. Alex dachte an Hilde an Huef, das schreckliche Weihnachten, das die arme Frau verlebt haben musste – und daran, dass sie eventuell doch nicht alles über ihre Tochter gewusst oder nicht alles über sie erzählt hatte. Aber es gab ja noch andere hier im Raum, die nicht alles erzählten. Alex schob einige Papiere vor sich herum und überlegte für einen Moment, ob sie nicht doch alles vom gestrigen Abend erzählen sollte. Von der Verfolgung. Sie beschloss, es nicht zu tun, weil Reineking Finja und Jürgen sonst den Kopf abreißen und Alex empfehlen würde, Beruhigungsmittel zu nehmen.

»Jedenfalls«, fuhr Mario fort, »ist das komisch. Wir haben viele Kolleginnen und Freundinnen befragt und nichts über einen Lover gehört. Wobei noch eine Person aussteht, eine Petra Becker.«

»Wer ist das?«, fragte Alex.

Kowarsch erklärte, dass es sich um eine Arbeitskollegin handelte, und nannte die Adresse. Alex machte sich eine Notiz. »Wenn es bislang keinerlei Anhaltspunkte für einen Freund von Antje an Huef gibt«, warf Schneider ein, »war es vielleicht ein One-Night-Stand?«

Kowarsch schüttelte den Kopf. »Glaube ich nicht. Angeblich war sie nicht der Typ dazu und hat so etwas in der Vergangenheit auch nicht praktiziert. Sie war mehr so der romantische Typ. Las diese Vampir-Bücher, Twilight und andere. Lebte ihr Leben für sich und ein wenig zurückgezogen.«

Schneider sagte: »Romantikerin, aber Sperma im Bauch. Wie passt das denn zusammen?«

Kowarsch schien etwas sagen zu wollen, ließ es dann aber doch lieber bleiben.

»Haben wir Erkenntnisse über den PC? Das Handy?«, fragte Reineking.

Wieder schüttelte Kowarsch den Kopf. »Nein, gar nichts. Ein paar Kollegen von Veronikas Crew befassen sich gerade mit der Auswertung. Wir wissen, sie war Mitglied in einem Twilight-Fan-Forum, bei Stayfriends, Facebook, ILove, GetLove – also alles normal für einen Single, der Kontakt sucht, nichts Außergewöhnliches –, und um das alles zu überprüfen, bräuchten wir Antjes Passwörter, wobei sich die Provider bekanntlich anstellen. Ohne richterliche Verfügung läuft da nichts. Aber natürlich kümmern wir uns drum.«

Schneider hustete, räusperte sich und blickte aus dem Fenster. »Ja, aber auch ein Single hat mal Bedürfnisse«, sagte er, »vor allem zur Weihnachtszeit, und, wie es scheint, hat Antje die irgendwo irgendwie mit irgendwem befriedigt. Und sie war im Internet unterwegs – wie Nele Bender. Wir können also annehmen, dass es entweder irgendeinen heimlichen Freund oder eine recht spontane Bekanntschaft gegeben haben muss – eventuell mit dem Mörder. Mit dem Kerl hat sie sich getroffen, ein Schäferstündchen gehalten. Abends fuhr sie ins Drive-in, aß etwas – danach ist sie verschwunden.«

»Also ein Beziehungstäter?«, fragte Reineking. »Glaubst du das?« Schneider zuckte mit den Schultern.

»Nie und nimmer im klassischen Sinn«, sagte Alex. »Wenn, dann sucht der Täter nur deswegen Beziehungen zu den Opfern, um sie leichter überwältigen zu können und eine Weile die Überlegenheit zu genießen – dass er weiß, was er mit ihnen anstellen wird, und sie ahnungslos sind. Es kann aber durchaus sein, dass er die Opfer im Internet kennenlernt und sich dann ihr Vertrauen erschleicht.« Sie sortierte die vor ihr liegenden Papiere. »Doch das mit den zwei unterschiedliche Spuren ist dennoch bemerkenswert.«

»Checkt das Burger King«, sagte Reineking und massierte sich das Kinn, »und geht mit Bildern von Antje und Nele erneut Klinkenputzen. Irgendjemand muss sie ja mal in Begleitung gesehen haben.«

»Wir sollten außerdem noch mal mit Antjes Mutter reden«, warf Alex ein. »Und wir sollten erneut beim Luisenhof vorbeischauen, wo Nele damals gelebt hat – möglicherweise gab es Verbindungen zwischen den Opfern, von denen wir noch nichts wissen.«

»Wir brauchen doch bloß deren beider Internetbekanntschaften vergleichen und Übereinstimmungen suchen«, sagte Mario.

»Das auch«, nickte Alex. »Aber ich glaube nicht, dass es so einfach ist – ich kann mir nicht vorstellen, dass der Täter offen mit seiner Identität umgeht.«

Reineking ging nicht weiter darauf ein. »Bei allem vergessen wir nicht, dass wir allem Anschein nach noch eine dritte Leiche suchen.« Er warf Alex einen Blick zu. »Was meinst du – wird Dr. Ruppel etwas zur Bourbon Street und dem dritten Mordopfer einfallen?«

Martin hatte das Stichwort zunächst nichts gesagt. Aber er hatte versprochen, sich darum zu kümmern.

Sie antwortete: »Ich hoffe es.«

»Gut.« Reineking nahm einige Fotokopien zur Hand. »Das Labor

hat übrigens die Briefe mit den Liedtexten untersucht, Alex. Verwendet wurde handelsübliches Druckerpapier. Ebenfalls ein stinknormaler Drucker und Tinte und gewöhnliche Briefumschläge. Keine Fingerabdrücke. Auch kein Speichel an den Klebeleisten: Er hat sie mit Wasser betupft.«
Alex knetete ihre Hände. »Hattet ihr in der Nele-Bender-Ermittlung einen Speicheltest in Erwägung gezogen? Einen Massentest?«
»Vergiss es«, winkte Mario ab. »Der Landkreis Lemfeld hat rund vierhundertfünfzigtausend Einwohner, und es wären grundsätzlich an die zehntausend Personen für einen Test in Betracht gekommen. Weiter war unklar, ob der Typ überhaupt hier lebt.«
»Hatten wir auch nicht im Budget«, fügte Reineking hinzu und stierte vor sich hin. »Aber über Budgets muss sich ja künftig ohnehin jemand anderes Gedanken machen.« Dann sah er Alex wieder an. »Was ist mit diesen Schriftzeichen?«
Alex wollte gerade erklären, dass sie noch auf eine Information darüber wartete, als sich mit einem Ruck die Tür öffnete.
Veronika Martens trat ein. Sie trug eine Jeans mit schwarzem Rollkragenpulli und hielt eine Zeitung in der Hand. »Oh!« Sie lächelte betont freundlich. »Konspirative Versammlung ohne mich?«
»Dann wäre sie ja nicht mehr konspirativ«, antwortete Reineking.
Veronikas Mundwinkel zuckten keinen Deut. »Nur eine kleine Dienstbesprechung«, erklärte Reineking.
»Schön«, entgegnete Veronika knapp. Alex sah ihre Blicke über die mit Stecknadeln bespickte Landkarte wandern, über Kowarsch zu Schneider springen und schließlich bei Alex stoppen. »Ich will auch nicht lange stören, aber ...« Veronika klopfte auf die Tageszeitung und ließ Alex nicht aus den Augen. »Ich habe den Staatsanwalt überzeugt, dass wir deinen Vorschlag aufgreifen, Alex. Wir kommen ohnehin nicht um eine Pressekonferenz herum und lassen uns überraschen, ob wir Hinweise erhalten oder der Täter darauf reagieren wird.«

»Oh«, sagte Alex überrascht. »Gut, danke.« Wenngleich es so klang, als wolle und würde Veronika die Medien unter Ausschluss von Alex unterrichten.
Veronika nickte. »Und gute Arbeit im Hinblick auf die Liedtexte. Ich habe deine Hinweise dazu gelesen – die Lyrics beschreiben die Schliemannschen Werke und die Kröger-Ziegelei recht genau. Das bringt uns auch im Hinblick auf den noch unklaren dritten Fall ein gutes Stück weiter.« Sie musterte Alex. »Für gute Ideen und schnelle Ergebnisse bin ich immer zu gewinnen.«
Alex antwortete nicht.
»Dann einen erfolgreichen Tag noch«, sagte Veronika, drehte sich um und verließ den Raum.
»Wisst ihr, was mir an der am meisten auf den Sack geht?«, fragte Reineking und starrte die verschlossene Tür an. »Am meisten nervt mich, dass sie ein Klon meiner Ex-Frau sein könnte.«

33.

Der Mann las die Meldung in der Zeitung. *Die Leiche einer etwa 22-jährigen Frau ist am Wochenende vor Weihnachten in Lemfeld aufgefunden worden. Wie die Polizei erst jetzt berichtet, war die Tote auf einem leerstehenden Areal im Gewerbegebiet West zufällig entdeckt worden.*
Sein Herz klopfte und brannte. Er überflog die weiteren Zeilen in Bezug auf die Identität der Frau. Dass um Mithilfe gebeten wurde und die näheren Umstände des Todes noch unklar seien. Und er las: »*Die Ermittlungen bewegen sich derzeit in alle Richtungen*«, heißt es abschließend. »*Sachdienliche Informationen werden in jeder Polizeidienststelle entgegengenommen.*«
Der Mann faltete den Lokalteil zusammen und legte die Zeitung zurück ins Regal. Sein Blick verlor sich im tiefblauen Himmel hinter der gläsernen Schiebetür des Supermarkts. Mit der Zunge tastete er den trockenen Gaumen ab.
Ja, es war aufregend. Seine Hände waren feucht, und er hätte in die Hände klatschen und laut loslachen mögen. Todesumstände noch unklar – dass er nicht lachte! Wenngleich das nicht von der Hand zu weisen war: Hatte er sie nun ausbluten lassen? War sie erfroren oder letztendlich an Schmerz und Schock oder einer Mischung aus allem gestorben? Und spielte das irgendeine Rolle? Nein. Am Ende war die Zeitungsmeldung ohnehin ein persönlicher Brief an ihn. Eine codierte Antwort. Sie besagte: »Wir haben zwar noch keine Ahnung, wer du bist, aber wir sind jetzt im Spiel.«
Zufrieden summte der Mann ein Lied und starrte durch die Menschen hindurch, die mit Einkaufswagen das Zeitschriftenregal passierten. Niemand von ihnen hatte seine Aufmerksamkeit verdient. Sie waren Bestandteile einer gesichtslosen Masse, die einem genetisch festgelegten Programm namens Leben folgte. Manchmal

wurden sie zur Beute, wenn er dem Zwang des Mondes folgen musste. Ansonsten waren sie zu nichts nutze.

»Was summst du da?«

Die Stimme gehörte einem kleinen Jungen. Er stand neben ihm und hielt ein Spiderman-Heft in der Hand. Hinter der dicken Brille sahen die kleinen Augen aus wie braune Murmeln, was ihm einen dümmlichen Gesichtsausdruck verlieh. Er war etwa acht Jahre alt, und trotz seines schrägen Blicks schien er aufgeweckt zu sein. Vielleicht hatte er Potenzial, schoss es dem Mann durch den Kopf. Möglichkeiten, was nicht jeder Achtjährige von sich behaupten konnte. Beileibe nicht. Und wahrscheinlich war es diese geringe Chance, eventuell zu etwas heranzuwachsen, das ebenfalls einmal über der Masse stehen würde, die den Kleinen würdig machte, eine Antwort zu erhalten.

Er beugte sich zu dem Jungen. »Was ich da gesummt habe, ist der Alabama-Song. Er wird eigentlich von einer Frau namens Jenny gesungen. Vielleicht kennst du die Seeräuber-Jenny?«

Der Junge zuckte mit den Schultern und schob die Brille auf der Nase hoch. »Nein, nie gehört.«

»Macht nichts. Kann ja noch werden.«

Damit ließ der Mann den Jungen stehen, griff nach dem Einkaufswagen und schob ihn durch die Regale. Am Gemüsestand entschied er sich für Paprika, Frühlingszwiebeln und einen Beutel Kartoffeln und bestellte an der Wursttheke Schweinefilet. Der Blick in die Auslage mit dem rohen Fleisch weckte einige Assoziationen. In der Getränkeabteilung entschied er sich für zwei Flaschen Champagner anlässlich des kurz bevorstehenden Silvesters und stoppte an den Wühltischen, die randvoll mit Feuerwerksartikeln bepackt waren.

Zwei dunkelhaarige Teenager-Mädchen klemmten sich mehrere Raketensets unter den Arm und tippten nebenbei auf ihren Handys herum. Der Mann betrachtete die beiden einen Augenblick lang und überlegte, ob sie ihn immer noch so offensichtlich ignorieren würden, wenn er ihnen eine ihrer beschissenen Raketen unten reinrammen und zünden würde. Wow, gäbe das ein Feuerwerk beim ersten Orgasmus.

Aber wahrscheinlich hatten sie schon Hunderte gehabt, die kleinen Schlampen. Er wischte den Gedanken beiseite – schließlich musste er sich etwas beeilen – und holte in der Haushaltswarenabteilung einige Rollen Klebeband. Für Jenny. Die Alabama-Jenny.

34.

Die Kufen glitten übers Eis. Es klang beim Schwungholen jedes Mal so, als würde man ein Messer schärfen. Jenny glitt rückwärts über den zugefrorenen Lemfelder Stausee, betrachtete das bunte Treiben an diesem strahlenden Tag, dem vorletzten des Jahres, und drehte dann eine halbe Pirouette, um die Laufrichtung zu ändern. Der Wald an den Hängen lag tief verschneit. Am Parkplatz türmten sich die vom Räumdienst zusammengeschobenen Schneehaufen fast bis zur Schulter. Auf der Promenade waren von der Kurverwaltung nahe dem stolz »Yachthafen« genannten Anleger für Segel- und Tretboote eine Glühweinbude, ein Bratwurst- und ein Waffelstand aufgebaut worden, vor denen sich die Menschen in Trauben drängten. Lautsprecherboxen auf Stativen beschallten die dichtbevölkerte Eisfläche gerade mit einem Song von DJ Ötzi. Partymucke, die wahrscheinlich von einer CD mit Après-Ski-Hits abgespielt wurde.

Zum ersten Mal seit Jahren hatte die Kurverwaltung wieder das Schlittschuhlaufen erlaubt. Das Eis war in diesem Winter über fünfzehn Zentimeter stark. Strohballen grenzten das freigegebene Areal ein, um zu verhindern, dass ein waghalsiger Läufer in die dünneren Bereiche der Eisdecke nahe der Staumauer und dem großen, an einen Flughafentower erinnernden Ablauf vordrang, dort einbrach und auf Nimmerwiedersehen verschwand. Aber manchmal, wenn ein Knacken durch das Eis ging und Jenny die langen Risse betrachtete, war sie sich nicht vollständig sicher, ob das Eis auch an den angeblich sicheren Stellen wirklich Hunderte von Menschen zu tragen vermochte.

Natürlich wusste sie, dass die Risse nicht wirklich Risse, sondern vielmehr unter Spannung stehende Stoßkanten verschiedener Eisschollen waren, denn ein Gewässer fror niemals ebenmäßig und an allen Stellen gleich schnell zu. Sie wusste außerdem, dass diese Stoßkanten, wenn man sie ausschneiden und wiegen würde, schwerer als das Eis sein mussten, denn in ihnen war kinetische Energie gespeichert. Manche ihrer Schüler waren erstaunt darüber gewesen, als sie erklärt hatte, dass es sich im Weltall ähnlich wie auf dem Eis verhielt und sich die Galaxien laut einiger Theorien an solchen Schwerkraft-Strings wie die Perlen an einer Kette aufreihten. Solche Bilder kamen bei den Fünftklässlern im Physikunterricht an der Anne-Frank-Realschule an, die sie derzeit als Lehramtsanwärterin unterrichtete. Zumindest bei den meisten.

Jenny drehte noch einige Runden, warf einen Blick auf die Uhr und beschloss, dass es an der Zeit war. Sie steuerte auf das Ufer zu, hockte sich auf einen der Strohballen und tauschte die weißen Schlittschuhe gegen ein Paar hohe Schnürstiefel, die sie über die enge Jeans zog. Dann ging sie rüber zu ihrem Auto, dessen roter Metalliclack in der Sonne glänzte. Sie hatte sich den Wagen aus dem Erlös des Bausparvertrags gegönnt, den Oma für sie abgeschlossen hatte – allein, um für das Referendariat mobil zu sein.

Mit einem Druck auf die Fernbedienung öffnete sie den Wagen, ließ die Schlittschuhe im Kofferraum verschwinden und zog die Strickmütze vom Kopf, unter der sie ihr langes, weizenblondes Haar versteckt getragen hatte. Sie schlüpfte aus dem langen Daunenmantel und warf ihn mit der Mütze den Schlittschuhen hinterher.

Sie fuhr nach Hause – in ihre kleine Wohnung im Zentrum, duschte lang und heiß. Dann machte sie sich zurecht, schminkte sich, legte Parfüm auf und zog sich wieder an. Eine Bluse, enge Jeans, eine dünne Lederjacke. Sie zitterte, als sie wieder zum Auto lief, und stellte im Wagen die Sitzheizung auf Anschlag, bevor sie den Zündschlüssel herumdrehte und zügig losfuhr.

Nachdem Jenny wenig später am Rand der menschenleeren Straße gestoppt hatte, griff sie nach rechts zur Handtasche, sprühte sich ein wenig Parfüm in den Ausschnitt, fuhr sich einige Male mit den Fingerspitzen durch die Haare und zog den Lippenstift nach. Mit klopfendem Herzen lief sie zur Haustür, die sich öffnete, kaum dass sie den Klingelknopf betätigt hatte.

Er hatte sein Hemd bereits weit aufgeknöpft, musterte sie mit einem abschätzenden Lächeln. Wortlos griff er nach vorne, fasste sie im Nacken und zog sie zugleich ins Innere der Wohnung und an seine Lippen. Er küsste sie ungezügelt. Verlangend. Presste seine Hüften an ihre und ließ sie spüren, dass er bereits hart war. Die Tür fiel ins Schloss. Jenny keuchte, riss sich die Lederjacke vom Leib und stolperte ihm hinterher, als er sie im Rückwärtsgehen an der Gürtelschnalle ins Wohnzimmer zog.

Gott, turnte der Typ sie an. Er war sicherlich kein Mann für eine ernsthafte Beziehung, und außerdem war er deutlich älter als sie. Aber für den Moment war es egal. Für den Moment hatte er, was sie brauchte und vermisste.

Mit einem Ruck riss er den Reißverschluss an ihrer Jacke auf und umfasste ihre Brüste. Fieberwogen rollten durch ihren Körper. Sie fummelte am Knopf seiner Jeans herum, spürte seinen heißen Atem. Sie schnappte nach Luft. Seine Hand wanderte zwischen ihre Beine. Dann küsste er sie so heftig, dass die Schneidezähne aufeinanderschlugen. Das Klicken klingelte in ihren Ohren.

Dennoch war es zu leise, um auf die Tonspur des Digital-Camcorders zu gelangen, der draußen vor dem Fenster unter den Tannen versteckt war und leise summte.

35.

Die Gesamtzahl der im Kreis Lemfeld zugelassenen Fahrzeuge lag aktuell bei 253 564. Darunter waren 189 672 Pkw, bei dem Rest handelte es sich um Motorräder, Lkws, Transporter oder Busse. Jeden Monat kamen 1800 Neuzulassungen hinzu, und im ganzen letzten Jahr hatten 34 000 Fahrzeuge den Besitzer gewechselt. Auf jeden zweiten Lemfelder kam somit im Schnitt ein Auto. Das war enorm, dachte Alex und bog mit dem Mini um eine Kurve. Zwanzig Prozent der zugelassenen Fahrzeuge stammten von VW. Unter diesen rund 38 000 Autos waren 22 654 vom Modell Golf, darunter etwa 8 500 Kombi-Modelle, von denen zwei Drittel, annähernd 6 000 Fahrzeuge, bezüglich des Baujahrs als Täterwagen in Frage kamen. Einen davon, dachte Alex, fuhr auch Jan, ließ den Gedanken aber so schnell fallen, wie er gekommen war.

Sechstausend Autos also. Die Erkenntnisse über die verwendeten Winterreifen grenzten das weite Feld nicht sonderlich ein: Laut Bericht der Kriminaltechnik waren sie zweieinhalb Jahre alt und stammten von einer Marke, die man überall in Deutschland bekam. Bezogen auf die in Lemfeld zugelassenen Wagen blieb also immer noch eine stattliche Anzahl übrig, dachte Alex, während der Mini in die Adenauerallee einbog. Die Recherche, mit der sich Kowarsch befassen musste, glich der Suche nach einer Nadel im Heuhaufen und war sehr zeitaufwendig. Außerdem hatte er alle Ergebnisse mit denen aus dem Fall Bender abzugleichen. Kein Wunder, dass er Alex deswegen gebeten hatte, ihm die Befragung von Petra Becker abzunehmen.

Alex hielt vor dem Wohnblock, in dem die vierundzwanzigjährige Petra Becker lebte. Die alleinstehende Krankenpflegerin hatte mit Antje an Huef zusammengearbeitet.

Es war nicht die beste Wohngegend Lemfelds. Die Kollegen von der Schutzpolizei hatten häufig an der Adenauerallee zu tun, um sich mit Jugend-Gangs rumzuschlagen, Sachbeschädigungen aufzunehmen, in Fällen von häuslicher Gewalt und Ruhestörungen einzuschreiten oder auch Hobbygärtner festzunehmen, die Marihuana auf dem Balkon züchteten. Im Sommer war hier sogar einmal eine Wohnung ausgebrannt, weil jemand über einem offenen Feuer in der Küche eine Hammelkeule gegrillt hatte.

Alex stieg aus dem Wagen und ging schnurstracks auf die Haustür zu, wählte aus den zahllosen Klingelknöpfen den mit dem Namen Becker und drückte ihn. Kaum fünf Sekunden später meldete sich der Türöffner mit einem leisen Summen. Alex lief die Treppenstufen hinauf.

Petra Becker hatte halblange schwarze Haare, trug eine Bettie-Page-Frisur mit scharfgeschnittenem Pony und derart viele Piercings im Gesicht, dass ein Detektor am Flughafen schon aus lauter Vorfreude gepiepst hätte wie ein Rauchmelder auf Speed. Trotz der Kälte trug die junge Frau ein Spaghettiträger-Top.

Aus der Stereoanlage jodelte ein Doo-Wop-Chor eine Version des Fünfziger-Jahre-Hits *Teach me tiger* von April Stevens. An der Wand hing ein Bild von Elvis im Goldrahmen. Und das alles passte so gar nicht zu Antje an Huef – es sei denn, die Rockabella Petra Becker hatte für Antje etwas dargestellt, nach dem sich ein Mädchen aus wohlbehütetem Hause sehnen würde: einen Ausblick auf die wilde Seite des Lebens.

»Ich hab nicht so gern die Polizei im Haus«, sagte Petra Becker schnoddrig, als gingen die Kollegen von der Sitte oder der Drogenfahndung täglich bei ihr ein und aus. Sie ließ sich aufs Sofa plumpsen. »Sie sind jetzt schon die Zweite in dieser Woche.«

Alex runzelte die Stirn und nahm auf einem mit Leopardenfell bezogenem Cocktailsessel Platz. Nachdenklich strich sie mit der Hand über den Bezug, während der Doo-Wop-Chor ein Raubtiergrollen imitierte, das eher nach schnurrender Miezekatze klang.

»Keine Sorge«, sagte Becker und steckte sich eine Zigarette an. »Das ist nur Imitat. Ich würde lieber nackt gehen als ... Sie wissen schon.« Die Frau schmunzelte betont cool und paffte einen Kringel in die Luft.

»Die zweite Polizistin?«, fragte Alex und zog das Notizbuch aus ihrer Handtasche. »Ich verstehe nicht ganz.«

»Na, es war halt schon einer da. Vorgestern oder so. Den Namen habe ich vergessen – Landeskriminalamt, kann das sein?«

»Ah, natürlich.« Alex versuchte, sich ihre Verwunderung nicht anmerken zu lassen. So langsam dämmerte ihr, was da ablief.

Petra Becker griff nach einem überquellenden Aschenbecher. »Kommunikationsproblem, was?«, fragte sie grinsend.

»Nein«, log Alex, »ich habe nur noch ergänzende Fragen. Viel will ich gar nicht mehr wissen.«

»Ich habe auch nicht viel zu sagen«, entgegnete Petra und aschte ab. »Habe ich Ihrem Kollegen schon erklärt.«

Sie blickte mit leerem Blick aus dem Fenster, vielleicht auch in sich selbst hinein. »Schrecklich, das mit Antje.«

Alex nutzte die Gelegenheit und griff noch einmal in die Handtasche. Sie zog das oberste Blatt eines Post-it-Blocks ab, während Petra Becker weiter nach draußen starrte. Die Sonnenstrahlen zeichneten feine Linien in den Rauch, den sie aus der Nase ausstieß. Alex presste den Zettel auf die Sitzfläche des Leopardenfellsessels und zog ihn wieder ab. An der Klebefläche blieben einige Haare hängen, die denen von Hannibal glichen. Sie ließ den Zettel in der Klarsichthülle in ihrer Handtasche verschwinden, in der sie für gewöhnlich die Einkaufsquittungen sammelte, und fragte dann: »Sie haben nach unseren Informationen mit Antje zusammengearbeitet?«

Petra nickte und wandte sich wieder Alex zu. »Habe ich doch alles schon erklärt.«

»Sie waren befreundet?«

»Wir waren Kolleginnen und konnten ganz gut miteinander.«
»Hat sie Ihnen gegenüber irgendwann einmal einen Freund erwähnt?«
Petra Becker zögerte eine Zehntelsekunde zu lange, bevor sie den Kopf schüttelte. Sie inhalierte und paffte genervt den Rauch aus.
»Irgendwelche losen Bekanntschaften«, bohrte Alex nach.
»Nichts, worüber ich etwas Neues sagen könnte.«
Alex wischte sich übers Gesicht, schlug das Notizbuch auf und zog einen zusammengefalteten Ausdruck hervor. Er zeigte Fotos von Männern, die seinerzeit mit Nele Bender Kontakt gehabt hatten. Freier. Freunde. Allesamt mit Alibi und bislang keine dringenden Tatverdächtigen. »Jemanden davon schon mal gesehen?«
Petra Becker blickte kurz auf den Zettel. »Nein.« Sie zuckte mit den Schultern und starrte wieder aus dem Fenster. »Das hat mir Ihr Kollege auch schon gezeigt. Ich kann Ihnen nicht weiterhelfen.«
Alex sog die Luft ein. Für einen kurzen Moment wurde ihr übel von der Mischung aus süßlichem Muff, kaltem und frischem Zigarettenrauch und trockener Heizungsluft. Sie überlegte, ob sie Veronika Martens zu einer Runde Ving Tsun in der Turnhalle einladen sollte – und zwar nicht mit simulierten Schlägen und Tritten, sondern mit richtigen. Alex hatte keine Ahnung, was die Martens hier abzog. Aber dass sie ihre Jungs auf eigene Rechnung arbeiten ließ, ohne die Lemfelder Kollegen einzubeziehen, lag auf der Hand.
Alex fragte: »Sind Sie sich wirklich vollends sicher, dass es da keinen Mann in Antjes Leben gab?«
Petra Becker klimperte mit den Wimpern und tat so, als müsste sie einen Fremdkörper entfernen. »Keine Ahnung.«
»Petra«, sagte Alex ruhig, aber bestimmt. »Antje an Huef ist tot. Wenn sie über einen Mann in ihrem Leben gesprochen hat, sollten Sie mir das jetzt sagen. Wir können unsere Unterhaltung auch in der Polizeibehörde fortsetzen. Dann nehmen Sie sich ein paar Sachen mit – und am besten direkt einen Ersatzschlüssel für die

Kollegen, damit Ihre Tür für eine Durchsuchung nicht aufgebrochen werden muss.«

»Was? Wie bitte?« Jetzt riss Petra die Augen auf. Die Asche fiel von ihrer Zigarette ab und landete auf dem Fußboden.

»Wäre blöd, wenn es so weit kommen muss«, erklärte Alex, »und Sie in Ihrer Wohnung Dinge aufbewahren, die Sie zum Beispiel in dem Gerät da drüben rauchen.« Alex deutete auf eine Wasserpfeife. »Oder hier auf dem Sofa wegzischen.« Sie fingerte aus dem Aschenbecher eine erloschene selbstgedrehte Zigarette heraus, die anstelle eines Filters ein zusammengerolltes Pappstück hatte. »Ihre Freundin Antje ist tot«, sagte Alex und ließ den Joint wieder fallen. »Es geht hier um eine sehr ernste Angelegenheit, und es gibt keinen Grund mehr, Antje oder ihre Familie schützen zu wollen.«

Petras Unterlippe begann zu beben.

Alex fuhr unbeirrt fort. Petra stand auf die harte Tour – so viel war mal klar. »Es wundert mich sehr, dass Sie als Freundin offenbar nicht an einer Aufklärung interessiert sind und es Ihnen wichtiger erscheint, sich mir gegenüber cool zu geben. Da kann es entweder mit der Freundschaft nicht so weit her gewesen sein, oder ...«

Alex zögerte. Petras Augen waren bereits mit einem feuchten Schleier benetzt. Zeit für den Elfmeter.

»Wo waren Sie an dem Abend, an dem Antje starb, und gibt es dafür Zeugen?«

»Hören Sie auf damit!« Tränen überschwemmten Petras Augen. Sie schniefte.

Alex faltete die Hände im Schoß. »Das war keine Antwort.«

»Ich habe ihr versprochen, nichts zu sagen. Keinem.«

»Antje würde das Gleiche für Sie tun.«

Wieder schniefte Petra und wischte sich die Tränen von der Wange. Ihre Wimperntusche war verschmiert. »Ich weiß nicht, wer er war«, sagte sie mit brechender Stimme. »Sie hat nur ein- oder

zweimal etwas angedeutet. Ihre Augen haben geglänzt, wenn sie darüber sprach.«
»Ein Mann? Ein Freund? Eine lose Bekanntschaft?«
Petra nickte und schluchzte. Sie griff nach einer neuen Zigarette. »Es war so'n Sexding«, erklärte sie und blies den Rauch durch die Nase aus. »Irgendwas muss Antjes Abenteuerlust geweckt haben.«
»Hat sie erzählt, wie er aussah oder woher sie ihn kannte?«
Petra schüttelte zögernd den Kopf.
»Internet?«
Sie zuckte mit den Schultern. »Kann sein. Es war so ein Spiel, alles musste geheim bleiben, das hat für den Kick gesorgt. Sie wollte auf keinen Fall, dass irgendjemand davon erfährt, vor allem nicht ihre Mutter. Sie hat Antje immer für das liebe, nette Mädchen gehalten – das Mädchen, das sie in Antje sehen wollte, und Antje wollte ihre Mutter auch nicht enttäuschen, aber ...« Petra stieß den Zigarettenrauch aus. »Aber vielleicht konnte sie nicht gegen ihre Gene ankämpfen.«
»Ihre Gene?«
Petra sagte: »Antjes Eltern waren ja nicht ihre leiblichen.«

36.

»Es tut mir leid, Sie noch einmal behelligen zu müssen«, sagte Schneider neben Alex und klappte seinen Dienstausweis mit der Kripomarke wieder zu.

Hilde an Huef trat an der Haustür einen Schritt zur Seite, um den beiden Beamten Platz zu machen. Im Wohnzimmer deutete sie mit einem Nicken auf das Sofa und nahm selbst auf einem Stuhl Platz, wo sie die Hände im Schoß zusammenlegte.

Alex löste ihren Schal und leckte sich über die spröden Lippen. »Wie geht es Ihnen, Frau an Huef?«

»Es muss«, antwortete sie gefasst, aber die dunklen Schatten unter den rotgeränderten Augen sprachen eine deutliche Sprache. Leise tickte die Standuhr. An dem Bild von Antje auf der Kommode war eine schwarze Schleife angebracht.

Schneider knetete seine massigen Finger. »Es gibt noch einige Fragen, bei denen Sie uns weiterhelfen könnten.«

»Die da wären?«

»War Antje ihre leibliche Tochter?«

Hilde an Huef nahm die Frage hin, als habe man ihr mit der flachen Hand ins Gesicht geschlagen. »Ändert das etwas an ihrem Tod?«

Alex ergriff das Wort: »Frau an Huef, Ihre Tochter ist ermordet worden, und wir ermitteln in alle Richtungen. Jede Information über Antje und ihr Leben ist wichtig. Mein Kollege wollte Sie nicht brüskieren. Wir ...«

»Antje war meine Tochter. Reicht das nicht?«

»Natürlich war sie das, und natürlich haben Sie sie geliebt wie ihr eigenes Kind. Niemand bestreitet das. Die Frage ist für uns lediglich relevant, weil ...«

»Antje war vier Jahre alt, als sie zu uns kam«, sagte Hilde an Huef. Ihre Hand zitterte, während sie in der Tasche ihrer Strickjacke nach

einem Tempo suchte und sich damit die Lippen abtupfte. »Wir hatten zwei Kinder. Ich wollte noch ein drittes, erlitt aber eine Fehlgeburt, und eine erneute Schwangerschaft war nicht möglich. Also haben wir uns entschlossen, ein Kind zu adoptieren. Antje.«
»Sie wusste davon?«, fragte Schneider.
»Seit sie vierzehn war. Ich habe alle Unterlagen ...« Hilde an Huef pausierte und räusperte sich wieder. »Es ... es ist unangenehm, so intime Dinge vor Fremden ...«
»Natürlich«, sagte Alex sanft. »Ich verstehe das. Bitte seien Sie sich sicher, dass wir jede Information diskret behandeln. Wir respektieren selbstverständlich Ihre Privatsphäre und verstehen, wie schwer das alles für Sie ist. Das Einzige, was wir für Antje noch tun können, ist, ihren Mörder zu finden, Frau an Huef, und dabei helfen Sie uns gerade.«
Hilde an Huef hob abwehrend die Hand. »Schon gut«, sagte sie mit brechender Stimme. »Ich werde Ihnen alle Unterlagen aushändigen.«
»Wo hat Antje damals gelebt?«, hakte Schneider nach.
»Im Luisenhof. Eine evangelisch geführte Einrichtung. Das geht aus den Dokumenten hervor.«
Der Luisenhof, dachte Alex. Dort hatte auch Nele Bender gewohnt. Sie fragte: »Die Eltern waren verstorben?«
Hilde an Huef schneuzte sich. »Die Lebensumstände hatten es der leiblichen Mutter nicht möglich gemacht, das Kind aufzuziehen. Das Jugendamt hat es ihr weggenommen. Sie war, soweit ich weiß, drogensüchtig und prostituierte sich für ihre Sucht. Der Vater ist unbekannt.«
Schneider streckte sich etwas. »Diese Informationen geben solche Einrichtungen heraus?«
»Nein. Aber mein Mann war ein hoher Nato-Offizier mit engen Freunden beim MAD und dem Verfassungsschutz. Er hatte seine Möglichkeiten.«

»Warum wollte Ihr Mann das näher wissen?«
»Er wollte immer alles wissen.«
»Mhmh«, machte Schneider. »Und Antje? Wusste sie auch davon, dass ...«
Hilde an Huef nickte. »Sie ist in seinem Arbeitszimmer auf die Unterlagen mit allen Adoptionspapieren und den Notizen ihres Vaters gestoßen. Antje hat entsprechend entsetzt darauf reagiert.«
»Sie haben uns Antje als eine junge Frau beschrieben, die ihr Leben unauffällig, ordentlich und zielstrebig führte. Gab es niemals Abweichungen davon?«
»Nein.«
»Sie ist niemals betrunken nach Hause gekommen, über Nacht weggeblieben, hatte Liebschaften?«
»Nein.«
Antje an Huef mochte ein Mauerblümchen gewesen sein, dachte Alex. Aber jedes Mauerblümchen blühte irgendwann einmal auf und verströmte seinen Duft. Und wenn es stimmte, was Alex bei Petra Becker erfahren hatte, dann hatte Antje an Huef an Früchten genascht, die sie bislang offenbar gemieden hatte und die deswegen doppelt so verlockend gewesen waren. Und am Ende tödlich.
»Gut.« Schneider erhob sich aus dem Sofa und bedankte sich für das Gespräch. Beim Rausgehen klemmte er sich die von Antjes Mutter ausgehändigten Adoptionsunterlagen unter den Arm, stopfte die Hände in die Blousontaschen und sagte zu Alex: »Ich knöpfe mir diese Brüder beim Luisenhof noch mal vor. Zudem waren beide Opfer Waisen beziehungsweise adoptierte Kinder, wie es aussieht.«
Alex nickte und sog die eiskalte Luft ein. Sie stach in ihren Nasenschleimhäuten. »Falls nicht schon jemand vor uns da gewesen ist, um sich danach zu erkundigen.«
Schneider blieb vor seinem Vectra stehen. »Wie meinst du das?«
Alex erklärte es ihm. Schneider zog eine Zigarettenschachtel aus der Jacke und steckte sich eine an.

»Was soll denn der Scheiß?«, fragte er und sog wie ein Ertrinkender am Filter. »Bist du sicher, dass das einer von uns war und nicht irgendjemand, der sich bei Petra Becker als Polizist ausgegeben hat? Ein Reporter?«

»Kann ich mir nicht vorstellen.« Alex zog gegen die Kälte die Schultern hoch und trat auf der Stelle. »Ich vermute eher, dass unsere Frau Superduper an der Abteilung vorbei ermitteln lässt, die faktisch ja noch Reineking untersteht.«

Schneider kommentierte Alex' Annahme nicht weiter. Er musterte sie. »Musst du aufs Klo oder warum hibbelst du so rum?«

»Das ist ein Freudentanz«, bibberte sie, »weil es so warm ist. Wir haben bloß acht Grad minus.«

»Ah ja, mei, sag halt was.« Schneider schnippte die Kippe weg und öffnete den Wagen mit der Fernbedienung.

»Danke.«

Alex setzte sich auf den Beifahrersitz. Drinnen war es nicht bedeutend wärmer. Schneider ließ den Motor an und stellte die Heizung auf Anschlag. »Ich will noch etwas zur KTU schicken«, sagte Alex beim Anschnallen. »Leopardenfell. Ich habe eine Probe von einem Sessel bei Petra Becker genommen.«

Schneider wackelte wie ein Buddha mit dem Kopf, legte den Gang ein und sagte gedehnt: »Na ja, ein Sessel, ich weiß ja nicht.«

Alex zuckte mit den Schultern. »An beiden Tatorten ist Leopardenfell gefunden worden.«

Schneider fuhr aus der Parklücke heraus. Es rumpelte unter dem Wagen, als die Räder in den Schneemassen durchdrehten, die vom Räumdienst am Straßenrand aufgeschoben worden waren. Es gab einen Ruck, als sie wieder Grip hatten. Er sagte: »Das war laut KTU jeweils Echthaar von Raubkatzen, also Leoparden. Der aktuelle Befund hat das bestätigt.«

»Vielleicht ist das auf Petra Beckers Sessel ja auch echt.« Alex schwieg einen Moment. Dann fragte sie: »Konnte man feststellen, ob die Fasern aus ein und demselben Fell oder von verschiedenen stammen? Von einem toten oder lebendigen Tier?«

»Pff«, machte Schneider bei dem letzten Stichwort und sah dabei so aus, als sei das nur die Einleitung dazu, Alex zu fragen, ob sie noch alle beisammen habe. Er öffnete den Mund, schloss ihn dann aber wieder und starrte stumm auf die Straße.

Vielleicht dachte er wie Alex gerade an die Risswunden der Opfer, die an Krallen oder Tatzenhiebe erinnerten. Daran, dass Dr. Woyta gesagt hatte, die Opfer sähen aus wie von einem wilden Tier zerfetzt. Und vielleicht dachte er auch daran, dass es hier einen Zusammenhang geben könnte – welchen auch immer.

Schließlich sagte er: »Es wurden nirgends so etwas wie Pfotenabdrücke von einer Raubkatze gefunden, wenn du darauf hinauswillst.« Er machte im Fahren eine ahnungslose Geste und patschte mit den Händen aufs Lenkrad. »Was weiß ich ... Vielleicht vögelt er vorher mit denen auf einer Leopardenfelldecke. Am Ende ist der Typ nur ein weiteres durchgedrehtes Arschloch, das sich für schlauer hält, als die Polizei erlaubt.«

»Vielleicht ist er das auch, Rolf.« Alex überlegte einen Moment lang, ob sie mit ihm darüber reden sollte, was neulich Nacht wirklich passiert war. Dass sie mit der Waffe in der Hand jemandem hinterhergelaufen war. Einem Phantom womöglich. Vielleicht aber auch nicht. Wahrscheinlich würde Rolf schlicht sagen, dass sie einen Knall habe und irgendwelche Dinge überinterpretiere, was in ihrer Situation sicher nachvollziehbar, aber trotzdem paranoid sei. Auf ihn wäre jedenfalls Verlass, wenn sie darum bitten würde, das nicht rumzutratschen – auch, damit Finja nicht in Schwierigkeiten geriet.

Sie wollte gerade den Mund öffnen, als Schneider sich unwirsch über den Mund wischte und mit dem Handballen auf das Lenkrad schlug. Dann riss er das Steuer herum. Auf der glatten Fahrbahn beschrieb der Vectra einen U-Turn, brach mit dem Heck aus

und furchte durch einen Schneewall am Straßenrand. Es gab einen Ruck. Alex hielt sich krampfhaft am Türgriff fest. Ihr Magen fuhr Achterbahn.
»Rolf«, rief sie, »Mann!«
Noch einmal drehten die Räder des Wagens durch. Dann hielt der Vectra Spur auf der Gegenfahrbahn. »Was wird denn das jetzt?«, fragte Alex entgeistert.
»Neuer Plan, neues Glück.«

37.

Der Luisenhof lag außerhalb der Stadt. Schneiders Vectra schraubte sich durch enge Serpentinen hoch auf die weitläufige Ebene, auf der zahllose Windräder standen, von denen nicht eines lief. Warum, dachte Alex, stellten die solche Dinger auf und verschandelten die Landschaft, wenn man sie nicht einschaltete? Aber vielleicht war es zu kalt dazu.
Einige Kilometer weiter passierte der Wagen einen dunklen Wald. Der Schnee auf den Tannen glitzerte in der Wintersonne wie Zuckerguss. Dazu passend lieferte Schneiders Autoradio einen Soundtrack aus Alpenmusik. Wenigstens, dachte Alex, stand er vor allem auf volkstümliche Orchester. Damit konnte sie besser leben als mit Musik von Hansi Hinterseer oder noch übleren Burschen.
Alex drehte eine schwarze Haarlocke auf dem Zeigefinger auf.
»Wie heißt eigentlich deine Verabredung für Silvester?«, fragte sie unvermittelt.
»Maria«, sagte Schneider mit entwaffnender Offenheit. Der Name zauberte ein versonnenes Lächeln auf seine Lippen.
»Trefft ihr euch zum ersten Mal?«
Schneider schüttelte den Kopf, sagte aber nichts.
Alex boxte ihm leicht gegen den Oberarm. »Komm schon, Rolf, rück raus mit der Sprache.«
»Ich weiß ja noch gar nicht, was daraus werden wird.«
»Dein Gesichtsausdruck gerade eben hat mir etwas anderes gesagt.«
»Wieso?«
»Wenn du ›Alex‹ sagst, lächelst du nie so.«
»Du bist ja auch eine Nervensäge.«
»Sie nicht?«

Schneider warf Alex einen Seitenblick zu. »Du gibst sowieso nicht auf, oder?«

»Nein.«

Er seufzte melodramatisch und erzählte schließlich, dass er beim Rumstöbern in GetLove auf Marias Profil gestoßen war und sich überhaupt nur deswegen dort angemeldet habe, weil er neugierig gewesen sei. »Die Plakatwände in der Stadt sind ja voll mit Werbung – ich wollte nur mal gucken«, sagte er. »Auf dem Profilfoto strahlte sie diese Güte und Freundlichkeit aus. Eine tiefere Schönheit, weißte?« Er blickte lächelnd nach vorne und träumte womöglich von einem Spaziergang durch diese verschneiten Wälder Arm in Arm mit seiner Maria.

»Ich verstehe«, sagte Alex und lächelte beim Gedanken an Jan. »Hält sie, was das Bild versprochen hat?«

Schneider nickte. »Maria ist Krankenschwester und arbeitet in Wechselschichten, manchmal auch in 24-Stunden-Diensten. Weihnachten hatte sie zum Beispiel Dienst und keine Zeit. Sie ist wie ich geschieden, hat wie ich lange alleine gelebt und hört auch gerne Volksmusik. Passt.«

»Passt«, lachte Alex. Eine Weile musterte sie Schneider von der Seite.

»Was denn?«, fragte er, als er es bemerkte.

»So viel hast du mir in den letzten fast zwei Jahren nicht am Stück über dich erzählt.«

»Hehe«, lachte Schneider. »Wenn der alte Mann verknallt ist, löst das die Zunge, gell? Maria macht auch Line-Dance. Sie will mich mal mitnehmen.«

Alex unterdrückte ein Grinsen und versuchte, das Bild von Rolf mit Cowboyhut schnell wieder aus dem Kopf zu bekommen.

»Ich steh eigentlich nicht auf Country«, erklärte er, »aber ich habe mal gelesen, dass es die deutschen Auswanderer in den USA waren, die mit ihrer Volksmusik den Grundstock dazu gelegt haben. Von daher schließt sich ja der Kreis.« Schneider warf einen Blick in den Rückspiegel und fuhr sich durch die Haare. »Ich muss mal zum Friseur. Ich sehe aus wie ein Hippie.«

»Na ja«, machte Alex, beugte sich etwas zur Seite und zupfte Rolf an einer seitlich abstehenden Strähne. Sie war weich wie Kükenflaum. »Etwas zerrupft siehst du schon aus.«

Wenige Minuten später bog Schneider von der Kreisstraße ab. Der Vectra holperte über einen nur spärlich geräumten, mit Schotter gestreuten Weg und hielt auf das von der evangelischen Johannesmission getragene Heilpädagogische Kinderheim Luisenhof zu, das seit vielen Jahren in einer früheren fürstlichen Domäne untergebracht war, einem alten Gutshof. Er fuhr vorbei an kleinen, mit Schnee bedeckten Gärten, in denen die Erzieher mit den Kindern und Jugendlichen im Frühjahr Gemüse anpflanzten, und passierte eine aus Weiden gewundene Hütte, die laut einem davor aufgestellten Schild im Sommer im Rahmen eines BUND-Naturschutzprojekts errichtet worden war.

Schließlich fuhr der Vectra durch ein großes steinernes Glockentor auf den gepflasterten Hof und parkte neben anderen Fahrzeugen vor dem imposanten und mit Türmchen verzierten Herrenhaus, in dem die Verwaltung untergebracht war. Links und rechts daneben befanden sich in einigem Abstand die großen Anlagen der früheren Stallungen und Scheunen, die man in Wohn- und Freizeitbereiche sowie Werkstätten umfunktioniert hatte. In einem etwas kleineren Gebäude wohnten die älteren Jugendlichen, erklärte Schneider, während er den Motor abstellte. Dort hatte auch Nele Bender in einer betreuten Wohngruppe gelebt.

Schneider zog den Reißverschluss der Blousonjacke zu, schloss den Vectra mit der Fernbedienung ab und marschierte in seinen Thermostiefeln durch den Schnee, bis er die Treppe erreicht hatte, die zum Hauptportal führte. Alex folgte ihm. Wie auf rohen Eiern ging er über die glatten, gemusterten Fliesen im Foyer, bis er

schließlich auf den Flur gelangte, an einer großen Eichentür anklopfte und schließlich das völlig überhitze Büro des Heimpädagogen Gregor Potthast betrat, der Alex und Schneider mit einem herzlichen Lächeln willkommen hieß und ihnen einen Tee anbot, den Schneider ablehnte, Alex jedoch dankend annahm.
Potthast war etwa Mitte vierzig und trug eine hellbeige Cordhose zu einer olivfarbenen Fleecejacke. Seine Füße steckten in Trekkingstiefeln. An seinem Handgelenk erkannte Alex ein Armband aus Holzkugeln. In Potthasts rechtem Ohrläppchen sah sie einen Brilli. Der braune Teint seiner grobporigen Haut ließ ihn wie einen Surfer oder professionellen Bergsteiger wirken.
»Was kann ich für Sie tun?«, fragte Potthast in einem weichen Tonfall.
»Ja, Herr Potthast«, sagte Schneider, »vielen Dank, dass Sie spontan Zeit für uns haben. Es geht nochmals um den Mord an Nele Bender.« Er pellte sich umständlich aus dem Blouson, weil er darin ansonsten wie ein Rollbraten gebacken werden würde, dachte Alex. Auch sie zog ihre Jacke aus.
»Oh.« Potthast faltete die Hände, indem er die Fingerspitzen aneinanderlegte. Seine freundliche Miene verwandelte sich in die eines tiefbetroffenen Märtyrers.
»Wir sind in der Sache leider noch nicht weitergekommen, aber es haben sich neue Gesichtspunkte ergeben.«
»Ah.« Potthast nickte verständnisvoll und rieb sich nachdenklich das Ohrläppchen, in dem der Brilli steckte. »Ja, wir hatten gestern Besuch von einem Ihrer Kollegen. Er hatte ebenfalls einige Fragen in Bezug auf Nele und hat einige Bilder von ihren Bekanntschaften herumgezeigt, allerdings war der Wohngruppenleiter nicht da.«
Alex und Schneider wechselten einen Blick. Veronikas Leute. Schon wieder.
Alex fragte: »Sie haben die Gruppe, in der Nele lebte, doch selbst geleitet?«

Potthast öffnete die Hände, um sie schon im nächsten Augenblick wieder wie zum Gebet zu falten. »Wie ich bereits verschiedentlich erwähnte, hatte ich die Gruppe vor drei Jahren übernommen, nachdem ich aus Hannover nach Lemfeld gewechselt bin.«

Also nicht sehr lange vor dem ersten Mord, überlegte Alex. »Aha, und von welchem Wohngruppenleiter haben Sie eben gesprochen?«

Potthast runzelte die Stirn. »Habe ich?«

»Haben Sie«, sagte Schneider.

Jetzt grinste Potthast und strich sich wieder eine Strähne hinter das Ohr. Eine Geste der Unsicherheit. »Ach so, den aktuellen Wohngruppenleiter meinte ich.«

»Mhm«, machte Alex und wärmte sich die Hände an der Teetasse. Ihre Blicke strichen über die Bürowände, an denen neben einem schlichten Holzkreuz Fotos hingen. Sie zeigten den Pädagogen lachend mit ebenfalls lachenden farbigen Kindern, Jugendlichen und einigen Erwachsenen vor Bauten aus bunten Brettern, alten Paletten und Bananenkisten. Anscheinend hatte sich Potthast eine Zeitlang in Afrika oder Südamerika aufgehalten. Es gab dort viele kirchliche Hilfsprojekte, wie Alex wusste. Kindergärten, Schulen, Waisenhäuser ...

Potthast sagte: »Niemand von uns hatte eine Ahnung, dass Nele diese Art von Doppelleben geführt haben könnte, dass sie sich dieser Gefahr ausgesetzt hat. Wir waren tief betroffen und sind es immer noch.«

»Man blickt eben nie ganz hinter die Fassade«, sagte Alex und trank einen Schluck Tee.

»Absolut«, pflichtete Potthast bei. »So ist es leider. Und diese Erkenntnis war schockierend. Unsere Arbeit basiert auf gegenseitigem Vertrauen. Wir geben uns alle Mühe, die Kinder und Jugendlichen auf einem guten Weg ins Leben zu begleiten – natürlich schert dann und wann auch mal einer aus ...«

»Was heißt das?«, hakte Schneider nach.

»Nun, wir betreuen Jugendliche, die oft eine schwere Biographie mit sich herumtragen und dadurch empfänglicher für manche Dinge sind als andere. Aber wenn Derartiges offenkundig wird wie bei Nele, haben wir ganz einfach versagt und müssen uns fragen: Warum?«

»Haben Sie eine Antwort gefunden?« Alex sah ihn erwartungsvoll an.

»Leider nein. Wir können die Kids nicht überwachen – das würde unserem Konzept vom respektvollen Umgang und dem christlichen Miteinander völlig zuwiderlaufen.«

»Mhm.« Schneider knetete die Knöchel seiner fleischigen Hände.

»Der Name Antje an Huef – ist der Ihnen geläufig?«

Potthast dachte nach. »Nein.«

»Sie war als Kind hier im Luisenhof.«

»Wie so viele«, schränkte Potthast ein.

»Wie so viele«, bestätigte Schneider.

»Wir können gerne nachprüfen, was es mit einer Bewohnerin dieses Namens auf sich hat, und Ihnen die Daten zukommen lassen. Aus dem Stand kann ich nichts dazu sagen.«

An sich kein Wunder, dachte Alex. Antje war mit vier Jahren adoptiert worden und konnte nur kurze Zeit hier gelebt haben – alles lange vor Potthasts Zeit, und dann hatte sie auch noch einen anderen Familiennamen erhalten.

»Ich wäre Ihnen sehr verbunden«, sagte Schneider, und Potthast nickte, machte sich eine Notiz.

Schneider fragte: »Ich würde gerne noch etwas im Zusammenhang mit Nele Bender wissen. Sie hatte verschiedene Foren-Profile auf dem Laptop angelegt, das bei ihrer Freundin in der Stadt deponiert gewesen war. Dürfen die Bewohner hier eigene Computer haben?«

»Nein, wir möchten das nicht«, schilderte Potthast. »Aber selbstverständlich haben wir einen Medienraum, in dem das Surfen kontrolliert ermöglicht wird.«

Alex merkte auf. »Hat Nele diesen Medienraum ebenfalls besucht?«
»Davon gehe ich aus. Die Internetzugänge können jeweils für einen gewissen Zeitraum täglich genutzt werden. Jeder Bewohner hat ein Passwort, das an ein tägliches Zeitkontingent geknüpft ist. Natürlich sind einige Webseiten gesperrt sowie bestimmte Schlagwörter in der Suche.«
»Lässt sich noch nachträglich feststellen, wann sie dort aktiv gewesen ist?«
Potthast nickte. »Für jedes Kennwort gibt es Protokolle. Daraus geht auch hervor, welche Webseiten für wie lange besucht worden sind. Damit wollen wir Missbrauch vorbeugen und darüber hinaus feststellen, wann auf welchem Account eventuell schädliche Software heruntergeladen worden ist – Würmer, Trojaner, Viren. Das ist ein administrativer Netzwerkschutz.«
»Sie kennen sich gut aus damit«, sagte Schneider, zog ein Tempo hervor und tupfte sich etwas Schweiß ab. »Für mich sind das böhmische Dörfer.«
»Kurz nachdem ich nach Lemfeld kam, habe ich das System mit aufgebaut. Ich hatte es für pädagogisch unbedingt notwendig gehalten, dass sich die Kids im Internet bewegen, Medienkompetenz gewinnen und nicht ausgeschlossen sind. Wir haben auch einige Projekte umgesetzt, Webseiten erstellt, Galerien angelegt, Musik produziert, einen Radiostream aufgelegt, Hörspiele aufgenommen und solche Dinge.«
»Mhm«, machte Schneider. »Und in dieses Protokoll von Nele Bender könnten wir zum Beispiel einmal hineinschauen?«
»Ja.«
»Jetzt?«
»Kein Problem.« Potthast zuckte mit den Schultern, griff wortlos nach einem silbernen Laptop, klappte ihn auf und fuhr ihn hoch. »Die Polizei hat deswegen vor zwei Tagen angerufen, und Ihrem Kollegen habe ich gestern einen Ausdruck davon mitgegeben ...«

Schneider fiel ihm ins Wort. »Wir nehmen es trotzdem. Doppelt hält besser.«

Alex versuchte, sich ihre Wut nicht anmerken zu lassen, und deutete auf die Bilder an den Wänden. »Stammen die Aufnahmen aus Afrika und Südamerika?«

»Ja.« Potthast wischte mit dem Finger auf dem Trackpad des Notebooks herum und schien einige Programme zu öffnen. »Ich habe dort in verschiedenen kirchlichen Hilfsprogrammen mitgearbeitet. Projekte mit Aids-Waisen, Suppenküchen.« Seine Finger flogen über die Tastatur.

»Afrika muss aber auch schön sein«, murmelte Schneider. »Ein Neffe von mir war kürzlich in Namibia. Da stehen noch Fachwerkhäuser in der Hauptstadt. War ja alles mal deutsch.«

»In Namibia war ich nicht, nein, aber Afrika ist atemberaubend, das ist wahr. Man sagt, wenn man einmal da war, will man immer wieder hin.«

»Genauso wie auf Mallorca.«

Potthast unterbrach seine Arbeit für einen Moment und sah Schneider fragend an.

Schneider erklärte: »Ich bin wenigstens einmal im Jahr da. Natürlich nicht am Ballermann. Mallorca hat wirklich schöne Seiten.«

»Mhm.« Potthast widmete sich wieder dem Laptop. »Das hört man von den meisten, die auf Mallorca urlauben. Jeder sagt immer wieder, dass es auch schöne Seiten hat – wie um sich zu rechtfertigen.«

Alex lachte leise.

»So.« Potthast drückte auf die »Return«-Taste, woraufhin ein Drucker ansprang und Seiten auszuwerfen begann. Potthast griff sich den ersten Schwung, nahm einen Textmarker zur Hand und setzte eine Lesebrille auf. Alex betrachtete sein Gesicht, während der Pädagoge die Seiten überflog, ab und zu einen Strich mit dem Textmarker setzte und Alex und Schneider schließlich einige Ausdrucke zuschob.

Alex überflog die Papiere. Wie es schien, war Nele Bender auch vom Luisenhof aus in sozialen Netzwerken unterwegs gewesen und hatte ein regionales GetLove-Konto genutzt. Schneider seufzte. Auch er hatte das offensichtlich verstanden.

Alex fragte: »Hat es innerhalb der Jugendlichen-Wohngruppe im Laufe der letzten Wochen und Monate auffällige Entwicklungen gegeben?«

Potthast runzelte die Stirn, nahm die Lesebrille ab und faltete erneut die Hände. »Wie meinen Sie das?«

»Vielleicht war jemand ganz besonders traurig, besuchte Neles Grab regelmäßig?«

»Ich verstehe nicht ganz?«

Schneider griff in die Innentasche des Blousons, der über der Rückenlehne seines Stuhls hing, und zog ein Foto hervor, das er vor Potthast auf den Tisch legte. Es zeigte Antje an Huef. »Haben Sie diese junge Frau schon einmal auf dem Gelände gesehen? Oder vielleicht Bilder im Zimmer eines Ihrer Schützlinge? Hat einer von Ihnen häufiger mal Besuch von Mädels empfangen?«

Potthast betrachtete die Aufnahme, dann schüttelte er langsam den Kopf. »Nein, ist das das Mädchen, von dem Sie eben sprachen? Die auch bei uns war?«

Schneider nickte.

»Das war wohl vor meiner Zeit. Sie habe ich nie hier gesehen. Wir haben auch keine außergewöhnlichen Beobachtungen nach Neles Tod gemacht. Und Sie dürfen mir glauben, das wäre uns aufgefallen. Um die Kids aus Neles Gruppe haben wir uns nach ihrem Tod intensiv gekümmert, um ihre Trauer und Betroffenheit aufzufangen.«

»Mhm.« Schneider griff nach den Fotografien und steckte sie mit den Ausdrucken von Neles Surfprotokollen in die Tasche. »Antje an Huef hat eine Zeitlang im Luisenhof gelebt. Möglicherweise wäre es möglich, dass wir aus Ihren Archiven einige Daten über sie erhalten?«

»Sicher. Aber dazu brauchen wir natürlich einen Gerichtsbeschluss. Das ist streng vertraulich.«
»Streng vertraulich«, wiederholte Schneider.
Potthast nickte. »Nun, ich hoffe, ich konnte Ihnen bis hierher etwas weiterhelfen.«
»Konnten Sie.«
Schneider stand auf und schlüpfte in seine Jacke. Zum Abschied schüttelten er und Alex Potthast die Hand und verließen das Gebäude.
Schneider zupfte sich wieder in den Haaren, als er sich im Rückspiegel des Vectra betrachtete und den Motor anließ.
»Ich werd noch irre«, sagte Alex. »Was zieht die Ermittlungsgruppe Veronika da hinter unserem Rücken ab?«
»Reg dich nicht auf. Wir werden es schon noch früh genug erfahren, denke ich.«
Alex verdrehte die Augen. »Pff.«
Schneider setzte aus der Parklücke und steuerte den Vectra über den Hof zur Straße. Alex sah aus dem Fenster. Wie ein bleicher Totenschädel, dem ein Stück von der Hirnschale fehlte, war der Mond am hellblauen Himmel am späten Nachmittag dieses letzten Tages im Jahr zu sehen. Es war, als blicke er auf Lemfeld herab. Wissend und fordernd.
Nicht mehr lange bis zum nächsten Vollmond, dachte Alex. Und fragte sich, warum ihr dieser Gedanke durch den Kopf ging.

38.

Der Mond, dachte der Mann und starrte auf den Computerbildschirm, zeigte die Dinge so, wie sie wirklich waren. Er kehrte das Innerste nach außen, spülte es heraus. Er verwandelte alles. Er verlieh Macht.
Doch je mehr Kraft er weitergab, desto mehr Appetit bekam er. Man konnte durchaus sagen, dass er in der letzten Zeit beinahe unersättlich war. Er forderte seinen Tribut – und diesen musste er ihm darbringen. Man musste den Bohfimah füttern.
Der Bohfimah repräsentierte den Mond, den Gott der Veränderung. Er war ein mächtiger und grausamer Fetisch. Unerbittlich. In der Ecke des Raumes hing er an einem Strick unter der Decke und glänzte vom Nierenfett. Wer unter seinen Einfluss geraten war, konnte sich ihm nicht mehr entziehen. Keine Chance. Und der Mann hatte es wirklich versucht. Ernsthaft versucht.
Er hatte sich selbst gefesselt und eingesperrt. Sich verweigert, dem Fetisch zu opfern, wenn dieser danach verlangte. Zwecklos. Unerträgliche Schmerzen waren die Antwort gewesen. Die Qualen hatten dafür gesorgt, dass nichts mehr gelang. Alles ging schief. Schließlich hatte der Mann vor dem Hunger und der Gier seines Gottes kapituliert und auf diese Weise einerseits die Lehre des Bohfimah verinnerlicht: Knien ist leichter, als aufrecht zu stehen. Er hatte andererseits begriffen, dass ein Entkommen aus eigener Kraft unmöglich war. Nur jemand anders würde es stoppen können. Jemand, der besser war als er selbst. Stärker. Vielleicht sie. Alexandra.
Der Mann zog so lange an dem Strohhalm, bis aus dem Colaglas vor ihm nur noch ein Schnorcheln zu hören war, und spulte den Videoclip etwas vor. Zwischen die Sexszenen mit Antje hatte er Aufnahmen aus dem Lagerraum der Schliemann-Fabrik geschnitten. Je mehr der Clip dem Höhepunkt entgegensteuerte, desto

schneller wechselten sich die Bilder aus Ekstase und Schmerz ab. Am Ende im Sekundentakt.

Schließlich schloss er den Viewer, startete mit einem Doppelklick die Datei mit der Bezeichnung »Seeräuber-Jenny« und sichtete das Material. Dank dem Polfilter, den er vor die Linse der Kamera geschraubt hatte, waren die Aufnahmen durch das Fenster spitze geworden. Keine Reflexionen vom Glas. In Full-HD-Auflösung war zu erkennen, wie Jenny mit ihrer dünnen Lederjacke in die Wohnung kam. Ehe man sich versah, hatte sie sich auch schon aus den Sachen gepellt und tat, was sie alle taten.

Schlampe, dachte der Mann. Verdorbenes Stück Fleisch. Sein Puls beschleunigte sich. Er rutschte nervös auf dem Stuhl hin und her. Ihm wurde heiß und kalt.

Er stoppte den Clip und legte einen neuen Datei-Ordner an. Für die Zwischenschnitte würde er bald sorgen, und zwar genau in ... Er warf einen Blick auf den Mondphasenkalender, der neben dem PC hing. Schon sehr bald.

Schließlich öffnete er die Radiosoftware und überflog die Lied-Titel, die er für das heutige Silvesterspecial vorbereitet hatte. Es würde ein Livestream werden.

Der Mann schmunzelte, als er auf der Playlist *Killing Moon* von Echo & The Bunnymen las und summte die Melodie. Er dachte an den jammernden Gesang und dass ihm diese klagenden Stimmen immer schon gefielen. Vielleicht, weil sie etwas von Jimi Hendrix' hypnotischem Gitarrenspiel hatten.

Papa hatte früher oft Hendrix aufgelegt und die Anlage voll aufgedreht, damit die Schläge und Schreie des Jungen den Nachbarn nicht auffielen. Besser, hatte Papa gedacht, wenn sie sich über zu laute Musik mokierten. Von einigen der Gitarrensoli kannte der Mann noch heute jede Note – vor allem von denen, die im Hintergrund liefen, wenn Papa den Jungen in die eiskalte Badewanne gesetzt und mit dem Kopf bis zur Bewusstlosigkeit unter Wasser gedrückt hatte.

Papa hatte eine große Plattensammlung gehabt. Zwei Regalwände, beide randvoll. Er jobbte nebenbei als Alleinunterhalter und DJ. Musik war seine große Leidenschaft. Die Platten waren alphabetisch geordnet und in Singles, LPs und EPs sortiert. An guten Tagen hatte Papa dem Jungen erklärt, woher der Rock 'n' Roll gekommen war – ein Baby, das Country und der Blues gemeinsam hatten. Das Beste aus der weißen und schwarzen Musik. Gemeinsam hatten sie Can gehört, die legendäre deutsche Band, und der Junge hatte gelernt, dass große Musik nicht nur aus dem perfekten Zusammenspiel der Musiker erwachsen konnte, sondern auch aus dem Kampf der Instrumente gegeneinander. An schlechteren Tagen wiederum, nun, da hatte Papa den Gürtel ausgepackt und Jimi Hendrix die Stratocaster.
Der Digitalwecker neben dem Computer piepste und riss den Mann aus seinen Gedanken. Er setzte sich das Headset auf. Zeit für DJ Wolfman – in Anlehnung an den berühmten amerikanischen DJ Wolfman Jack. Natürlich gab es noch einen weitaus treffenderen Grund dafür.
DJ Wolfman öffnete die Internetverbindung und stellte sich vor, wie Alexandra zu Hause den Internet-Stream verfolgte. Vielleicht würde sie an den Spielplatz denken oder an die Schritte in der Nacht auf dem Weihnachtsmarkt. Ob sie es genauso aufregend gefunden hatte wie er selbst?
»Hallo, Freunde der Nacht«, sprach er schließlich in das Mikro, »dieser eiskalten letzten Nacht des Jahres. Hier ist euer alter Kumpel Wolfman, und hier ist der erste Song für diesen Silvesterabend – gebt dem guten alten Lizard King ein warmes Willkommen.« Schließlich klangen die ersten holpernden Takte aus den Monitorboxen. Wenig später folgte die Stimme von Jim Morrison. *Blue Moon of Alabama* ...
DJ Wolfman schmunzelte und lehnte sich im Stuhl zurück.

39.

Alex' Mini hielt in der Parklücke. Sie zuckte zusammen, als hinter ihr einige Böller zündeten. Dann zischte es, und im Rückspiegel sah sie den Funkenregen einer aufsteigenden Rakete. Kinder, die es nicht abwarten konnten. Jugendliche, die mit einer Flasche Wodka und einer Tasche voller Feuerwerk durch die Straßen zogen.

Bist du bereit? Alex atmete tief durch. *Ja, bist du.*

Sie zog den Zündschlüssel ab, griff nach ihrer Handtasche, öffnete die Tür, zog den schwarzen Mantel wie eine wärmende Decke um sich und stöckelte vorsichtig über den Bürgersteig, um nicht in eine Pfütze aus Schneematsch und Streusalz zu treten und die sündhaft teuren Pumps zu ruinieren oder umzuknicken. Der Knöchel wurde nicht mehr von einem Verband stabilisiert. Pumps und Verband – das ging nun mal gar nicht.

Vor dem Mehrparteien-Altbau mit der Hausnummer 78 stoppte sie und suchte den Klingelknopf. Bevor sie ihn drückte, atmete sie noch einmal tief durch und betrachtete sich im Licht des gerade angesprungenen Bewegungsmelders in der spiegelnden Glasscheibe der Haustür. Die Lippen knallrot geschminkt. Smokey Eyes. Die rabenschwarzen Haare offen. Unter dem Mantel ihr neues Kleid.

Ein zufriedenes Lächeln huschte ihr über Gesicht. Dann schellte sie bei Lindberg und wunderte sich kurz über den verblichenen und halb abgerissenen Hannah-Montana-Aufkleber auf Jans Klingelschild. Der Öffner summte. Mit klopfendem Herzen betrat Alex das Treppenhaus und ging hinauf in den ersten Stock, wo Jan sie bereits mit einem Lächeln an der offen stehenden Wohnungstür empfing. Er trug einen eng sitzenden dunkelblauen Anzug, braune Wildlederschuhe und einen darauf abgestimmten Gürtel sowie ein blaues Hemd. Seine Haare waren verwuschelt und das Kinn unrasiert, was ihm einen etwas verwegenen Ausdruck verlieh.

Ihm entfuhr ein »Wow«, und Alex entnahm dem Strahlen seiner Augen, dass ihr Aussehen den gewünschten Effekt erzielte. Sie fröstelte gespielt, als Jans Arme sich zur Begrüßung um sie schlossen. Spürte seinen warmen Atem, als er ihr einen Kuss auf die Wange hauchte.

Jan griff nach Alex' Hand. »Komm schnell rein!« Er zog sie in die Wohnung und half ihr kurz darauf aus dem Mantel. Seine Augen weiteten sich, und er trat auf den Holzdielen im Flur einen Schritt zurück, um Alex in Gänze betrachten zu können. Er machte eine hilflose Geste und meinte: »Ich weiß nicht, was ich sagen soll.«

Alex lachte und drehte sich um die eigene Achse, bevor sie sich in eine Modelpose stellte. »Wie wäre es mit: Du siehst toll aus, Alex?«

»Du siehst toll aus, Alex.«

»Atemberaubend?«

»Atemberaubend.«

»Dann bin ich zufrieden.«

»Ja«, schmunzelte Jan, »ich auch.« Er hängte den Mantel an die Garderobe.

Alex blickte sich um. An den hohen Wänden hingen auf Leinwand aufgezogene Schwarzweißfotografien. Makro-Aufnahmen von Pflanzen. Im geräumigen Wohnzimmer setzte sich die Galerie fort, nur hingen hier weniger und dafür größere Bilder, die Ansichten aus Städten zeigten. Ein antiker Ofen aus Gusseisen verströmte wohlige Wärme. Daneben stand ein Buchregal, in dem Alex zahllose Bildbände erkannte. Auf einer Kommode aus weißem Klavierlack thronte ein Flachbildfernseher. In der Mitte des Raumes stand eine Couchlandschaft aus Leder, unter der stuckverzierten Decke hing ein Kronleuchter. Sein Licht war gedimmt, um nicht das der zahllosen Duftkerzen zu überstrahlen, die nach Vanille und Zimt rochen. In der Zimmerecke stand ein kleiner Weihnachtsbaum. Er

war mit einer Lichterkette und Lametta behangen. Neben einem Fenster sah Alex eine Buddha-Figur aus Holz auf dem Boden sowie einen Instrumentenständer mit einer Akustikgitarre.
»Du hast Geschmack«, sagte Alex und nickte anerkennend.
Jan griff nach einem Kübel, in dem sich eine Moet-Flasche befand, aus der er perlenden Champagner in zwei bereitstehende Gläser goss.
»Hast du die Fotos selbst gemacht?«
»Ja, so dann und wann.«
»Die könnten auch in einer Galerie hängen.«
Jan balancierte die Champagnergläser durch den Raum und reichte Alex eines davon. »Ist ein Hobby von mir, mehr nicht.«
Alex hob ihr Glas. Klingend stieß es an das von Jan.
»Schön, dass du da bist«, sagte er.
Seine Blicke klebten an Alex, als sie sich grazil auf der Couch niederließ. Ja, dachte sie und sah zu Jan hinauf. Es fühlt sich alles genau richtig an. So richtig wie noch nie. Alle ihre Vorbehalte gegen neue Beziehungen, ihre Bedenken, Selbstzweifel – nichts davon hatte in der Gegenwart von Jan noch Raum. Es war einfach nicht präsent. Weg. Wie nie da gewesen, und sie hatte keine Ahnung, wie ihr geschah. Vielleicht war inzwischen genug Zeit verstrichen, so dass die alten Wunden verheilten. Aber vielleicht war die Antwort auch einfacher. Vielleicht fühlte es sich einfach genau so an, wenn man den Richtigen traf und wusste, dass er da sein würde, wenn man sich fallen ließ. Gewissheit würde sie darüber aber nur erlangen, wenn sie es darauf ankommen ließ. Warum nicht jetzt? Hier und heute?
»Was ist?«, fragte Jan.
»Nichts«, antwortete Alex. »Und, was steht auf dem Programm?«
»Tja«, meinte Jan unschlüssig, setzte sich ebenfalls auf die Couch und wuschelte sich durchs Haar, bevor er einen Schluck Champagner trank. »In der Stadthalle gibt es einen Ball, und im Bahnhof,

wo wir uns zum ersten Mal getroffen haben, ist ebenfalls eine Feier, und ...«

»... und wofür hast du Karten?«

Jan blähte die Backen und zuckte mit den Achseln. »Ach, da kommt man sicher noch überall rein, und ...«

»Du hast keine Karten? So ganz und gar nicht für irgendetwas?«

»Nein, ich bin da eher spontan und dachte, wir schauen mal, wozu wir Lust haben.«

»Aha«, machte Alex bockig. Hatte sie gerade richtig gehört, dass Jan mit ihr Silvester feiern wollte und sich um nichts gekümmert hatte? Sie warf ihre Haare zurück und dachte: Egal, reiß dich zusammen, Prinzessin.

Jan schmunzelte und trank noch einen Schluck. »Mein Leben verläuft nicht so geplant, Alex. Ich bin eher wie ein Blatt auf den Wellen, das sich von der Strömung treiben lässt.«

»Und wenn ein Sturm aufzieht und die Wellen über dich hereinbrechen?«

»Dann warte ich, dass die Sonne wieder scheint.«

»Wenn eine Flaute kommt, bewegst du dich gar nicht?«

»Nein. Kein Stück.«

Alex lachte. »Immerhin scheinst du genau zu wissen, was du willst – auch wenn es nicht besonders viel ist.«

»Ich habe die Erfahrung gemacht, dass es manchmal besser ist, die Dinge auf sich zukommen zu lassen.«

»Solche Weisheiten sind gute Argumente, um sich vor Entscheidungen zu drücken.«

»Nun, solange man weiß, was man will ...«

»Auch wenn es nicht besonders viel ist ...«

Jan grinste. Das Kerzenlicht funkelte in seinen Augen. Er rieb seine Handflächen aneinander.

»Und was ist es, was du willst, Jan Lindberg?« Alex stellte das Champagnerglas ab. Ein Träger ihres Kleides verrutschte. Sie ließ ihn, wo er war. Jans Mundwinkel zuckten. Sie schenkte ihm einen Augenaufschlag.

»Das weißt du ganz genau«, sagte er.

»Ja?«

Jan nickte. Dann griff er nach ihrem Handgelenk und zog Alex mit einem Ruck an sich. Sie ließ es geschehen. Seine Lippen schwebten vor ihren. Seine Finger tanzten über ihre Schultern, streiften auch den anderen Träger herab. Sie tat nichts dagegen.

»Ich glaube, ich weiß jetzt, welche Art von Party dir vorschwebt«, hauchte sie in Jans Mund. Stoff raschelte. Alex' Atem ging schneller. Ihre Zungenspitze schnellte nach vorne und berührte Jans Oberlippe.

Wie ein Blatt in den Wellen, dachte Alex. Nichts weiter als ein Blatt, das sich dem Wind ausliefert ...

40.

Das Feuerwerk hatten sie im Bett liegend erlebt und einige weitere Flaschen Rotwein aus Jans Vorrat aufgebraucht. Bevor Alex schließlich in einen tiefen, traumlosen Schlaf gefallen war, hatte sie gedacht, dass es gar nicht so schlecht war, die Dinge manchmal einfach auf sich zukommen zu lassen, und unbewusst noch lautes Poltern im Treppenhaus von feiernden Heimkehrern vernommen.
Als sie am Morgen die Augen wieder aufschlug, zeigte der Digitalwecker 10.25 Uhr an. Ein Lächeln huschte über ihre Lippen, als sie Jans strubbeliges Haar auf den Kissen neben sich sah. Mit schweren Beinen stand sie auf, rieb sich durch das Gesicht und atmete die Luft ein, die immer noch nach einer Mischung aus Sex und Duftkerzen roch. Sie tappte über den Flur ins Badezimmer und stellte die Dusche an. Mit den Fingern strich sie über die feine Narbe an ihrer Wange. Jan hatte sie mit Küssen bedeckt. Ebenfalls die Narbe von der Schussverletzung am Oberschenkel. Alex musste grinsen, als sie eine zweite Zahnbürste entdeckte, die Jan wohlweislich vor dem Badezimmerspiegel bereitgelegt haben musste. Der Mistkerl hatte also schon damit gerechnet, dass sie bei ihm übernachten würde.
Als das heiße Wasser über ihren Körper strömte, musste Alex leise über die Auswahl an Duschgel, Haarspülungen und Shampoos kichern, die Jan augenscheinlich für die tägliche Haarpflege benutzte. Außerdem schien er zwei Rasierer zu verwenden – wahrscheinlich einen für den Bart und den anderen wohl zur Entfernung der Haare einige Etagen tiefer.
Als sie geduscht und sich die Haare gewaschen hatte, schlüpfte Alex aus der Duschkabine, zog sich Jans Bademantel über, griff nach der Zahnbürste und drückte etwas Paste auf die Borsten, be-

vor sie sich den pappigen Geschmack aus dem Mund schrubbte. Draußen vor der Badezimmertür hörte sie Geräusche und stellte sich mit unschuldigem Blick, Zahnbürste im Mund und dem offenen Bademantel am Waschbecken in Pose. Dann ging die Tür auf.

»Hi«, sagte das Mädchen schlaftrunken mit belegter Stimme, musterte Alex aus mit Schminke verschmierten Augen und zupfte an dem »Ramones«-T-Shirt herum, das ihr gerade bis über den Hintern reichte. Ihre zahllosen Armreifen klimperten, als sie die Hand kurz zum Gruß hob und sich dann stöhnend auf die Toilette setzte.

»Du bist Alex, ne?«

Alex bekam einen Hustenanfall. Sie hatte einen Hieb Zahnpasta auf Lunge genommen und zog sich blitzschnell den Bademantel zu. Dann nickte sie hektisch mit weit aufgerissenen Augen und gab als Antwort ein Gebrabbel von sich, das sie selbst nicht verstand.

»Ich bin Mia.« Das Mädchen, das immer noch nicht richtig wach zu sein schien, wackelte mit den Zehenspitzen, die wie ihre Fingernägel schwarz lackiert waren. Ihre dunklen Haare standen in alle Richtungen ab, als habe ihr jemand in der Nacht einen Knaller in die Frisur gesteckt. Unter ihr plätscherte es in der Toilette.

Alex wollte etwas sagen, aber ihre Luftröhre brannte von der Zahnpasta. Lebte Jan in einer WG, ohne ein Wort davon gesagt zu haben? Aber das Mädchen, das sich als Mia vorgestellt hatte und wie selbstverständlich ins Badezimmer spaziert war, um zu pinkeln, war gerade mal sechzehn oder siebzehn – also viel zu jung. Oder war das seine Schwester, oder ...

»Ich merke schon, er hat nichts erzählt, oder?«, fragte Mia heiser.

Alex schüttelte den Kopf und sagte »Nein«, worauf ihr etwas Schaum aus dem Mund troff.

»Typisch.« Mia schenkte Alex ein müdes Lächeln. »Ich glaube übrigens, dass das meine Zahnbürste ist.«

Während Alex schnell die Zahnpasta in das Waschbecken spuckte und die Zahnbürste ablegte, stand Mia auf, zupfte etwas Toilettenpapier ab, stand auf, wischte sich damit zwischen den Beinen und spülte ab.
»Ich … Ich wusste das nicht, dass …«, stammelte Alex.
Mia grinste und zog sich das hochgerutschte Shirt wieder über den Hintern. Sie kam auf Alex zu, nahm die Zahnbürste und steckte sie sich in den Mund, um sich damit einige Male fahrig über das Gebiss zu putzen. Der Geruch von kaltem Rauch und Alkoholausdünstungen stieg Alex in die Nase.
Alex versuchte, sich zu sammeln, was ihr nur leidlich gelang. »Sorry, aber …«, sagte sie schließlich mit fester Stimme und beobachtete, wie Mia ausspuckte, das T-Shirt auszog, es in die Ecke feuerte und splitternackt zur Dusche trottete. »Sorry, das ist eine blöde Situation irgendwie, und …«, hob Alex erneut an und sprach etwas lauter, als die Dusche zu rauschen begann. »Also, ich hatte keine Ahnung, dass Jan …« Alex versuchte, zu schlucken. »Ich wusste nicht, dass …«
Die Glastür öffnete sich einen Spalt weit, und Mias tropfnasses, grinsendes Gesicht erschien. »Er ist mein Papa. Alles halb so krass.«

41.

Alex nickte steif. »Papa. Ja klar.« Sie strich sich eine nasse Haarsträhne hinters Ohr. »Stimmt. Alles halb so krass dann.« Sie presste die Lippen aufeinander. Ihre Nasenflügel blähten sich. Dann patschte sie mit großen Schritten über die Fliesen, öffnete die Badezimmertür, marschierte wutschnaubend über den Flur und riss die Schlafzimmertür auf.
»Jan?«, fragte sie und hörte, wie sich ihre Stimme überschlug. Aber da war kein Jan mehr.
»Küche!«, hörte sie ihn rufen.
Alex wirbelte herum und hielt auf die Küche zu. Aus den Augenwinkeln nahm sie eine offen stehende Tür wahr, hinter der ein Poster von Nirvana an der Wand hing. Jetzt entdeckte sie auch eine weitere Jacke an der Garderobe, eine Handtasche und ein paar achtlos ausgezogene Boots mit Schneerändern. In der Küche stand ein strahlender Jan in Unterhose und einem verwaschenen T-Shirt mit zwei Kaffeetassen in der Hand.
»Kaffee?«, fragte er lächelnd.
Alex funkelte ihn an, schloss die Tür hinter sich und riss ihm den Becher förmlich aus der Hand, um einen großen Schluck zu nehmen.
»Was denn?«, lachte Jan erstaunt. »Alles klar?«
»Nein«, fauchte sie und stieß Jan vor die Brust.
»Ähm, okay?«, machte Jan in dem gleichen fragenden Tonfall wie eben seine Tochter auf der Toilette.
»Ich hatte eben die Ehre, unter der Dusche deine Tochter kennenzulernen, Jan!«
»Ach, Mia«, stotterte er und wuschelte sich verlegen durch die Haare. »Ja, ich hatte angenommen, sie bleibt über Nacht bei ihrer Freundin – aber hat sich offenbar anders ergeben.«

»Jan!« Wieder stieß Alex ihn vor die Brust und trank noch einen großen Schluck Kaffee. »Das war eine ziemlich blöde Situation für mich, und wieso, um Himmels willen ...« Sie rang nach Worten. »Warum hast du mir nichts von Mia erzählt? Warum muss ich auf diese Weise erfahren, dass du ...«
»... dass ich gebraucht bin?« Jetzt trank Jan einen Schluck Kaffee. »Nicht mehr neu, nicht unique? Nicht so, wie du dachtest und es gerne hättest? Dass es ein Leben vor dir gegeben hat?«
»Ich ...« Alex keuchte fassungslos. »Ich weiß überhaupt nicht, was ich sagen soll.«
Jan hielt die Kaffeetasse mit beiden Händen fest. »Mia ist in den Weihnachtferien zu Besuch bei mir. Sie ist siebzehn und lebt im Prinzip ihr eigenes Leben.«
»Trotzdem hast du kein Wort davon gesagt, dass ...«
»Und du hast nicht danach gefragt, oder?«
»Nein«, sagte Alex baff und trank den Rest Kaffee aus. Sie hielt Jan die Tasse hin, damit er nachschenkte.
»Alex«, erklärte er beim Eingießen, »ich fand es bislang nicht so wichtig, und es hat sich irgendwie nicht ergeben, dir von Mia zu erzählen. Sie ist ein Teil von mir und für mich so natürlich vorhanden wie mein rechter Arm. Für mich waren zunächst andere Dinge wichtig, nämlich nur du, und ich hätte dir bei einer Wohnungsführung bestimmt ihr Zimmer gezeigt, aber so weit sind wir ja nicht gekommen, und, na ja, du hast mir wirklich den Kopf verdreht, und ...«
Alex zog die Kaffeetasse wieder an sich und las in Jans Gesicht, dass er alles genau so meinte, wie er es gerade gesagt hatte. Keine Ausflüchte, keine umständlichen Erklärungen, authentisch. Trotzdem. War sie jetzt von einem Moment auf den nächsten nicht nur Geliebte, sondern auch Leihmutter einer fast volljährigen Jugendlichen geworden? Hatte er sie danach gefragt, ob sie das wollte? Wäre sie überhaupt hier, wenn sie von Mia gewusst hätte? Blöde Frage, dachte Alex. Natürlich wäre sie das. Trotzdem.

»Ich habe eben ihre Zahnbürste benutzt. Ich dachte, du hättest extra eine für mich hingelegt«, sagte Alex und verbrühte sich beim nächsten Schluck Kaffee fast die Lippen.

Jan lachte, und Alex biss sich auf die Unterlippe, um nicht mitzugrinsen – obwohl sie noch sauer war. Die Situation war bescheuert gewesen, absurd. Aber trotzdem lustig. Außerdem musste sie sich gerade angehört haben wie eine eifersüchtige Furie. Wie konnte man denn eifersüchtig auf die Tochter eines Mannes sein, in den man sich geradewegs verliebte? Wie konnte sie ihm seine Vergangenheit anlasten? Was war denn mit ihrer eigenen? Würde er es ihr auch vorwerfen, wenn sie ihm bloß scheibchenweise von Benji und ihren langjährigen Bindungsängsten erzählen würde? Und warum hatte sie gestern den ganzen Abend lang nicht ein einziges Mal daran gedacht?

Jan rieb sich grinsend über die Augen und machte dann eine abwehrende Geste. »Hey. Alex. Es stimmt. Du hast recht. Es tut mir leid. Das war eine blöde Situation für dich, und für Mia sicher auch. Ich hätte dir vorher von ihr erzählen sollen ...«

Alex winkte ab und sagte mit einem Seufzer: »Hast du ja jetzt.«

»Ich habe Mia erzählt, dass ich mit dir ausgehe und was du für eine tolle Frau bist. Aber nochmals: Entschuldigung«, sagte Jan. »Manchmal bin ich vielleicht wirklich etwas zu fahrig und locker in solchen Dingen.«

Alex nickte beiläufig. Sie wollte gerade noch ergänzen, dass Jan mit dieser Einschätzung richtig lag, als sich die Küchentür öffnete und Mia erschien. Sie hatte ein Handtuch um den Oberkörper gewickelt und hielt ein Handy in der Hand, das die Titelmelodie von Beverly Hills Cop spielte.

»Ist das deins? Krasser Klingelton«, kicherte Mia.

Alex schnappte sich wortlos das Handy und sah auf das Display. Martin Ruppel. Ausgerechnet jetzt. Ihre Speiseröhre brannte, und ihr Magen zog sich zusammen. Das neue Jahr fing ja gut an.

42.

Martin trug eine Strickmütze und eng anliegende Joggingkleidung. In seinen Augenbrauen hatten sich vom Schweiß kleine Eiskristalle gebildet. Er schnaufte und lief neben Alex im verharschten Schnee auf den Wanderwegen rund um die Jägerteiche – kleine Seen in einem Naherholungsgebiet oben im Wald. Der Himmel hatte die Farbe des Eises auf den Teichen angenommen. Alex zog ihren Schal etwas fester zu. Er roch nach Jan. So wie heute alles nach ihm zu duften schien.
»Ich versuche immer noch, so oft wie möglich zu laufen«, sagte Martin, »aber ich glaube, für einen kompletten Triathlon wäre ich nicht mehr fit genug.«
»Kenne ich«, schnaubte Alex. Die kalte Luft bohrte sich wie eine Nadel in ihre Bronchien. Sie sprang über eine Wurzel, die den Weg kreuzte. Für einen kurzen Moment stach es in ihrem Knöchel. »Mein letzter Triathlon liegt auch schon geraume Zeit zurück. Vielleicht sollte ich mich einfach mal wieder anmelden und mich dazu zwingen.«
Schließlich liefen sie schweigend eine Weile nebeneinanderher.
»Schön gefeiert gestern?«, brach es dann aus Martin hervor.
Alex nickte. Es gab keinen Grund, das zu verheimlichen. »Und du?«
»Bisschen. Hast du wieder jemanden kennengelernt?«
»Martin, ich hatte gehofft, das wäre geklärt, und ...«
Er machte im Laufen eine abwehrende Geste. »Gehen wir ein Stück?«
Statt zu antworten bremste Alex ab. Der Spazierweg vor ihnen hatte sich verjüngt und führte nun tiefer in den Wald hinein. Der Wind strich durch die kahlen, vereisten Äste. Die Stille erschien bis auf das Geräusch ihrer Schritte allumfassend. Der Himmel war noch grauer geworden.

Martin schwang die Arme im Gehen wie Windmühlenflügel. »Du hast mich gefragt, ob ich mit dem Begriff Bourbon Street etwas anfangen kann. Zunächst ist mir natürlich das Lied von Sting dazu eingefallen.«

Alex sagte nichts dazu.

»Irgendwelche Dinge in Bezug auf New Orleans oder mit Bourbon-Whiskey«, redete Martin weiter. »Aber ich kann mir nicht vorstellen, dass dich so etwas interessiert.« Er machte eine Pause und fragte dann: »Kennst du das Schloss Oberloh?«

Alex dachte einen Augenblick lang nach. »Nie gehört.«

»Schloss Oberloh war ein früheres Gestüt der Fürsten zu Lemfeld-Schaumburg. Stammt aus dem achtzehnten Jahrhundert. Früher war es ein hübscher barocker Landsitz, liegt aber auf einem Gelände, das nach dem Zweiten Weltkrieg in die Hände der britischen Rheinarmee überging. Seit einigen Jahren gibt es eine Stiftung zum Wiederaufbau des Schlosses.«

Alex schlug die Schenkel aus, um die Muskulatur zu lockern.

»Ich habe mich daran erinnert«, fuhr Martin fort, »weil ich für die Stiftung einmal die Geschichte des Gestüts aufgearbeitet habe. Es gibt da etwas, das von Interesse sein könnte.«

»Und was?«

»Eine Cousine der bekannten Lemfelder Fürstin Luise hatte das Schloss Oberloh um 1870 herum als Altersruhesitz ausgewählt. Sie gehörte zu einem Lemfeld-Schaumburger Zweig der Familie aus der Linie des Herzogs Philipp von Parma. Philipp wiederum ist der Spross eines mächtigen Herrschergeschlechts.«

Alex blieb stehen. Die Daten und Namen ratterten durch ihr Gehirn. Die Äste des Waldes knarrten im Wind. Irgendwo raschelte es im Unterholz. Wahrscheinlich ein Tier. Auch Martin blieb stehen. Sie fragte: »Was willst du mir damit sagen?«

»Ich spreche von dem Haus Bourbon und der Stammliste der Bourbonen, zu der eben auch besagte Cousine der Gräfin Luise zählte. Die Zufahrt zu dem Gestüt Oberloh hat man im Volksmund früher Sonnenkönigsallee genannt – frei nach Ludwig dem Vierzehnten, einem der berühmtesten Bourbonen-Regenten. Wenn du so willst«, erklärte Martin und rollte den Kopf im Nacken, »könnte es sich dabei um deine Bourbon Street handeln.«

43.

Die weiße Fläche erschien Alex endlos und am Horizont mit dem Himmel zu verschmelzen. Der Wind peitschte über das Feld und trieb losen Neuschnee vor sich her. Aus dem feinen Dunst schälten sich blass die kahlen Gerippe von Bäumen. Sie bildeten eine schmale Allee, die auf einen verlassen in der Schneewüste liegenden Gebäudekomplex zuführte. Er war zunächst nur schemenhaft zu erkennen, gewann jedoch mit jedem Meter an Details. Der Dachstuhl schien ausgebrannt zu sein. Die Fenster waren zersprungen. Die Fassaden mit Einschusslöchern übersät. Brandflecke markierten Einschläge von Granaten. Nichts erinnerte mehr an das stolze Schloss Oberloh, von dem Martin gesprochen hatte.
Schneider pfiff durch die Zähne, als er den Vectra vor dem ehemaligen Hauptgebäude zum Stehen brachte. Obwohl die Heizung bis zum Anschlag aufgedreht war, trug er Lederhandschuhe und eine Fellmütze. »Sieht ja aus wie in Stalingrad.«
Alex nickte stumm in ihren dicken Wollschal. Dann beugte sie sich nach vorne, nahm eine Taschenlampe aus dem Fußraum und stieg aus. Sie kniff die Augen zusammen, als der Wintersturm ihr ins Gesicht schnitt. Lief mit gesenktem Kopf auf das türlose Portal des Zentralbaus zu, das sie zu verschlucken schien. Es brauchte einige Momente, bis sich ihre Augen an das Halbdunkel gewöhnt hatten.
Alex sah sich um. Sie stand in einem großen, hohen Raum. Früher wahrscheinlich der Empfangssaal. Eine geschwungene Treppe führte in das obere Stockwerk. Zwei offen stehende Türen markierten die Eingänge zu den Seitenflügeln. An der Decke war die Stuckverkleidung abgeplatzt. Die Wände waren mit Einschusslöchern besprenkelt, viele der Fliesen auf dem Boden zersprungen – sofern sie unter dem Schmutz, vereinzelten Schneehaufen

und zersplittertem Holz überhaupt zu erkennen waren. Moosflechten wucherten in von Stockflecken überzogenen Ecken. Überall lag Müll herum. Plastikflaschen, zerknüllte Zigarettenschachteln, die Aludeckel der Verpackungen von Schnellmahlzeiten, leere Dosen. Alles mit englischen Aufschriften. Dazwischen glänzte das angelaufene Messing leerer Patronenhülsen.

Einige kullerten hohl klimpernd über die Kacheln, als Schneider über die abgewetzten Stufen geduckt hereingelaufen kam und mit den Schuhen dagegenstieß. Die an seiner Fellmütze befestigten Ohrschützer baumelten im Wind.

»Ziemliche Müllhalde. Die Stiftung, die sich angeblich um dieses Schloss kümmert, sollte mal ein Benefizkonzert mit den Oberkrainern geben, dann sähe das hier anders aus«, brummte er, schaltete die Maglite ein und ließ den Lichtkegel über den Boden, die windschiefe Treppe und die dunkelgrauen Wände tanzen. Er kickte eine verrostete Patrone an und versetzte sie in kreiselnde Bewegungen. »Nato-Kaliber. Sturmgewehre«, sagte er. »Die Briten proben in diesen Kampfdörfern ...«

»... Häuserkampf für Auslandseinsätze«, ergänzte Alex.

Schneider zog die Nase hoch. »Wenn du recht hast und das hier ein Tatort ist, glaube ich kaum, dass wir im Hauptgebäude richtig sind.«

»Warum?«

»Die Bereiche sind öffentlich zugänglich. In der Gegend sind häufig Wanderer und Spaziergänger unterwegs, seit die Briten weg sind. Im Sommer gibt's auch geführte Ausritte, die am alten Schloss vorbeiführen. Und sicher treibt es hier auch mal Jugendliche hin, die sich gruseln wollen.«

Wie zum Beweis leuchtete Schneider auf einen Brandfleck am Boden. Im Schein der Taschenlampe waren Holzkohlereste sowie leere Bierdosen mit dem verblichenen Aufdruck der Lemfelder Privatbrauerei zu erkennen.

Alex nickte. »Was glaubst du?«
Schneider kratzte sich mit der freien Hand am Kinn und ging auf die Treppe zu. »Wenn hier über Monate hinweg unentdeckt eine Leiche liegen sollte ...«
Das Licht der Taschenlampe tanzte über die Stufen. Schließlich ging Schneider um die Treppe herum und blieb vor einer Holztür stehen, die sich unter dem Aufgang befand. Er ruckelte an dem rostigen Griff, aber nichts tat sich. »Die Stallungen«, sagte er nachdenklich und leuchtete das Schloss ab, »sind nicht unterkellert. Das hier sieht mir aber durchaus vielversprechend aus.«
»Das ist ein altes Schloss. Wenn jemand eine Leiche in den Keller gebracht hätte, müsste er dazu einen Schlüssel haben, wenn ...«
Bevor Alex ihren Satz beenden konnte, drückte ihr Schneider die Taschenlampe in die Hand und machte einen Schritt nach hinten. »In solchen alten Gebäuden wurden die Vorratskeller von außen beliefert. Sicher befindet sich draußen irgendwo eine Luke, durch die man sich ebenfalls Zugang verschaffen könnte.«
Er trat mit voller Wucht gegen die Tür. Sein schwerer Stiefel traf das vom Frost und Rost poröse Schloss. Es sprang mit einem Krachen in einer Wolke aus Splittern und rötlichem Staub aus der Verankerung.
»Die Spusi wird's mir verzeihen«, murmelte er und nahm Alex die Taschenlampe wieder ab, um in den Schlund zu leuchten, der sich gerade aufgetan hatte.
Die Stufen der Holztreppe knarrten, als Schneider und Alex sich nach unten tasteten. Das Heulen des Windes wandelte sich in ein dumpfes Dröhnen. Im Licht der Taschenlampen traten Tropfsteine und Eiszapfen an der niedrigen Decke hervor. Der Geruch nach Moder und Staub wurde intensiver und schien die abgestandene Luft vollkommen zu erfüllen, als sie am mit Schutt übersäten Boden angekommen waren.
Instinktiv zog sich Alex den Strickschal wie einen Atemschutz

über Mund und Nase und versuchte zu schlucken, was ihr jedoch nicht gelingen wollte. Mit jeder Stufe war das Gefühl der Beklemmung gewachsen. Sie spürte, dass ihr Herz immer kräftiger und schneller gegen die Rippen pochte.

An den Wänden des Kellerraums befanden sich alte Holzregale. Alex' Atem stockte, als das Licht der Taschenlampen eine weitere Tür fand, auf der sich ein Schriftzug befand. Nein, es war keine Schrift. Es waren Zeichen, fast schwarz, die sich kaum von dem dunklen Holz abhoben.

Ein Halbkreis mit Sternen. Dreiecke. Unverkennbar.

»Bingo«, sagte Schneider heiser und streckte die Hand aus, um die Tür zu öffnen. Am liebsten hätte Alex ihn zurückgehalten. Irgendetwas in ihr fürchtete sich davor, die Pforte in das Herz der Finsternis aufzutun, hinter der sich nichts als Entsetzen befinden würde – ein Grauen, geschaffen von der Hand eines Wahnsinnigen, der die Gruft mit dem Blut seines Opfers versiegelt hatte. Aber dann gab die Tür unter Schneiders Druck nach.

Wie Schlaglichter brannten sich die Details in Alex' Netzhaut, als die Lichtkegel der Maglites durch die Kammer leuchteten.

Ein dunkel verschmierter Holztisch. Lose herabhängende, verwitterte Klebebandfetzen. Dunkle Spritzer an den rohen Wänden. Vertrocknete Lachen am Boden. Dann eine halb skelettierte Hand und ein Unterarmknochen. Schließlich der Rest des halbverwesten Körpers, der mit Frost und Flechten überzogen war. Eiszapfen hingen vom Kinn des Schädels herab, der Alex aus leeren Augen anstarrte, den Mund weit wie zu einem anklagenden Schrei geöffnet.

Alex keuchte auf, wirbelte herum und lief der Treppe entgegen. Die schimmeligen Wände schienen sich zusammenzuziehen und sie zerquetschen zu wollen. Panisch hetzte sie die Stufen hinauf. Ihre Speiseröhre brannte von sprudelnder Magensäure.

Als sie im Saal angekommen war, pumpte sie die eiskalte Luft mit schnellen Atemstößen in ihre Lungen. Weiß. Draußen war alles hell und weiß. Rein. Sauber. Die klare Luft und der schneidende Wind vertrieben den Modergeruch und die Dunkelheit des Alptraums, der sich ein Stockwerk tiefer unter ihr befand.

»O Gott«, murmelte sie und unterdrückte den Würgereiz, indem sie weiter Sauerstoff in ihre Atemwege beförderte, bis ihr schwindelig wurde, sie fast hyperventilierte und die tanzenden Schneeflocken nicht mehr von den hellen Sternchen vor ihren Augen zu unterscheiden waren.

Hinter ihr schnappte ein Feuerzeug auf und zu. Eine mit Nikotingeruch geschwängerte Atemwolke dampfte über ihrer Schulter.

»Scheißdreck«, hörte sie Schneiders heisere Stimme und kurz darauf die digitalen Pieptöne seines Handys, als er die Nummer der Zentrale wählte.

44.

»Willst du darüber sprechen?«

Alex starrte an die Decke. Einige Risse im Verputz waren mit Farbe abgedichtet worden. Das Kerzenlicht warf flackernde Schatten an die Wände. Jan zeichnete mit dem Finger die Konturen ihrer Rippen nach und umkreiste ihren Bauchnabel. Die Bettdecke raschelte leise. Alex leckte einen Tropfen Rotwein von den Lippen, stellte das leere Glas auf den Nachttisch und schüttelte den Kopf.

»Besser nicht«, sagte sie und hing ihren Gedanken nach.

Sie hatte Jan wegen der Sache mit seiner Tochter eigentlich erst mal auflaufen lassen wollen und drei SMS von ihm ignoriert. Immerhin für ein paar Stunden. Aber nach dem Leichenfund im alten Schloss Oberloh ... Sie wollte heute Nacht einfach nicht alleine sein und hatte ihn noch auf dem Rückweg vom Fundort aus angerufen, der inzwischen von der Spurensicherung und der Rechtsmedizin in Beschlag genommen worden war. Am Telefon hatte Jan sich zunächst vergewissern wollen, ob Alex noch sauer wegen Mia sei. Einerseits war sie das zwar, andererseits hatte sie das Gefühl, ihn ungerecht zu behandeln, und deswegen geantwortet: »Dich gibt es halt nur im Doppelpack, was soll ich machen?«

Jan stand aus dem Bett auf, um sich anzuziehen. Alex' Blicke glitten über den Körper, der sie eben noch geliebt hatte, bevor er in einer Jeans und einem Sweatshirt verschwand.

Er sagte: »Mia kommt gleich nach Hause. Ich mache uns was zu essen.«

»Ist sie oft bei dir?« Alex legte sich auf die Seite und stützte das Kinn auf die Handfläche.

»Früher öfter«, erklärte Jan und verschloss den Gürtel. »Ihre Mutter und ich sind schon lange getrennt. Seit Mia älter geworden ist, geht sie ihre eigenen Wege und hat an den Wochenenden auch nicht jedes Mal Lust, mich zu besuchen.« Er zuckte mit den Schultern. »Wenn sie lieber mal etwas anderes machen möchte, ist das okay. Wir beide wissen, was wir aneinander haben. Dazu braucht es keine Pflichtbesuche.«

»Das Wort Pflicht ist dir sicher ohnehin zuwider.«

Jan lächelte. »Bin ich so durchschaubar?«

»Wie aus Glas«, murmelte Alex und drehte sich genüsslich auf den Bauch. »Du bist einer von denen, die falsch parken, weil sie sich von Halteverbotsschildern nicht vorschreiben lassen wollen, wo sie ihr Pferd anzubinden haben. Die deswegen zu Terminen zu spät kommen, weil ein schöner Sonnenuntergang, ein Kaffee bei Freunden oder eine gute Unterhaltung wichtiger waren.«

Jan lachte leise. Alex spürte seinen Blick über ihren Rücken gleiten. Sie knüllte das Kopfkissen zusammen, faltete ihre Hände darüber, winkelte die Beine an und überkreuzte ihre in der Luft schwebenden Füße. »Wie lange bist du schon alleine?«

»Lange genug. Es ist nicht so einfach, jemanden kennenzulernen.«

»Schwindler«, hauchte Alex.

Wieder lachte Jan. »Ich habe kein Interesse an kurzfristigen Geschichten, und jemanden zu finden, der wirklich zu einem passt – das ist wie die Suche nach einer Nadel im Heuhaufen. Insofern bist du ein echter Glückstreffer.«

»Du findest, dass ich zu dir passe? Wie ein Kleidungsstück?«

»Ein teures natürlich.«

Alex kicherte. »Aber so gut kennen wir uns doch noch gar nicht.«

»Weißt du, was das Geheimrezept für einen Hit ist? Man hört ihn – und er geht sofort ins Ohr. Er besteht zu großen Teilen aus Harmoniefolgen, die man kennt und mag, nur neu zusammengesetzt.«

»Du darfst einer Frau niemals sagen, dass sie keine Geheimnisse hat und alles an ihr bekannt ist.«

Jan warf Alex einen Blick zu. »Ich bin mir sicher, dass du jede Menge Geheimnisse hast. Und das gehört ebenfalls zu einem Hit: eine Prise des Unbekannten.«

Alex kommentierte das mit den Geheimnissen besser nicht. »Aber im Internet kannst du mich noch nicht downloaden.«

Jan winkte ab. »Das ist ohnehin nicht meine Welt. Mia hängt in Dutzenden solcher Börsen und Portale rum. Facebook, Twitter, GetLove und wie die alle heißen. Keine Ahnung, was die da den ganzen Tag online machen. Aber solange sie nicht andauernd irgendwelche Typen anschleppt, ist das für mich okay.«

»Eifersüchtiger Papa?«

Jans Mundwinkel zuckten. »Ziemlich. Ich meine: Ich war recht jung, als ich Vater wurde. Ist einfach so geschehen und war nicht geplant. Ich habe immer gedacht, deswegen gedanklich und emotional relativ nahe an dem dran zu sein, was Mia bewegt und interessiert, und locker damit umgehen zu können. Aber, na ja, ist wohl doch nicht so.« Er zuckte mit den Achseln. »Das Einzige, was ich am Netz bemerkenswert finde, ist: Man kann dort eine neue Version von sich entwerfen ...«

»... multiple Persönlichkeiten ausleben«, ergänzte Alex. »Was findest du daran interessant?«

»Nun ja, dass manche vorgeben, anders zu sein, als sie sind. Unter Umständen verknallst du dich in virtuelle Versionen von Menschen. Auf der anderen Seite bekommst du doch heute mit einem bisschen technischen Wissen an jede Menge reale Daten. Das ist so ein Widerspruch in sich: eine Welt voller Fakes, in der jeder User trotzdem durchsichtig ist.«

Alex nickte und dachte an Nele Bender, Antje an Huef und das dritte, noch unbekannte Mordopfer. Wieder schossen ihr die Tatortbilder durch den Kopf. Die Fotos der jungen Mädchen, bevor und nachdem sie auf ihren Mörder getroffen waren. Sie waren adoptiert, Waisen, vielleicht auch das dritte Opfer. Vielleicht waren

die anderen wie Nele im Internet aktiv gewesen. Vielleicht war der Täter dort auf sie gestoßen und hatte sie durchleuchtet, überwacht, verfolgt, ihr Vertrauen gewonnen und dann zugeschlagen …
Alex atmete tief ein und aus und schloss die Augen für einen Moment. »Wann kommt Mia?«
»Etwa in einer halben Stunde.«
Alex spreizte die Zehen, ließ das Becken kreisen und sah Jan herausfordernd an. »Zeit genug.«

45.

Alex war spät dran. Für heute stand ein Termin beim LKA an, wie Veronika es gewünscht hatte, und bis Düsseldorf würde sie angesichts der winterlichen Straßenverhältnisse einige Zeit brauchen. Außerdem wollte sie die Gelegenheit nutzen, um wenigstens für einen schnellen Kaffee Helen zu treffen.

Sie war frühmorgens von Jan nach Hause gefahren, um sich zu duschen, sich umzuziehen, den vernachlässigten armen Hannibal zu füttern und noch schnell eine Runde zu joggen, wobei sie am Kiosk haltgemacht hatte, um belegte Brötchen und zwei Kaffee to go zu kaufen und den Kollegen auf die Motorhaube des Streifenwagens zu stellen, die vor ihrer Haustür wachten. Als sie am Kiosk einen Blick in die schmale Gasse warf, bekam sie eine Gänsehaut. Und als sie zum Ärztehaus sah, ein schlechtes Gewissen.

Alex hatte gerade die Wohnungstür verschlossen, als sich das Handy mit einem leisen Gong meldete. Der Ton für eine eingegangene SMS. Nummer zwei an diesem Morgen. Plus eine E-Mail.

Die eine SMS war vom Paketdienst. Alex könne ihre Sendung von der Post abholen. Das musste der Kurzwaffentresor für die Glock sein. Okay, das konnte sie gleich auf dem Weg erledigen. Außerdem musste sie dringend nachfragen, ob die Waffenbesitzkarte inzwischen umgeschrieben worden war.

Die zweite SMS stammte von Horst aus dem kriminaltechnischen Labor des LKA in Düsseldorf. Sie solle anrufen, ihre Ergebnisse seien da – gewiss, dachte Alex, handelte es sich um die Analyse der Leopardenfellprobe, die sie mit dem Klebezettel bei Petra Becker abgenommen hatte. Da sie ohnehin gleich nach Düsseldorf fahren würde, konnte sie auch persönlich mit ihm sprechen.

Die E-Mail kam von Marc Berner aus dem Landesmuseum. Er hatte eine Antwort von diesem Schweizer Ethnologen erhalten. Wie er ihr das weiterleiten solle oder ob sie sich mal melden könne. Alex beschloss, Letzteres zu tun. Von unterwegs aus.

Unten im Flur wäre sie beinahe mit Artur Jäger zusammengestoßen, der ein langärmeliges T-Shirt mit dem Aufdruck des FC St. Pauli trug und umständlich versuchte, mit dem Ellbogen die Haustür zu öffnen, während er Mülltüten und einen Karton voller Altglas balancierte – wahrscheinlich Reste seiner Silvesterparty.

»Danke, astrein«, murmelte er und lächelte, als Alex ihm die Tür aufhielt.

»War ja eine wilde Fete, was?«, sagte Alex mit Blick auf die leeren Absinth-, Wodka- und Ouzo-Flaschen in Jägers Karton.

»Hättest gerne kommen können. Da waren so einige Kumpel von mir da – die hätten sich bestimmt gefreut, dich kennenzulernen.« Jäger quetschte sich durch die Haustür ins Freie.

»Ja, schade«, antwortete Alex und dachte, dass das eine prächtige Party gewesen wäre mit einem Rudel postpubertärer Twentysomethings, denen Artur schon wer weiß was von seiner Nachbarin Lara Croft erzählt hatte, die mit einer Knarre in der Hand durchs Treppenhaus rannte.

»Ich hab übrigens 'nen neuen Job im Art-Café am Marktplatz«, sagte Jäger, der es jetzt ins Freie geschafft hatte. Alex blickte auf die Uhr. »Ich hab hier ein paar Gutscheine für Getränke – nimm dir doch welche.« Jäger drehte Alex den Hintern zu. In der Gesäßtasche seiner tief sitzenden Jeans steckten einige Hochglanzdrucke im Postkartenformat. Alex zog mit spitzen Fingern drei Gutscheine aus der Tasche, wobei sie darauf achtete, Arturs Po auf keinen Fall zu berühren.

»Toll. Vielen Dank«, sagte sie und steckte die Zettel ein. Schließlich fiel ihr Blick auf eine Leiter neben dem Hauseingang. Kabelstrippen hingen herab. Jemand, der einen Overall mit dem Aufdruck einer Sicherheitsfirma trug, war gerade dabei, eine Videokamera zu installieren. Die Überwachungskamera. Wenn die mal schon früher da gewesen wäre ...

»Morgen«, flötete der Mann von den Sprossen herab.

»Morgen«, antwortete Alex trocken, drängte sich an Jäger vorbei, winkte ihm zum Abschied zu und lief zu ihrem Mini.

Nachdem sie das schwere Paket mit dem Tresor abgeholt hatte, rief sie Berner im Landesmuseum an. Wie immer klang er fürchterlich gestresst. »Ich weiß auch nicht, warum der unbedingt ein Fax schicken musste. Wenn ich Ihnen das weiterleite, können Sie bestimmt nichts mehr lesen.«

»Kann er das nicht noch mal als E-Mail schicken?«

Alex hörte Berner durchatmen. »Ich habe heute leider keine Zeit, da noch hinterherzutelefonieren, Frau Stietencron. Heute ist die Bauabteilung vom Landschaftsverband im Haus. Das ist unser Träger. Es geht um die Erweiterung, und ...«

»Könnten Sie das Schreiben scannen lassen und mir mailen?«

»Gut«, sagte Berner zögernd. »Das könnte ich natürlich tun, ja. Ich werde das Sekretariat darum bitten.«

Alex nannte ihm ihre E-Mail-Adresse und fragte: »Was steht denn eigentlich in dem Fax?«

»Ich habe nur einen Blick darauf geworfen. Etwas über eine afrikanische Geheimsprache, soweit ich verstanden habe.«

»Geheimsprache?«

»Ja. Aber nageln Sie mich nicht fest. Es ist Ihre Post, nicht meine.«

»Dieser Züricher Wissenschaftler ...«

»Moosleitner.«

»Könnte er auch ein Gutachten anfertigen? Wir benötigen solche, wissen Sie, vor Gericht.«

»Mit Sicherheit. Wenn Sie das Schreiben haben, bekommen Sie seine Kontaktdaten ja gleich mit.« Berner machte eine Pause. »Da scheint diese Sache ja doch eine größere Relevanz zu haben?«

»Ich darf leider nicht darüber sprechen, Herr Berner.«

»Natürlich. Es könnte aber eine Weile dauern, bis Sie die Mail erhalten. Es könnte heute Abend werden.«

»Das ist nicht schlimm. Ich bin ohnehin zu einem Außentermin unterwegs und erst später wieder da.«

Nach dem Gespräch dachte Alex darüber nach, was eine afrikanische Geheimsprache mit den Morden zu tun haben könnte.

46.

Jenny nippte an dem Caramel Macchiato und wischte sich etwas Schaum von der Oberlippe. Dann tippte sie eine Antwort in ihr Smartphone, die das GetLove-App als Kurzmitteilung weiterleitete. So weit, dass sie ihm schon ihre Handynummer gegeben hätte, waren sie trotz allem noch nicht. Außerdem war es reizvoller so – geheim und aufregend, die Distanz zu bewahren, um sie dann bei ihren gelegentlichen Treffen ins Gegenteil zu verkehren.
»Wer ist der Typ denn eigentlich?«, fragte Silke und winkte die Kellnerin heran, um sich einen weiteren Cappuccino zu bestellen. Sie schob die leeren Frühstücksteller zur Seite.
»Geheim.« Jenny legte das Handy auf den glänzenden Metalltisch, wo sie es im Blick hatte und sofort sehen würde, wenn er sich zurückmeldete.
»Aber ich dachte, du datest den schon seit einiger Zeit?« Silke lehnte sich in dem Alustuhl etwas zurück, als die Bedienung ihr den dampfenden Cappuccino hinstellte.
»Wir haben uns vielleicht vier- oder fünfmal getroffen und vorher halt jede Menge über GetLove gemailt und so.«
»Und wer sagt dir, dass der nicht noch mit fünfhundert anderen Frauen über GetLove Mails hin und her schickt?«
»Niemand.« Jennys Mundwinkel zuckten zu einem Lächeln. Die glänzende Oberfläche des Handys zeigte noch keine neue Nachricht an.
Silke hob die Augenbrauen und streute etwas Zucker in die Tasse. »Ich weiß nicht. Echt nicht.« Sie rührte mit dem Löffel im Cappuccino herum und leckte ihn ab. »Im Internet sind so viele Wahnsinnige unterwegs – und du könntest dir doch an jeder Straßenecke jemanden auflesen, wenn es nur um die Bedürfnisbefriedigung geht. Die dahinten sehen doch zum Beispiel ganz nett aus.«

Silke nahm die Tasse in beide Hände und nickte in Richtung der Panorama-Fensterscheibe, wo drei junge Männer in Jennys Alter saßen. Wahrscheinlich Studenten von der FH. Einer blickte gerade herüber und lächelte Jenny zu. Schnell sah sie wieder weg. Süß. Nett. Aber wer wollte schon jemanden, der nett und süß war?
Außerdem war ihr heimlicher Freund deutlich erfahrener als die Jungs da drüben. Er wusste, wie man die Saiten in einer Frau zum Klingen brachte. Er hatte nie einen Hehl daraus gemacht, dass es ihm nur um Sex ging. Bei ihm musste man nicht befürchten, dass es schwierig werden konnte, wenn man ihn wieder loswerden wollte, und dass er einem mit Briefchen und Blümchen auf die Nerven gehen würde. Zumal Jenny niemals lange Beziehungen gepflegt hatte. Sie hatte ein Problem mit zu viel Nähe – was wohl in der strengen Erziehung zu Hause sowie in ihrer Biographie generell begründet war. In der entscheidenden Zeit ihrer Entwicklung hatte sie nach dem Unfalltod ihrer Eltern auf Nestwärme und Nähe verzichten müssen. Und er war genauso. Auch seine Eltern waren früh gestorben.
Jenny öffnete den Mund, um Silke etwas zu sagen. Er war – aufregend, intensiv, unverbindlich ... Das hatte sie erklären wollen, trank stattdessen aber noch einen Schluck. Sie sagte: »Mir geht's im Moment nur um Spaß, Silke. Ein paar unverbindliche Kicks, mehr nicht.«
»Trotzdem.«
Jenny griff nach dem Handy. Noch immer keine Antwort. Sie fuhr mit dem Daumen über die glatte Oberfläche des Telefons, als würde sie es zärtlich streicheln.
Silke sog die Luft durch die Nase ein. »Ich kann nur hoffen, dass du weißt, was du da tust. Ich stehe jedenfalls nicht auf solche Sachen, und versprich mir, dass du auf dich aufpasst, okay?«
Mit einem Gong meldete sich das Handy. Das Logo der GetLove-

App blinkte auf. Sofort tippte Jenny mit der Fingerspitze auf das Symbol, um die Nachricht zu öffnen.

»Hallo, Erde an Jenny, jemand zu Hause? Ich hab dich etwas gefragt«, hörte sie Silkes Stimme.

»Was?«

Eine Nachricht von ihm. Morgen Abend Treffen im *Jacks,* einem Club, und danach ... Ein grinsender Mondgesichts-Smiley verhieß, was danach kommen sollte. »Ja, ich pass schon auf«, erklärte sie, bevor Silke ihre Frage wiederholen konnte.

Dann tippte sie ein »Freue mich auf dich« und schickte die Mitteilung ab.

47.

Ich könnte der Alten eine langen, dieser Veronika Martens«, schnaubte Alex. Ihre Sohlen quietschten auf dem Boden des weitläufigen, lichtdurchfluteten Foyers im neuen Landeskriminalamt in Düsseldorf.
»Klingt so«, sagte Helen, »als sei die ein echter Pitbull und hätte dich gefressen.«
»Sie ist dabei.« Abrupt blieb Alex stehen und blickte sich um. »Wo sind denn die Fahrstühle?«
»Ehm«, machte Helen und legte den Finger an die Lippen.
Alex sah sich um und versuchte sich zu orientieren. In dem Altbau kannte sie sich noch etwas aus – aber hier? Die zuvor an verschiedenen Standorten untergebrachten mehr als tausend Mitarbeiter waren nun unter einem Dach zusammengefasst worden. Ein Mammutbau mit tausendfünfhundert Räumen auf einer Fläche von sechzigtausend Quadratmetern. Allein ein Drittel nahm das kriminalwissenschaftliche und technische Institut ein, das pro Jahr zahllose Untersuchungsanträge aus den Kreispolizeibehörden zu bearbeiten hatte: Analysen von DNA-Proben, DNA-Spuren, Material- und Erdspuren, daktyloskopische Fingerabdruck-Untersuchungen und vieles mehr. Irgendwo dort in der Nähe musste das Büro von Dr. Johannes Stemmle sein, Alex' Mentor in der Operativen Fallanalyse und zuständig für die Betreuung und Supervision ihrer Pilotprojektstelle.
»Hab sie«, sagte Helen und zog Alex an der Jacke in Richtung der Fahrstühle. »Wir Blindfische sind dran vorbeigelaufen.«
»Tut mir leid, dass ich nicht so viel Zeit für dich habe«, murmelte Alex im Gehen.
Helen winkte ab. »Hat ja für ein Käffchen gereicht.«
Ja. Dünner Polizeikaffee in der Kantine des Düsseldorfer Polizei-

präsidiums. Noch dünner als der in Lemfeld. Helen hatte danach noch darauf bestanden, Alex ins LKA zu begleiten, damit sie unterwegs weiterreden konnten.

»Dabei habe ich dir die größte Neuigkeit noch gar nicht erzählt«, gestand Alex.

»Ach nein?«

»Er heißt Jan.« Alex stoppte vor den Fahrstühlen und drückte den Anforderungsknopf. Helen war kurz hinter ihr wortlos stehen geblieben. Alex drehte sich über die Schulter um, strich sich eine Haarsträhne aus der Stirn und lächelte. »Was denn?«

»Jan?« Helen machte große Augen. Ihre Korkenzieherlocken wippten. Sie breitete die Arme in einer ahnungslosen Geste aus und ließ sie dann an ihre fülligen Oberschenkel klatschen. »Jan?«

»Jan.«

Helen kam jetzt näher heran, um am Ärmel von Alex' Jacke zu zupfen. »Hallo? Schneewittchen? Jan? Dein Freund?«

»Was man halt so Freund nennt. Also ...« Alex starrte auf die Edelstahltür vor sich, hinter der es leise rumpelte. Tja. Was genau war Jan eigentlich? Ein Liebhaber? Eine Bekanntschaft? Der Anfang von etwas? Er war etwas dazwischen, und dafür gab es kein treffendes Wort.

Alex sah, wie Helen den Kopf um sie herum streckte und sie musterte. »Du bist verliebt?«

Alex nickte.

»Ernsthaft verliebt?«

Alex schwieg. Die Fahrstuhltür öffnete sich mit einem Zischen.

»Ich will alles wissen. Alles.«

Alex lachte leise. Dann betraten beide die verspiegelte Kabine. Sie brachte Helen in der Zeit, die der Fahrstuhl bis in den sechsten Stock brauchte, auf den aktuellen Stand.

»Yes, strike!«, freute sich Helen und ballte die Fäuste, als sie vor Alex hinaus auf den Flur trat. »Und mach dir wegen seiner Tochter

keine Gedanken – ich meine, ich habe selber eine und weiß, wie das ist. In einer neuen Beziehung müsste mein Partner auch mit ihr klarkommen, was soll's? Ab einem bestimmten Alter bekommst du eben nur noch Secondhand-Material – entweder Gebrauchte, oder solche, mit denen irgendwas nicht stimmen kann, weil sie es bislang ...« Helen legte die Hand vor den Mund. »Ups.«
»Solche wie mich wolltest du sagen«, murmelte Alex und verließ die Kabine. »Solche, die beziehungsgestört sind, zu hohe Ansprüche haben, die nicht wissen, was sie wollen, und vor sich selbst weglaufen, weil sie Angst vor der tickenden Uhr und dem Tor haben, das sich langsam, aber sicher vor ihnen verschließt.«
Helen schien darüber nachzudenken, wie sie das Fettnäpfchen wieder aufstellen konnte, über das sie gerade gestolpert war. Aber sie gab auf. »Ja«, nickte sie. »Genau solche wie du eben. Aber nur die Harten kommen in den Garten, oder wie heißt das? Lerne ich den mal kennen? Bald?«
Alex verdrehte die Augen und blickte auf die Uhr. Sie war fünf Minuten überfällig.
Helen hob abwehrend die Hände. »Okay. Bin schon weg. Ich freue mich bloß so.«
Sie machte zwei Schritte auf Alex zu und nahm sie in den Arm, bevor sie in der Fahrstuhlkabine verschwand und zum Abschied erneut grinste wie ein Honigkuchenpferd, bevor sich die Metalltür wieder schloss.
»Ich freue mich auch«, sagte Alex leise zu sich selbst, schulterte ihre Handtasche und ging los, um Stemmles Büro zu suchen. Sie fand es wenige Augenblicke später.

48.

Stemmle hatte ein zerfurchtes Gesicht mit Falten, die wie mit dem Meißel gezogen wirkten. Seine Haare waren kurz geschnitten und hellgrau. Der Canyon an seinen Mundwinkeln verwandelte sich in ein freundliches Lächeln, als Alex das spartanisch eingerichtete Büro betrat. Stemmles blassblaue Augen musterten sie über den Rand der Lesebrille hinweg, während sie ihn über den laufenden Fall ins Bild setzte – und darüber, dass Veronika Martens unbedingt die OFA einbinden und damit Alex in gewisser Weise übergehen wollte.

Stemmle lehnte sich in dem Leder-Schwingsessel zurück, den er anstelle eines Bürostuhls am Schreibtisch nutzte, nahm die Brille ab und nickte eine Zeitlang wie ein Wackeldackel, wozu er ein »Mhm« nach dem anderen brummte. Schließlich drehte er seine Lesebrille am Bügel herum wie ein Kind seine Rassel und sagte: »Natürlich unterliegt die Entscheidung über Ihre Einbindung vor Ort bei der Einsatz-, Kommissions- oder Dezernatsleitung. Da kann ich nicht dazwischenfunken. Und ich glaube nicht, dass man Sie ausgrenzen will.«

Alex öffnete den Mund, um zu widersprechen, schloss ihn aber gleich wieder.

»Ich würde vorschlagen«, sprach Stemmle weiter, »dass Sie einen Bericht schreiben und uns das gesamte Material zur Verfügung gestellt wird. Weiter brauche ich einen formellen Antrag. Dann können wir ein Fallanalytikerteam zusammenstellen, in das ich Sie oder einen Lemfelder Kollegen möglicherweise berufen werde. Wir werden die Tatorte bereisen, alle Tatsequenzen chronologisch in eine Reihenfolge bringen und überprüfen, in welcher Weise der Täter den jeweiligen Fall individuell geprägt hat. Eventuell werden wir ein Täterprofil erstellen. In etwa ...« Stemmle warf einen

Blick auf seinen Laptop und klickte den Kalender auf, »… in etwa vier bis sechs Wochen könnte ein solches Gutachten vorliegen. Allerdings müssten wir eine vergleichende Fallanalyse durch ein zweites Team einleiten, weil es sich um eine Mordserie handelt und wir sichergehen sowie objektiv bleiben müssen. Das könnte die Sache noch etwas verzögern. Weiter benötigen wir einen Antrag für die ViCLAS-Recherche bei der Zentralstelle. Die Bearbeitung dauert bekanntlich maximal drei Wochen. Liegt das Ergebnis vor, flechten wir es in die übrige Arbeit ein.«

Alex hibbelte auf ihrem Stuhl herum und kaute auf der Unterlippe. »Das dauert viel zu lange.«

»Zaubern können wir nicht. Lemfeld ist nicht der einzige Kreis, in dem getötet wird. In NRW hatten wir letztes Jahr neunundneunzig Morde und zweihundertsechzig versuchte Tötungsdelikte.«

Alex strich sich eine Haarsträhne hinters Ohr und hob irritiert eine Augenbraue. Was redete Stemmle denn da? »Ich …«, stammelte sie und leckte sich nervös über die Lippen, »… ich möchte nur klarstellen, dass ich der Meinung bin, dass der Täter bald wieder zuschlagen könnte und mir mit Sicherheit erneut eine Nachricht zukommen lassen wird, und …«

»… und deswegen tut man in Ihrer Ermittlungsgruppe gut daran, Sie so lange einzubinden, bis es anderslautende Darstellungen oder Bestätigungen in Gutachten der OFA gibt. Denn genau dafür ist Ihre Stelle da. Damit die Dinge schneller gehen.«

Alex nickte. Nun hatte sie verstanden, was Stemmle sagen wollte.

»Er ist ein ausgefuchster Bursche, euer Täter.« Stemmle setzte seine Brille wieder auf, blickte aus dem Fenster und faltete die Hände im Schoß über dem cognacfarbenen Stoff seiner Cordhose. »Sie haben erwähnt, dass er Sie verfolgt?«

»Ich vermute es«, sagte Alex leise. »Aber ich bin mir nicht sicher. Vielleicht sehe ich Gespenster. Zumindest schickt er mir seine Briefe, und er …«

»Macht es Ihnen Angst?«
»Nein.«
»Es gibt bessere Lügner.«
Alex knetete ihre Hände. »Er weiß, wo ich wohne, und ich glaube, er beobachtet mich und weidet sich daran. Er will ein Spiel. Vielleicht will er sogar gefasst werden und gibt uns deswegen diese Hinweise. Damit es ein Ende mit dem Morden hat.«
»Und deswegen will er wissen, ob Sie ihm gewachsen sind. Gut, clever und nervenstark genug, um es mit seiner gottgleichen Größe aufzunehmen. Würdig. Es ist ein Test.«
Alex wurde heiß und kalt. Stemmle könnte recht damit haben, dass es in diesem Spiel vielleicht auch um sie selbst ging.
»Halten Sie das aus?« Stemmles wasserfarbene Augen spießten sie auf wie eine Nadel einen Schmetterling.
»Natürlich. Weil ich ihn fassen will, um jeden Preis«, antwortete sie und räusperte sich.
Stemmle rieb sich am Ohrläppchen, machte einige Male »Hm« und nickte wieder wie ein Wackeldackel. »Die EU hat Fördergelder zur Stärkung von Europol bewilligt. Das BKA trägt sich wie andere Bundespolizeien mit der Idee, eine Sondereinheit zusammenzustellen. Klein, agil, effizient. Eine Taskforce, die grenzübergreifend tätig sein wird. Ich bin an der Konzeption beteiligt. Es gibt dafür eine neue Datenbank. Effizienter und einfacher zu handhaben als alle bisherigen Systeme. Wir nennen sie ViCTOR. Die Abkürzung steht für ›Violent Crime Tracking, Operation and Research‹ – ein europaweites Analysesystem für das Erkennen von Tatzusammenhängen bei Gewaltverbrechen. Die Betaversion läuft bereits und ist im Prinzip einsatzfähig, benötigt allerdings noch einige DIN-Zertifikate, um offiziell genutzt werden zu können und vor Gericht standzuhalten.« Stemmle fragte: »Interessiert, ViCTOR mal ganz inoffiziell mit einer Anfrage zu testen?«
Alex lächelte schwach. »Das wäre sicher spannend.«

»Aber nicht vergessen«, sagte Stemmle und hob im Aufstehen spielerisch den Zeigefinger, »dass mögliche Ergebnisse vor Gericht in der Beweismittelkette nicht zulässig wären.«

»Natürlich.« Alex erhob sich ebenfalls und griff nach ihrer Handtasche.

49.

Als Alex bei Wuppertal in einen Stau geriet und den Warnblinker einschaltete, warf sie einen Blick auf die zahlreichen Ausdrucke auf dem Beifahrersitz. Fette Beute. ViCTOR hatte zu ihr gesprochen. Obendrauf lag eine Kopie des Gutachtens aus der KTU. Horst hatte es für Alex hinterlegen lassen. Das Original würde er postalisch verschicken.

Das Gutachten besagte, dass das Leopardenfell, das Alex von Petra Beckers Sessel abgenommen hatte, künstlich war. Im Gegensatz zu den Fasern, die an den inzwischen drei Tatorten gefunden worden waren – Horst hatte vorsorglich eine Vergleichsanalyse beigefügt. Bemerkenswert war, dass die alten Proben zu ein und demselben Leopardenfell gehörten. Es hatten sich Spuren des Stoffgemisches Eulan U33 gefunden – ein von Bayer entwickeltes Textil- und Teppichschutzmittel gegen Käferfraß. Die Herstellung war 1988 eingestellt worden. Es handelte sich dabei jedoch nicht um den Wirkstoff, der in Mottenkugeln enthalten war. Darin wurde Naphthalin verwendet. Eulan U33 habe man früher zur Tierpräparation eingesetzt.

Was ViCTOR ausgespuckt hatte, war noch sehr viel interessanter. Und zugleich verwirrend. Sie versuchte, ihre Kollegen zu erreichen, um ihnen von dem Fund zu berichten. Reineking, Kowarsch, Schneider. Aber wie sie erfuhr, waren sie allesamt damit befasst, Licht in das Dunkel des dritten Mordfalls zu bringen und die Identität der Leiche herauszufinden. Alex überlegte, ob sie Schneider auf dem Handy anrufen sollte, ließ es aber zunächst bleiben und schickte ihm auch keine SMS. Sie wollte sie jetzt nicht bei der wichtigen Arbeit stören und erst selbst verdauen, was die neuen Daten bedeuteten. ViCTOR hatte zwei Fälle gefunden, deren Modus mit dem der drei Lemfelder Morde vergleichbar zu sein schien.

Auch hier waren die Opfer bestialisch zerfleischt worden. Auch hier gab es in Blut geschriebene Zeichen als Signatur. Auch hier waren die Frauen zwischen zwanzig und fünfundzwanzig Jahren alt gewesen.
Es gab nur einen Unterschied. Die zwei Morde hatten sich nicht in Lemfeld ereignet. Nicht einmal in Deutschland. Sie waren an der Elfenbeinküste geschehen. Und das gab dem Hinweis über eine afrikanische Geheimsprache eine gewisse Relevanz. Alex war gespannt, was genau in dem Schreiben aus Zürich stehen würde.

50.

Der Wagen hielt an einer Tankstelle. Stand abseits im Dunkel, wo man Luft auffüllte und Staubsauger benutzen konnte. Der Mann betrachtete das Display seines Smartphones. Es lag neben ihm auf dem Beifahrersitz. Er sah eine Straßenkarte und darauf einen roten Pfeil. Der Pfeil näherte sich unaufhaltsam seinem Standort. Er wischte sich die feuchten Hände an der Hose ab und überlegte, ob er zu weit ging. Ob die Sache nicht zu riskant sei. Aber er konnte nicht widerstehen. Der Reiz war zu groß. Weckte seine Lebensgeister und schärfte seine Sinne.
Unter der Stoßstange von Alexandras Wagen klemmte ein GPS-Sender. Der Mann hatte ihn dort vor ein paar Tagen befestigt. Der rote Pfeil symbolisierte ihren Standort. Einen ähnlichen Sender gab es auch an Jennys Wagen, dem er heute eine Zeitlang gefolgt war. Was Alex betraf, war sie nach Düsseldorf zum Landeskriminalamt gefahren und kam nun wieder nach Hause zurück. Es war spannend, sich vorzustellen, aus welchen Gründen sie beim LKA gewesen war. Dem Mann fiel dazu so einiges ein. Und alles drehte sich um ihn selbst.
Der Pfeil näherte sich weiter. Nur noch fünfhundert Meter. Der Mann ließ den Motor an, schaltete das Licht ein und setzte aus der Haltebucht zurück. Er würde Alexandra eine Weile folgen. Wie Jenny. Einfach so, aus Spaß. Um sich vorzustellen, dass sie in den Rückspiegel sah, ohne zu erkennen und zu begreifen, wer sich hinter ihr befand. Um den Nervenkitzel noch etwas zu erhöhen, hatte der Mann sogar sein Autokennzeichen ausgetauscht.
Er schloss die Augen und gab vor lauter Vorfreude ein Jauchzen von sich. Er überlegte, dass man es drehen und wenden konnte, wie man wollte: Es war einfach etwas ganz anderes, als wenn Alexandra ihm persönlich gegenüberstand. Auch das war natürlich betörend.

Geradezu schwindelerregend. Dennoch machte es einen Unterschied, unerkannt auf ihrer Fährte zu sein. Im Verborgenen wie der Jäger, der seiner Beute nachstellte. Es war unerreichbar.
Endlich näherten sich zwei Lichter. Der Mann gab Gas.

51.

Meine Güte, dachte Alex, was für eine Fahrt. Stau bei Wuppertal, Stau am Kamener Kreuz, Baustelle bei Hamm. Dazu Schnee und Eis auf der Autobahn, zwei Unfälle – sie hatte gut und gerne dreieinhalb Stunden für den Rückweg gebraucht und war froh, als sie endlich an der Tankstelle vorbeikam. Sie war eine Wegmarke, die sagte: Nicht mehr weit bis zum Ortseingang von Lemfeld und bis zum Innenstadtring.
Sie schob sich ein Halsbonbon in den Mund und kniff für einen Moment die Augen zusammen, weil sie im Rückspiegel vom Licht eines Autos geblendet wurde, das von der Tankstelle aus auf die Bundesstraße abgebogen war und nun dicht hinter ihr fuhr.
Sie dachte über Jan nach und über Mia und darüber, was Helen gesagt hatte. Am allerwenigsten konnte Jans Tochter nun etwas dafür, dass es sie gab und dass die Umstände waren, wie sie waren. Alex hatte sich ihr gegenüber im ersten Moment bescheuert verhalten, und sie würde sich irgendetwas überlegen, um das wiedergutzumachen. Eine Geste des Vertrauens, denn wenn Alex sich entschloss, die Beziehung mit Mias Vater zu vertiefen, bedeutete das gleichzeitig, dass sie auch eine zu Mia aufbauen würde.
Alex passierte den Ortseingang. Sie wechselte auf die linke Fahrspur. Der Idiot hinter ihr tat das ebenfalls. Alex zog den Kopf leicht ein, um nicht weiter geblendet zu werden. Sie wechselte wieder auf die rechte Spur. Der Fahrer hinter ihr ebenfalls.
Alex überlegte, ob sie inzwischen wirklich so weit war, reif genug für eine Beziehung. Wobei das Wort »reif« es nicht traf. Es war vielmehr die Frage, ob alles andere weit genug zurücklag. Benji. Das Trauma, das sein Tod in ihr ausgelöst hatte und das eine Art Blockade in ihrem Verhalten zu Männern darstellte, die ihr nahekamen. Warum erschien es ihr auf einmal so, als sei der Panzer um

sie herum rissig geworden? Vielleicht hatte Weihnachten etwas damit zu tun – das Gespräch mit Dad und seine Absolution. Dass Mama das Trinken aufgehört hatte. Möglicherweise war die Basis, auf der Alex stand, stabiler geworden, und vielleicht gab ihr das etwas mehr Halt. Dabei unterschied sich Jans Weise, durchs Leben zu gehen, so sehr von Alex' zielgerichteter Art. Ihr Leben brauchte ein System und Raster. Jan ließ alles auf sich zukommen. Vielleicht ergänzte sich das auf wunderbare Art und Weise zu einem Ganzen und hatte das Potenzial, dass der eine vom anderen lernen konnte.
Alex bog nach rechts auf den Innenstadtring ab und gab Gas, um noch bei Gelb über die Ampel zu gelangen. Der Fahrer hinter ihr tat das ebenfalls – dabei musste die Ampel längst rot gewesen sein. Weswegen hatte der es so eilig? Um zwei Lkws zu überholen, wechselte Alex erneut die Fahrspur und warf bereits beim Blinken einen Kontrollblick in den Rückspiegel. Der andere Wagen blinkte ebenfalls.
»Mist«, zischte Alex und bekam eine Gänsehaut. Sie dachte an den Mann, der unter ihrem Fenster gestanden hatte. An die Schritte auf dem Weihnachtsmarkt. Könnte es sein, dass ...
Sie griff nach dem Handy, als sie wieder an einer Ampel stoppte, und versuchte, im Rückspiegel das Kennzeichen des anderen Wagens zu lesen. Er rollte gerade hinter ihr heran und geriet in das seitliche Streulicht eines auf der benachbarten Fahrspur haltenden Autos. Alex erkannte daher das Herstellerlogo am Kühlergrill recht genau, auch das Kennzeichen, und ...
Ein metallischer Geschmack schoss ihr in den Mund. Das war ein Volkswagen. Ein Kombi. Vielleicht ein Golf.
Sie wählte die Nummer der Polizeizentrale und sagte: »Stietencron, Kripo. Könnt ihr für mich bitte ein Kennzeichen überprüfen?«
Die Ampel sprang wieder auf Grün. Alex fuhr weiter. Der Wagen hinter ihrem Mini schloss zu ihr auf. Alex nannte das Kennzeichen.

Der Kollege am anderen Ende der Leitung sagte, dass es zu einem Fiat Brava gehöre, der inzwischen abgemeldet sei und zuvor auf den Namen Antje an Huef zugelassen war.

Nach einer Schrecksekunde sagte Alex: »Das ist ein Tatverdächtiger, den wir wegen Mordes suchen. Er fährt gerade hinter mir. Ihr müsst sofort alle verfügbaren Streifenwagen losschicken.«

Sie gab ihren genauen Standort sowie ihre Fahrtrichtung durch und wog ihre Optionen ab. Zunächst fuhr sie einfach weiter und achtete mehr auf den Rückspiegel als auf den Verkehr vor ihr. Sie könnte versuchen, den Wagen in eine Sackgasse zu locken. Bloß wo? Vielleicht ein größerer Parkplatz an einem Supermarkt oder dem Heimwerkerfachgeschäft, auf das sie gerade zufuhr. Doch was, wenn der Kombi dann einfach weiterfahren würde, statt ihr zu folgen? Gut, sie würde das merken, könnte sich dann hinter ihn setzen, aber …

Auf der Gegenfahrbahn kamen zwei Polizeiwagen mit Blaulicht herangerauscht. Die zwei Fahrspuren dort waren durch einen breiten bewachsenen Mittelstreifen von der getrennt, auf der sich Alex befand. Die Streifenwagen würden wahrscheinlich an der Kreuzung, die sie mit ihrem Mini eben passiert hatte, eine Kehrtwende vollziehen, um in die richtige Fahrtrichtung zu wechseln. Dann wären sie hinter dem Golf. Und Alex vor ihm. Wenn Alex also versuchen würde, ihn zu blockieren, säße er in der Falle.

Sie riss die Augen weit auf und sah nach links und rechts, um sich einen Überblick zu verschaffen. Packte das Lenkrad fester. Starrte wieder in den Rückspiegel. Der Golf war immer noch da. Das Blaulicht ein Flimmern im Hintergrund. Wenn sie jetzt eine Vollbremsung hinlegte, würde es einen heftigen Auffahrunfall geben. Unbeteiligte würden darin verwickelt werden – und der Verkehr floss hier immerhin mit sechzig Stundenkilometern. Vor ihr öffnete sich die Straße zu einer großen Kreuzung. Platz genug, dachte Alex. Andere Autos hätten genug Raum, um ausweichen zu können. Aber sollte sie das wirklich riskieren?

Und jetzt vollzog der Golf einen heftigen Ruck auf die rechte Fahrspur. Verschwand hinter Alex. Der Fahrer musste das Blaulicht erkannt haben und wollte sich absetzen. Er nahm Alex damit die Entscheidung ab. Sie dachte: Jetzt oder nie.

Alex biss die Zähne zusammen, riss das Lenkrad herum und stieg gleichzeitig auf die Bremse. Es gab einen heftigen Ruck. Auf der schneeglatten Fahrbahn brach das Heck des Mini aus. Er drehte sich um die eigene Achse und rutschte mitten in den Verkehr auf der rechten Fahrspur. Alex hörte Hupen. Erkannte um sich herum ein Feuerwerk aus Abblendlichtern, Bremsleuchten und Ampelsignalen. Schließlich stand sie mit dem Mini quer mitten auf der Kreuzung und sah, wie sich direkt vor ihr ein dunkler Golf Kombi mit röhrendem Motor seinen Weg über den Bürgersteig bahnte und die Front ihres Wagens dabei fast abrasierte.

Als Nächstes nahm Alex wahr, wie ein Stadtbus mit der Längsseite auf sie zurutschte. Sie duckte sich. Es wurde mit einem Mal dunkel im Wagen, als der Schatten des Busses den Mini erreichte. Lautes Schnaufen, als dessen Bremsen entlüfteten. Aber ein Aufprall blieb aus. Alex blickte wieder auf. Der Bus stand nun ebenfalls quer auf der Kreuzung. Weitere Fahrzeuge bremsten ab. Ein ohrenbetäubendes Hupkonzert und Aufblenden war die Folge, als der Feierabendverkehr vollends zum Erliegen kam.

Alex sprang aus dem Wagen. Sie riss den Kopf herum, sah aber nirgends mehr den Kombi. Dafür die Lichter der beiden Polizeiwagen, die sich durch den aufgestauten Verkehr wühlten. Einer raste halb über den Bürgersteig, halb auf der Straße auf sie zu. Der andere nahm den Weg über den Parkplatz des Baumarkts, um hinter der Kreuzung wieder auf die Fahrbahn zu gelangen. Schließlich bremste der erste Streifenwagen. Kam kurz vor dem Bus zum Stehen. Ein Blondschopf streckte den Kopf aus dem Fenster. Finja. Sie hatte Alex und ihren Wagen erkannt.

»Wo isser hin?«, schrie sie.

Es gab drei Möglichkeiten. Er war geradeaus auf dem Innenstadtring weitergefahren. Er war von der Kreuzung nach links ins Zentrum abgebogen. Er hatte den Wagen nach rechts gesteuert, wo es ins Gewerbegebiet und wieder zur Bundesstraße ging. Auf dem Stadtring tobte der Verkehr. Das Zentrum war ein Gewirr aus Einbahnstraße und eine Falle. Alex hatte keine Ahnung, welchen Weg der Kerl genommen hatte – aber sie wäre ins Gewerbegebiet geflohen.
Sie rief zurück: »Keine Ahnung! Ich schätze ins Gewerbegebiet!«
Finja hatte verstanden und hob die Hand. »Schaff deinen Wagen von der Kreuzung, Alex!«
Im nächsten Moment gab der Streifenwagen wieder Vollgas und bog nach rechts ab. Weiteres Geheul von Martinshörnern war zu hören – zwei Streifenwagen, die in Richtung Zentrum preschten. Schließlich übertönte Hupen die Sirenen.
Alex blickte auf und sah in die Gesichter von Menschen, die sich an den Busfenstern die Nasen platt drückten. Passanten waren auf dem Bürgersteig stehen geblieben, um sich die Sache zu beschauen. An einigen der querstehenden Autos waren die Seitenscheiben herabgelassen worden. Die Fahrer fluchten und riefen Alex Dinge zu, die sie in dem Hupkonzert nicht verstand. Einer war sogar ausgestiegen und beschimpfte Alex fuchsteufelswild als »blöde Ziege«. Sie machte abwehrende Gesten, griff in ihre Tasche und zog den Dienstausweis und ihre Marke hervor und rief: »Polizeieinsatz! Tut mir leid! Polizei!«
»Das ändert überhaupt nichts!«, brüllte sie der Mann mit hochrotem Kopf an.
Alex machte erneut eine entschuldigende Geste und hielt dem Kerl ihren Ausweis hin, worauf der nur wutschnaubend abwinkte. Dann stieg sie schnell wieder in den Mini, schaltete den Warnblinker ein und wühlte sich mit dem Wagen durch das Chaos, wobei sie weiterhin ihren Ausweis mit der Marke mit der freien Hand vor

die Windschutzscheibe hielt. Schließlich erreichte sie den Supermarktparkplatz. In einer Haltebucht blieb sie stehen. Sie vergrub das Gesicht in den Händen und atmete einige Male tief durch. Schließlich sah sie wieder nach vorne zur Kreuzung, wo der Bus und die anderen Fahrzeuge rangierten und endlich weiterfuhren.
Gott sei Dank, dachte Alex, war nichts passiert. Alles, was sie jetzt noch tun konnte, war abzuwarten. Die weitere Verfolgung des Tatverdächtigen war nun Sache der uniformierten Kollegen. Und früher oder später würde sie erfahren, ob sie ihn erwischt hatten – oder nicht. Dieses Mal hatte er sich zu weit aus seinem Versteck gewagt. Alex ließ den Motor wieder an, um zurück nach Hause zu fahren und der Dinge zu harren. »Dich bekomme ich«, murmelte sie zu sich selbst. »Dich bekomme ich.«

52.

Der Kombi rumpelte im Leerlauf mit ausgeschaltetem Licht über den vereisten Schotter des Parkplatzes. Eingefasst von dunklen Tannen lag er außerhalb der Stadt am Ufer des Lemfelder Stausees. Alle Haltebuchten waren leer, gesäumt von aufgeschobenen Schneebergen. Aus dem diffusen Dunkel dahinter wuchsen die Umrisse des Überlaufturms und die Konturen der Staumauer empor. Wo sie begann, mündete der Parkplatz in eine Böschung. Sie führte hinab zur vereisten Wasserfläche, die aussah, als wäre sie gerade mit Schlagsahne bestrichen worden.

Der Mann hielt an. Er hämmerte mit den Fäusten auf das Lenkrad und fluchte. Dummkopf, Idiot, Blödmann. Sein Speichel benetzte das Armaturenbrett. Er presste beide Hände gegen die Schläfen, und ihm entfuhr ein Jaulen. Die Finger fühlten sich eiskalt an. Eiskalt und nass, während ihm der Schweiß auf der Stirn stand. Er war viel zu weit gegangen. Hatte sich eitel aus der Deckung begeben, sich fahrlässig überschätzt und dafür die Quittung erhalten.

Trotzdem war es verdammt ungerecht, dass diese tumben Taugenichtse und Nichtsnutze in Uniform ihm nun auf den Fersen waren. Aber es half nichts. Es gab keinen Weg mehr zurück in die Stadt. Sein Wagen war sicher zur Fahndung ausgeschrieben. Es würde überhaupt nichts bringen, wenn er nun die Kennzeichen abmontierte, die er damals als Trophäen von Antjes Wagen gestohlen hatte. Es würde überall von Polizisten wimmeln. Sie würden jeden Wagentyp, der seinem auch nur ansatzweise ähnelte, anhalten und überprüfen.

Der Mann senkte den Kopf. Dann hob er ihn wieder an und blickte in Richtung des Sees, unfokussiert, so dass vor ihm alles verschwamm. Der Wagen musste verschwinden. Sofort. Was einerseits nicht so schlimm war. Er hatte ihn gebraucht und sehr güns-

tig mit zweihunderttausend Kilometern auf dem Tacho gekauft und überhaupt nur deswegen angeschafft, weil ein Kombi für seine Zwecke praktischer war als eine Limousine. Künftig würde er auf sein anderes Fahrzeug zugreifen müssen. Nicht so gut, weil es deutlich auffälliger war als der Golf. Kein Allerweltswagen. Aber das ließ sich nun nicht mehr ändern.
Der Mann trat die Kupplung durch, legte den ersten Gang ein und rollte auf die Böschung zu. Sie war nicht allzu steil, verlief in einem Gefälle von etwa zehn Prozent zum Ufer. Er nahm an, dass das Eis wegen der Strömungen nahe der Staumauer dünn sein würde und das Gewicht von über einer Tonne niemals würde halten können. Der Wagen würde versinken, und über Nacht würde sich eine neue Eisschicht bilden. Niemand würde anderntags etwas bemerken und auch später nicht – es sei denn, der See würde irgendwann einmal abgelassen oder ein Ölfilm auf der Oberfläche schwimmen, und ein Ölfilm könnte viele Gründe haben.
Der Mann nahm den Gang heraus, zog den Zündschlüssel ab und stieg aus dem Wagen. Er schloss die Tür und lauschte in die Stille. Dann ging er um den Kombi herum und stemmte sich mit seinem ganzen Gewicht gegen die Heckklappe. Er spürte, wie sich das Auto bewegte, und hörte die Reifen im verharschten Schnee knirschen. Schließlich setzte es sich von selbst in Bewegung und rollte die Böschung hinab.
Der Mann verfolgte, wie der Kombi an Fahrt gewann. Schließlich erreichte er das Ufer. Die Vorderreifen setzten auf die Eisfläche auf. Danach die Hinterreifen. Durch den Schwung rollte der Wagen etwa dreißig Meter weit auf den Überlaufturm zu. Er wurde langsamer, immer langsamer und blieb stehen.
Die Eisfläche begann zu singen. Es klang abwechselnd, als würden abgedämpfte Stahlsaiten gezupft und Äste zerbrochen. Dann wurde es wieder totenstill.
Der Mann starrte auf den zugefrorenen See und wartete darauf, dass

etwas geschah. Aber es passierte nicht. Der Kombi blieb, wo er war.

Der Mann hatte das Gefühl, als ob ihm eine eisige Hand durchs Rückgrat fuhr und sein Herz umklammerte. Wieso brach der verdammte Wagen nicht durch das Eis? Einfache Antwort: Es war stabiler, als er angenommen hatte. Schlecht, dachte der Mann, Ganz schlecht. Katastrophal.

Er überlegte fieberhaft, ob er hinterherlaufen sollte. Den Wagen noch einmal anschieben bis zum Überlaufturm, wo das Eis ganz sicher dünner war. Aber was, wenn er dort selbst einbrechen würde? Er faltete die Hände, massierte sich die Knöchel. Und hörte wieder etwas. Kein Knacken oder Zerspringen. Ein Auto näherte sich.

Dem Mann stellten sich die Nackenhaare auf. Das Motorengeräusch drang von der Straße herüber. Er sah sich über die Schulter um und redete sich ein, dass das Auto in jedem Fall weiterfahren würde. Tat es aber nicht. Es klang vielmehr, als verlangsamte der Fahrer das Tempo, um in die Einfahrt zum Parkplatz abzubiegen. Wer sollte abends bei diesen Minusgraden hierherkommen, fragte sich der Mann. Es gab verschiedene Möglichkeiten. Jogger. Ein Liebespärchen. Förster. Die Polizei, die nach einem Wagen suchte, der jetzt mitten auf der Eisfläche stand.

Nun waren zwei Lichtpunkte zu erkennen. Noch klein, aber sie wurden größer. Erst jetzt wurde dem Mann schlagartig klar, dass nicht nur sein Wagen wie auf dem Präsentierteller dastand. Er selbst tat das ebenfalls.

Er blickte sich hektisch um, erkannte an der Böschung ein kleines Gebäude, an dessen Wand ein gelbes Schild mit einem Blitzsymbol befestigt war. Ein Verteilergebäude. Nicht groß, aber groß genug. Geduckt lief er dorthin. Hockte sich in den Schnee. Presste sich an die dem Parkplatz abgewandte Mauer. Starrte weiter auf die Eisfläche und hoffte, dass der verdammte Kombi endlich absoff. Wieder hörte er ein Knacken. Und dann ein Krachen. Die Front seines Autos senkte sich mit einem Ruck ab, verschwand bis zur Hälfte in der Öffnung. Schwarzes Wasser quoll hervor.

Der Mann biss sich in den Knöchel seiner Hand, rutschte mit den Knien dicht an den Oberkörper, um sich so klein zu machen wie möglich. Das Motorengeräusch hinter ihm wurde lauter. Er sah nach links und erkannte den Lichtkegel der Autoscheinwerfer. Schließlich schien der Wagen anzuhalten. Vielleicht zehn Meter vor dem Verteilerhäuschen, wo der Mann kauerte und nun die Luft anhielt, um seinen Standort nicht durch Atemfahnen zu verraten.

Wieder gab es vom Eis her ein Krachen und Knirschen. Nun brach auch das Heck des Kombis ein – gerade in dem Moment, als im Rücken des Mannes ein Strahler entflammte und die Begrenzung des Parkplatzes sowie den Beginn der Böschung in gleißendes Licht tauchte. Mach schon, Scheißkarre, dachte der Mann und kniff die Augen zusammen. So fest, dass er Tränen unter den Lidern hervorpresste. Der Puls hämmerte in seiner Halsschlagader.

Als er die Augen wieder öffnete, war der Kombi endlich verschwunden. Eisschollen ploppten dort hoch, wo er eben noch gestanden hatte. Sie bildeten eine ebene Fläche, die wie eine zerbrochene Kachel aussah – gerade in dem Moment, als das Licht des Scheinwerfers über die Böschung strich, das Ufer abtastete und sich dann seinen Weg entlang des Waldrands suchte.

Gott sei Dank, dachte der Mann, obwohl er nicht an Gott glaubte. Gott sei Dank.

Seine Lungen brannten vom Luftanhalten. Lange würde er nicht mehr durchhalten, und er überlegte, ob er in seinen Schal atmen könnte. Würde die Wolle den Dampf filtern? Schlagartig wurde es dunkel. Der Suchscheinwerfer war ausgeschaltet worden. Reifen gruben sich durch den Schnee. Es klang, als riebe man Styropor aneinander. Das Schnurren des Motors wurde wieder leiser. Der Wagen verschwand.

Der Mann sog die eiskalte Luft ein wie ein Ertrinkender. Er verharrte in seiner Position, bis um ihn herum nur noch Stille war. Erst dann stand er auf. Jetzt erst bemerkte er, dass er vor Aufregung zitterte. Tränen strömten ihm über die Wangen. Er schluchzte tief, was seinen Körper erbeben ließ. Es war so unfair, dachte er. Ungerecht. Es tat so schrecklich weh, auf diese Art gedemütigt zu werden. Beinahe hätten sie ihn erwischt, und jetzt musste er den langen Weg zu Fuß zurück in die Stadt schleichen. Mitten in der Nacht und bei dieser Kälte.

Es dauerte einige Minuten, bis er sich gesammelt hatte. Dann machte er sich auf den Weg und überlegte, dass doch nicht er schuld war an dieser beschissenen Situation. Es war die Schuld der Jägerin. Sie war endlich im Spiel und hatte ihm aufgezeigt, womit zu rechnen war. Er ließ die Hand in der Manteltasche verschwinden, wo sie das Rasiermesser fand. Der Daumennagel kratzte über die geriffelten Griffschalen. Wir werden sehen, dachte der Mann. Wir werden sehen.

53.

Von: lwl-landesmuseum@lemfeld.de
Betreff: Weiterleitung Faxnachricht Moosleitner
Dateianhänge: 1

Lieber Kollege Berner,

mein Sekretariat hat mir Ihren Begutachtungswunsch weitergeleitet. Wegen der Feiertage komme ich erst jetzt dazu, Ihnen zu antworten.
Bei dem mir zur Verfügung gestellten Piktogramm handelt es sich mit sehr hoher Wahrscheinlichkeit um Nsibidi, eine westafrikanische Bilderschrift. Man nimmt an, dass sie aus Nigeria stammt und ihre Ursprünge als Geheimschrift hat. Sie findet bis heute Verbreitung. Sie ist sehr pittoresk und wird auch auf Textilien gemalt, die zu rituellen Zwecken eingesetzt werden. Die Vielfalt von Nsibidi und seiner regionalen Unterschiede macht ohne weitere Detailkenntnis zur Herkunft eine präzise Übersetzung schwer. Eines bezeichnet zum Beispiel Leopardenfell. Im Zusammenhang mit den übrigen Symbolen würde ich vorschlagen wollen, dass mit der Inschrift vor Raubkatzen gewarnt werden könnte bzw. die Urheberschaft einer Jägergemeinschaft oder deren Revier markiert werden soll.
Wegen der Kürze der Zeit bitte ich Sie um Nachsicht in Bezug auf meine nur frakturhafte Einschätzung.

Herzlich, Ruedi Moosleitner

Alex starrte auf den Bildschirm. Im Licht der Schreibtischlampe leckte sich Hannibal die Pfoten. Eine Warnung vor Raubkatzen. Die Reviermarkierung eines Jägers, verfasst in einer Geheimsprache, und es war darin die Rede von Leopardenfell. Sie dachte an die beiden Morde in Afrika, von denen sie erst vor wenigen Stunden über ViCTOR erfahren hatte. An das Leopardenfell, das an den Tatorten in Lemfeld gefunden worden war.
Wie hing das alles zusammen?
Wie in Trance griff Alex nach links, wo ein nagelneuer Post-it-Block lag. Sie riss die Plastikverpackung ab. Dann nahm sie einen Edding und begann, jedes Blatt mit einem neuen Schlagwort zu versehen.
Nach einer halben Stunde war der Block fast voll, und Alex blätterte ihn durch wie ein Daumenkino. Sie ging in die Küche, stellte sich vor den amerikanischen Kühlschrank und klebte Blatt für Blatt auf die Tür. Am Ende schimmerte nichts mehr von der silbern glänzenden Edelstahloberfläche durch den blassgelben Zettelwald. Alex trat einen Schritt zurück. Sie sortierte die Zettel neu. Und wieder. Und noch ein weiteres Mal. Schließlich, als die Geschichte erstmals einen Sinn zu ergeben schien, klingelte das Telefon. Schneider meldete sich auf eine SMS von Alex zurück.
Wie ein Wasserfall ergossen sich die Informationen aus Alex. Sie erzählte von der Verfolgung. Dass es womöglich der Täter gewesen war. Sie berichtete von dem Kennzeichen. Dass der Kerl am Ende doch entkommen war. Doch bevor sie zum Wesentlichen kommen konnte, zu dem, was ViCTOR ihr geflüstert hatte, schnitt ihr Rolf das Wort ab. »Alex«, sagte er und gähnte, »es ist dreiundzwanzig Uhr, ich komme gerade vom Line-Dancing und kann mir das jetzt alles sowieso nicht merken. Lass uns das morgen zu christlichen Zeiten besprechen.«
Alex ging vor dem Kühlschrank auf und ab und schwieg eine Weile. War das zu fassen?

»Rolf. Hast du mir gerade überhaupt zugehört?«
»Mir ist nichts entgangen. Und ich muss sagen: Wow, ach du Scheiße, Gott sei Dank hast du 'ne Streife vor der Tür. Und die Kollegen werden gerade sicher die ganze Stadt filzen, um die Karre von dem Dreckskerl ausfindig zu machen. Aber ich hab jetzt trotzdem Feierabend – und du ebenfalls. Über alles Weitere reden wir morgen.«
Alex zupfte sich nervös an der Haut über ihrem Kehlkopf. »Okay. Ich kann nicht von mir auf andere schließen. Du wirst ja auch nicht von einem Irren verfolgt und bekommst Briefe von ihm.«
»Alex, komm runter.«
»Mhm.«
»Houston an Alex! Bitte wieder in den Erdorbit eintreten!«
Alex schloss die Augen und schnaubte. »Ist ja schon gut.«
»Mein Gott, stell den Fernseher an, lenk dich ab. Nimm 'ne Schlaftablette. Wir sind alle nur Menschen, und jetzt wirst du eh nichts mehr erreichen.«
Alex wollte noch etwas sagen, ließ es aber bleiben. Sie sagte: »Du hast recht.«
Dann beendeten sie das Gespräch. Schneider hatte natürlich recht. Aber was nützte ihr das?
Alex legte das Handy auf den Küchentisch, öffnete den mit Post-it-Zetteln gepflasterten Kühlschrank und starrte in das gutgefüllte Innere. Links lagen die Wurstverpackungen übereinandergeschichtet, rechts daneben der Käse, nach Sorten aufgeteilt. Darüber standen die Joghurts, sortiert nach Geschmacksrichtung, darunter nahmen Obst, Möhren, Kohlrabi, Salat, Avocados und weiteres Gemüse die restlichen zwei Drittel ein. Im Getränkefach standen vier Mineralwasserflaschen wie Zinnsoldaten aufgereiht, daneben eine ungeöffnete Flasche Ouzo, die ihr Schneider letztes Jahr aus dem Duty-free-Shop vom Flughafen auf Samos mitgebracht hatte. Sie dachte kurz an Mama, dann murmelte sie: »Egal«, nahm die Fla-

sche raus, öffnete den Verschluss und setzte sie an die Lippen. Der Anisschnaps explodierte im Magen, von wo sich eine wohlige Wärme ausbreitete.

Sie ging zurück an den PC und sah, dass eine E-Mail von Mario Kowarsch eingegangen war. Ein Bericht für die Kommission. In der Mail ging es um das Opfer von Schloss Oberloh. Zur genaueren Bestimmung des Todeszeitpunkts sollten ein kriminalbiologisches sowie ein anthropologisches Gutachten erstellt und die Leiche bis dahin unter Verschluss gehalten werden. Laut dem vorläufigen rechtsmedizinischen Bericht, der Spurensicherung und der erkennungsdienstlichen Untersuchung war das Opfer eine Frau, zwischen zwanzig und fünfundzwanzig Jahre alt, etwa eins siebzig groß und sechsundfünfzig Kilo schwer, mit kurzgeschnittenen blonden Haaren und auffällig lackierten Fingernägeln. An einigen Hautresten hatte sich ablesen lassen, dass sie Tätowierungen hatte. Außerdem war am Tatort ein Piercing gefunden worden – eines, das für gewöhnlich durch die Zunge gestochen wird. Alles in allem, schrieb Kowarsch, gab es somit eine Reihe von Übereinstimmungen mit den erkennungsdienstlichen Merkmalen einer vermissten Person.

Alex schraubte gedankenverloren ihren Kugelschreiber auf und legte die Einzelteile parallel vor sich hin. Der zerlegte Stift sah mit der Spirale, der Mine und den beiden Gehäuseteilen aus wie eine zum Reinigen auseinandergebaute Waffe. Dann las sie weiter.

Am Donnerstag, dem 14. Juli dieses Jahres, war eine Vermisstenmeldung eingegangen. Sie betraf Heike Fischer, dreiundzwanzig Jahre alt, wohnhaft in Herbertsheide, einem Lemfelder Ortsteil. Sie arbeitete in den Abendschichten als Kassiererin an einer Tankstelle und daneben als Aushilfe in einem Nagelstudio. Sie war montags nicht zur Arbeit erschienen und blieb auch an den Folgetagen verschwunden. Die Leiterin des Nagelstudios gab eine Vermisstenmeldung auf. Ihr Arbeitgeber bei der Tankstelle hatte sich hingegen keinen großen Kopf um ihr Verschwinden gemacht und ausgesagt, es passiere in dem Job häufiger, dass Angestellte von heute auf morgen wegblieben.

Heike Fischer wohnte in einem Zwei-Zimmer-Apartment und hatte die Miete Monat für Monat bar bezahlt statt über einen Dauerauftrag. Die Wohnung hatte einen aufgeräumten Eindruck gemacht. Laufende Handyverträge waren nicht gekündigt worden, ebenfalls nicht der Finanzierungsvertrag für einen nagelneuen Seat, für den nach einer Anzahlung von zehntausend Euro nur noch eine letzte Rate fällig war. Kurz: Heike Fischer war spurlos verschwunden.

Alex betrachtete einige gescannte Fotos. Das erste war eine Art Partybild und zeigte Heike Fischer mit einem Cocktail in der Hand, die Haut von der Sonne verbrannt, lachend und in die Kamera prostend. Im Mund glitzerte etwas – wahrscheinlich das Zungenpiercing. Ein junges Mädchen, das es sich gutgehen ließ.

Aber da war etwas in ihren Augen, das Alex stutzen ließ, und der leere Ausdruck darin war nicht auf das Blitzlicht der Kamera zurückzuführen. Sie erkannte ihn auch in den nächsten beiden Bildern: einem Passfoto und einer weiteren Urlaubsaufnahme, die Heike Fischer im Bikini zeigte. Hier waren die Tätowierungen auf dem Unterschenkel, der Schulter und der Hüfte zu erkennen. Sie wirkten, als sollten sie einmal miteinander verbunden werden. Heike Fischer, dachte Alex, war im Wandlungsprozess und wollte sich vielleicht eine neue Haut überstreifen.

Laut ihrem Vermieter soll sie nur oberflächliche und schnell wechselnde Bekanntschaften gepflegt haben. Demzufolge konnte man annehmen, dass sie ein unstetes Leben führte und sich eventuell als Gelegenheitsprostituierte etwas nebenher verdiente – immerhin hatte sie eine stolze Summe für ihren Wagen bar angezahlt. Angehörige gab es keine. Heike Fischer hatte außerdem, bevor sie vor drei Jahren in die Gegend von Lemfeld zog, in einem betreuten Wohnprojekt gelebt: Sie war Waise – und in späteren Jahren von einer Pflegefamilie adoptiert worden.

»Mist«, flüsterte Alex und baute den Kuli wieder zusammen.

Es passte alles ins Bild. Alle Opfer waren Mitte bis Anfang zwanzig, Waisen, hatten eine Zeit in Pflegeheimen gelebt und waren wie Antje adoptiert worden. Heike Fischer, Nele Bender, Antje an Huef – alle drei hatten einen solchen Hintergrund und schienen ein Doppelleben geführt zu haben – aus welchen Motiven auch immer.

Alex ging zur Balkontür, vor der Hannibal lag wie eine Sphinx. Sie blickte hinaus in die Nacht. Die Sterne glitzerten wie Nadeln in einem schwarzen Stück Stoff, und der ...

Der Mond. Scheiße, dachte Alex, der Mond.

Sie lief zurück zum Computer, googelte nach einem Mondphasenkalender, schlug ihr Notizbuch auf und glich einige Daten ab. Sie fügte neue Notizen hinzu. Heike Fischers Todestag könnte Freitag, der 15. Juli gewesen sein. An dem Tag war Vollmond gewesen. Auch Nele Bender und Antje an Huef waren zwei bis drei Tage vor einer Vollmondnacht verschwunden, und jeweils einen Tag vorher waren die Liedtexte verschickt worden, in denen es stets um den Mond ging. Was bedeutete, dass der Täter der Polizei vierundzwanzig Stunden Zeit ließ, ihn aufzuhalten. Tatsächlich blieb weniger Zeit, denn die Briefe kamen erst an, wenn bereits Vollmond war. Es blieben also nur zwölf bis vierzehn Stunden.

Aber wie passte das zu dem, was ihr ViCTOR über die anderen, sehr ähnlichen Mordfälle zugeflüstert hatte?

Sie waren in Afrika begangen worden, an der Elfenbeinküste. Alex musste dringend mehr darüber wissen. Auf der Homepage der französischen Botschaft fand sie eine Kontaktadresse der Polizei an der Elfenbeinküste. Über einen Webmail-Server loggte sie sich mit ihrem dienstlichen E-Mail-Account ein, denn auf eine private Mail würde sicher niemand antworten. Mit Hilfe eines deutsch-französischen Online-Wörterbuchs für einige Fachbegriffe verfasste sie eine Anfrage an die Gendarmerie in der Hauptstadt Abidjan. Danach suchte Alex nach einer Flugverbindung und schickte sich den Link dazu selbst als E-Mail. Eventuell würde sie die bald brauchen.

54.

Das Videovernehmungszimmer war für Befragungen von Minderjährigen oder Zeugen und Opfern von Sexualdelikten vorgesehen. Heute allerdings saß dort jemand, der im dringenden Verdacht stand, ein Serienmörder zu sein.

Die Kamera verfügte über eine Fernsteuerung, mit der man auch zoomen konnte. Die Fernsteuerung befand sich im Nebenraum. Ohne zu fragen, griff Alex nach dem kleinen Joystick und drückte den Hebel so lange nach vorne, bis das Gesicht des Mannes den Flachbildschirm vor ihr vollständig ausfüllte.

Alex fragte: »Wer ist das, und was hat das alles zu bedeuten?«

Schneider streckte sich in dem unbequemen Holzstuhl aus und zog sich dabei die Hose hoch. Reineking drehte eine Kaffeetasse in der Hand. Er trug Jeans und einen Rollkragenpullover. Die Sache mit den Anzügen hatte er an dem Tag aufgegeben, an dem der Landrat hatte verlauten lassen, dass Veronika die Leitungsstelle bekam. Gestern war ihr erster offizieller Arbeitstag als Dezernatsleiterin gewesen. Sie war mit einem Paukenschlag eingestiegen, wie es schien.

»Elmar Hankemeier«, sagte Reineking und strich sich über eine Geheimratsecke, »dreiundvierzig Jahre, selbständig, alleinstehend. Hat das Geschäft seines Adoptivvaters übernommen und vermietet Baugerüste, womit er sich eine goldene Nase verdient hat. Sie haben ihn gestern festgenommen.«

Alex sah fragend vom Monitor auf.

Schneider machte eine abwehrende Geste. »Ich hatte davon keine Ahnung, keinen Schimmer.«

Reineking holte tief Luft und hielt sie einen Moment an. »Ich bis gestern Abend ebenfalls nicht«, stieß er hervor. »Aber es sieht nach einem Volltreffer aus. Hankemeier hatte über GetLove Kontakt zu allen drei Opfern. Sie haben Online-Profile ausgewertet, Vergleiche angestellt, Schnittmengen gefunden und diese überprüft. Hankemeier hat mit zweien der drei Opfer gemailt, sie ausgefragt, sich mit ihnen verabredet und eine nach der anderen gevögelt. Das dritte Opfer vielleicht ebenfalls, wissen wir aber noch nicht.« Reineking blätterte lustlos in einigen Papieren. »Er hat den Kontakt mit den Opfern bestätigt, will den Mordverdacht unbedingt ausräumen, weswegen er sich kooperativ zeigt. Sie haben einen DNA-Schnelltest und eine Blutuntersuchung durchgeführt. Das Ergebnis sieht schlecht für ihn aus. Es passt zu den Spuren an den Opfern.«

»Damit«, sagte Schneider und öffnete seinen Gürtel ein Stück, »steckt er ziemlich tief in der Scheiße.«

»Sein Rechtsanwalt und der Staatsanwalt waren vorhin da«, erklärte Reineking. »Für Hankemeier ist Untersuchungshaft angeordnet worden. Veronikas Dobermänner knöpfen ihn sich schon die ganze Nacht lang vor. Es wurden zwei private Handys sichergestellt, ein Laptop, ein Tablet und ein PC, und sie nehmen heute Vormittag Hankemeiers Firma auseinander.«

Alex knibbelte an der Unterlippe und musterte das Gesicht auf dem Bildschirm. Hankemeier war attraktiv, sportlich, ein Frauentyp. Jemand, der einem von Anfang an vertraut schien, weil er dem Typus Mann entsprach, den man schon viele Male in Werbungen oder Prospekten gesehen hatte. Wahrscheinlich kam Alex deswegen irgendetwas an ihm bekannt vor. Hankemeier war erfolgreich im Beruf, hatte Geld und war Single. Frauen mussten ihn umschwirren wie Motten das Licht – und trotzdem hatte er es offenbar mehr auf lose Bettbekanntschaften abgesehen. Vielleicht hatte er sogar gezielt Kontakt zu Frauen gesucht, die wie er adoptiert waren. Zumindest dürfte es ihn angesprochen haben, wenn er von dieser Notiz in der Biographie seiner Gespielinnen erfuhr – was wiederum dafür sprechen würde, dass die Beziehungen tiefer gewesen sein mussten oder die Opfer sehr viel Vertrauen zu Hankemeier aufgebaut hatten. Andererseits wäre jemand wie ein intelligenter Psychopath charmant und geschickt genug, solche Informationen gezielt aus seinen Gegenübern herauszulocken. Sie überlegte, dass wahlloses sexuelles Verhalten und der exzessive Bedarf an aufregenden Erlebnissen sowie die Unfähigkeit zum Empfinden echter Liebe auch Kriterien für Psychopathie waren. Aber für so eine Diagnose wusste sie viel zu wenig über Hankemeier.

Sie fragte: »Steht er auf Musik?«

»Er hat eine sehr teure Anlage zu Hause und im Auto«, sagte Reineking. »Scheint ihm wichtig zu sein.«

»Hat er eine Art Zimmer, in dem er ...«

»Er hat über seine Bekanntschaften Buch geführt. Ein kleines Notizbuch. Seine Mädels auf einer Zehnerskala bewertet. Außerdem ist ein VW Kombi auf ihn zugelassen. Firmenwagen.«

Alex zuckte zusammen, als sich die Tür öffnete. Es war Veronika Martens. Sofort schien die Temperatur im Zimmer zu sinken. Veronika trug einen karierten Rock, ein selbstgefälliges Lächeln sowie ein Papptablett mit einigen belegten Brötchen in der Hand. Eine goldene Brosche funkelte an ihrem schlammfarbenen Pullover.

»Morgen zusammen«, sagte Veronika. »Ein kleines Frühstück zu meinem Einstand, jemand Appetit?«

Als niemand außer Schneider zugriff, stellte sie das Tablett auf den Tisch neben die Steuerungskonsole und warf einen Blick auf den Bildschirm. Dann sah sie zu Alex. »Sie waren gestern bei der OFA?«

Alex starrte auf die Brötchen und fragte: »Wieso erfahren wir von der Festnahme erst jetzt?«

»Hat sich vorher nicht ergeben. Mettwurst, Schinken, Lachs und Ei. Greift zu.«

Alex griff nicht zu. Sie wartete ab, ob jemand etwas sagen würde.

Reineking etwa. Wenn, dann vor allem er. Aber niemand sprach.
Nur Veronika fragte erneut: »Also, was war mit der OFA?«
Alex sog tief die Luft ein und stieß sie beim Antworten wieder aus.
»Stemmle hat gesagt, wir sollen ihm alles Material nebst Anträgen zuschicken. Es würde allerdings einige Wochen dauern, und so lange müsse man eben mit mir vorliebnehmen.«
Veronika strich sich den Rock glatt. »Gut, dann machen Sie die Anträge fertig, Alex. Beziehungsweise: Du. Ich finde, wir können endlich mal das blöde *Sie* weglassen, nicht?«
Alex kaute auf der Unterlippe. Schneider kaute an seinem Brötchen. Reineking starrte Löcher in die Wand.
Alex fragte: »Kann ich mit Hankemeier reden?«
»Nein«, antwortete Veronika. »Ich will die Vernehmung nicht aus der Hand geben. Die Kollegen machen das.«
»Deine Kollegen«, verbesserte Alex.
»Unsere Kollegen.« Veronika verschränkte die Arme vor der Brust und musterte Alex. Dann sah sie auch Schneider und Reineking an, die unbeteiligt an Veronika vorbeiblickten.
Veronika erklärte: »Natürlich passt es euch nicht, dass die Festnahme nicht auf euer Konto geht. Aber das hier ist keine Soloshow.«
Sie machte eine kurze Pause. *Keine Soloshow,* dachte Alex. Aber genau die hatte Veronika abgezogen. Und Reineking verlor nach wie vor kein Wort darüber. Schneider stopfte sich sogar ihre Brötchen rein. Alex hatte das Gefühl, jeden Moment zu explodieren.
Veronika fuhr fort: »Der Staatsanwalt ist sehr zufrieden. Der Landrat lässt seine Glückwünsche ausrichten. Ich habe für heute Nachmittag eine Pressekonferenz angesetzt. Die Einladungen dazu sollten gleich rausgehen.«
»Ist das nicht etwas voreilig?«, fragte Alex, um Fassung bemüht.
»Bitte?«
»Ich habe einige Erkenntnisse erlangt, die ich gerne überprüfen würde.«

»Ich wiederhole gerne, dass ich deine Analysen schätze, Alex«, sagte Veronika, »die im Fall der dritten Leiche zu guten Ergebnissen geführt haben. Aber wir haben hier einen Hauptverdächtigen in U-Haft, und persönliche Eitelkeiten werden wir hier nicht mehr bedienen. Davon abgesehen, werden wir in Kürze Wochenpläne führen und darin persönliche Zielvereinbarungen formulieren ...«
Schneider hustete, als habe er sich am Brötchen verschluckt.
»... deren bindende Einhaltung ich von euch einfordern möchte, um unsere Effizienz zu verbessern«, vollendete sie ihren Satz mit Blick auf Schneider. »Du hast eine Frage, Rolf?«
Er winkte ab und wischte sich einen Brötchenkrümel vom Hemd.
»Nee, alles super.«
Alex sortierte einige vor ihr liegende Zettel und faltete einen davon mehrmals zusammen. »Persönliche Eitelkeiten«, sagte sie und versuchte, das Beben in ihrer Stimme zu unterdrücken, »haben wir ja auch schon genug gepflegt.«
»Was soll das heißen?«, fragte Veronika ungerührt.
»Ist es eine Dienstanweisung, das zu erläutern?«
»Ja.«
»Wir sind einige Male bei Befragungen gewesen, um jeweils zu erfahren, dass du schon jemanden hingeschickt hattest. Du hast es nicht für nötig befunden, uns mit ins Boot zu nehmen und über Resultate zu informieren. Statt koordiniert vorzugehen ...«
»Es gibt kein Uns und kein Euch«, erwiderte Veronika kalt. »Außerdem darf ich nur daran erinnern, wie ich neulich in eure kleine ›Lemfelder Runde‹ reinplatzte. Da kann man nun nicht gerade von kooperativem Verhalten sprechen, oder? Aber wir spielen hier kein Kasperletheater. Wir haben einen dringend Tatverdächtigen festgenommen.«
»Mit dem ich nicht reden darf.«
»Für die Befragung sind andere besser qualifiziert.«
»Ich ...«

Veronika machte eine abschneidende Geste. »Schreib einen Bericht über deine Erkenntnisse, den wir in die Ermittlung einfließen lassen. Und du kannst dir bitte vor Augen führen, dass dein Konto nach der Sache im Gymnasium nicht mehr viel auf der Haben-Seite verbucht. Ob du nun von einem Irren belagert wirst, der dich verfolgt, oder nicht. Das zählt in der Sache nichts, Alex, auch wenn es dich zum Opfer stigmatisiert. Märtyrer haben noch keinem genutzt.«
Alex gab ein ersticktes Keuchen von sich.
Veronika fragte: »Habe ich mich verständlich ausgedrückt?«
»Ja«, fauchte Alex in das betretene Schweigen.
»Gut.« Veronika nickte. Dann wandte sie sich zur Tür. »Ich habe jetzt keine Zeit mehr. Wir werden eine größere Pressekonferenz anlässlich der Festnahme eines Tatverdächtigen geben, und die muss ich vorbereiten. Schönen Tag noch.«
Alex' Hals fühlte sich an, als habe sie einen Apfel hinuntergeschluckt, der irgendwo in der Mitte stecken geblieben war.
Sie fragte: »Veronika?«
Veronika verharrte in der offenen Tür, ohne sich umzusehen. »Ja?«
»War Hankemeier einmal beruflich in Afrika?«
»Nein. Nicht dass wir wüssten.« Sie knallte die Tür hinter sich zu.
Schneider stieß einen Pfiff aus, der klang, als würde die Luft aus einem Wasserball herausgelassen. »Scheiße«, sagte er und zupfte sich in den Haaren herum, die er immer noch nicht hatte schneiden lassen.
Alex sammelte sich einen Augenblick. Dann sagte sie: »Es kann doch wohl nicht wahr sein, dass ihr keinen Piep dazu sagt, was diese Kuh da hinter unserem Rücken abzieht!«
Reineking zuckte mit den Schultern. »Was nutzt das denn?«
Schneider schüttelte vage den Kopf: »Ich rege mich inzwischen schon nicht mehr darüber auf. Und Drachenladys mit Widerhaken an den Ellbogen ist das doch eh total egal, was du denen erzählst. Das ist vergeudete Energie.«

»Es ist aber nicht in Ordnung, so ein Verhalten zu tolerieren – ich meine: Wie soll das weitergehen? Dann muss eben Möbius dazwischenhauen!«

»Die will klarmachen, wer der neue Sheriff ist. Sie arbeitet mit ihren Leuten zusammen, weil sie sie besser kennt als uns. Wenn ihre Bulldoggen wieder abgezogen sind, wird sie kapieren, dass sie mit uns und keinem anderen die nächsten zwanzig Jahre klarkommen muss. Dann sind wir an der Reihe, und früher oder später wird sie das kapieren.«

Alex verzog das Gesicht. »Also, ich weiß ja nicht.«

»Und was willste bei Möbius? Heulen, dass die böse Veronika uns die Förmchen aus der Hand genommen hat? Der hat eine Verhaftung und einen Staatsanwalt und Landrat, die sich darüber freuen, dass die neue Chefin sofort einen Treffer gelandet hat.«

»Trotzdem bin ich jetzt wieder die Blöde, weil ihr so dermaßen abgestumpft seid und nicht die Zähne auseinanderbekommt.«

»Mein Opa hat immer gesagt: Wer sich aus dem Fenster hängt, dem weht auch der Wind ins Gesicht. So ist das nun mal, also beschwer dich nicht.«

Alex winkte ab. Zwecklos. Schneider und die Weisheiten seines Opas – mittlerweile fragte sie sich, ob es diesen Opa wirklich gab. Er lächelte. »Gehen wir was trinken?«

Alex zog die Gutscheine vom Art-Café aus der Hintertasche ihrer Jeans und knallte sie auf den Tisch.

»Gehen wir was trinken«, antwortete sie.

55.

Alex starrte durch die beschlagenen Scheiben des proppenvollen Art-Cafés am Marktplatz, in dem wechselnde Ausstellungen lokaler Künstler gezeigt wurden. Im Sommer standen unzählige Korbstühle draußen vor der Tür, und man musste an schönen Tagen ausgesprochenes Glück haben, um einen freien Platz zu ergattern. Jetzt rangierten dort Lieferwagen mit SUVs und Kleinlastern um die Wette, die die Holzbuden des Weihnachtsmarkts abholten. Direkt nebenan lag ein Schnellfriseur namens »Cutter«, wo Zehn-Euro-Schnitte zu donnernder Black-Music zu bekommen waren. Schneider hatte sich gerade einen solchen gegönnt. Dabei hätte Alex fünfzig Euro gewettet, dass er einen Friseur von der alten Sorte bevorzugen würde, einen, der morgens um sechs öffnete und abends um acht schloss, eine Föhnfrisur wie Engelbert trug und beim Festknoten des Schutztuchs kurz fragte »Wie immer?«, bevor er aufs Wetter oder auf die Bundesliga zu sprechen käme.

»Ah, lecker«, sagte Schneider jetzt, strich sich über die gerade abgeschnittenen Haare und freute sich an dem Birnenkuchen, der ihm von einem schlaksigen Kellner mit Buddy-Holly-Brille und Backenbart namens Artur Jäger serviert wurde.

Jäger blickte unsicher zwischen Kowarsch und Reineking hin und her, die beide telefonierten, und stellte ihnen jeweils eine Tasse Schokolade mit Sahnehäubchen hin, ließ Schneiders Apfelschorle folgen und plazierte schließlich einen doppelten Café Americano vor Alex. Sie schob Jäger die Gutscheine zu, der sagte: »Ähm, könnte vielleicht sein, dass es heute Abend etwas lauter wird. LAN-Party bei mir.«

»Wow?«, fragte Alex und überlegte, ob Artur in seinem anderen Leben wohl eher eine vollbusige Zauberin, eine schlanke Elfe oder einen Drei-Meter-Ork abgab.

Jäger nickte. »Ein paar Freunde kommen mit ihren Rechnern rüber, und wenn man ein Headset aufhat – na ja, ist man manchmal irgendwie etwas lauter dann.«

»Kein Problem«, lächelte Alex zu Artur, der sich wieder entfernte und dabei immer noch unsicher guckte – so, als würde Alex mit dem Paten von Lemfeld und ein paar Auftragskillern an dem kleinen Bistrotisch sitzen.

»Apfelschorle zum Birnenkuchen?«, fragte sie Schneider und schloss ihre eiskalten Hände um die Tasse.

»Ich soll nicht so viel Kaffee trinken und mehr Obst essen, sagt Maria«, antwortete Schneider und biss in seinen Kuchen.

Alex tippte nebenbei auf ihrem Smartphone herum. Eine E-Mail war eingegangen. Sie war im Kriminalkommissariat des Polizeipräsidiums von Abidjan an der Elfenbeinküste abgeschickt worden. Alex überflog die Zeilen. Sie verstand genug Französisch, um zu begreifen, dass ihre Befürchtungen sich bewahrheiteten und man ihr zu den beiden von ihr angefragten Fällen keine Daten digital zur Verfügung stellen konnte. Dafür war die Kontaktadresse nebst Telefonnummer eines ermittelnden Polizisten namens Roger M'Obele angegeben worden. Alex beschloss, ihm später zu schreiben.

Kowarsch beendete sein Telefonat. Auch Reineking legte sein Handy beiseite und schlürfte die Sahne von der Schokolade ab. Ein wenig davon blieb an seiner Nasenspitze hängen. Er wischte es weg. »Also«, sagte er und sah Alex an, »was hast du für uns?«

Alex erzählte von ihrem Termin beim LKA, von ViCTOR und dem, was die Datenbank ausgespuckt hatte. Sie begann mit den Fällen aus Afrika.

»Vor etwa sechs Jahren«, erklärte Alex und breitete Kopien der ViCTOR-Ausdrucke auf dem Bistrotisch aus, »sind zwei deutsche Krankenschwestern in Afrika an der Elfenbeinküste ums Leben gekommen. Die Umstände ihres Todes sind vergleichbar mit unseren

Fällen. Die Totenscheine wurden von einem skandinavischen Arzt ausgefüllt. Er war der Leiter eines Dschungelkrankenhauses, in dem die beiden jungen Frauen gearbeitet hatten. Tod durch Raubtierangriff war auf den Totenscheinen vermerkt. Allerdings, und das hat mich stutzig gemacht, sind die entsprechenden Urkunden und Dokumente für die deutschen Behörden von der Mordkommission der Gendarmerie in Abidjan überstellt worden. Es gab also Ermittlungen. Die Todeszeitpunkte habe ich mit einem Kalender verglichen: Es war jeweils Vollmond. Und ich glaube, das ist eine Konstante. Er schlägt immer bei Vollmond zu.«
»Du meinst«, fragte Reineking ungläubig, »dass unser Mann bereits in Afrika zugeschlagen hat?«
»Es spricht einiges dafür«, erwiderte Alex. Sie schilderte, was ihr der Züricher Ethnologe über die Zeichen mitgeteilt hatte.
Kowarsch krempelte sich die Ärmel auf. Er schien bereits zu schwitzen. »Scheiße, ist das so eine Voodookacke? Und was soll das jetzt heißen? Der Typ, den Veronika festgenommen hat, ist der Falsche? Stattdessen suchen wir irgendeinen durchgeknallten Asylbewerber?«
Alex verdrehte die Augen.
»Farbiger mit Migrationshintergrund wollte er sagen«, meinte Schneider.
»Was ist deine Hypothese, Alex?« Reineking trank etwas Schokolade.
Alex zögerte und schob einen Beutel Zucker auf dem Tisch herum.
»Es ist wirklich nicht mehr als eine vage These ...«
»Schieß endlich los«, sagte Schneider, nahm mit dem Finger ein paar Kuchenkrümel auf und ließ sie im Mund verschwinden.
»Es klingt ziemlich verrückt, aber ... Aber ich könnte mir vorstellen, dass der Täter sich für eine Art Werwolf hält, einen Gestaltenwandler, der sich in eine Raubkatze transformiert und zu bestimmten Zeitpunkten seine Beute schlägt. Er tötet bei Vollmond, weil

der Mond ihn verwandelt und zugleich fasziniert. Er kündigt seine Morde vierundzwanzig Stunden vorher an, um uns Zeit zu geben, ihn zu stoppen. Das ist sein Spiel – er ist ein Jäger, und es macht ihm Spaß, ebenfalls gejagt zu werden. Er gibt uns in den Liedtexten Hinweise auf sich selbst, seine Leidenschaft für den Mond und die Orte, an denen er zuschlagen wird. Er wählt Frauen aus, die Waisen sind, Adoptierte, Doppelexistenzen geführt haben und sich sexuell offensiv verhalten. Möglicherweise ist er selbst ein Waise und hat negative Erlebnisse mit Prostitution gehabt. Weiter hat er sich eine Zeitlang in Afrika aufgehalten, was den Täterkreis einschränkt.«

Reineking sagte: »Du hast es eben selbst von Veronika gehört: Bei Hankemeier sind bislang keine Auslandsaufenthalte bekannt. Der Mann hatte in Lemfeld ein Geschäft zu führen. Allerdings stehen wir erst am Anfang der Ermittlungen. Unabhängig davon hat er Kontakte zu den Opfern zugegeben. Seine DNA fand sich bei mindestens zwei Opfern. Seine Handys sind noch nicht ausgelesen, die E-Mails ebenfalls noch nicht – aber garantiert werden wir irgendwelche telefonische oder Mail-Kontakte zu den Opfern bestätigen. Er ist der Hauptverdächtige, und sie krempeln derzeit sein Leben von links nach rechts – da wird sicher noch mehr herauskommen.«

»Vielleicht habe ich ja auch unrecht«, schränkte Alex ein. »Aber ich habe keinen Schimmer, aus welchen Gründen sich ein Gerüstbauer wie Hankemeier in diesem Teil Afrikas aufgehalten haben sollte.«

»Ein karitatives Hilfsprojekt«, sagte Reineking.

»Komm, dazu ist der nicht der Typ. Kann ich mir zumindest nicht vorstellen.«

»Vielleicht auch beruflich. Irgendwelche Baumaßnahmen, Aufträge. Keine Ahnung.«

»Wie auch immer, Afrika spielt eine Rolle, richtig?«

Reineking zuckte mit den Schultern.

»Bald ist wieder Vollmond. Spätestens dann wird wieder ein neuer Text in meinem Briefkasten landen – oder eben nicht. Und dann werden wir wissen, ob Elmar Hankemeier wirklich der ist, den wir suchen. Aus der Haft wird er kaum Briefe versenden.«

»Die Beweislast gegen Hankemeier ist erdrückend«, redete Reineking dazwischen.

»Vielleicht ist er nur eine arme Sau«, sagte Schneider. »Vielleicht hängt ihm der eigentliche Täter an den Hacken und grast Hankemeiers Liebschaften ab.«

Alex schwieg eine Zeitlang. Dann fuhr sie fort: »Was die Taten in Afrika angeht, wird es nicht einfach sein, mehr Details in Erfahrung zu bringen.« Sie deutete auf ihr Handy. »Ich habe eben eine E-Mail von den dortigen Kollegen abgerufen. Ihr Aktenmaterial ist alt und nicht digitalisiert. Abgesehen davon gibt es wegen der politischen Zustände an der Elfenbeinküste derzeit nur eingeschränkte Möglichkeiten, das Internet zu nutzen. Um an weitere Informationen zu gelangen, müsste ich ein internationales Amtshilfeersuchen stellen, was zum gegenwärtigen Zeitpunkt wahrscheinlich niemand genehmigen würde und was jede Menge Behördenkram bedeutete. Aber es gibt einen anderen Weg.«

Alex warf Reineking einen Blick zu. Er schien ihre Gedanken lesen zu können, starrte dann aber wieder in seine Schokolade, nahm einen Löffel, rührte darin herum und schwieg.

»Du willst nicht im Ernst da runterfliegen? Mitten in ein Krisengebiet?«, fragte Schneider.

Alex nickte und ließ Reineking nicht aus den Augen.

»Veronika reißt dir den Kopf ab«, redete Schneider weiter.

»Wenn ich privat verreise, kann ihr das doch egal sein. Sie macht doch eh alles auf eigene Faust«, erklärte Alex und ließ den Blick nicht von Reineking. »Mein Abteilungsleiter könnte mir drei Tage freigeben, ohne sich gegenüber der neuen Direktionsleiterin rechtfertigen zu müssen. Weil ich eine Pause brauche, nervlich am Ende bin, weil mich der Täter verfolgt. Weil ich sogar schon die neue Chefin anpampe vor lauter Stress.«

Reineking blickte weiter in seine Schokolade, ließ den Löffel abtropfen und legte ihn auf die Untertasse. Er fragte: »Wie sicher bist du dir mit dieser Afrika-Sache?«

»Ziemlich.«

»Ich denke«, sagte er nach einer weiteren Pause, »die Belastung der letzten Tage durch die Briefe des Täters und diese Verfolgungen hat dir zu schaffen gemacht. Weiter solltest du deine Einstellung zu der neuen Chefin überdenken und etwas entspannen. Drei Tage sollten dafür reichen.«

Alex lächelte. »Okay.«

Reineking blickte sie ernst an. »Ich habe keine Ahnung, was du in deiner Freizeit machen willst. Und ich will davon erst etwas erfahren, wenn es Relevanz hat.«

Alex nickte.

Schneider faltete die ViCTOR-Kopien zusammen und pfriemelte sie in seine Innentasche. »Elfenbeinküste. Muss man sich da nicht impfen lassen?«

Alex zuckte mit den Achseln. Darüber hatte sie noch gar nicht nachgedacht. Vielleicht sollte sie Dr. Pfeiffer mal fragen, ihren Arzt, bei dem sie wegen des Knöchels heute noch einen Termin hatte. Falls er sie nicht hochkant rauswerfen würde.

56.

Alex wischte sich über die Augen. Sie war müde, und die chillige Musik hier im Wartezimmer und die warme Luft taten ein Übriges. Dr. Pfeiffer würde sich gleich noch einmal ihren Knöchel ansehen, und sie würde sich noch einmal nach allen Regeln der Kunst bei ihm für den Vorfall kürzlich entschuldigen.

Auf dem LCD-Fernseher an der Wand liefen abwechselnd Bilder von N-TV, die Unruhen in Marokko zeigten, sowie Werbeslogans, die für kostenpflichtige Wirbelsäulenvermessungen in der Praxis oder die Unterstützung von »Ärzte ohne Grenzen« warben. Alex starrte vor sich hin, während die Zeit dahinfloss. Zeit, die sie eigentlich nicht hatte. Also zog sie ihr Handy aus der Tasche. Gut, dass es Smartphones gab. Sie tippte eine E-Mail an die Kontaktadresse bei der Polizei in Abidjan, kündigte ihren persönlichen Besuch an und schickte sie ab – verbunden mit der Bitte, die Einreiseformalitäten abzuklären. Nicht ganz einfach ohne Wörterbuch, aber mit dem Ergebnis war sie zufrieden. Dann rief sie die E-Mail mit dem Link zur Homepage von Air France auf, die sie sich selbst geschickt hatte. Sie hatte Glück und konnte kurzfristig für morgen die Hinreise und für übermorgen den Rückflug buchen.

Gerade hatte sie auf »Senden« gedrückt und die Bestätigung gelesen, als sie von der Sprechstundenhilfe ins Behandlungszimmer gebeten wurde. Dort wartete bereits Dr. David Pfeiffer, der wieder eine weiße Jeans und ein rotes Polo trug.

»Dem Fuß geht's besser?«, fragte er und begrüßte Alex mit einem Handschlag.

»Ja«, bestätigte sie. »Ich war sogar schon wieder laufen.«

Pfeiffer verzog das Gesicht und wies Alex mit einer Geste an, auf der Behandlungsliege Platz zu nehmen. Unaufgefordert schnürte sie sich den Stiefel auf und zog den Strumpf aus. Alex blickte zu

dem Arzt auf. »Herr Pfeiffer, ich möchte mich noch einmal ausdrücklich bei Ihnen entschuldigen. Ich muss Ihnen einen Mordsschrecken eingejagt haben. Das war wirklich nicht meine Absicht.«
»Sie tun Ihre Arbeit. Irgendeiner muss sich ja um solche Dinge kümmern, und ich bin ziemlich froh, dass ich das nicht bin. Was soll ich sagen: Dumm gelaufen, oder?«
Alex lächelte. »Ja, scheint so.« Sie war erleichtert, glimpflich davongekommen zu sein.
Er setzte sich auf einen Hocker, stellt Alex' Fuß auf seinen Oberschenkel und tastete den Knöchel ab. »Ich muss Ihnen nicht sagen, dass die Lauferei nicht gerade heilend wirkt?«
»Ich weiß.«
»Schmerzen?«
»Nein.«
»Gut.« Pfeiffer tätschelte Alex' Fuß, stieß sich am Boden ab und rollte auf dem Hocker zum Schreibtisch. »Die Schwellung ist zurückgegangen. Alles in Ordnung.« Er lächelte und griff nach der Computertastatur, um seinen Befund in ihre Akte einzutragen. »Haben Sie den Einbrecher denn noch gefasst?«
Sie schüttelte den Kopf. »Die Kollegen aus dem Streifenwagen haben sich noch einmal umgesehen, aber leider keine Spuren entdeckt.«
»Na, jedenfalls bin ich einigermaßen beruhigt, dass die Polizei in meiner Straße relativ fix bei der Sache ist.«
»Sagen Sie«, fragte Alex, während sie sich den Socken wieder überzog, »ich habe im Wartezimmer diese Werbung für Ärzte ohne Grenzen gesehen. Wissen Sie, ob ich für eine Reise nach Afrika Malaria-Tabletten benötige oder etwas Ähnliches? Irgendwelche Impfungen?«
»Afrika?« Pfeiffer blickte von der Tastatur auf.
Alex nickte. »Eine spontane Dienstreise, hat mich etwas überrumpelt, und ...«

»Wohin genau?«

»An die Elfenbeinküste«, sagte Alex, schlüpfte in den Stiefel und begann, den Schnürsenkel in den Ösen einzuhaken.

Pfeiffer schien einen Moment nachzudenken. Dann tippte er weiter und fragte: »Die Behörden dort haben Sie informiert?«

»Ja.«

»Schon mal gut.«

Alex zupfte die Jeansaufschläge über den Stiefelschaft und stand auf. »Wie ich sagte, es war sehr plötzlich. Ich werde voraussichtlich auch nur einen Tag da sein und ...«

»... und am besten gehen Sie einfach davon aus, dass sich das alles wie von selbst regelt.«

»Klingt für mich nicht so nach einer Patentlösung.«

»Wenn man eines in Afrika und bei einer Organisation wie Ärzte ohne Grenzen lernt, dann ist es einerseits Improvisieren sowie andererseits Gottvertrauen.«

»Sie waren mal dort?«

»Ja, zwei Jahre in Tansania. Ein Freund von Ärzte ohne Grenzen und Studienkollege von mir arbeitet in einer reisemedizinischen Praxis in einem Ärztezentrum und hat die staatliche Zulassung von der WHO als Gelbfieberimpfstelle für das Land NRW. Deswegen kann ich Ihnen auch ziemlich verlässlich sagen, dass Sie eigentlich Impfungen brauchen, es dafür aber längst zu spät ist, wenn Sie morgen fliegen.«

»So ein Mist.« Alex warf Pfeiffer einen Blick zu und versuchte, sich nicht anmerken zu lassen, was sie gerade dachte. Afrika, dachte sie. Pfeiffer und Afrika. Aber Tansania lag ganz woanders. Tausende Kilometer weit entfernt von der Elfenbeinküste. Ihr fielen die Bilder im Büro des Heimpädagogen vom Luisenstift ein. Aber wahrscheinlich war es hier wie mit einem neuen Auto: Wenn man sich für ein bestimmtes Modell einer bestimmten Marke interessierte, sah man es mit einem Mal überall. Vielleicht waren einfach nur ihre Sinne sensibilisiert und das Wort Afrika ein Trigger, das sie aufmerken ließ.

Pfeiffer sagte: »Welche Behörden haben Sie denn kontaktiert? Staatliche?«

Alex nickte.

»Polizeiliche Ermittlungen?«

»Ich darf darüber nicht sprechen, aber ...«

Pfeiffer machte eine wegwerfende Handbewegung. »Wer darf das schon. Na ja, dann gehen Sie mal davon aus, dass Ihre afrikanischen Kollegen das mit den Einreiseformalitäten sicherlich unbürokratisch irgendwie für Sie regeln.«

»Okay.« Alex seufzte. Es schien, als würde ihr nichts anderes übrigbleiben.

Pfeiffer stand auf und zwinkerte Alex zu. Er reichte ihr die Hand. »Ich wünsche Ihnen eine gute Reise.«

57.

Na großartig, dachte Alex. Vertrauen darauf, dass sich alles schon von selbst regelte. Das entsprach ihrer Lebenseinstellung so ganz und gar nicht. Der von Jan schon eher. Jan – sie würde ihn anrufen müssen, um ihm zu sagen, dass sie kurzfristig wegmusste. In dem Zusammenhang dachte sie an Hannibal. Zwar war Alex des Öfteren mal über Nacht fort, und ihr Kater kam ein oder zwei Tage auch gut alleine klar, ohne dass er gefüttert werden musste. Allerdings könnte es Mia vielleicht Spaß machen, sich um ihn zu kümmern. Eine vertrauensbildende Maßnahme, dachte Alex. Zwar auf Hannibals Kosten, aber er würde das sicher aushalten.

Sie ging von der Praxis zu Fuß nach Hause. Sie grüßte die Kollegen, die im vor ihrem Haus parkenden Streifenwagen saßen. Offenbar hatte Veronika noch nicht daran gedacht oder keine Zeit gehabt, daran zu denken, den Personenschutz abzuziehen, da sie ja annahm, mit Hankemeier den Killer und damit jede Gefahr aus dem Verkehr gezogen zu haben. Dieses Mal war ein anderes Team vor Ort, nicht Finja und Jürgen. Sie erklärte ihnen, dass sie einige Tage freihabe und einen Kurztrip unternehmen werde, um ein wenig auszuspannen, und versprach, sich zu melden, sobald sie wieder da und im Dienst sei.

Im Treppenhaus zwängte sie sich an einigen Mittzwanzigern vorbei, die mit Laptop-Taschen und Bierkisten vor Artur Jägers Tür standen. Gewiss eine Gruppe des angekündigten World-of-Warcraft-Clans. Einer von ihnen trug ein Sweatshirt mit der Aufschrift »Computer Corner«.

Alex grüßte die Jungs mit einem Nicken, die ihr mit offenem Mund hinterhersahen. Gleichzeitig öffnete sich Jägers Wohnungstür. Artur begrüßte seine Kumpel lautstark und winkte der vorbeihuschenden Alex zu. Auf dem Treppenabsatz hielt Alex einen Moment inne. Sie dachte daran, was Schneider im Café gesagt hatte. Dass der eigentliche Täter dem inhaftierten Hankemeier an den Hacken kleben könnte. Sie drehte sich um und trabte die Stufen wieder hinunter.

»Hi«, sagte sie, lächelte und strich sich eine Strähne aus der Stirn. »Oder wie heißt das bei euch Elfenkriegern? Ehre und Stahl? Es kann nur einen geben?«

Der Gamer mit dem Werbeshirt und sein Freund gackerten. Alex musste unweigerlich an Beavis und Butt-Head denken. Die dummen Comicfiguren von MTV.

Beavis zog die Nase hoch. »Nee, wir sind keine Elfen, keine Sorge. Ehre und Stahl – das ist doch aus diesem Sparta-Film 300, oder?« Er stieß seinen Kumpel an, der »Gladiator« sagte.

»Ach so«, meinte Alex schulterzuckend.

»Da ist erst die Vorhut«, erklärte Jäger. »Und wenn das zu laut wird nachher, sag mir einfach Bescheid, okay?«

»Ich bin eh nicht da, lasst die Schwerter ordentlich klingen.«

Butt-Head, der einen knöchellangen schwarzen Mantel mit Silberschnallen trug, grinste.

»Aber«, fuhr Alex fort, »ihr kennt euch doch sicher mit Computern aus?«

Beavis nickte, wobei sich sein ganzer Körper zu bewegen schien. »Joah. Ich hab da ja so'n Geschäft.«

»Und zwar das verdammt beste in der Stadt, die Computer Corner«, fügte Artur an und klang richtiggehend stolz. Beavis ließ das Lob teilnahmslos über sich ergehen. »Und Krüger hier ist Netzwerk-Admin bei der Sparkasse.«

Alex vergrub die Hände in den Hintertaschen ihrer Jeans. Erstaunlich. Butt-Head tauschte also in der Freizeit den grauen Anzug und die rote Krawatte gegen Gothic-Bekleidung.

Sie sagte: »Na, dann bin ich ja an der richtigen Adresse. Eigentlich ist das auch nur eine theoretische Frage: Ist es möglich, sich in soziale Netzwerke wie GetLove oder Facebook zu hacken und zum Beispiel unter der Identität eines Nutzers mit dessen Freunden zu kommunizieren?«

Beavis und Butt-Head wechselten einen Blick. »Hacken muss man da gar nicht. Wozu sich die Mühe machen?«, erklärte Beavis. »Man kann mit einer Remote-Software übers WLAN auf einen anderen Computer gehen und den dann steuern oder überwachen. Kommt auf die Sicherheitseinstellungen der jeweiligen Rechner an. So kann man sich auch Passwörter besorgen. Oder man schleust über einen Trojaner Keylogger ein, wenn man vollständig verfolgen will, was jemand in die Tastatur eingibt.«

»Oder man nimmt eine Stealer-Software«, ergänzte Butt-Head. »Die wird auch über einen Trojaner eingeschleust, der sich zum Beispiel in einer Bilddatei befindet oder einem Cookie und sich beim Öffnen installiert. Damit kann man Passwörter und E-Mails auslesen. Viele Accounts lassen sich ohnehin leicht cracken, weil die Leute sich bei ihren Passwörtern keine große Mühe geben und Namen von der Freundin, Nicknames, Geburtsdaten oder so etwas benutzen. Solche Trojaner kann man auch auf Smartphones schleusen, um die Handykommunikation zu überwachen.«

»Muss man dafür ein Spezialist sein?«, fragte Alex.

Butt-Head zuckte mit den Achseln. »Nö. Nur, was will man damit? Spyware einsetzen, um den ganzen Chatmüll und Info-Spam zu lesen?«

»Es gibt sicher viele Gründe«, sagte Alex.

Artur räusperte sich. »Alex ist doch bei der Polizei.«

»Ah«, machten Beavis und Butt-Head unisono und sahen so drein, als würden sie sich gerade vorstellen, wie Alex im Bikini und einer in die Hüfte gestemmten Maschinenpistole schnurren würde: »Was für böse Jungs – an die Wand und Beine auseinander.«

Alex winkte mit einem Schmunzeln ab. »Keine Sorge. Und diese Informationen werden nicht gegen euch verwendet werden – allerdings könnt ihr jederzeit gerne euren Anwalt konsultieren.«
Beavis und Butt-Head wechselten einen Blick. Dann lachte Jäger, und die zwei stiegen mit ein. Alex hob die Hand und winkte dem Trio zu. »Viel Spaß – und danke!«

58.

»Das ist echt voll der Brocken«, lachte Mia und hielt Hannibal im Griff wie einen Schwerverletzten, den sie gerade aus einem Autowrack gezogen hatte.

Alex schmunzelte, während Hannibal mit großen Augen abwechselnd seine Chefin und seine Transportbox anstarrte, die noch auf dem Flur in Jans Wohnung stand. Dann ließ Mia den Kater wieder runter. Er rannte sofort ins Wohnzimmer und verschwand unter dem Sofa, kam allerdings kurz darauf wieder hervor und sah sich herrschaftlich in der Gegend um.

Hannibal hatte schon öfter woanders kampiert. Als Alex im Krankenhaus gewesen war, hatte sich Helen um ihn gekümmert. Im Gegensatz zu anderen Katzen war er pflegeleicht, was Aufenthalte außerhalb seines Reiches anging. Wahrscheinlich empfand er sie als eine Erweiterung seines Imperiums.

Alex hatte mit Jan darüber telefoniert, was er von der Idee halten würde, wenn sie Mia bitten würde, auf den Kater zu achten. Er hatte sich sofort begeistert gezeigt. Mia sei ein echter Katzenfan. Und Alex hatte in dem Gespräch das Gefühl gehabt, dass Jan sich nicht minder freute. Nicht wegen der Katze. Sondern darüber, dass Mia in Alex' Gedanken eine Rolle spielte.

»Danke, dass du auf Hannibal aufpasst«, sagte Alex.

Mia lächelte und drehte sich wie eine Ballerina um die eigene Achse. Sie freute sich augenscheinlich sehr, Katzensitterin zu spielen. Vielleicht auch ein wenig über den Vertrauensbeweis.

Jan wuschelte sich durch die Haare. »Wenn er sich danebenbenimmt, bringe ich ihn ins Tierheim.«

Mia zog eine Flappe. Alex gab Jan einen Knuff. Er hob abwehrend die Hände. »Hey, war nur ein Spaß. Natürlich würde ich das niemals tun, wo ich ihn doch auch einfach aussetzen könnte.«

»Du bist sooo fies!«, schimpfte Mia.

»Stimmt«, sagte Alex grinsend, lockerte sich den Schal und öffnete den Reißverschluss der Jacke. »Ich werde mir das gut überlegen, ob ich von meiner Reise wiederkomme.«

Mia grinste. »Dann würde Hanni ja hierbleiben, nicht?«

Alex nickte. »Aber nur unter der Voraussetzung, dass du deinen Dad dann rauswirfst.«

Mia nickte ernst. »Klar.«

Es klingelte an der Tür. »Der Pizzadienst«, erklärte Jan. »Ich dachte, vor deinem Trip könntest du noch etwas zwischen die Rippen gebrauchen.«

Alex warf einen Blick auf die Uhr. Viel Zeit war nicht mehr, und vor ihrer Reise könnte sie eigentlich noch ganz etwas anderes von Jan gebrauchen als eine Pizza, aber dazu würde es jetzt wohl nicht mehr die Gelegenheit geben. Außerdem war ja Mia da.

Jan griff nach seiner Geldbörse, drückte den Türöffner und verschwand im Treppenhaus. Alex zog die Jacke aus, und hängte sie an der Garderobe auf. Sie spürte Mias Blicke auf sich. »Ist das eigentlich was Ernstes mit euch?«, fragte sie wie aus der Luft gegriffen.

Alex spürte, dass ihr die Hitze ins Gesicht schoss. »Ich denke schon.«

»Liebst du Dad?«

Alex räusperte sich. Wie erklärte man das einer Siebzehnjährigen, wenn man selbst keine Antwort darauf hatte? Wie war sie selbst mit siebzehn gewesen? Die Partyqueen von Oberkassel und schwer verliebt in Benjamin.

Alex sagte: »Ich bin verliebt in ihn. Liebe ist etwas, das erst später entsteht, wenn man viel Glück hat.«

»... oder zerbricht, wenn's scheiße läuft und die Typen oder man selbst es verbockt.«

»Du weißt Bescheid.«

Mia vergrub die Hände in den Taschen ihrer Flickenjeans und stellte die nackten Zehen übereinander. Sie grinste unsicher. »Klar.« Das Lächeln verschwand so schnell, wie es gekommen war. »Ich kann mich fast nicht mehr daran erinnern, wie es war, als Mama und Papa noch zusammengelebt haben. Ist schon beinahe zehn Jahre her. Früher habe ich gedacht, die beiden hätten das jeweils so gewollt mit der Trennung. Aber Mama hat ihn irgendwann wohl einfach nicht mehr genug geliebt. Was ich überhaupt nicht verstehen kann. Für mich ist er der tollste Typ überhaupt.« Sie zögerte und zeichnete mit dem großen Zeh eine Linie auf die lackierten Holzdielen. »Obwohl, manchmal ...«, Mia rollte mit den Augen, »... manchmal ist er voll der Spießer.«

»Wahrscheinlich sind das alle Väter von Töchtern. Weil sie nur das Beste wollen und meinen, sie müssten ihre Mädchen beschützen.« Mia nickte lächelnd. »Und du bist wirklich Polizistin und Psychologin?«

»Ja. Aber jetzt gerade nicht. Jetzt bin ich nur Alex.«

»So wie in CSI?«

Alex kräuselte die Nase. »Ein minikleines bisschen.«

»Hast du schon Tote gesehen?«

»Mehr, als mir lieb ist.«

Mias Augen weiteten sich. »Echt?«

Alex nickte.

»Und die Narbe da?« Mia streckte die Hand aus, wagte es aber nicht, mit einem ihrer schwarzlackierten Fingernägel Alex' Wange zu berühren.

Alex winkte ab. »Nur ein schlecht verheilter Kratzer. Mir hat mal jemand gesagt, das würde mir einen gefährlichen Look verleihen.«

»Es gibt auch viele Narben, die man nicht sehen kann«, sagte Mia leise.

»Das stimmt.« Alex schwieg einen Moment, um Mia Raum zu geben, falls sie noch etwas anfügen wollte. »Meist«, sagte Alex dann, »ist es diese Art von Narben, für die man selbst am wenigsten kann, die einen aber am stärksten prägen.«

Mia blickte zu Boden. Dann winkte sie schwach ab und sagte: »Egal. Habe ich nur so gesagt – wie man das eben so sagt. Blabla.«

»Ich weiß, dass man solche Narben auch schon mit siebzehn Jahren kennt.«

Mia kicherte und verwandelte sich mit einem Schlag wieder in ein kleines Mädchen. »Wie, du warst mal jung?«

Alex gab ein gespielt empörtes »Pah« von sich und sagte: »Ich war schon auf der Love-Parade, als du noch nicht mal geboren warst.«

»Du und Love-Parade? Wie geil ist das denn?«

»Cops lügen nicht. Aber: Pscht.« Alex legte einen Finger an die Lippe. »Das bleibt unser Geheimnis.«

»Krass.« Im Treppenhaus waren das Knallen der Haustür und Schritte zu hören. »Ich finde, du bist echt cool, Alex.« Die Worte gingen runter wie ein Schluck heißer Glühwein. »Wäre schön, wenn das mit euch klappt.«

Alex ging wortlos auf Mia zu und drückte sie. »Das fände ich auch sehr schön, Mia.«

Die Wohnungstür öffnete sich und fiel mit einem Rums wieder zu. »Pizza«, rief Jan und balancierte mit den Kartons an Alex vorbei in die Küche.

Mia klatschte in die Hände und huschte ihrem Vater hinterher. Hannibal schaute fragend aus dem Wohnzimmer und trottete auf den Flur, um Alex schnurrend um die Beine zu streichen. Sie beugte sich hinab und kraulte ihn zwischen den Ohren, bevor sie ebenfalls in die Küche ging, wo eine Pizza Hawaii und ein Glas Wein auf sie warteten.

Was war das hier?, fragte sie sich beim Hinsetzen. Eine Wohnung, die nicht ihre und in der ihr noch nichts vertraut war. Ein Fastfood-Abendessen mit einem Teenie und einem Mann, mit dem sie seit kurzem schlief. Und trotzdem fühlte es sich richtig an. So wie ein

Pullover, den man jahrelang nicht mehr getragen hatte und plötzlich neu für sich entdeckte.
Jan sah zufrieden zwischen Mia und Alex hin und her. Er zwinkerte Alex zu. Sie schenkte ihm ein Lächeln. Draußen fielen vereinzelte Schneeflocken in die Lichtkegel der Straßenleuchten. Ein Auto schnurrte vorbei. Das Geräusch drang wie durch Watte zu Alex. Die Stadt sah aus, als ruhte sie unter einem weißen Tuch, das hell in der Dunkelheit strahlte. Der Mond war aufgegangen.

59.

Der Mann stand in einer dunklen Hausecke und sah hinauf zu dem hell erleuchteten Fenster. Weiße Flocken hafteten auf den Schultern seines Mantels. Ein Auto fuhr langsam an dem Mini vorbei, den die Jägerin zwischen aufgetürmten Eisbrocken geparkt hatte. Der Schnee dämpfte das Motorengeräusch des Wagens, der hinter der nächsten Straßenecke abbog. Der Schnee dämpfte alles. Wie eine Decke.

Der Mann ballte die Hände vor seinem Mund zu einem Trichter und hauchte hinein. Ein trautes Idyll, dachte er. Ein geborgtes Glück, das er selbst nie erleben durfte. Und da war dieses Mädchen. Mia. Ein Kind noch, das an der Schwelle zur Frau stand.

Der Mann schüttelte verständnislos den Kopf. Glaubte die Jägerin, sie könne sich einfach so eine Familie nehmen? Und ein Kind dazu? Eines, das bereits fix und fertig war und keine Probleme machte? Redete sie sich ein, Muttergefühle ließen sich einfach so herbeizaubern? Nein, der Mann wusste es besser. Viel besser. Er hatte seine Lektion gelernt, und er war bereit, etwas von seinem Wissen weiterzugeben an die Jägerin.

Er ließ die Hände wieder in den Manteltaschen verschwinden. Die Jägerin wollte Mutter sein. Nun, das verlieh dem Spiel eine neue Note. Mischte die Karten neu. Brachte einen neuen Spielstein auf das Brett, ermöglichte eine neue Variante. Es wäre interessant, herauszufinden, wie ernst es der Jägerin war. Es wäre dazu erforderlich, ihr vor Augen zu führen, was Muttergefühle waren und was nicht. Dann würde sie ihn noch besser verstehen können.

Seine Gedanken drifteten dahin, verloren sich in einem Wirrwarr, in Erinnerungssplittern, Bildern und Wortfetzen. Mit verschleiertem Blick sah er wieder zum Fenster und glitt zurück ins Hier und

Jetzt. Denn zunächst galt es, etwas anderes zu erledigen. Futter für den Bohfimah zu besorgen.
Die Schritte des Mannes knirschten im Schnee.

60.

Na toll, dachte Jenny und sah erst auf die Uhr und dann auf ihr Handy. Immer noch keine SMS von ihm. Nichts.
Sie bestellte sich noch einen Mojito. Den dritten. Na und? Würde sie sich eben betrinken. Die beste Antwort darauf, wenn man versetzt worden war. Die White Stripes hämmerten *Seven Nation Army* aus den Boxen des *Jacks*. Der hypnotische Basslauf verschmolz mit dem Lachen, Gläserklirren und Gesprächsfetzen in der übervollen Kneipe, die ganz in Weiß eingerichtet war. Kronleuchter im Retro-Stil der siebziger Jahre hingen an der Decke und *Barbarella*-Plakate an den mit geometrisch gemusterten Tapeten beklebten Wänden. Die Luft war heiß und stickig.
Jenny starrte auf die Tropfen, die ihr letzter Cocktail auf dem Tresen der Bar hinterlassen hatte. Sie zeichnete mit dem Zeigefinger darin herum, stützte das Kinn in die Hand und kaute gelangweilt an einer Haarsträhne. Leise klirrten die Eiswürfel in dem Mojito, der ihr hingeschoben wurde. Jenny nickte der Bedienung dankend zu – irgendein Typ mit Dreitagebart, dessen Gesicht mit den Lichtern und Reflexionen der Spiegel wie in einem Kaleidoskop verschmolz. Sie sah erneut auf das Handy. Es war, als würde sie durch ein umgedrehtes Fernrohr blicken, und sie musste die Augen etwas verengen, um zu erkennen, dass sich nichts auf dem Display verändert hatte.
Jenny fasste nach dem eiskalten Glas und leerte es mit drei kräftigen Schlucken nahezu bis zur Hälfte. Der klare Rum entfachte ein Feuer in ihrer Speiseröhre.
Wahrscheinlich hatte der Arsch es sich anders überlegt, hatte eine andere zum Vögeln gefunden. Er hatte sie abgemeldet, weggeschoben, stehengelassen, den Vertrag gekündigt und nicht verlängert. Nicht dass sie das nicht gewohnt wäre. Sie hatte ihre Erfahrungen

damit, ungewollt zu sein. Schon ihre Eltern hatten sie abserviert und fortgegeben. Eltern – von wegen. Irgendwelche Leute. Fremde. Keine Ahnung.

Jenny trank noch einen tiefen Schluck und seufzte. Trotzdem war es hart, aufs Abstellgleis gestellt zu werden. Es fühlte sich komplett beschissen an und schmerzte wie ein Tritt mitten in ihr vernarbtes Herz.

»Tut es weh?«, fragte eine Stimme neben ihr.

»Was?«

Sie wirbelte herum. Die hastige Bewegung schien Schlieren nach sich zu ziehen. Wie bei einem Schwenk der alten Röhrenkameras in TV-Sendungen aus den Siebzigern. Im ersten Augenblick dachte sie, er sei doch noch aufgetaucht und stünde nun neben ihr. Und in gewisser Weise wies der Mann, der sie angesprochen hatte, Ähnlichkeiten mit ihm auf – ein spöttischer Zug um den Mund, das Alter, die Augen, und er war ebenfalls recht attraktiv. Ihr Blick hielt sich an seinem Gesicht fest.

»Du trinkst deinen Cocktail wie Mineralwasser. Du siehst traurig aus und schaust andauernd auf dein Handy. Du bist versetzt worden.«

»Geht dich das irgendwas an?«

»Noch nicht.«

Ihr Auflachen klang wie ein erstauntes Keuchen. »Wie bist du denn drauf? Lass mich in Ruhe.« Sie wandte sich zur Theke, trank noch etwas. Dann drehte sie sich wieder herum. »Außerdem tut mir nichts weh. Danke der Nachfrage.«

Der Mann schwieg und nickte zum Takt der Musik. Den Song, der jetzt das *Jacks* erfüllte, kannte sie nicht. Sie musste wohl fragend ausgesehen haben, denn der Typ erklärte: »Das ist von den B-52s – *There's a Moon in the Sky*.« Er schmunzelte. »Ich stehe drauf, wenn sie die alten Songs spielen.«

»Nie gehört.«

»Wenn du Glück hast, fliegst du auf einem Meteoriten aus Gold, wenn nicht, bekommst du Kryptonit verpasst.«
Sie runzelte die Stirn. »Hä?«
Der Mann lachte und trank einen Schluck Bier. »Ist ein Zitat aus dem Song.« Sie bekam langsam Probleme, sein Gesicht zu fixieren. Der Alkohol tat seine Wirkung.
»Was ist denn Kryptonit?«
»Das Einzige, was Superman verletzen kann. Sein ganz persönliches Gift.«
Jenny wandte sich wieder ab. Sie hatte keine Lust, sich weiter von dem Kerl volllabern zu lassen. Erst recht nicht mit so einem Unfug. Sie trank noch etwas.
»Wir alle haben unser Kryptonit. Dein Kryptonit ist die Einsamkeit, oder, Jenny?«
Der Schluck Rum blieb ihr im Hals stecken. Sie drehte sich wieder um. »Woher weißt du, wie ich heiße?«
Der Mann zwinkerte ihr zu. »Das«, sagte er, »ist eine etwas längere Geschichte.«

61.

Die Maschine der Air France landete nach einem nächtlichen Stopp in Paris gegen Mittag am Port-Bouët International Airport in der Küstenstadt Abidjan. Die frühere Hauptstadt der Elfenbeinküste stellte nach wie vor das politische und wirtschaftliche Zentrum des Landes dar. Der Flughafenterminal entsprach nach Alex' Einschätzung europäischen Standards, was man vom Klima nicht behaupten konnte. Der Januar galt hier als einer der heißesten und trockensten Monate.

Die Hitze schlug Alex wie eine Faust ins Gesicht, als sie mit dem Trolley das Hauptgebäude verließ. Kurz wurde ihr etwas schwindelig – sie war bei acht Grad minus abgeflogen, und hier herrschten knapp dreißig Grad plus. Die Luft roch würzig, stank nach Abgasen und drohte einem die Lungen zu versengen, wenn man zu tief einatmete.

Alex zog das Handy aus der Seitentasche ihrer khakifarbenen Cargohose, krempelte die Ärmel ihrer hellblauen Bluse auf und ging einige Schritte, um sich in den Schatten eines mit gelbem Staub überzogenen UN-Panzerfahrzeugs zu stellen, auf dem zwei dunkelhäutige Soldaten mit Blauhelmen saßen.

Erleichterung stellte sich ein, endlich da zu sein. Und es hatte keinerlei Probleme mit der Einreise gegeben. Auch nicht in Bezug auf die Impfung oder ein Visum – offenbar hatten die lokale Polizei oder das Innenministerium ganze Arbeit geleistet.

Sie schaltete das Telefon ein, wartete auf das Verbindungssignal, setzte die Sonnenbrille auf und hielt Ausschau nach jemandem, der sie abholen würde, da schon in der Empfangshalle niemand auf sie gewartet hatte – was anders abgesprochen gewesen war. Für einen Moment verspürte sie Panik bei dem Gedanken daran, sich allein und auf sich gestellt in dem Chaos einer westafrikanischen Großstadt zurechtfinden zu müssen, die zudem kurz vor einem Bürgerkrieg stand.

Alex hörte einen Motor aufjaulen und sah nach links. Sie registrierte einen heranrasenden schwarzen BMW. Er bog mit quietschenden Reifen um die Ecke und hielt direkt auf das UN-Fahrzeug zu. Die beiden Soldaten auf dem Wagen erwachten aus ihrer Lethargie, sprangen auf und griffen instinktiv nach ihren Waffen. Der BMW kam kurz vor der Stoßstange des Panzerwagens zum Stehen. Die Türen klappten auf. Zwei Männer sprangen heraus, riefen den aufgeregten Blauhelmen etwas in einer Sprache zu, die Alex nicht kannte, und hielten ihre Dienstmarken hoch.

Während der Beifahrer weiter mit den Soldaten redete, kam der Fahrer auf Alex zu. Er war mit Abstand der schwärzeste Mensch, den Alex bislang gesehen hatte, trug ein knallbuntes Hawaiihemd und darüber trotz der Hitze ein helles Sakko, das ein Schulterhalfter nur mäßig verdeckte. Seine Nase sah gebrochen aus. Seine Augen blickten nach überall und nirgends, als er noch im Gehen die Hand ausstreckte und in feinstem Französisch »Mademoiselle de Stietencron?« fragte. Alex bestätigte die Frage mit einem Nicken und erwiderte den Gruß des Mannes, der entweder auf Speed oder Adrenalin zu sein schien und sich jetzt als Roger M'Obele von der Mordkommission des DGPN, der Direction Générale de la Police Nationale, vorstellte. Er blickte auf seine massive Golduhr am Handgelenk.

»Wir sind spät dran«, sagte M'Obele und schob sich ein Kaugummi zwischen die porzellanweißen Zähne. »Kommen Sie.«

Schon im nächsten Moment ging er mit raumgreifenden Schritten zurück zum BMW, rief den schimpfenden Blauhelmen etwas zu und wartete ungeduldig darauf, dass Alex ihren Koffer verstaute. Dann ließ er seinen Beifahrer ans Steuer, der ebenfalls ein Schulterhalfter trug, knallte die Tür zu, nahm ein Blaulicht aus dem Fußraum, kurbelte das Fenster herunter, klemmte es auf das

Dach und schaltete es ein. Noch während Alex auf dem Rücksitz zwischen leeren Getränkedosen und Kartoffelchips-Verpackungen entschied, dass es besser wäre, sich anzuschnallen, setzte der Wagen aus der Parklücke und fuhr mit quietschenden Reifen los.

Abidjan lag wie eine wirre Ansammlung von Bauklötzen unter einer gelben Dunstglocke, über der sich ein stahlgrauer Himmel spannte. In einiger Entfernung war die Skyline der Stadt zu erahnen, die ein wenig an die von Frankfurt erinnerte. Allerdings steuerte der Polizist nicht auf der mehrspurigen Straße in Richtung Zentrum, wo sich das Hotel befand, das Alex noch vor dem Abflug online gebucht hatte. Vielmehr bog er ab und jagte in einem Irrsinnstempo über eine breit ausgebaute Straße ohne jegliche Markierungen, die sich vom Zentrum entfernte.

Links und rechts sausten Gewerbebauten, Wellblechhütten, Lehmbauten oder aus Paletten und Kartons zusammengezimmerte Behausungen vorbei. Autowracks wechselten sich mit fliegenden Händlern ab, die ihre Waren im Straßenstaub ausgebreitet hatten. Immer wieder hupte der Fahrer und wich Menschen aus, die die Straße wie selbstverständlich als Gehweg benutzten. Alex sah Frauen in bunten Kleidern, die Koffer, Pakete, Plastikkanister oder andere Gefäße auf den Köpfen trugen, Männer mit Hühnern in den Händen, dazwischen immer wieder am Rand parkende weiße Fahrzeuge mit der UN-Aufschrift oder rostige SUVs, auf deren Ladeflächen Soldaten oder Angehörige von Milizen an schweren Maschinengewehren standen und das Treiben gelangweilt beobachteten.

Alex warf durch das von roter Erde verschmierte Rückfenster einen Blick nach hinten. Schemenhaft waren die Wolkenkratzer von Downtown Abidjan zu erkennen.

»Das ist nicht der Weg zu meinem Hotel«, rief sie nach vorne und war froh, dass ihr Französisch sie nicht im Stich ließ – kein Wunder, sie hatten früher mit der Familie regelmäßig in Frankreich Urlaub gemacht, während Papa sämtliche Golfclubs zwischen Aix-en-Provence und Cannes abklapperte.

M'Obele lachte, klatschte auf dem Beifahrersitz in die Hände und schmatzte auf seinem Kaugummi. »Da haben Sie recht, Mademoiselle.«

»Ich würde gerne wissen, wohin ...«

»Jedenfalls nicht zum Hotel«, sagte M'Obele, drehte sich zu Alex um, sah sie aus kugelrunden Augen an und hielt sich am Türgriff fest, als der Fahrer laut schimpfend und hupend einer Ziegenherde auswich. »Die Innenstadt ist seit gestern Abend abgeriegelt. Es gibt Unruhen, Plünderungen, Schießereien. Heute Morgen auch Tote, die Straßen brennen.«

»Oh«, machte Alex, nickte und versuchte, sich gefasst zu geben.

»Ausschreitungen wegen der Präsidentschaftswahl«, erklärte M'Obele. »Die Polizei ist mit Tränengas vorgegangen. Die Menge marschierte auf den staatlichen Fernsehsender zu, um ihn zu besetzen.« Der Polizist griff nach vorne, öffnete das Handschuhfach und zog eine Dose Cola und eine beigefarbene Pappkladde hervor. »Wenn Sie mich fragen, Mademoiselle«, sagte M'Obele, »sind Sie sehr leichtsinnig oder sehr von Ihren Ermittlungen besessen, wenn Sie als Ausländerin jetzt an die Côte d'Ivoire kommen. Das Land steht kurz vor der Explosion, und nur, wenn Sie Glück haben, wird der Flughafen nicht kurzfristig von der Armee geschlossen.«

Er reichte Alex die Akte und die Dose. Sie war so warm wie die Stirn eines fiebernden Kindes.

»Wird schon schiefgehen«, rief Alex und versuchte ein Lächeln.

»Gut möglich. Aber ich würde es nicht herbeisehnen. Wenn es Probleme gibt, bringen wir Sie in die Botschaft.«

»Wohin bringen Sie mich jetzt?«

»Etwas außerhalb liegt ein kleiner Militärflugplatz, der im Mo-

ment von französischen Soldaten gesichert wird. Dort wartet ein Hubschrauber, und zwar nicht ewig.«
Alex öffnete die Coladose und setzte sie an die Lippen. Es schmeckte widerlich. Sie trank trotzdem. Dann schlug sie die Akte auf.

62.

Der Mann öffnete die Kellertür und schaltete das Licht ein. Jenny lag auf einem Metallbett, drehte den Kopf mit einem Ruck in seine Richtung und sah ihn mit einer Mischung aus Verzweiflung und Hass an. Ihre Hände und Füße hatte er mit Klebeband an dem Gestell fixiert. Ein Streifen saß über ihrem Mund. Sie atmete hektisch und schnaubend durch die Nase. Er streckte die Hand aus, griff nach dem Stuhl und zog ihn zu sich heran. Dann nahm er darauf Platz, schlug die Beine übereinander und faltete die Hände im Schoß. »Bekommst du genug Luft?«
Sie schüttelte den Kopf.
»Ist dir kalt?«
Sie nickte.
»Wir haben eine vergleichbare Vergangenheit«, erklärte er. »Meine Mutter hat mich als Kind zur Adoption gegeben. Ich habe ein wenig recherchiert und kann mir heute vorstellen, warum sie das getan hat. Genau genommen blieb ihr keine Wahl. Tja, und irgendwie suchen wir Menschen doch immer nur das, was wir kennen oder vermissen.«
Er machte eine Pause, wurde zornig und dachte: Doch, man hat immer die Wahl. Sie hatte ihre getroffen und damit die Weichen für den Zug gestellt, der ihn geradewegs in die Hölle fuhr. Sie wollte ihr Leben unbeschwert leben. Unbeschwert davon, dass sie von irgendeinem Freier schwanger geworden war, der ihr vielleicht fünfzig Mark für eine halbe Stunde ungeschützten Sex gegeben hatte. Irgendein Kerl, der sein leiblicher Vater war und der keinen Schimmer von alledem hatte. Ein Fernfahrer oder Angestellter womöglich, der sich nach Feierabend und vor dem Abendessen noch rasch einen Fick bei ihr gekauft hatte.
Was ihre Identität anging, tja ... Seine Möglichkeiten waren nur

begrenzt, und er war sehr diskret vorgegangen, um nicht aufzufallen. Keine Spuren zu hinterlassen. Niemanden aufzuschrecken. Die Recherchen hatten zwar Interessantes an den Tag gebracht, aber in Bezug auf sie nur ergeben, dass sie eine Nutte war, die in jungen Jahren versehentlich schwanger wurde. Vielleicht war sie schon längst tot. Das Drecksstück.
»Weißt du, was du bist?«, fragte der Mann.
Die junge Frau sah ihn flehentlich an.
»Du bist ein Stück Dreck«, erklärte er in sachlichem Tonfall. »Vielleicht sogar noch etwas weniger.«
Er griff in die Innentasche und zog sein Handy hervor, öffnete den Mediaplayer und startete die Videosequenz des Films, den er kürzlich mit der versteckten Kamera aufgenommen und auf das Telefon überspielt hatte. Er hielt ihr das Display vors Gesicht.
»Kommt dir bekannt vor, oder?« Er stoppte das Video und steckte das Handy zurück in die Innentasche. »Tja, und dein Freund«, er zuckte mit den Achseln, »er nimmt sich die Weiber, wie es ihm gefällt. Aber du bist ihm scheißegal. Und lustigerweise habe ich heute im Radio erfahren, dass sie ihn für mich halten.« Der Mann hatte die Presserklärung von der Verhaftung gehört und sofort geahnt, wer der Inhaftierte war. Nämlich der Mann, auf den Jenny im *Jacks* gewartet hatte. Der Mann, der sie auf dem Video vögelte, dass er Jenny gerade vorgespielt hatte. Dieser jemand war *der Andere.*
Er strich Jenny über die Wange. »Tut der Kopf noch weh? Es war ein ziemlich harter Schlag.«
Sie regte sich nicht.
»Weißt du«, fuhr er fort, »ich brauche dich wirklich dringend.« Er sah auf seine Uhr und machte »O-oh«. Dann stand er auf. »So, die Mittagspause ist beendet.« Im Gehen drehte er sich noch einmal um. »Kennst du den *Alabama Song?* Von Kurt Weill aus dem

Brecht-Stück *Aufstieg und Fall der Stadt Mahagonny?* In der Version von den Doors?«
Sie zögerte. Dann schüttelte sie den Kopf.
Er seufzte. »Warum wusste ich das nur?«
Er ging hinaus, drehte den Schlüssel im Türschloss herum und tänzelte die Treppe hinauf.

63.

Die Akte lag immer noch auf Alex' Schoß, als sich der Armeehubschrauber im Tiefflug den Weg durch die klebrige graue Luft bahnte. An der offen stehenden Tür rauschte die atemberaubende Landschaft Afrikas vorbei.
Alex konnte den Blick nicht abwenden. Das Grün der Pflanzen, Wiesen und Weiden schien viel intensiver als anderswo zu sein. Dazwischen tauchte immer wieder das schlammfarbene Band eines Flusses auf oder die rotbraune Linie einer Straße. Schließlich war die Sumpflandschaft in die Savanne übergegangen, und gerade eben hatte Alex gemeint, eine Antilopenherde entdeckt zu haben, aber der ihr gegenübersitzende Roger M'Obele hatte erklärt, das seien Paviane gewesen.
Alex faltete die Hände über der Akte zusammen und sah nachdenklich zu Boden. Die warme, trockene Luft ließ den Stoff ihrer Cargohose flattern. Ihre Füße steckten in Trekking-Schuhen, über die sich eine puderige Schmutzschicht gelegt hatte. Sie sah auf und bemerkte, dass M'Obele sie musterte.
»Die Vorfälle sind nicht die einzigen in der Region gewesen«, erklärte er ohne jeden Zusammenhang und deutete auf die Mappe. Seine Stimme knarzte in Alex' Kopfhörern. »Ich bin mit den Ereignissen nicht direkt befasst gewesen, aber die Fälle der zwei toten Krankenschwestern sind damals wegen ihrer internationalen Bedeutung auf meinem Schreibtisch gelandet.«
»Nur deswegen?«, fragte Alex in das Headsetmikro.
M'Obele antwortete mit einer abschätzenden Geste.
Tote Ausländer bedeuteten ein Sicherheitsproblem. Sicherheitsprobleme konnten es nach sich ziehen, dass Hilfsorganisationen zunächst Personal abzogen und schließlich den Geldhahn zudrehten. Zumal, dachte Alex, wenn sich herumgesprochen hatte, auf welche

Art und Weise die Frauen ums Leben gekommen waren. Auf den Fotos in M'Obeles Mappe wirkten die Körper, als sei in den Frauen eine Handgranate explodiert. Die Bilder unterschieden sich damit nicht wesentlich von denen der Lemfelder Opfer. Der begutachtende Arzt hatte zwar Raubtierangriffe auf den Totenscheinen eingetragen, aber Alex glaubte nicht daran – und M'Obeles Reaktion bestärkte sie darin.

»Wenn ein Leopard seine Beute zerfleischt, sieht das auch so aus«, erklärte M'Obele, während der Hubschrauber eine Kurve beschrieb und an Höhe gewann. Alex fasste nach der Halteschlaufe. »Die Großkatzen greifen Menschen nur selten an. Was man nicht von denen behaupten kann, die sich für Leoparden halten.«

Alex runzelte die Stirn. »Wie meinen Sie das? Und von welchen anderen Fällen reden Sie?«

Statt zu antworten, hob M'Obele eine Augenbraue und blickte ins Cockpit. Er zeigte auf seine Golduhr. Der Pilot machte eine Geste, die Alex nicht interpretieren konnte. Aber sie schien M'Obele zufriedenzustellen.

»Wissen Sie, wie ein Leopard jagt?«, fragte er.

Alex verneinte.

»Die Katzen sind Einzelgänger und schlagen meist in der Nacht zu. Sie versuchen, unbemerkt so nah wie möglich an das Opfer heranzukommen, das sie sich vorher ausgesucht haben. Sie sind sehr vorsichtig und Meister der Tarnung. Manchmal lauern sie auf Bäumen und lassen stundenlang scheinbar desinteressiert eine ganze Herde unter sich vorbeiziehen. Aber wenn das Tier vorbeikommt, das sie im Blick haben, klettern sie unbemerkt vom Baum – und töten es, ohne dass die Herde damit rechnet.« M'Obele machte eine Pause. »Menschen fressende Leoparden«, erklärte er dann, »sind jedoch meist krank, schwach – oder wahnsinnig.«

»Das gilt für den Mörder, den ich suche, ebenfalls. Und was Sie über die Jagd sagen, kommt mir sehr bekannt vor.«

M'Obele öffnete den Mund, entschloss sich dann jedoch, lieber weiter auf seinem Kaugummi herumzukauen.

»Wir landen gleich«, sagte er schließlich. »Ich möchte, dass Sie Dr. Johannsen kennenlernen. Er hat das Hospital jahrelang geleitet und die Leichen der beiden Frauen untersucht. Johannsen stammt aus Dänemark. Er ist jetzt im Ruhestand, lebt aber weiter hier an der Côte d'Ivoire, weil er sich aus irgendwelchen Gründen in dieses beschissene Land verliebt hat.« M'Obele lachte laut. Seine Zähne sahen aus wie Porzellanfliesen. Dann verstummte sein Lachen so plötzlich, wie es aus ihm herausgebrochen war. »Wir besprechen alles Weitere nach der Landung, Mademoiselle.«

64.

Die Clinique d'Kritari war eine Außenstelle des Regionalkrankenhauses von Dimbokro. Wie der Name schon sagte, lag sie in Kritari, einem Dorf etwa fünfzehn Kilometer außerhalb des Zentrums von Dimbokro, wo der Hubschrauber nun zur Landung ansetzte.

Alex fand, dass das Krankenhaus mit seinen flachen Gebäudeteilen und roten Ziegeldächern eher einer Schule als einer Klinik glich. Ein großer Sendemast stand neben dem Hauptgebäude. Auf der Veranda hatte sie im Sinkflug junge farbige Ärzte und Krankenschwestern in weißen Kitteln gesehen. Von überall her kamen Kinder angelaufen – aus dem Busch, aus Hütten, von den Gemüsegärten oder aus der dem Klinikum angeschlossenen Tageseinrichtung, um die Maschine zu bewundern und sie in Trauben zu umlagern.

Inmitten des Dorfes stand Dr. Edvard Johannsen und breitete die Arme zu einer Willkommensgeste aus, was ihn ein wenig so aussehen ließ wie die Jesusfigur auf dem Zuckerhut in Rio de Janeiro. Er trug einen buntgemusterten Kaftan und hatte die siebzig deutlich überschritten. Seine Haare waren schlohweiß, die Haut tiefbraungebrannt, und er gab auch im Alter eine imposante Figur ab.

»Willkommen in Kritari«, sagte Johannsen mit kaum wahrnehmbarem skandinavischem Akzent. Alex lächelte und ergriff seine Hand. Sie fühlte sich weich an. »Kommen Sie«, sagte er und ging voran.

Die Lehmhütten rund um das Ortszentrum waren mit Palmenblättern gedeckt. Vor einigen lagen Bananenstauden. Daneben standen unzählige Schalen voller Beeren. Offene Feuer erfüllten die Luft mit Brandgeruch. Hunde liefen zwischen Menschen her, die Alex und Roger M'Obele neugierig musterten. Im Schatten eines verrosteten Kleinlastwagens hockte eine alte Frau mit grünem Turban und röstete etwas an einem Spieß. Alex wollte lieber nicht wissen, worum es sich dabei handelte.

»Vielen Dank«, sagte sie im Gehen zu Johannsen, »dass Sie sich die Zeit nehmen.«

Der Arzt betrachtete Alex mit einem eigentümlichen Gesichtsausdruck. »Nun, wenn eine Polizistin aus Deutschland um die halbe Welt in ein Land fliegt, das kurz vor einem Bürgerkrieg steht, und einen alten Arzt mitten im Busch aufsuchen will, dann ist es wohl wichtig.«

Alex nickte. »Das ist es.«

»Gehen wir rein. Dort ist es angenehmer.«

Johannsen deutete auf eine Hütte, die mit einer buntbemalten Tür verschlossen war. Erst bei näherem Hinsehen erkannte Alex, dass es sich bei den Mustern um Grimassen handelte. Schreckliche Chimären mit langen Zähnen und weit aufgerissenen Mäulern. Johannsen schien ihr Befremden zu registrieren und schmunzelte, während er die Tür öffnete.

»In Europa«, erklärte er, »schreiben die Heiligen Drei Könige zu dieser Jahreszeit ihren Segen an die Pforten, nicht?«

»Ja.« Alex schlang die Haare zu einem Knoten zusammen. Sie fühlten sich klamm an.

»Das hier«, der Arzt deutete mit einem Kopfnicken zur Tür, »ist nichts anderes. Es soll böse Geister abschrecken.«

»Wirkt es?«

Johannsen zögerte einen Augenblick. »Nicht zuverlässig.«

Die angenehm kühle Hütte war spartanisch eingerichtet. Einige Tücher hingen an den Wänden, deren Muster Alex im diffusen Dunkel nicht genau erkennen konnte. Der Boden des kreisrunden Baus war mit Strohmatten und Kissen bedeckt. Auf einem davon ließ sich der Arzt nieder und lud M'Obele und Alex ein, es ihm gleichzutun.

Johannsen schenkte drei Gläser Wasser ein. Alex nahm ihres

dankend entgegen und leerte es in einem Zug. Mit der freien Hand öffnete sie den Schnappverschluss ihrer Umhängetasche und förderte daraus M'Obeles Akte sowie eine weitere mit Kopien der Berichte aus Lemfeld, ihr Notizbuch und eine kleine Digitalkamera nebst einem MP3-Rekorder zutage, den sie griffbereit neben sich legte. Johannsen fragte, ob es ihr angenehmer wäre, wenn sie sich auf Englisch weiter unterhielten.

Dankbar stimmte sie zu und fuhr auf Englisch fort: »Dr. Johannsen, ich bin mir nicht sicher, wie weit Sie im Bilde über die Gründe meines Besuches sind, aber ...«

Der Arzt fiel ihr ins Wort. »Ich bin darüber informiert, dass Sie Fragen zu den Todesfällen der beiden Schwestern unserer kleinen Klinik haben. Ich kann mich noch sehr gut daran erinnern.«

»Nach meiner Kenntnis haben Sie die Obduktion ausgeführt und die Totenscheine ausgefüllt. Mich würde interessieren«, sagte Alex und drückte die Aufnahmetaste am Digitalrekorder, »was genau Sie damals an den Tatorten vorgefunden haben. Ich kenne zwar die Daten, die mir von der Kriminalpolizei aus Abidjan zur Verfügung gestellt worden sind. Aber ich habe keinen Obduktionsbericht gesehen.«

»Die Umstände waren eindeutig. Es wurde kein Protokoll von mir erbeten.«

»Eindeutig für den Angriff einer Großkatze?«

Johannsen und M'Obele wechselten einen Blick. Dann räusperte sich der Arzt, schenkte Alex wortlos noch etwas Wasser ein und begann zu erzählen.

»Ich bin vor mehr als fünfundzwanzig Jahren an diese Klinik gekommen – zunächst nur während eines Urlaubs mit der Organisation Ärzte ohne Grenzen, mit der wir nach wie vor eng zusammenarbeiten. Ohne die Unterstützung von Kollegen aus Europa wäre unsere Arbeit hier an der Elfenbeinküste gar nicht möglich, und ebenso eng kooperieren wir mit der evangelischen Kirche und Stiftungen, die die Arbeit im Waisenhaus finanzieren und pädagogisch ausgestalten.«

Ärzte ohne Grenzen, dachte Alex. Kirchliche Stiftungen.

»Wir haben in den vergangenen Jahren im Rahmen eines solchen Hilfsprojekts mit der Unterstützung eines jungen Arztes sogar eine eigene Radiostation aufbauen können, die jetzt von Einheimischen betrieben wird. Die beiden Krankenschwestern sind wie so viele für ein praktisches Jahr über eine Stiftung zu uns gestoßen. Sie waren auf meiner Station beschäftigt.« Johannsen machte eine Pause und rang nach Worten. »Es war vor etwa sechs Jahren. Ich war in beiden Fällen restlos entsetzt, als ich an die Fundorte der Leichen gerufen worden war und begriff, wer die Opfer waren. Ich konnte es kaum fassen – zwei solcher grauenhaften Angriffe einer Raubkatze wie aus heiterem Himmel nacheinander in so kurzer Zeit ...«

»Also nur scheinbar aus heiterem Himmel?«

Johannsen wischte sich über den Mund.

»Und beide Male Angriffe auf Krankenschwestern. Kaum vorstellbar, dass eine Raubkatze nach Berufsgruppen auswählt, nicht?«

Johannsen schwieg.

»Vielleicht waren es gar keine Raubtierangriffe?«

Johannsen sagte nichts.

»Die Frauen«, hakte Alex nach, »sind laut meinen Unterlagen in einem Abstand von drei Monaten ums Leben gekommen. Die jeweiligen Todeszeitpunkte – wie exakt sind Ihre Angaben darüber in den Dokumenten?«

»An den jeweiligen Tagen war Vollmond«, sagte Johannsen ohne nachzudenken, und für einen Moment stockte Alex der Atem. Bevor sie die Bemerkung des Arztes kommentieren konnte, ergänzte er: »Die Fälle liegen einige Jahre zurück, Frau von Stietencron. Ich kann mir nur einen Grund vorstellen, warum sich auf einmal die deutschen Behörden wieder dafür interessieren sollten. Ich vermute, Sie sind bei Recherchen auf die Fälle gestoßen, und solche Recherchen können nur einen Grund haben: Dass in jüngster Zeit etwas Vergleichbares geschehen ist.«

Alex fragte: »Wie kommen Sie darauf, dass der Vollmond eine Rolle spielte?«

Wieder wechselten M'Obele und Johannsen einen Blick.

»Dazu kommen wir gleich«, sagte der Arzt. »Lassen Sie mich zunächst auf Ihre Eingangsfrage eingehen. Nun, beide Fälle haben sich nicht wesentlich voneinander unterschieden. Die Opfer wurden im Busch gefunden und waren schrecklich zugerichtet. Die Nacken der Frauen zerrissen, die Köpfe nahezu abgetrennt. Die Eingeweide hingen aus dem aufgebrochenen Torso heraus. Die Brustwarzen waren verschwunden, die Hüftknochen zum Teil wie zerschmettert. Ein Teil der Hüfte fehlte jeweils gänzlich. Es sah aus wie bis auf den Knochen weggefressen. Weiter lagen Teile der Unterschenkelknochen neben den Körpern. Alles wies zunächst darauf hin, dass die Frauen von einer Großkatze angefallen und getötet worden waren. Die Jäger, die die Leichen im Busch gefunden hatten, waren ebenfalls dieser Meinung – die Handschrift war eindeutig. Aber etwas Wesentliches stimmte nicht.«

»Eindeutig – wofür?«

Alex' Schwindelgefühl wurde stärker, und das lag nicht an der Übermüdung und Erschöpfung. Es war, als habe Johannsen einen der Lemfelder Tatorte im Detail beschrieben, obwohl viele tausend Kilometer und einige Jahre dazwischenlagen.

»Eindeutig für den Angriff eines Leoparden«, sagte Johannsen. »Die Körper sahen aus, als seien sie von Reißzähnen und Klauen zerfetzt worden. Meine späteren Untersuchungen haben aber einige Ungereimtheiten aufgezeigt – eine Reihe von Details passte nicht ins Bild. Zum einen lagen die Opfer in wahren Seen voller Blut. Das war bemerkenswert, denn normalerweise würde eine Großkatze das Blut auflecken. Weiter habe ich festgestellt, dass die Haut an den noch intakten Stellen des Oberkörpers ungewöhnlich gleichförmige tiefe Einschnitte aufwies – zu regelmäßig, um von den Krallen eines Tieres zu stammen. Die Lebern und Nieren waren verschwunden, nicht ungewöhnlich bei einem Raubtierangriff. Allerdings waren die Organe mit sauberen Schnitten herausgetrennt worden, und das kann ein Tier unmöglich tun. Und natürlich die Hüfte ...«

»Was«, fragte Alex heiser, deren Unbehagen mit jeder Sekunde weiter wuchs, »war damit?«

»Der Bruch war typisch für eine Überdehnung«, erklärte Johannsen. »Die Beine der Opfer sind so massiv auseinandergebogen worden, dass es zur Fraktur kam. Es haben sich jedoch keine Bisswunden an den Schenkeln gefunden, die darauf hätten schließen lassen, dass ein Leopard sein Opfer mit sich geschleift hätte oder mit einem Ruck den Oberschenkelknochen aus der Hüftpfanne herauslösen wollte. Außerdem die fehlenden Brustwarzen: Was sollte ein Raubtier damit tun? Mit anderen Worten ...«

»Mit anderen Worten?«

»Mit anderen Worten war ich der Auffassung, dass aller Wahrscheinlichkeit nach etwas die Frauen getötet hat, das kein Tier war, aber den Eindruck erwecken wollte, es sei eines gewesen beziehungsweise sich am Tatort so verhalten hat.«

Da waren sie. Alle Aspekte der Morde aus Lemfeld waren zuvor schon einmal in Afrika aufgetaucht. Die Körper, die Brustwarzen, der Eindruck, ein wildes Tier sei über die Opfer hergefallen.

Wortlos griff Alex nach der Mappe mit Ausdrucken der Lemfelder Tatorte und aus der Gerichtsmedizin. Sie ließ die Aufnahmen herumgehen und beobachtete die Reaktion des Polizisten und des Arztes. Mit einem Kloß im Hals gab sie eine Zusammenfassung der rechtsmedizinischen Untersuchung.

Als sie fertig war, fragte sie: »Wenn Sie der Meinung waren, dass ein Mensch die Frauen getötet hat, ein Wahnsinniger, wieso haben Sie in den Totenscheinen dann Raubtierangriff eingetragen?«

»Ich habe nie behauptet, dass es ein Mensch war. Offiziell war es ein Raubtierangriff«, sagte Johannsen matt und reichte ihr die Aufnahmen zurück.

»Und inoffiziell?«

»Es gibt Dinge in Afrika, die bleiben lieber ungesagt und nicht aktenkundig, wie ich gelernt habe. Ich fand es schockierend genug, dass zwei Frauen getötet worden sind, die in dieses Land kamen, um zu helfen.«

»Wie beurteilen Sie die Aufnahmen, die ich Ihnen gerade gezeigt habe?«

»Die Verletzungen sind sehr ähnlich.«

»Mhm«, machte Alex. »Ich glaube nicht, dass in Lemfeld ein Raubtier Menschen zerfleischt. Aber es hat den Anschein, dass es so aussehen soll. Genau wie bei den Morden an den beiden Krankenschwestern. Ich wüsste gerne, warum.«

»Mademoiselle«, brach M'Obele sein Schweigen, zog aus der Brusttasche seines Hawaiihemds eine Packung französischer Zigaretten und steckte sich eine an. Seine Augen waren im Halbdunkel der Hütte nicht zu erkennen. Er hielt die Aufnahme mit der archaisch anmutenden Zeichnung aus der Schliemannschen Fabrik hoch. »Haben Sie eine Ahnung, was dieses Zeichen bedeutet?«

»Nicht genau«, sagte Alex und setzte sich erwartungsvoll aufrechter.

»Ich gehe davon aus, dass Sie noch nicht von den Leopardenmenschen Westafrikas gehört haben?«

»Leopardenmenschen?«

M'Obele legte den Kopf in den Nacken und entließ einen Schwall Rauch in die Luft. Sonnenstrahlen, die durch Ritzen im Dach ins Innere der Hütte fielen, tanzten in dem Qualm. »Leopardenmenschen«, wiederholte er. »Die Leopardengesellschaft.«

»Nein. Davon habe ich noch nie in meinem Leben etwas gehört.«

Der Polizist schnippte etwas Asche zur Seite und gab Alex das Foto zurück.»Die Gesellschaft gibt es in verschiedenen Regionen Afrikas. Als ihre Zentren im Westen gelten Sierra Leone, Côte d'Ivoire und Liberia. Es ist ein Geheimbund. Seine Angehörigen sind der Meinung, sich in Leoparden verwandeln zu können. Sie hüllen sich in Felle und verwenden eiserne oder hölzerne Krallen, um Menschen zu töten. Blut, Fett und Körperteile werden zu magischen Zwecken verwendet. Menschenfleisch ist der Fetisch dieses Bundes.«

Mit den Worten schien ein eisiger Wind durch die Holzhütte zu wehen. Natürlich hatte Alex schon von rituellen Opfern und religiösem Kannibalismus gehört, wodurch die Stärke der Besiegten oder der Geist der Vorfahren in den Angehörigen von Stämmen weiterleben sollten. Aber was der Polizist hier auftischte, war eine andere Hausnummer.

M'Obele sprach weiter. »Afrika hat trotz aller Modernität viele dunkle Seiten, und die Leopardengesellschaft ist nicht die einzige, deren Glaube auf Tierverwandlungen basiert. Es gab in der Vergangenheit viele rituelle Morde in unserem und den angrenzenden Ländern, die auf das Konto der Leopardenmenschen gehen – dabei muss man einschränken, dass es gemäßigte Gruppen gibt und sehr radikale. Genau wie im Christentum. Wir reden hier über einen extremen Zweig der Gemeinschaft. Ihre grausame Gottheit ist der Bohfimah, ein Fetisch, und er fordert Opfer. Die Mitglieder des Kults glauben, der Bohfimah verleihe ihnen Macht, Erfolg und übernatürliche Kräfte sowie die Fähigkeit, zu Leoparden zu werden, wann immer sie wollen. Initiaten müssen sich dem Kult beweisen und Menschen für den Bohfimah töten, um ihm deren Fleisch zu bringen. Dem Gott wird bei Vollmond geopfert, damit er dafür Sorge trägt, dass die Kräfte der Natur alle Angehörigen des Kults in starke Tiere verwandeln. Der Mond spielt also eine rituelle Rolle – aber auch eine pragmatische: In seinem Licht lässt sich am besten jagen.«

Ein Fetisch? Menschen, die glaubten, sich in wilde Tiere verwandeln zu können? Das war Irrsinn, und trotzdem schilderte ihr der Polizist ungerührt, dass das Zeichen auf dem Foto ein Symbol eben dieser Leopardengesellschaft war.

»Kurz nach dem Ersten Weltkrieg«, erklärte er weiter, »erlebte der Kult einen ersten Höhepunkt. Die Kolonialregierungen gingen scharf dagegen vor und ließen Verhaftete auf der Stelle hängen oder erschießen. Also tauchte die Gesellschaft in den Untergrund ab. Mitte des letzten Jahrhunderts breitete der Kult sich erneut aus. Er zeigte immer weniger Furcht vor den Behörden und unterwanderte diese schließlich, ja, drang sogar bis in die höchsten Ämter vor. Am Ende gelang es der Polizei dennoch, viele Mitglieder zu verhaften. Eine Reihe von ihnen wurde hingerichtet. Man ließ einige Stammesoberhäupter dabei zusehen, um zu beweisen, dass Leopardenmenschen nicht unsterblich sind. Wenig später setzten sie trotzdem das Töten fort.«

»Diese Gesellschaft«, fragte Alex mit trockener Kehle, »ist weiter aktiv?«

»Sie hat nie aufgehört zu existieren. Die beiden toten Krankenschwestern sind bei weitem nicht die einzigen Opfer im Busch, Mademoiselle. Es sind nur die einzigen, von denen Sie Kenntnis erhalten haben, weil es sich um Deutsche handelte. In den letzten Jahrzehnten gab es immer wieder Wellen, und nach unseren Erkenntnissen konzentrieren sich die Leopardenmenschen entweder auf junge Frauen oder Kinder als am leichtesten zu überwältigende Opfer – so wie ein Leopard sich die schwächsten Tiere einer Herde aussucht.«

»Wie viele derartige Todesfälle haben Sie in den letzten Jahren verzeichnet? Und gibt es weitere Gemeinsamkeiten zwischen den Opfern?«

»In den vergangenen fünf, sechs Jahren haben wir verstärkte Aktivitäten festgestellt. Gelegentlich fanden wir sogar in den Städten

Opfer – in Kanalisationen, verlassenen Häusern oder Hinterhöfen. Es handelte sich hier häufig um junge, weibliche Prostituierte. In der Region Dimbokro sind wir auf weitere Tote gestoßen, ebenfalls meist weiblich, einige stammten aus Waisenhäusern. In der Summe reden wir derzeit über rund dreißig Tote. Seit einiger Zeit haben die Aktivitäten wieder nachgelassen – sicher, weil wir die Polizeipräsenz erhöht und Verhaftungen vorgenommen haben. Bei den Vernehmungen haben wir außerdem über etwas Kenntnis erlangt, das uns bislang neu war, von dem Dr. Johannsen die Bevölkerung aber schon häufiger hat reden hören.«

»Die Menschen«, sagte Johannsen leise, »fürchten sich vor etwas, was sie noch nie in ihrem Leben gesehen haben: einem weißen Leoparden.«

65.

»Ein weißer Leopard?«
Alex' Stimme war zu einem Krächzen geworden.
»Es kam nicht selten vor«, schilderte M'Obele, »dass Kolonialbeamte aus Europa, Ingenieure, strenggläubige Christen oder sogar Missionare ihre zivilisatorische Erziehung vollkommen über Bord schmissen und sich archaischen Kulten und fremdartigen Göttern unterwarfen.«
»Warum?«
»Zunächst Interesse. Dann Faszination. Und schließlich der Wunsch nach Macht. Ich habe vorhin nicht ohne Grund geschildert, dass man mit diesen Geheimgesellschaften sehr vorsichtig umgehen muss, weil ihre Kontakte bis in die höchsten Regierungskreise oder in die Wirtschaft reichen.« M'Obele drückte seine Zigarette aus. »Die vernommenen Angehörigen der Leopardengesellschaft haben uns von dem weißen Leoparden berichtet. Sie müssen verstehen, dass der Kult eine Gruppe ist, die ihren Riten gemeinsam nachgeht. Dieser weiße Leopard jedoch soll ein Einzelgänger sein.«
»Können Sie mir Daten über die Fundorte der Opfer mitteilen? Ich würde gerne eine Statistik darüber anlegen.«
»Warum?«
»Es könnte sich daraus eine Spur ableiten lassen. Ich gehe recht in der Annahme, dass Leoparden gebietstreue Jäger sind, nicht wahr?«
»Das ist der Fall.«
»Aus der Fülle der Morde ließen sich diejenigen von der Landkarte streichen, die von den Anhängern des Kults zugegeben worden sind. Was übrig bleibt, könnte auf das Konto des Einzelgängers gehen, und wir wissen, dass Serientäter eine sogenannte Komfortzone haben: Sie schlagen innerhalb eines gewissen Radius um ihren Lebensmittelpunkt zu – oder entlang vertrauter Routen, etwa dem

Weg zur Arbeit. Eventuell lässt sich so die Spur des weißen Leoparden isolieren.«

M'Obele grinste und zeigte seine makellosen Zähne. »Sie wollen den Leoparden so jagen, wie er selbst jagt. Das gefällt mir.«

Alex lächelte verlegen und schob die Fotos zurück in die Mappe, um sie in ihrer Tasche verschwinden zu lassen.

»Was interessiert Sie an dem weißen Leoparden so besonders?«, fragte Johannsen.

»Es könnte sein«, sagte Alex, »dass der Rückgang in Monsieur M'Obeles Kriminalstatistik nicht allein mit dem erhöhten Fahndungsdruck zu tun hat. Vielleicht liegt es daran, dass der weiße Leopard einfach weitergezogen ist. Nach Deutschland. Nach Lemfeld.«

Der weiße Leopard, dachte Alex, hatte sein neues Opfer sicher längst ausgemacht – sehr bald war Vollmond. Wenn er sich selbst treu blieb, würde er Alex wieder einen Hinweis auf seine Jagdgründe geben. Dann blieben nur zwölf bis vierzehn Stunden Zeit, um sein nächstes Opfer zu retten. Und Alex hoffte inständig, dass sie rechtzeitig nach Hause kommen würde.

66.

Heinz Glubrecht war kein misstrauischer Mensch. Aber als er mit seinem knatschgelben Fahrrad um die Ecke bog, war ihm klar, dass hier etwas nicht stimmte. Er sah in einiger Entfernung einen Polizeiwagen stehen. Davor parkten am Seitenstreifen zwei dunkle Kombis. Das war ungewöhnlich, denn um diese Uhrzeit und an diesem Wochentag hielten hier niemals Autos, schon gar keine Kombis und erst recht keine Streifenwagen. Ebenso geschah es in dieser Gegend seines Zustellbezirks nie, dass rauchende Männer auf dem Bürgersteig standen und ihn anstarrten, als sei der Korb an seinem Fahrrad nicht zum Bersten mit Briefen gefüllt, sondern mit Heroinpäckchen.
Heinz verlangsamte das Tempo unter den Blicken der Männer. Dann geriet er auf eine Eisscholle und schlingerte mit dem Lenker. Gerade noch rechtzeitig konnte er sich in einem schmutzigen Schneehaufen mit dem Bein abstützen und einen Sturz vermeiden. Aber der Schnee gab nach, und Heinz fiel. Instinktiv drehte er sich um die eigene Achse und streckte dem Fahrrad die in einer gelbroten Thermojacke steckenden Arme entgegen. Wie ein Torwart den Ball umfing er den an der Lenkstange befestigten Korb und vermied in letzter Sekunde, dass die komplette Post in einer riesigen Schneematschpfütze landete.
Heinz lag wie ein Käfer auf dem Rücken, keuchte und blickte sich hektisch zu den Männern um, die keinerlei Anstalten machten, ihm Haltungsnoten zu geben oder zu Hilfe zu kommen. Sie standen einfach weiter da. Während Heinz sich umständlich aufrappelte, überlegte er, was hier im Gange war.
Wollten diese Leute eine Bank überfallen? Aber in dieser Straße gab es keine. Nicht mal einen EC-Automaten. Wollten sie den Kiosk ausrauben? Dann wären sie ganz schön blöd, unmaskiert her-

umzustehen – zumal sich in Reichweite ein Streifenwagen befand. Oder war er etwa mitten in eine ...

Heinz sog scharf die kalte Luft ein, senkte den Blick und klappte den Radständer aus. Natürlich. Die überwachten jemanden.

Heinz zog wie automatisch die heutige Post für das große Mehrfamilienhaus aus dem Korb. Seine Hand zitterte. Denn schlagartig wurde ihm klar, dass er gerade, verdammt noch mal, mitten in die Schusslinie geraten war. Heinz schluckte. Seine Augen weiteten sich. Der Gedanke daran war fürchterlich, schrecklich, entsetzlich, und er sah sich bereits den ganzen Nachmittag in einer abgedunkelten Zelle sitzen, mit nichts als einer grellen Lampe im Gesicht und der schneidenden Stimme im Nacken: »Rede, Glubrecht! Wie viel weißt du?«

Ohne die Männer aus den Augen zu lassen, bewegte sich Heinz zu dem weißlackierten Briefkastenblock und erschrak erneut, als einer der Männer ein Funkgerät aus der Innentasche zog, etwas hineinsprach und hinauf zu einem Fenster im Dachgeschoss sah. Heinz erstarrte. Hinter der Gardine registrierte er eine rasche Bewegung und – was noch viel erschütternder war – eine Videoüberwachungsanlage neben der Überdachung des Haupteingangs, die neulich noch nicht da gewesen war.

Nein, solche Sachen machte nicht die Polizei. Solche Sachen machten Geheimdienste, um Terroristen aufzuspüren. Al-Qaida-Zellen, die sich bekanntlich in so unauffälligen Häusern wie diesem versteckten, und ...

Aus dem Inneren des Hauses war lautes Türenknallen zu hören. Dann schnelle Schritte auf der Treppe. Heinz wirbelte mit dem Kopf herum. Mit jähem Entsetzen erkannte er, dass sich die Männer in Bewegung gesetzt hatten und geradewegs auf ihn zugelaufen kamen. Wenige Augenblicke später wurde die Haustür aufgerissen. Eine dunkelhaarige Frau erschien. Sie trug einen Jogginganzug, hatte nasse Haare und sah übernächtigt aus. Ihre Wangen glühten

wie von der Sonne verbrannt. Sie hatte eine Narbe im Gesicht. Wahrscheinlich kam sie gerade aus einem Terrorcamp in der Wüste.
»Guten Morgen«, sagte sie. Ihre Brust hob und senkte sich schnell.
»Moin«, hörte Heinz hinter sich.
Er drehte sich um. Die Männer waren bei ihm angekommen. Einer griff in seine Innentasche. Heinz war völlig klar, wozu. Panisch ließ er die Post fallen und streckte die Arme so weit in die Luft, wie er nur konnte. Der Mann runzelte die Stirn.
»Bitte«, sagte Heinz mit brechender Stimme. »Ich habe Kinder.« Seine Unterlippe bebte.
»Junge oder Mädchen?«, fragte der Mann. Er trug einen arabisch geschnittenen Bart und war mit Muskeln bepackt. Ein Killertyp, eine Kampfmaschine, kein Zweifel.
»Beides«, wimmerte Heinz.
»Ich hab eine Tochter«, sagte der Mann, nahm ein Paar Latexhandschuhe aus der Innentasche und zog sie an.
Er beugte sich nach vorne, um die am Boden liegenden Briefe zu durchsuchen. Hinter ihm kam ein korpulenter Kerl zum Vorschein. Er trug einen grünlichen Blouson und eine Wollmütze mit Lapplandmuster, unter der kleine Schweinsäuglein gefährlich blitzten. Er musterte Heinz von oben bis unten. »Ist das der Frühsport bei der Post, oder was?«
Heinz schüttelte den Kopf. Er vernahm ein Räuspern hinter sich. Er drehte sich herum.
»Ich denke«, sagte die Frau und schien, aus welchen Gründen auch immer, ein Lächeln unterdrücken zu müssen, »Sie können die Arme jetzt wieder herunternehmen.«
Heinz dachte, dass es besser war, zu tun, was sie sagte, statt den Helden spielen zu wollen. Dann hatte der Mann mit dem Araberbart gefunden, wonach er suchte. Er wedelte mit einem Briefumschlag.
»Bingo«, sagte er zu der Frau.

67.

Alex war erst in der Nacht wieder gelandet und am frühen Morgen nach Hause gekommen. Sie hatte gerade noch die Zeit gehabt, sich wenigstens zu duschen.
Jetzt stand Schneider in ihrem Wohnzimmer, trank einen Kaffee und sah sich um, während Alex sich in Rekordzeit die Haare föhnte, wovon ihre Wangen nur noch mehr glühten. Dummer Fehler – sie hatte die intensive Wirkung der afrikanischen Sonne auf ihre helle und vom UV-Licht entwöhnte winterliche Haut unterschätzt und sah im Gesicht so aus, als stecke sie mitten in einem Neurodermitisanfall, der sich vor allem an den Jochbeinen und der Nase gütlich tat.
Notdürftig überschminkte sie die roten Stellen und die Ringe unter den Augen und zog eine verwaschene Jeans, den dicken schwarzen Rollkragenpullover sowie ihre derben braunen Schnürboots an und ging zu Schneider, der nun auf dem Sofa saß und Alex' Wohnung von dort aus wie einen Tatort inspizierte. Kein Wunder: Er war noch nie hier gewesen.
»Extrem leckerer Kaffee«, sagte Rolf, prostete Alex mit der Tasse zu und ließ den Blick über das fein säuberlich sortierte Regal mit den Aktenordnern und Büchern gleiten, die alphabetisch sortiert waren und wie die Zinnsoldaten aufgereiht nebeneinanderstanden. »Und nette Wohnung. Gemütlich. Ich wünschte, meine wäre auch so penibel aufgeräumt. Maria motzt schon rum deswegen.« Er lachte in sich hinein.
Alex' Mundwinkel zuckten zu einem schwachen Lächeln. Ihr war heiß, und das Herz schlug ihr bis zum Hals. Eine Mischung aus Stress, Übermüdung und der Auswirkung des Temperaturunterschiedes von vierzig Grad innerhalb von nicht einmal zwölf Stunden auf den Kreislauf. Sie band sich die Haare im Nacken zusammen und stieß die Luft aus.

»Rolf, habt ihr ...«

Er hob abwehrend die Hand. »Binde dir erst mal die Schuhe zu, trink 'nen Kaffee, und danach fahren wir gemütlich ins Büro. Kowarsch wird bis dahin die Truppe zusammengetrommelt haben, und dann gucken wir uns in aller Ruhe deinen Liebesbrief an.«

Alex ließ sich in den Sessel fallen. Sie schlug das rechte Bein über das linke und begann, den Stiefel zuzuschnüren. »Dein Gemüt möchte ich haben«, sagte Alex.

»In der Ruhe liegt die Kraft.« Schneider grinste. »War ja offenbar schönes Wetter in Afrika. Bisschen Sonnenöl hätte aber nicht geschadet, was?«

Alex verdrehte die Augen, machte eine Schleife in den Schnürsenkel und wechselte zum anderen Stiefel. »Ich bin froh, dass ich da überhaupt wieder rausgekommen bin. Das Militär war kurz davor, den Flughafen zu schließen.«

»Mhm«, brummte Schneider. »Und was ist das Ergebnis?«

Alex berichtete ihm, was sie erlebt und erfahren hatte. Zwischendurch ging sie in die Küche, um sich ebenfalls einen Kaffee zu machen. Als sie Rolf alles erzählt hatte, war die Tasse bereits halb leer.

»Weißer Leopard«, sprach er tonlos vor sich hin.

»Die Kollegen wollen mir eine Karte mit den Tatorten zusenden, an denen der Verdächtige zugeschlagen haben könnte. Vielleicht hilft uns das dabei, seine Route zu rekonstruieren, und wir können herausfinden, welche in Lemfeld lebende Person sich wann und aus welchen Gründen an den betreffenden Orten aufgehalten hat.«

»Ich bin gespannt, wie sich Veronika zu der Sache stellen wird. Es gibt zwar nach wie vor harte Fakten wie die DNA-Spuren. Aber ihr Verdächtiger kann aus der U-Haft heraus keine Briefe geschickt haben.«

»Sie wird sagen, dass er den Brief vorher abgeschickt oder jemanden gebeten hat, ihn einzuwerfen.«

»Ein Komplize?«
Alex strich sich eine Haarsträhne aus dem Gesicht. Sie zögerte einen Moment. »Vielleicht werden das ihre Worte sein, ja. Ist das Handy von Elmar Hankemeier schon ausgelesen worden?«
»Haben sie wohl, aber die Ergebnisse liegen noch nicht vor.«
»Und das dienstliche?«
Schneider zuckte mit den Achseln. »Ich denke, dasselbe. Warum?«
»Vorausgesetzt, er ist nicht der Täter – dann kann es einfach kein Zufall sein, dass genau die Frauen ermordet worden sind, die Kontakt zu ihm hatten. Und ich könnte schon viel mehr wissen, wenn Veronika mich mit Hankemeier reden lassen würde oder ich wenigstens Akteneinsicht bekäme oder die Videoaufzeichnungen der Vernehmung …«
Schneider schnitt Alex das Wort ab. »Es könnte ihm jemand an den Hacken kleben. Den Gedanken hatte ich ja schon einmal. Hankemeier könnte der Köder für die Beute sein, ohne selbst davon zu wissen. Jemand überwacht seine Kommunikation oder beschattet ihn. Jemand, der in seinem Kielwasser schwimmt, ihn bestrafen will oder neidisch auf ihn ist. Oder aber: Die Sache mit einem Komplizen stimmt, Hankemeier steckt bis zur Halskrause mit in der Sache und ist ein gerissener Hund.«
Alex nickte langsam.
Schneider stand auf und warf einen Blick auf die Uhr. »Wie dem auch sei: Uns läuft die Zeit davon.«

68.

Die Kommission unter der Leitung von Veronika Martens war vollzählig im Lage- und Besprechungsraum versammelt und ging seit Stunden sämtliche Details durch – bislang ergebnislos. Inzwischen war es draußen bereits dunkel, und als polizeilicher Berater war Dr. Martin Ruppel, der Stadtarchivar, erschienen. Alex hatte ihn um Unterstützung gebeten, weil es einen neuen Songtext gab, und bislang waren Martins Hinweise zu den Liedern sehr hilfreich gewesen.

Deshalb gab es nun nur noch ein Thema, den *Alabama Song* von Kurt Weill aus Brechts *Aufstieg und Fall der Stadt Mahagonny* in der Version der Doors. Gerade klangen die letzten Töne aus den Boxen neben der Beamer-Leinwand. Eine Weile herrschte nachdenkliches Schweigen.

Dann ergriff Alex das Wort: »Er erzählt uns wieder etwas über sich und das, was er tut und wo er es tun wird.« Sie markierte auf dem vor ihr stehenden Laptop mit der Maus einige Textstellen farbig. Der Beamer warf die betreffenden Abschnitte rot unterlegt auf die Leinwand.

Sie übersetzte: »Wir haben unsere Mutter verloren. Wenn wir nicht das nächste kleine Mädchen finden, müssen wir sterben.« Sie machte eine Pause. »Bemerkenswert daran ist, dass er im Plural von sich spricht. Die Passagen sagen, dass der Verlust seiner Mutter die Ursache für sein Handeln ist – und der Drang zu töten so groß, dass er das Gefühl hat, ansonsten selbst sterben zu müssen.«

»Warum spricht er in der Mehrzahl von sich?«, hakte Reineking nach.

»Vielleicht mag er den Pluralis Majestatis – ein Hinweis darauf, dass er sich für ein überlegenes Wesen hält. Die andere Antwort wäre profaner: Dass er nicht allein ist, sondern sein Schicksal mit jemandem teilt.«

»Vielleicht«, sagte Schneider, »ist das auch Zufall und steht halt im Text so drin.«

Alex rollte mit den Augen. »So einfach denkt dieser Mann aber nicht.«

Schneider zuckte mit den Schultern. »Mit wem soll er denn das Schicksal teilen? Mit seinen Opfern?«

Alex wollte gerade antworten, da kam ihr Veronika zuvor. »Vorrangig sollten wir uns auf die Ortsbeschreibung konzentrieren.« Sie wandte sich Dr. Martin Ruppel zu, der den Ernst der Lage zu begreifen schien. Und auch, welche Bedeutung ihm zukam. »Dr. Ruppel?«

Martin breitete die Arme in einer hilflosen Geste aus. Dann spielte er nachdenklich mit dem Reißverschluss seiner Fleecejacke und starrte Alex an. »Ich muss zugeben, ich bin mit der Situation etwas überfordert.«

»Wenn wir nicht die nächste Whiskey-Bar finden, müssen wir sterben«, zitierte Alex. »Mond von Alabama. Zeig mir den Weg zum nächsten Mädchen. Denk nach, Martin.«

Ruppel wischte sich über den Kopf und funkelte Alex an. Er klopfte nervös mit den Fingern auf einige Hefte und Bücher zur Lemfelder Ortsgeschichte, die er aus dem Stadtarchiv mitgebracht hatte. Schließlich stieß er die Atemluft in einem tiefen Seufzer aus. »Es hat in Lemfeld nie eine Whiskey-Destillerie gegeben. Und auch nichts, das Alabama hieß. Das alles sagt mir reinweg gar nichts.«

»Dann spielen wir halt Scharade«, sagte Schneider und streckte sich. »Oder Activity oder wie das heißt. Begrifferaten, Montagsmaler, keine Ahnung.«

Veronika sah Rolf entgeistert an. Reineking zuckte mit den Augenbrauen und verschränkte die Arme.

»Clustern, meinst du«, erklärte Alex und schob einige Textmarker vor sich so lange hin und her, bis sie eine Reihe bildeten. »Brainstormen.«

Schneider nickte. »Whiskey. Alabama. Bar. Amerika. Ein paar Typen wollen sich besaufen und ziehen durch die Gegend. Worum geht es da noch mal genau?«

Alex erklärte: »Der Song stammt aus einem Singspiel von Bertolt Brecht. Es geht um den Aufstieg und Fall der fiktiven Stadt Mahagonny. Darin spielen Frauen rund um die Zentralfigur Jenny eine Rolle, die sich prostituieren. Auch darüber sollten wir einmal nachdenken: Wo treffen sich in Lemfeld solche Frauen? Gibt es bestimmte Orte, an denen sie verkehren? Jedenfalls: In dem Lied singen sie zum Abschied von ihrem bisherigen Leben eine Ode an den Mond.«

Veronika leckte sich über die Lippen. »Woraus macht man Whiskey?«

Reineking sagte: »Wasser, Gerste und Hefe.«

Martin runzelte die Stirn und wandte sich seinem Laptop zu. Er tippte etwas in die Tastatur.

»Wasser, Gerste, Hefe, okay.« Veronika stand auf und zog ihren Rock straff. »Gerste wächst auf Feldern. Sie wird gedroschen. Hefe ist ein Pilz.« Sie hob eine Augenbraue. Niemand ergänzte ihre Gedankenkette.

»Alabama«, vernahm Alex die Stimme von Kowarsch. Er las etwas vom Bildschirm seines Laptops ab. »US-Bundesstaat. Cotton State genannt, wegen des Baumwollanbaus. Das Herz des Südens. Auch als Yellowhammer State bekannt: Der Goldspecht ist das Wappentier des Staates.«

»Gibt es hier irgendwo Nistgebiete von diesem Vieh?«, fragte Schneider.

Alex öffnete Google und tippte *Goldspecht* ein. Wie es schien, kam diese Art nur jenseits des Atlantiks vor. Sie sah fragend zu Martin, der sich die Schläfen knetete und auf den Bildschirm starrte. »Du hast gesagt, dass es keine Schnapsbrennereien in Lemfeld gab. Aber bislang gehörte immer eine Historie zu den Tatorten, und die Begriffe aus den Liedern haben die Örtlichkeiten lyrisch umschrieben. Sagt dir irgendein Schlagwort etwas?«

Martin schüttelte den Kopf.

Schneider bemerkte: »Ich kenne einen Gasthof *Zum Bunten Specht* in Rüdesheim. Eine Straußwirtschaft. Leckerer Sauerbraten. Ich fahre im Herbst gerne dahin in den Rheingau, und ...«

»*Gasthof Specht* ...«, murmelte Martin. »*Gasthof Specht.*«

Noch einmal ließ er sich das Wort auf der Zunge zergehen. Eine Denkfalte bildete sich auf der Stirn. Die Adern an den Schläfen traten hervor. Alle sahen ihn an. Dann entspannten sich seine Gesichtszüge wieder.

Veronika ging um ihren Stuhl herum. Sie lehnte sich mit der Hüfte an einen Tisch und starrte auf ihre Schuhspitzen, sagte leise wie zu sich selbst: »Es muss ein Trittbrettfahrer sein. Ein Komplize. Ich kann mir das nicht erklären.« Sie machte eine hilflose Geste, blickte wieder auf und fragte: »Gasthof Specht?«

»Ich ... ich bin mir nicht sicher«, stammelte Martin.

»Aber irgendwas klingelt da?«, hakte Schneider nach.

Martin nickte langsam. »Ja, so eine Ahnung. Aber ich habe hier nicht die Unterlagen, um das nachzuschlagen. Ich müsste dazu ins Archiv ...«

Wenige Minuten später saß Alex mit ihm im Auto und gab Vollgas.

69.

Bump. Bump. Bump. Rhythmisch drang das Geräusch durch das alte Gemäuer. Dazu das Rauschen.

In aller Ruhe stellte der Mann das Stativ auf. Befestigte die Videokamera am Schwenkkopf. Richtete sie aus. Er klemmte die Kabel an die Autobatterie. Im nächsten Moment erhellten zwei Videoscheinwerfer das staubige Innere.

Er sah eine gewaltige Achse aus Eichenholz. Jahrhundertealt. Diverse Mechaniken. Hebel. Zahnräder, ebenfalls aus Holz. Beschläge aus Eisen.

Und er sah Jenny. Er hatte sie nackt mit Klebeband auf dem großen, runden Zahnrad unterhalb der Achse festgebunden. Sie zerrte an den Fesseln. Ihr Körper warf in dem grellen Licht lange Schatten. Weiße Atemwolken stieben aus ihrer Nase.

Der Mann warf einen Blick aus der Glastür. Sie war zersplittert, weil er sie eingeschlagen hatte, um hereinzukommen. Der Mond versteckte sich noch hinter den schwarzen Ästen kahler Bäume. Es blieb noch ein wenig Zeit. Die Nackenhaare stellten sich ihm auf bei dem Gedanken daran, dass sie, die Jägerin, womöglich schon zu ihm unterwegs sein könnte.

Bump. Bump.

Wenn nur dieses nervende Geräusch nicht wäre. Es musste hier doch irgendwo eine Möglichkeit geben, es zu stoppen. Er sah sich um. Folgte mit den Blicken den alten Konstruktionen und blieb an einer Mechanik haften, bei der es sich um eine Art Kupplung zu handeln schien. Er wuchtete den massiven Hebel herum. Augenblicklich stoppte das hohle Geräusch. Er nickte zufrieden und verlor sich in Gedanken an eine Inszenierung, die alles bisher Dagewesene übertreffen dürfte und diesem besonderen Anlass angemessen war.

Natürlich würde es ein wenig mehr Zeit in Anspruch nehmen als üblich. Zeit, die er möglicherweise nicht hatte. Aber erhöhte das nicht auch den Reiz? Ja, dachte er, das tat es. Und je größer die Gefahr, desto größer der Triumph und desto gewaltiger der Ruhm. Seine Mundwinkel zuckten.

Er öffnete die Sporttasche. Darin lag das ordentlich zusammengefaltete Gewand. Fast zärtlich strich er über das gemusterte Fell, das er gleich anlegen würde, um die Verwandlung zu vollziehen. Daneben befanden sich die Klauen. Sie waren aus echten Leopardenkrallen gefertigt – jede einzelne beinahe so lang wie der gekrümmte kleine Finger einer Hand und rasiermesserscharf. Vier Krallen an jeder Klaue, die wie ein Schlagring gefasst werden konnten. Die Griffe waren aus Holz gefertigt und mit Schnitzereien verziert. Originale Stücke von beträchtlichem Wert und erheblicher Effizienz.

Der Mann nahm eine der Klauen und fuchtelte ein wenig damit herum. Jenny gab ein Schnauben von sich. Schließlich legte er sie zur Seite, fasste in die Manteltasche und zog das Rasiermesser hervor. Er klappte es auf. Hielt es ins Licht. Drehte und wendete es. Sah es blitzen.

Schließlich zog er die Klinge quer über Jennys Brust und bewunderte das hervorquellende Blut. Die Frau zuckte. Wand sich nach Kräften. Erstickte Schreie erfüllten den Raum.

Er fragte: »Der *Alabama Song* in der Version von den Doors sagt dir immer noch nichts?«

Sie schüttelte den Kopf. Eiskristalle glitzerten in ihren Augenwinkeln.

»Tja«, sagte der Mann. »Da wirst du wohl dumm sterben müssen.«

70.

Schweigend hastete Martin über die alten Dielen auf dem Flur des Stadtarchivs.

»Martin!«, rief Alex ihm nach, fasste nach dem Gurt ihrer Umhängetasche, während die Eingangspforte ins Schloss fiel, und eilte ihm hinterher. Das Profil ihrer Sohlen hinterließ kleine Pfützen vom Schnee auf dem Boden.

Martin knallte mit der Faust auf einen Lichtschalter, worauf die Neonbeleuchtung ansprang, riss eine Eichentür mit Wucht auf und verschwand.

»Martin, warte!«

Alex folgte ihm in einen Raum mit einem eindrucksvollen Spitzgewölbe. Darunter standen zahllose mannshohe Metallregale voller Folianten, Bücher und anderen Archivalien. An den Wänden hingen dunkle Bilder. Die Gemälde zeigten Menschen, die früher eine gewichtige Rolle in Lemfeld gespielt hatten, jetzt aber unter der düsteren Patina der Jahrhunderte nahezu verschwunden waren. Irgendwo in diesem Irrgarten war Martin verschwunden. Alex schritt die Regalreihen entlang und warf suchende Blicke in die Korridore.

Dann hörte sie hinter sich ein Geräusch. Schließlich ein lautes Knallen, dessen Echo durch den Raum rollte. Sie wirbelte herum. Ein Licht flammte auf. Es stammte von einer Schreibtischlampe, die auf einem wuchtigen Eichentisch stand. Ihr Licht schien auf einen großen Folianten, den Martin auf den Tisch gewuchtet hatte. Schwungvoll blätterte er die Seiten um.

Alex ging zu ihm hin.

»Irgendetwas«, sagte er leise, ohne aufzusehen, während er weiter in dem Buch blätterte, »irgendetwas ist da ...«

Vor Martin lag eine Urkunde. Er betrachtete sie und blätterte weiter. Alex wollte etwas fragen, aber Martin hob abwehrend die Hand. Schließlich schlug er mit der flachen Hand auf ein Dokument, das amtliche Wappen und Schrift in gotischen Lettern trug. »Hab ich dich«, zischte er und wandte sich zu Alex. »Bei den Stichworten Goldspecht und Gasthof bin ich hellhörig geworden«, erklärte er. »Dieses Dokument ... Es ist die Abschrift eines Originals und stammt ursprünglich aus dem Jahr 1604. Darin genehmigt Fürst Bernhard III. von Lemfeld den Antrag eines Simon Goldspecht auf den Betrieb einer privaten Wassermühle zum Mahlen von Getreide.«

»Gerste und Wasser?«

»Ja, aber das ist noch nicht alles.« Martin blickte wieder auf. »Die Mühle wurde im Dreißigjährigen Krieg zerstört, später vom Fürstenhaus wieder aufgebaut und in Eigenregie betrieben sowie an einen Müller verpachtet. Der Name aber blieb. Im Volksmund hieß sie stets Goldspechts Mühle. Anfang dieses Jahrhunderts wurde dort ein Ausflugslokal eingerichtet. Besonders der Biergarten war sehr beliebt – die Lemfelder Burschenschaften hielten dort ihre Kneipen ab. Das Lokal wurde während des Ersten Weltkriegs aufgegeben, und es hieß ...«

»Zum Goldspecht?«

»So ist es. Die Mühle ist heute ein Baudenkmal, ein kleines Museum. Man kann sie nur von außen besichtigen, aber in die Wände sind Fenster eingelassen, durch die man das historische Mahlwerk betrachten kann – was natürlich nicht mehr das originale ist, aber ...«

»Martin«, Alex schnitt ihm das Wort ab, »kann das unser Ort sein?«

»Also, wenn ich eure Assoziationen aufnehme: Goldspecht. Alabama. Baumwolle. Gerste. Bar. Whiskey. Wasser. Und du hattest gesagt, man müsse das alles im übertragenen, symbolischen Sinne sehen ...«

Schweigend griff Alex in ihre Handtasche und fingerte nach dem Handy. Ihr Gesicht begann zu glühen.

»Und wenn man das Wort Alabama zum Beispiel gleichsetzt mit Goldspecht und Baumwolle ...«

Alex drückte die Kurzwahltaste. Schneider ging sofort dran. »Sagt dir *Goldspechts Mühle* etwas?«

Schneider sagte erst gar nichts. Alex hörte ihn atmen. Dann sagte er »Ja« und legte eilig auf.

»Ich muss weg, Martin.« Alex warf das Handy zurück in die Tasche. »Danke.«

»Lässt du es mich wissen, wenn ...«

»Natürlich. Du hast einen gut bei mir, Archivar.«

»Schon einige inzwischen, oder?«

»Okay. Einige.« Alex' Lippen formten sich zu einem Lächeln. Dann drehte sich um und rannte los.

71.

Der Mann warf als Letztes die Stativtasche in den Kofferraum. Dann tauschte er die klatschnasse Jacke gegen einen Wollmantel und zog die warmen Handschuhe über. Zähneklappernd setzte er sich ans Steuer der eleganten Limousine, stellte die Heizung auf Maximum und fuhr vom Hof der alten Mühle. Seine Füße fühlten sich in den feuchten Schuhen wie erfroren an. Verdammt, er würde sich bestimmt eine Erkältung holen, wenn er nicht sofort unter die heiße Dusche kam. Eine Erkältung war nun wirklich das Letzte, das er gebrauchen konnte.

Der Mann bog auf die Bundesstraße ab. Langsam wurde es wärmer. Das voll aufgedrehte Gebläse der Heizung erfüllte das Innere mit heißer Luft. Sie war fast so trocken wie die Wüstenwinde. Damals waren sie aus der Sahara herübergeweht und hatten den Himmel tagelang gelb gefärbt. Damals, in Afrika.

Links und rechts zogen am Fenster die Fachmarktzentren vorbei. Dann fuhr der Mann auf den Innenstadtring. Sein Herz tat einen Sprung, als auf der Gegenfahrbahn ein Wagen mit Blaulicht und eingeschaltetem Martinshorn vorbeijagte. Noch einer. Und ein dritter.

Der Mann schaltete einen Gang höher und gab Gas. Ja, dachte er, jetzt wird noch einen Gang höher geschaltet. Er konnte sich ein Grinsen nicht verkneifen. Und die Vorfreude auf das, was als Nächstes kommen würde, explodierte nahezu.

72.

Scheiß auf sie alle, dachte Carsten Lütkehagen und kippte sich im Gehen noch ein Wodka-Fläschchen in den Hals. Scheiß auf die Schlampen, die Idioten, die Spinner und die Bekloppten.
Er wischte sich mit dem Handrücken über den Mund und warf das Fläschchen in hohem Bogen auf das Eis des Mühlenteichs. Schorsch sah ihm hinterher. Schorsch war ein Westhighland-Terrier. Erbe von seiner Ex. Mit dem blöden Vieh musste er nun spätabends Gassi gehen, während sie mit ihrem neuen Stecher wahrscheinlich gerade Salsa in der Dom Rep tanzte. Oder Merengue. Oder irgendeinen anderen Mist, den kein Mensch aussprechen konnte. Aber irgendwer musste sich ja um den Köter kümmern.
»Ja, da guckste, was?«, sagte Lütkehagen zu Schorsch, der sofort wieder wegsah.
Dann gingen sie weiter, und Lütkehagen fluchte noch ein wenig über die Pfeifen, Nieten und Blödmänner. Zum Jahresende hatte er sein Autohaus dichtmachen müssen. Krise in der Industrie, und der Hersteller hatte den Vertrag nicht mehr verlängert. Zwanzig Jahre Autohaus Lütkehagen für den Arsch. Und der ganze Rest, der daran hing, ebenfalls. Seine Ex, die Ziege, hatte es schon im Herbst kommen sehen mit der Insolvenz und sich verkrümelt, während er den Bankern die Füße geküsst hatte und – ja, er wäre denen auch in den Hintern gekrochen, wenn er denn reingepasst hätte, damit sie noch einen Kredit nachschössen.
Hatten sie aber nicht, und deswegen lief er hier jetzt mitten in der Nacht in der Dreckskälte auf dem schusseligen Spazierweg an der alten Mühle herum und blieb stehen, weil Schorsch anfing, zu jaulen und zu zittern.
»Was ist nun schon wieder?«, fragte Lütkehagen.

Schorsch fiepte weiter. Wie so ein halbleeres Luftdruckprüfgerät, wenn man es wieder auf das Pressluftventil hing.
Lütkehagen zerrte an der Leine und Schorsch hinter sich her. Im Gehen überlegte er, ob er noch einen Wodka öffnen sollte. Drei weitere Kurze hatte er in der Tasche. Er entschloss sich, gleich eine Rast an der Mühle einzulegen, eine zu rauchen und sich dort auf der Sitzbank noch einen zu genehmigen.
Dann kam er um die Ecke, wo der Spazierweg eine Biegung machte und auf die alte Holzbrücke am Stauwehr zuführte. Die Mühle lag da wie ein riesiger schwarzer Stein, der vom Himmel gefallen war. Scheinwerfer strahlten das Gebäude von unten an. Gespenstisch sah das aus. Das Wasser rauschte, und bis hierher war das hölzerne Klopfen der alten Mechanik des Mühlrads zu hören. Sah von hier aus, als hinge es voller Eiszapfen und gefrorenem Tang oder so.
Schorsch fiepte schon wieder. Kurz vor der Brücke blieb er stehen, streckte alle viere von sich und weigerte sich, auch nur einen Meter weiter zu gehen. Lütkehagen starrte nach unten auf den Köter, dessen Farbe von der des Schnees kaum zu unterscheiden war.
»Chef«, sagte Lütkehagen zu Schorsch. »Was ist los?«
Der Hund begann zu kläffen. Außerdem knurrte er jetzt. Schorsch knurrte nie – es sei denn, man fasste ihn beim Fressen an den Hintern. Aber hier stand kein Napf, und Herrchen hatte beide Hände in den Taschen vergraben und die Schlaufe der Leine ums Handgelenk gebunden.
Schließlich schaute Carsten Lütkehagen wieder nach vorne und versuchte zu erkennen, weswegen der Hund sich so anstellte. Er kniff die Augen zu schmalen Schlitzen zusammen und sah zwischen den schwarzen Trägerbalken der Brücke nach vorne, erkannte aber nichts als dämmrige Dunkelheit. Nein, nicht ganz.
Da war ein Blinklicht oder so. Schließlich hörte Lütkehagen das unverkennbare Geräusch einer zuschlagenden Autotür. Das Blink-

licht verschwand. Ein Motor wurde angelassen. Klang wie ein großer. Zwei rote Lampen blitzten auf. Bremsleuchten. Dann fuhr der Wagen ohne eingeschaltetes Licht los. Erst nach einigen Metern flammten die Rücklichter auf und verloren sich rasch in der Dunkelheit.

Komisch, dachte Lütkehagen und starrte auf seinen Hund, der nach wie vor knurrte und sich steif machte, als habe er eine Katze gewittert, auf die er jeden Moment losschießen wollte. Wer fuhr nachts um diese Zeit an der ollen Mühle herum und machte so einen Zinnober mit seinem Autolicht? Fast so, als wolle er nicht gesehen werden. Vielleicht Einbrecher, dachte Lütkehagen. Aber was gab es in der Mühle zu holen? Das war doch, soweit er wusste, eine Art Museum.

»Hm.« Lütkehagen beschloss, sich die Sache genauer anzusehen.

Er betrat die Brücke, zerrte Schorsch hinter sich her und hatte sie schließlich bis zur Hälfte überquert, als ihm auffiel, dass mit der Mühle etwas nicht stimmte. Er blickte zwischen der Trägerkonstruktion hindurch. Er sah zum Mühlrad. Im orangefarbenen Licht der Illumination warf es lange Schatten auf die alten Mauern.

Einen schwindelnden Augenblick lang war Lütkehagen glasklar, was er sah. Im nächsten nahm er an, dass sein wodkaumnebelter Verstand ihm einen Streich spielte. Das Licht, die Eiszapfen – manchmal erkannte man schließlich auch komische Figuren und Gesichter in den Wolken oder in Wurzeln, die beim nächsten Blinzeln wieder verschwanden. Um so ein Phänomen musste es sich handeln. Mit dem Unterschied, dass das Bild nach dem Blinzeln nicht wieder verschwand. Es gewann vielmehr an Kontur. Schließlich akzeptierte Carsten Lütkehagen, dass er offenbar doch nicht das Opfer einer winterlichen Fata Morgana geworden war.

Dort, am Mühlrad, hingen keine Eiszapfen. Es sah vielmehr so aus, als sei dort eine Rinderhälfte festgenagelt worden. Doch natürlich war es etwas weitaus Schlimmeres. An den Speichen befand sich ein nackter menschlicher Körper und drehte sich mit dem Mühlrad im Kreis. Er war weiß wie Schnee und in der Mitte blutrot. Wie aufgebrochen. Die langen Haare wurden mit jeder schrecklichen Umdrehung durch das Wasser gezogen. Jedes Mal, wenn der Schwung den Körper wieder in die Senkrechte beförderte, winkelte sich einer der Arme an. Beim Abschwung klappte er wieder aus. Es wirkte, als winke die Leiche Lütkehagen zu.

Lütkehagen gab einen erstickten Laut von sich und konnte die Augen nicht von dem grauenhaften Schauspiel abwenden. Seine Beine knickten ein. Er fiel hin und starrte auf allen vieren und mit offen stehendem Mund auf das Mühlrad. Minutenlang konnte er sich nicht bewegen. Sein Gehirn schien sich selbst ausgestellt zu haben, um das Offensichtliche nicht verarbeiten zu müssen. Schließlich bemerkte Lütkehagen, dass Schorsch ihm übers Gesicht leckte. Kurz darauf gelang es ihm, in die Tasche seiner Jacke zu fassen, wo er nach dem Handy tastete. Er wollte die Polizei anrufen.

Sekunden später nahm er flackerndes Blaulicht wahr und überlegte, ob er sie vielleicht schon angerufen hatte. Aber er konnte sich an nichts anderes erinnern als an das Bild der Leiche an dem Mühlrad, die sich im Kreis drehte und ihm zuwinkte.

73.

Der Boden unter Alex' Füßen schien sich in Luft aufzulösen. Es fühlte sich an, als säße sie in einem Flugzeug, das von einem Luftloch ins andere tanzte. Sie griff nach rechts und krallte sich im Ärmel von Schneiders Blouson fest, um nicht auf der Stelle umzukippen. Schneider stand da wie eine Salzsäule. Wie in Zeitlupe zog er eine Zigarettenschachtel aus der Tasche, nahm eine Zigarette mit den Lippen heraus und steckte sie an. Er stieß den Qualm in einem feinen Strahl aus den Nasenlöchern.
»Dieser Scheißkerl ist völlig krank«, sagte er und starrte auf das Mühlrad. »Komm, hilft ja nix. Gehen wir rüber.«
Alex nickte. Sie zitterte am ganzen Körper. Zu wenig Schlaf, zu viel Koffein – und vor allem zu viel Grauen, das sie gerade wie ein Tritt in die Magengrube erwischt hatte.
Die alte Mühle war ein wuchtiger Mittelalterbau aus Bruchsteinen. Sie lag an einem Weiher, vor dem sich ein Stauwehr befand. Darüber führte eine Holzbrücke, deren Eichenbohlen mit gefrorenem Schnee verkrustet waren. Der Weiher war zum Teil vereist. Ebenfalls der Bach, aber nicht der Bereich am Ende des Stauwehrs, wo das zuströmende Wasser in eine Art abschüssigen Kanal geleitet und dadurch beschleunigt wurde. Schwarz und kraftvoll rauschte es dahin und glitzerte dort, wo es in die Kegel der Scheinwerfer einiger Streifenwagen fiel. Sie tauchten den Bereich des Zuflusses in gleißendes Licht, wo das Wasser in die moosgrünen Schaufelräder des gewaltigen Mühlrads spülte und es in träger Bewegung hielt. Es lag mit der Achse auf einem Steinklotz auf, deren eines Ende in der Wand des Hauptgebäudes verschwand.
Von der Nabe aus strebten acht Speichen aus massiven Eichenbalken nach außen. An zweien davon war ein nackter Körper befestigt, nein, gekreuzigt worden.

Der Körper war mit einer Eisschicht überzogen. Die Drehungen des Mühlrads tauchten ihn immer wieder in den Weiher, um ihn danach in die eiskalte Luft zu befördern. Schließlich gab es einen Ruck. Das Rad hielt an. Jemand musste es im Inneren der Mühle gestoppt haben, um dem entsetzlichen Schauspiel endlich ein Ende zu bereiten.

Wortlos gingen Alex und Schneider auf den Hof, wo bereits Kowarsch und Reineking standen und sich aus einer Thermoskanne heißen Kaffee eingossen. Um sie herum wuselten aufgeregt Mitarbeiter der Spurensicherung, die weiße Overalls überzogen und damit aussahen wie Gebirgsjäger. Andere luden Aluminiumkoffer aus ihren Autos. Etwas näher am Gebäude erkannte Alex Veronika mit einem Funkgerät in der einen und einem Handy in der anderen Hand. Sie dirigierte einige Streifenpolizisten. Das rotierende Licht auf einem Notarztwagen tauchte ihr Gesicht in gleichmäßigem Rhythmus in pulsierendes Blau.

»So viel«, spöttelte Schneider und paffte an seiner Zigarette, »also zu Veronikas Hauptverdächtigem.«

Aus den Augenwinkeln beobachtete Alex, wie zwei Männer der Spusi das Mühlrad mit der Leiche filmten und dann über eine Mauer zu dem Steinblock balancierten, auf dem die wuchtige Achse auflag. Den gleichen Weg musste der Mörder für seine grausame Inszenierung gewählt haben – eine Schau, die aus seinem bisherigen Modus wie ein Ausrufezeichen herausstach. Alex war sich ziemlich sicher, dass genau das seine Absicht gewesen war. Es ging ihm nicht darum, das Opfer zu verhöhnen. Das Opfer war ihm gleichgültig, es war für ihn nur Mittel zum Zweck. Es ging ausschließlich darum, die Polizei zu verspotten, die zu spät gekommen war. Andererseits schienen sie ihn dieses Mal nur knapp verfehlt zu haben. Und es gab einen Augenzeugen.

Schneider sagte: »Carsten Lütkehagen, Anfang fünfzig. Kowarsch hat ihn bereits befragt. Der Mann wird gerade beim Notarzt etwas aufgepäppelt, scheint aber ein dickes Fell zu haben. Er hat einen Wagen wegfahren sehen. Konnte das Fabrikat nicht nennen, hat aber Stein und Bein geschworen, dass es kein Volkswagen war.«

»Woher weiß er das so genau?«

»Der Mann hat bis vor kurzem ein traditionsreiches Lemfelder Autohaus geführt. Der kennt sich aus. Er will morgen auf die Wache kommen. Kowarsch spricht dann noch mal mit ihm und legt ihm ein paar Bilder vor. Vielleicht erkennt er den Wagentyp ja dann.«

»Warum nicht heute noch?«

»Weil der blau ist. Riecht wie eine Kneipe. Sie haben eine Blutprobe entnommen. Eins Komma vier Promille. Das ist zwar nicht so viel, und er wirkt, als ob er das locker wegsteckt. Trotzdem können wir unter den Umständen keine brauchbare Zeugenbefragung vornehmen, da dreht uns jeder Anwalt einen Strick draus.«

Veronika kam mit einem Becher Kaffee in der Hand herüber. Sie trug eine Daunenjacke mit pelzumkränzter Kapuze und legte das Funkgerät auf dem Dach eines Streifenwagens ab.

Sie sagte: »Das muss ein Trittbrettfahrer gewesen sein.«

Alex bemerkte: »Ich glaube nicht, dass jemand die Morde kopiert. Dazu wäre sehr viel Detailwissen nötig – allein die Sache mit den Briefen und Songtexten.«

»Dann ein Komplize. Ein Komplize würde den bisherigen Modus kennen.«

»Ich halte es für wahrscheinlich, dass jemand Hankemeier ausspioniert hat und so an Daten und Adressen gelangt ist. Auch an die des aktuellen Opfers.«

Veronika hob fragend eine Augenbraue. »Und wie?«

Alex erinnerte sich daran, was ihr Beavis und Butt-Head erklärt hatten. »Ihr solltet Hankemeiers PC auf Trojaner überprüfen oder Log-Dateien abgleichen. Jemand könnte seine Accounts ausspio-

niert oder genutzt haben. Es könnte sich auch Spionagesoftware auf seinen Telefonen befinden, die er möglicherweise zur Kommunikation in sozialen Netzwerken genutzt hat.«
»Warum sollte ihn jemand überwachen?«
Alex zuckte mit den Schultern. »Vielleicht geht es um Rache. Vielleicht um etwas ganz anderes. Lass mich mit Hankemeier reden, danach kann ich dir vielleicht eine Antwort darauf geben.«
Veronika betrachtete Alex eine Weile. Dann öffnete sie wortlos den Reißverschluss ihrer Jacke, nahm einige zusammengefaltete Zettel hervor und reichte sie Alex. »Das kam vorhin für dich per Fax.«
Alex faltete die Blätter auf. Sie waren mit dem Briefkopf der Gendarmerie der Elfenbeinküste versehen und von Roger M'Obele unterzeichnet. Er hatte die Tatorte isoliert, an denen der weiße Leopard zugeschlagen haben könnte, und entschuldigte sich dafür, dass er wegen einer zeitweiligen Internetsperre infolge des andauernden Ausnahmezustands keine E-Mail mit Dateianhängen senden konnte und deswegen das Fax genutzt hatte.
»Elfenbeinküste?«, fragte Veronika.
»Elfenbeinküste«, antwortete Alex, dachte *Scheiße,* und steckte die Papiere aus Abidjan in ihre Umhängetasche.
»Du hast dir freigenommen, um hinter meinem Rücken Ermittlungen an der Elfenbeinküste anzustellen, und lässt dir Falldaten in die Behörde schicken?«
»Ist ja nicht so«, brummte Schneider, nahm einen Beweismittelbeutel aus der Tasche, ließ seine Kippe hineinfallen und steckte ihn wieder ein, »dass hinter dem Rücken anderer zu agieren nicht der neue Stil bei uns wäre.«
Veronikas Gesicht gefror zur Grimasse. »Wie soll ich das verstehen?«
Schneider sparte sich die Antwort, zog ein Tempo hervor und schneuzte sich. Einige Forensiker drängten sich an Veronika vor-

bei. Sie wich ihnen elegant wie eine Schlange aus. Schneider steckte das Tempo ein und fragte Veronika: »Chefin. Wollen wir jetzt weiter über Afrika reden oder einen Mörder schnappen?« Alex hätte Schneider küssen können.

Veronika blickte zwischen beiden hin und her. Schließlich sagte sie: »Wir sind damit noch nicht fertig. Aber im Moment gibt es sicher Wichtigeres zu klären, da hast du recht, Rolf.« Sie deutete mit der Stirn in Richtung der alten Mühle. »Okay, also gehen wir von einem Komplizen aus, der weitermacht, während Hankemeier sitzt. Die beiden waren ein Team. Erscheint mir glaubhafter als ein Nachahmungstäter.«

Alex verdrehte die Augen. Veronika wollte ums Verrecken nicht davon abrücken, den richtigen Mann in der Zelle sitzen zu haben. Diese Dreistigkeit war einfach unglaublich. »Tut mir leid«, sagte Alex gefasst, »aber ich denke, wir haben schlicht und ergreifend den falschen Mann, und der richtige ist weiterhin aktiv.«

»Die Inszenierung der Leiche entspricht aber nicht dem bisherigen Modus, richtig, Alex?«

»Er hat seine Gründe dafür.«

»Ah ja«, nickte Veronika. »Dann erklär mir die mal.« Wortlos zog sie einen schmalen Tablet-Computer aus ihrer Umhängetasche. Mit einem Fingertippen öffnete sie eine Bilddatei – Fotos, die offenbar von der Spurensicherung bereits übertragen worden waren. Sie zeigten die Wände der Mühle. Rohes Mauerwerk, sonst nichts. »Er hat nichts an die Wand geschrieben. Und das hat er bisher immer getan, stimmt's? Ein weiterer Bruch im Modus, der dafür sprechen könnte, dass wir es mit einem Trittbrettfahrer zu tun haben. Oder aber mit dem Komplizen von Hankemeier.«

»Vielleicht wurde er bei der Tat gestört. Hatte nicht viel Zeit.«

Veronika warf Alex einen ungläubigen Blick zu. »Der Augenzeuge sagt, dass er keinen Volkswagen wegfahren sah, sondern ein ande-

res Fahrzeug. Du weißt, welche Marke unser Täter bevorzugt. Hast du dafür auch eine Erklärung?«
Alex schwieg.
Veronika streckte das Kinn ein wenig vor. Dann steckte sie das Tablet wieder in ihre Tasche, drehte sich wortlos um und ging.

74.

Alex starrte an die Schlafzimmerwand. Ihre Augen brannten von der Übermüdung und dem Sex, der es nicht geschafft hatte, ihre Gedanken zu betäuben und alle Sorgen in einer heißen Woge fortzuspülen. Jans Finger spielten in ihrem Haar. Seine Brust hob und senkte sich. An der Wange spürte sie seinen Herzschlag. Er war ruhig und kräftig. Unten am Bettrand schnurrte Hannibal.
»Wo ist Mia heute eigentlich?«
»Seit heute Nachmittag bei einer Freundin. Die zwei waren zum Sport. Mia übernachtet bei ihr. Warum?«
»Nur so«, sagte Alex. Ihre Hand lag auf Jans flachem Bauch. Sein Puls klopfte weiter im ruhigen Takt wie ein hubraumstarker V8-Motor. Sie sagte: »Ich werde Hannibal erst mitnehmen, wenn sie wieder da ist. Damit sie sich noch verabschieden können. Ist das okay für dich?«
Jan beugte sich nach vorn, um Alex' Stirn zu küssen. Sie schloss die Augen. Das Brennen verschwand augenblicklich. Stattdessen legte sich die bleierne Schwere der letzten achtundvierzig nahezu durchwachten Stunden auf ihre Lider.
»Alles klar mit dir?«, hörte sie Jans Stimme.
»Mhm«, machte Alex heiser, um sich im nächsten Moment zu korrigieren. »Nichts ist okay.«
»Willst du darüber reden?«
»Nein. Ich will, dass du mich einfach festhältst.«
Jan drückte Alex an sich. Sie schmiegte sich in seinen Arm. Die Gewichte auf ihren Augen wurden immer schwerer.
»Schweigen macht es nicht besser, Alex.«
»Manchmal schon.« Ihr Atem wurde ruhiger. Sie schloss die Augen und hörte Jan im Halbschlaf weiterreden. Seine Worte drangen wie durch Watte zu Alex, tanzten auf weißen Wolkenbergen über

dem Atlantischen Ozean, drifteten im Rotorenwind eines Hubschraubers über die Steppe, rollten mit dem kehligen Brummen eines weißen Leoparden, der durch den roten Schnee vor einem blutigen Mühlrad schlich, Alex aus bernsteinfarbenen Augen ansah und die Fangzähne bleckte.

Wer, dachte Alex, bist du? Woher kommst du? Wohin willst du gehen? Die Fragen tröpfelten von einer sturmumtosten Klippe, taumelten in einer Spirale in die namenlose Schwärze, die Alex umfing und erst am anderen Morgen wieder aus ihren Fängen entließ.

75.

Gerd Möbius zwirbelte an seinem beachtlichen Schnäuzer, mit dem er gut als Mitglied einer kölschen Karnevalsband durchgegangen wäre. Dann lehnte sich der Chef der Lemfelder Kreispolizeibehörde im Schreibtischsessel zurück, verschränkte die Arme in seinem Stiernacken und sah dem Ficus benjamina beim Zittern in der Heizungsluft zu. Möbius trug einen leuchtend blauen Golfpullover. Hinter ihm an der Wand hing eine gerahmte FBI-Urkunde aus den achtziger Jahren. Die restlichen Wände waren mit historischen Fotografien aus Irland und Spiegeln mit Werbeaufdrucken von Guinness oder Kilkenny verziert. Schließlich durchbrach Veronika das Schweigen, die heute einen cappuccinofarbenen Faltenrock, einen dazu passenden Rolli und kniehohe Stiefel trug.
»Machen wir es kurz«, sagte sie kalt. »Ich möchte, dass Alex von den laufenden Ermittlungen entbunden wird – und ich erwäge, sie abzumahnen, da sie trotz mehrfacher Ermahnungen daran festhält, die Arbeit der Kommission zu unterlaufen.«
Alex schluckte. Am liebsten wäre sie aufgestanden und hätte Veronika eine reingehauen.
»Und ich stelle dazu fest«, sagte Alex, »dass ich in keiner Weise Ermittlungen mit meinem Verhalten beeinträchtigt habe. Ich bin zudem der Auffassung, dass sich die aktuelle Fahndung in eine falsche Richtung entwickelt. Es ist allerdings richtig, dass die Sonderkommission in zwei Lager gespalten ist, und hier appelliere ich an die Integrationsfähigkeit der neuen Dezernatsleitung ...«, Veronika lachte trocken auf, »... mir Zugang zu dem bisherigen Tatverdächtigen zu ermöglichen«, beendete Alex ihren Satz.
Möbius atmete tief ein und aus. Dann gab er seinem Drehstuhl etwas Schwung, rollte an den Schreibtisch heran, faltete die Hände auf dem Nussbaumholz und beugte sich etwas vor. Schließlich

brummte sein tiefer Bass durch den Raum. »Was ich sehe, ist ein inhaftierter Tatverdächtiger und ein Mord, den er nicht begangen haben kann. Was ich sehe, ist ein Staatsanwalt, der deswegen die U-Haft voraussichtlich aufheben muss, womit wir wieder am Anfang stehen und in der Luft zerrissen werden.«
Veronika öffnete den Mund, als wollte sie widersprechen. Möbius machte eine abwehrende Geste und blickte die beiden Frauen ernst an.
»Schluss mit dem Kompetenzgerangel. Ihr werdet euch zusammenreißen und zusammenraufen. Das ist eine Dienstanweisung. Keine Alleingänge mehr. Von niemandem.«
Veronika rutschte unruhig auf dem Stuhl hin und her. Alex knetete ihre Knöchel, die weiß hervorstachen.
Möbius lehnte sich noch etwas weiter nach vorne und senkte die Stimme. »Frau Martens. Sie leiten eine Mordkommission und das Dezernat. Wenn ich solche Sachen gleich zu Ihrem Einstieg höre, dann sage ich Ihnen frei heraus: Das ist scheiße.«
Veronika zuckte zusammen. Ihr Blick wurde unstet. Aber sie sagte weiterhin kein Wort.
»Frau von Stietencron. Diese Afrika-Nummer und derlei Dinge auf die eigene Kappe durchzuziehen, das ist ebenfalls scheiße.«
Alex schluckte und betrachtete ihre Schuhspitzen.
»Ich habe hier eine hochqualifizierte, hochmotivierte neue Dezernatsleiterin auf der einen Seite und eine ebenso qualifizierte und ehrgeizige Mitarbeiterin am Anfang ihrer Karriere. Ihr wollt beide euer Stück vom Kuchen. Das kann ich verstehen. Aber ich werde keinen Wettbewerb zulassen. Erst recht nicht in einem Fall von diesen Dimensionen. Wenn ihr untereinander etwas zu klären habt, geht in die Turnhalle und zieht euch Boxhandschuhe an. Das war es von mir dazu.«
Veronika schnappte nach Luft. Alex nagte an der Unterlippe.
Möbius lehnte sich im Sessel zurück und verschränkte die Arme

hinter dem Kopf. »Und jetzt zu wichtigeren Dingen. Wo stehen wir, wohin gehen wir?«

Veronika räusperte sich und warf Alex einen Seitenblick zu, der in toskanischen Steinbrüchen Marmor gespalten hätte. Sie sagte: »Wir haben das vierte Opfer identifiziert. Der Name ist Jennifer Gärtner, dreiundzwanzig Jahre alt, Lehramtsanwärterin aus Lemfeld. Sie ist in einer Pflegefamilie aufgewachsen und passt somit ins bisherige Muster. Sie hatte ebenfalls Kontakte zu dem Tatverdächtigen Elmar Hankemeier über GetLove. Wir haben ihre Profildaten sowie Mails über eine Verabredung im *Jacks* auf Hankemeiers Account gefunden. Außerdem liegen seit heute Morgen die ausgelesenen Handy-Daten von Hankemeiers Telefonen vor. Sie bestätigen, dass er Kontakte zu allen Opfern hatte. An dem Abend der Verabredung im *Jacks* ist Jennifer Gärtner verschwunden, während Hankemeier weiterhin in U-Haft saß. Die Kollegen werden heute die Angestellten im *Jacks* befragen – in der Hoffnung, Hinweise auf Jennifer und eine mögliche andere Person zu finden, mit der sie sich dort getroffen hat.« Veronika machte eine Pause und blickte zu Boden. Dann sah sie zu Alex. »Es hatte einen Grund, weswegen die Handy-Analyse länger gedauert hat. Wir haben auf einem der Handys von Hankemeier sowie auf seinem privaten PC Programme gefunden, die dazu geeignet sind, die Kommunikation zu überwachen beziehungsweise fernzusteuern. Du hattest also recht mit deiner Annahme, Alex.«

»Moment«, schaltete sich Möbius ein. »Was bedeutet das im Klartext?«

»Es bedeutet«, übernahm Alex das Wort, »dass möglicherweise jemand die Frauen tötet, die Elmar Hankemeier sich als Partnerinnen aussucht, indem er dessen Online-Aktivitäten verfolgt oder manipuliert. Hankemeier ist der Köder für die Bestie.«

»Und wer ist die Bestie?«, fragte Möbius.

»Der weiße Leopard«, sagte Alex.

Schweigen breitete sich in dem Büro des Polizeichefs aus. Möbius massierte sich den Nasenrücken mit Daumen und Zeigefinger. Seine Brust blähte sich wie ein Luftballon auf. »Wer oder was«, fragte er im Ausatmen, »ist der weiße Leopard?«
Alex erzählte von ihren Recherchen in Afrika. Sie schilderte, was es mit der Leopardengesellschaft auf sich hatte, und schloss mit der These, dass der wahre Täter in Afrika die fremdartigen Rituale der Geheimgesellschaft kennengelernt und für sich adaptiert hatte und schließlich nach Lemfeld zurückgekehrt war, um hier weiter zu töten. Aus einer Aktenkladde nahm Alex die Unterlagen hervor, die Roger M'Obele ihr zugefaxt hatte, und schilderte, was es damit auf sich hatte: »Nach den Daten M'Obeles kommen neun Morde innerhalb des Zeitraums von sechs Jahren in Frage, darunter die Morde an den beiden Krankenschwestern. Die Taten haben sich zum überwiegenden Teil in ländlichen Gebieten ereignet, in drei Fällen jedoch in der Hauptstadt Abidjan, wo jugendliche Prostituierte der Bestie zum Opfer gefallen waren.«
»Warum die zeitlichen Lücken?«, fragte Möbius.
»Ich hatte noch keine Zeit, das zu analysieren«, sagte Alex. »Möglicherweise hat sich der Leopard dazwischen in anderen Ländern aufgehalten und eventuell dort weiter gemordet. Es ist aber ebenso möglich, dass sein Leben in diesen Zeiten in geordneten Bahnen verlaufen ist, seine Gemütslage stabil und sein Stressfaktor gering war. Es hätte dann keine Auslöser gegeben, um sich abzureagieren. Die Erinnerung an vergangene Taten hätte ihm ausgereicht.«
»Mit anderen Worten«, schaltete sich Veronika ein, »würden wir demnach einen Täter suchen, der sich zu gewissen Zeiten an gewissen Orten in Afrika aufgehalten hat und jetzt wieder in Lemfeld lebt.«
Alex nickte.
»Ich kaufe dir die Geschichte nicht ab«, sagte Veronika. »Es klingt mir zu abenteuerlich, eine Gleichung mit zu vielen Unbekannten in einem Fall, in dem wir bereits sehr viele handfeste Indizien in

den Händen halten. Ein Tatverdächtiger, der alle Opfer kannte, sie traf, mit ihnen Sex hatte, dessen DNA-Spuren nachgewiesen sind. Demgegenüber steht ein vermeintliches Phantom aus dem afrikanischen Dschungel, über das wir nichts wissen: Wenn ich dem Staatsanwalt diese beiden Varianten präsentiere, welche wird er wohl bevorzugen?«

Möbius streckte sich im Sitz. »Er wird wissen wollen, wie ein Inhaftierter jemanden getötet haben soll.«

»Es gibt einen Komplizen oder einen Trittbrettfahrer«, fuhr Veronika dazwischen.

»Aber ich habe von den eindeutigen Verletzungen berichtet«, sagte Alex. »Von den Leopardenfellspuren, von den Zeichen.«

»An der Goldspechtmühle gab es aber keine Zeichen, Alex. Der ganze Modus ist anders.«

Möbius hob beschwichtigend die Hände. »Können wir ausschließen, dass die Mörder ein Team bilden?«

»Es wäre möglich, dass sie ein Team bilden«, sagte Veronika.

»Ich glaube nicht daran«, erklärte Alex. »Aber ausschließen kann ich es nicht.«

Möbius blickte einen Moment aus dem Fenster. Das dunkle Grau des Morgens war der Farbe von Nebel gewichen. Im Radio war für heute ein schwerer Schneesturm über Deutschland angekündigt worden, der gegen Abend auf NRW treffen würde. Orkanböen, bis zu dreißig Zentimeter Neuschnee. Der Himmel schien sich bereits darauf vorzubereiten.

»Okay«, sagte Möbius noch einmal und drehte seinen Stuhl wieder in Richtung der beiden Frauen. »Trittbrettfahrer, Team, Afrika. Ihr bleibt so lange an drei Varianten dran, bis die Spuren sich kreuzen, denn ich habe das Gefühl, das werden sie. Ihr werft zusammen, was ihr bislang wisst.« Möbius hob bedeutungsvoll die Augenbrauen. Alex und Veronika sahen sich an.

»Natürlich«, sagte Veronika.

76.

Die Wahrheit hat viele Facetten, und es gibt zahlreiche Theorien darüber, was Wahrheit ist, denn Wahrheit ist immer auch eine Frage der Perspektive. Ein Angeklagter mochte seine Tat gestehen, jede Menge Beweise sie belegen und die Staatsanwaltschaft die Schuld als erwiesen ansehen. Trotzdem konnte ein Gericht zu einer anderen Auffassung gelangen und den Beschuldigten freilassen. Was die Lemfelder Morde anging, gab es unterschiedliche Entwürfe der Wahrheit – und insofern war die Wahrheit kurioserweise vor allem eine Frage des Glaubens und der Wahrscheinlichkeit, dachte Alex. Es war, als müssten sie sich durch einen Nebel wühlen und wüssten nicht, wie herum sie den Stadtplan zu halten hätten. Aber am Ende, und das war allen klar, blieb nur ein Weg übrig. Eine Wahrheit: Vier Menschen waren in Lemfeld ermordet worden, und jemand war dafür verantwortlich.
Die Stimmung im Lage- und Besprechungsraum war konzentriert. Nachdenklich und schwer. Schneider fläzte sich auf seinem Stuhl und pulte sich mit dem kleinen Finger im Ohr. Reineking stand mit verschränkten Armen vor der Heizung und wärmte sich den Hintern. Alex betrachtete mit leerem Blick eine mit Bildern, Fotokopien, Plänen und Post-its gepflasterte Flipchart und bastelte aus Büroklammern eine Kette. Veronika lehnte mit der Hüfte an einem Tisch und betrachtete ihre Fingernägel. Die übrigen Kollegen waren anderweitig mit Ermittlungen über das vierte Opfer Jennifer Gärtner befasst, und Kowarsch bereitete die für mittags angesetzte Befragung von Carsten Lütkehagen vor – dem Augenzeugen von der Goldspechtmühle. Von dessen Aussage versprach man sich allerdings nicht viel Neues.
»Was ist mit diesem Potthast? Dem vom Kinderheim?«, fragte Veronika.

Schneider antwortete: »Auf den Luisenhof sind wir bei zwei Fällen gestoßen. Dem Vernehmen nach war Potthast zu Hilfsprojekten auch in Afrika. Er hat außerdem Knowhow in Computerfragen. Ich würde ihn mir genauer ansehen.«

»Habt ihr ihn nicht überprüft?«

»Nö. Ich dachte, ihr hättet euch den vorgeknöpft, nachdem ich vor Ort erfahren durfte, dass ihr einen Tag vor uns bei ihm gewesen seid.«

Veronika ließ Schneiders Spitze unkommentiert. »Dann sollten wir das jetzt tun. Ich werde dafür gleich ein paar Leute abstellen. Weiter sollten wir Hankemeier noch einmal vernehmen. Vielleicht gibt es eine Beziehung zwischen ihm und Potthast. Ich hätte gerne, dass du dabei bist, Stephan.« Reineking nickte.

Veronika sah ihn fragend an: »Wie sieht es mit den Reaktionen vom Jugendamt auf die Anordnungen von Staatsanwaltschaft und Gericht aus?«

»Einiges ist fertig, anderes nicht«, sagte Reineking.

Alex legte die Büroklammerkette zur Seite. »Welche Anordnungen?«

Veronika erklärte: »Adoptionsdokumente des Tatverdächtigen und der Opfer. Einige Informationen, an die wir aus datenschutzrechtlichen Gründen nicht einfach so gelangen. Schlussendliche Klärung von familiären Verhältnissen und derlei Dinge. Wir wissen noch nichts Exaktes über die leibliche Mutter und den Bruder von Hankemeier.«

»Hankemeier hat einen Bruder?«

»Wir wissen erst seit gestern, dass für Hankemeier seinerzeit das Jugendamt in Bad Oberwalde zuständig gewesen ist.« Oberwalde war ein kleiner Kurort nicht weit von Lemfeld. »Es gibt eine Liste mit dort vorgenommenen Adoptionen. Darin taucht ein Harald Frentzen mit dem gleichen Geburtsdatum wie Elmar Hankemeier auf. Wir vermuten, dass es sich um Zwillinge gehandelt hat, die zur Adoption freigegeben worden sind. Ist aber noch nicht sicher. Vielleicht auch nur ein Zufall. Als Adoptivmutter wird eine Ingelore Frentzen genannt, wohnhaft in Oberwalde. Der Vater lebt nicht mehr.«

Reineking ergänzte: »Wir brauchen die Daten für eine saubere Vita, falls der Staatsanwalt Anklage gegen Hankemeier erheben will.«

Veronika fuhr fort: »Über Harald Frentzen haben wir noch nichts. Wir haben einige Melderegister abgefragt, aber keine aktuellen Einträge gefunden. Vielleicht lebt er nicht mehr in Deutschland.«

Alex schwang die Büroklammerkette wie ein kleines Springseil.

»Was erzählt Hankemeier über einen Bruder?«

»Nichts. Wahrscheinlich, weil er nichts darüber weiß. Und bis wir keine verlässlichen Informationen haben, konfrontieren wir ihn auch nicht damit.«

»Und was sagen seine Adoptiveltern dazu? Wussten die davon?«

Veronika antwortete: »Weder die Eltern noch jemand anders hat das bislang kommentiert. Wir haben die Statistik aus dem Adoptionsjahr gesehen und uns unseren Teil gedacht. Mehr nicht. Und entweder haben wir recht oder nicht. Relevanz für die Ermittlungen hat das nicht, allenfalls wie erwähnt für die Komplettierung der Unterlagen.«

»Keine Relevanz«, wiederholte Alex und schwang die Kette immer schneller.

Schneider musterte sie nachdenklich: »Worüber denkst du nach?«

»Über Relevanz.«

Die Wichtigkeit, die man einem Sachverhalt in einem bestimmten Zusammenhang beimisst, dachte Alex. In diesem Fall der denkbaren Tatsache, dass Hankemeier einen unbekannten Zwillingsbruder haben könnte. Vielleicht log Hankemeier diesbezüglich, vielleicht wusste er tatsächlich nichts davon. Was wiederum nicht ausschloss, dass dieser Harald Frentzen von Elmar Hankemeier wusste. Zwischen manchen Zwillingen gab es sehr intensive Bindungen. Und es war zumindest bemerkenswert, dass die Kollegen nichts über einen Harald Frentzen herausgefunden hatten. Zu jedem Menschen gab es irgendwo Registereinträge. Welche Bedeutung das haben könnte, wusste Alex nicht. Auch nicht, ob es einen Zusammenhang gab. Aber es kribbelte in ihrem Nacken. Und das bedeutete, dass sie sich die Dinge etwas genauer ansehen sollte.

Veronika stieß sich mit der Hüfte vom Tisch ab. Sie schien zu ahnen, worüber Alex nachdachte. »Du willst mit dieser Ingelore Frentzen sprechen?«

Alex nickte. »Wir wissen, dass jemand die Kommunikation von Hankemeier überwacht hat. Warum nicht ein unbekannter Zwillingsbruder – der zudem nicht mehr in Deutschland zu leben scheint und nirgends gemeldet ist. Vielleicht hat er irgendwo in Afrika gelebt? Ich weiß, das klingt vage. Aber ich finde, wir sollten allen Fährten nachgehen und diese zumindest ausschließen können, indem wir etwas mehr über diesen Harald erfahren.«

Reineking kratzte sich an der Schläfe. »Vielleicht lügt Hankemeier auch, und die zwei bilden ein Team. Der Bruder macht dort weiter, wo der andere aufgehört hat.«

»Oder er ist der Trittbrettfahrer«, fügte Veronika hinzu. »Also gut. Sprich mit Ingelore Frentzen, Alex. Ich schaue mir diesen Heimpädagogen einmal genauer an.«

Schneider stand schwerfällig auf und warf einen Blick auf die Uhr. »Na dann mal auf, Kollegen. Das Wetter soll sich verschlechtern, und bis Bad Oberwalde sind es ein paar Meilen.«

77.

Mia rubbelte sich gerade die Haare trocken, als es an der Tür schellte. Hannibal linste um die Ecke, zuckte zusammen und lief wieder weg. Zu schade, dachte Mia, dass Alex ihn bald abholen würde.

Als es erneut schellte, zischte sie ein leises »Shit«, stellte die Kaffeetasse auf dem Waschbecken ab, zog den Bademantel ihres Vaters an und patschte mit nackten Füßen über die Eichendielen. Die Uhr auf dem Flur zeigte kurz vor zwölf. Mia war eben erst wieder nach Hause gekommen. Dad hatte eine SMS geschickt, dass noch Essen im Kühlschrank stehe und er heute früher aus dem Büro käme und Alex sich wegen des Katers melden wolle.

Wahrscheinlich, dachte Mia, als sie den Hörer der Gegensprechanlage aus der Halterung herausnahm und ans Ohr presste, war es der Paketdienst, weil Paps mal wieder etwas im Internet bestellt hatte. Die kamen meistens gegen Mittag.

»Ja?«, sagte sie in die Sprechmuschel.

»Stadtwerke«, hörte sie die Stimme eines Mannes. »Ich komme, um den Zählerstand abzulesen.«

»Aha.« Mia drückte auf den Türöffner. Dann sprintete sie in ihr Zimmer, schlüpfte in Unterwäsche und Jeans, zog schnell ein T-Shirt und eine Trainingsjacke über und versuchte im Zurückgehen, ein Paar Socken überzustreifen, als es bereits an der Wohnungstür klopfte.

»Moment«, rief Mia, balancierte auf einem Fuß, zog den noch fehlenden Strumpf an und öffnete.

Der Stadtwerketyp mochte Mitte vierzig sein. Er trug eine dicke Daunenjacke, hielt ein Klemmbrett mit irgendeinem Ablesegerät in der Hand und hatte eine Kordel um den Hals hängen, an der ein laminierter Ausweis baumelte.

»Tag, Stadtwerke«, stellte er sich nochmals vor und nickte. »Ich lese nur kurz den Zählerstand ab, dann bin ich wieder verschwunden. Der Zähler ist in der Küche, nicht?«

»Öhm.« Woher sollte Mia denn wissen, wo Papas Zähler war? »Ja, möglich.« Sie öffnete die Tür und trat einen Schritt zurück. »Die Küche ist da vorne«, erklärte sie mit einem Kopfnicken.

»Ah ja«, lächelte der Mann und nahm sein Ablesegerät zur Hand. Mia drehte sich um, um vorzugehen. Im nächsten Moment bohrte sich ihr etwas in den Nacken und schien ihr einen Tritt ins Genick zu verpassen. Als sie die Augen wieder öffnete, fühlte sich ihr Körper an, als seien sämtliche Muskeln schlagartig übersäuert. Sie lag auf dem Rücken, Speichel lief ihr aus dem Mundwinkel. Der Stadtwerketyp kniete auf ihrem Bauch und nahm die Kordel vom Hals ab. Mia wollte gerade losschreien, als er sein Gerät, das offenbar nicht zum Ablesen von Strom, sondern zum Verteilen von Strom gedacht war, an ihre Halsschlagader presste. Ein weiterer Schlag durchfuhr ihren Körper.

78.

Das kleine Einfamilienhaus lag abseits der Hauptstraße. An einigen Stellen bröckelte der Putz. Lange Risse zogen sich vom Dach bis zum Boden. Darunter kam das blanke Mauerwerk zum Vorschein. Der ungepflegte Eindruck wuchs mit jedem Meter, den Schneider und Alex zurücklegten. Ein Vorgarten versteckte sich unter einer dicken Schneedecke, schiefe und vereiste Steintreppen führten in einen mit Moos und Frostblumen überzogenen Windfang vor der Haustür, neben der ein randvoller gelber Sack und weiterer Abfall standen. Über dem Dach breitete sich ein Himmel aus, der die Farbe des Schnees angenommen hatte. Ein konstanter Wind peitschte kleine Flocken durch die Luft, die Vorboten des angekündigten Schneesturms, der wohl nicht mehr lange auf sich warten lassen würde.

Ein grelles Schellen erklang, als Schneider den Klingelknopf drückte. Schlurfende Schritte drangen aus dem Inneren. Dann öffnete sich die Tür. Außer einer feuchtwarmen, nach Müll stinkenden Wolke schlug Alex der scharf nach Alkohol riechende Atem der gebeugten kleinen Frau in weißen Fahnen entgegen.

Sie mochte sechzig oder siebzig Jahre alt sein, schwer zu schätzen. Ihre Gesichtsfarbe glich der von Wachs. Geplatzte Äderchen auf den Wangen und in den Augäpfeln wiesen darauf hin, dass Alkohol schon seit geraumer Zeit zu ihren Grundnahrungsmitteln zählte. Sie trug eine schmutzigbraune, fleckige Strickjacke. Die grauen Haare hingen wie Spinnenweben von ihrem Kopf herab.

»Ingelore Frentzen?«, fragte Schneider.

Die Frau nickte mit offenem Mund.

Schneider zeigte seinen Dienstausweis vor. »Rolf Schneider, Kriminalpolizei Lemfeld. Das ist meine Kollegin Frau von Stietencron. Wir müssen Ihnen einige Fragen stellen. Dürfen wir hereinkommen?«

Die Frau nickte.

Auf dem Flur standen Plastiksäcke voller Abfall. In der Küche stapelte sich schmutziges Geschirr. Das Wohnzimmer war über und über mit Zeitschriften, Vasen, Gläsern, leeren Flaschen und Plastiktüten bedeckt, von denen Alex nicht wissen wollte, was sich darin befand. Vertrocknete Pflanzen standen auf der Fensterbank, das Regal daneben war mit Hunderten alter Langspielplatten vollgestopft.

Alex stutzte für einen Moment. Dann sah sie sich weiter um.

In der Mitte des Wohnzimmers befand sich eine leberwurstfarbene Couchgarnitur, auf der Schneider und Alex zwischen Kissen, einem Bataillon gehäkelter Teddybären und Bergen von zerknitterter Wäsche Platz fanden, während sich die Frau in einen löchrigen Sessel setzte. Auf dem Sessel ihr gegenüber thronte eine Porzellanpuppe mit rosigen Wangen auf einem hellblauen Kissen. Sie stellte einen Jungen mit Seppelhosen und rotkariertem Hemd dar. Er erinnerte Alex an die sündhaft teuren Puppen von Käthe Kruse oder anderer Hersteller, die manchmal in den Verkaufskanälen im Fernsehen angeboten wurden. Sie war fast so groß wie ein Kleinkind und starrte aus gläsernen Augen in das Chaos, das nach Staub, Altersheim, Schweiß und Schimmel roch. Neben der Puppe lag ein aufgeschlagenes Tarzan-Comicheft auf der Sessellehne – so, als habe die Puppe es gerade zur Seite gelegt, um den Besuchern zuzuhören.

Schneider zog seinen Spiralblock hervor und beugte sich mit einem jovialen Lächeln nach vorne. »Stricken Sie die Teddybären alle selbst? Die sind ja wirklich toll.«

»Ja«, sagte Ingelore Frentzen und nickte heftig. Ihr starrer und ausdrucksloser Blick glich dem der Puppe. Dann hob sie den knochigen Zeigefinger. »Aber sie werden gehäkelt, nicht gestrickt.«

»Ah, na klar.« Schneider spielte mit einem hellblauen Teddy herum und betrachtete sein Muster. »Hat meine Oma auch gemacht. War ihre große Leidenschaft. Oma hatte ihre Bären immer beim

Weihnachtsbasar von der Arbeiterwohlfahrt zugunsten der Kinderklinik verkauft.«

»Ja, ja.« Ingelore Frentzen lächelte. Ihre Stimme erinnerte Alex ein wenig an die von Gollum aus dem *Herrn der Ringe*.

»Und der kleine Lümmel hier? War der beim Oktoberfest?« Schneider deutete nach rechts zu der Puppe. Alex verkniff sich ein Schmunzeln und versuchte dabei weiter, nicht durch die Nase zu atmen.

Die Frau lachte erfreut. Am Ausdruck in ihren Augen änderte sich jedoch nichts. »Der Emil trägt doch so gerne Trachten.«

»Ist ein richtiger Lausejunge, der Emil, was?«, lachte Schneider und löste seinen Schal.

»Ein ganz frecher Bub ist er manchmal. Da muss man schon mal hart durchgreifen.«

»Mhm«, machte Schneider. »War der Harald damals auch so ein Lausejunge? Ihr Sohn?«

Ingelore Frentzen nickte langsam. »Ein ganz schlimmer«, antwortete sie.

Ein ganz schlimmer, dachte Alex. In ihr bimmelte eine Alarmglocke. Noch nicht sehr laut, aber beständig. Sie fragte: »Wissen Sie, wo sich Harald derzeit aufhält?«

Sie schüttelte schwerfällig den Kopf. »Er ist schon vor langer Zeit gegangen.« Die Frau starrte vor sich hin, als sei sie gedanklich ganz woanders. Dann hob sie den Kopf und fragte: »Sind Sie wegen des Fernsehers hier?«

Alex konnte nirgends einen ausmachen. »Wir sind nicht wegen des Fernsehers hier. Wir sind von der Polizei und haben einige Fragen an Sie.«

Ingelore Frentzen nickte, wirkte aber nicht so, als ob sie verstanden habe. »Ich sehe doch immer so gerne den Musikantenstadl. Jemand wollte mir einen neuen Fernseher bringen, aber ich weiß nicht mehr, wer das war.«

Schneider fragte: »Wohin ist denn der Harald genau gegangen?«
»Sie haben ihn abgeholt. Ich will ihn nicht wiedersehen.«
»Wer hat ihn abgeholt?«
»Die, die ihn uns auch gebracht haben.«
»Das Jugendamt?«
Die Frau nickte.
»Harald war nicht Ihr leibliches Kind, wie wir wissen. Und wir sind hier, weil wir wirklich dringend in einer sehr wichtigen Sache mit ihm sprechen müssen.« Alex rang sich ein Lächeln ab. »Vielleicht erzählen Sie uns einfach ein wenig über ihn?«
Ingelore Frentzen hob den Blick und betrachtete Alex eine Zeitlang schweigend. »Wenn Sie den Fernseher bringen, dann müssen Sie ihn mir auch einstellen. Ich kann das nicht, der Rudi ist ja nicht mehr da.«
Alex nickte. »Das machen wir, Frau Frentzen. Rudi ist Ihr Mann gewesen? Der Vater von Harald? Erzählen Sie uns von beiden ein wenig? Dann holen wir auch gleich den Fernseher.«
»Mein Mann Rudi und ich«, begann Ingelore Frentzen und starrte durch Alex hindurch, als sei sie aus Glas, »hatten uns so sehr Kinder gewünscht. Aber ...«, sie stockte und vollendete den Satz in einem melodiösen Singsang, »... aber ich konnte nun mal keine mehr bekommen, und unser erster Sohn, Mäxchen, sollte doch ein Brüderchen haben.« Schneider wollte gerade nachhaken, aber Alex bedeutete ihm, die Frau weitersprechen zu lassen. »Wir entschlossen uns zu einer Adoption, und Harald kam aus dem Heim zu uns, als er zwei Jahre alt war.«
Schneider fragte dazwischen: »Das Jugendamt in Bad Oberwalde war damals zuständig?«
Die Frau nickte. »In Bad Oberwalde war ich früher immer gerne einkaufen. Aber die Füße machen nicht mehr mit.«
»Das Heim – war das der Luisenhof bei Lemfeld?«
»Luisenhof.« Ingelore Frentzen nickte immer noch.

»Ist Ihnen etwas darüber bekannt gewesen, dass Harald noch einen Zwillingsbruder hatte?«

»Ja, ja, die Zwillinge. Aber es spielte ja keine Rolle – damals nicht und später sowieso nicht mehr.«

Zwillinge, dachte Alex. Also stimmte es. Zwei Kinder, zur Adoption freigegeben, vielleicht von Geburt an getrennt, und niemand erinnerte sich an das, was er im Alter von zwei Jahren erlebt oder ob er zu der Zeit mit einem Bruder zusammengelebt hatte – ausgerechnet im Luisenhof. Alex überlegte, dass sie noch heute von der Behörde erfahren müssten, wie das damals abgelaufen war. Warum die Zwillinge Elmar und Harald weggegeben worden waren – und wie sie davor mit Nachnamen geheißen hatten. Aber im Augenblick hatte Ingelore Frentzen Alex' volle Aufmerksamkeit. »Können Sie uns genau erklären, warum Harald *abgeholt* wurde?«

»Müssen Sie denn den Fernseher abholen? Ich sehe doch so gerne den Stadl.«

»Das müssen wir leider, ja, um ihn zu reparieren. Aber das geht sicher sehr schnell. Wie war das denn damals, als der Harald wegkam?«

Frentzens Blick verlor sich im Nichts. »Es war doch alles so schön. Und Harald war wie Mäxchen ganz unser Kind, ihm hat es niemals an etwas gemangelt. Es war gar nicht nötig, dass sie sich immer stritten. Der Rudi sagte immer, der Harald hat den Teufel im Leib.« Sie gab ein Seufzen von sich, mehr ein Keuchen. »Der Rudi hatte wohl recht. Wir hatten Kaninchen, Rudi hielt sie im Garten. Eines Tages waren sie alle tot. Wir dachten zuerst, der Fuchs hätte sie geholt. Überall war Blut. Aber ich wusste, dass er es gewesen war: Harald.«

»Woher wussten Sie das?«, hakte Alex nach.

Die Frau hob den Blick und sah Alex an. Für einen Moment waren ihre Augen nicht mehr trüb, sie waren hell und wach. Ein Moment der Klarheit, dachte Alex. Ingelore Frentzen sagte: »Mütter wissen so etwas. Außerdem hatte kurze Zeit davor einer unserer Nachbarn, ein Landwirt, Harald einmal nach Hause gebracht. Er hatte zwei kleine Kätzchen in einem Eimer ertränkt und war dabei erwischt worden. Er hat auch den Hamster eines Nachbarjungen auf ein Brett genagelt.«

Die Worte trafen Alex wie ein Stromschlag. »Wie haben Sie und Ihr Mann darauf reagiert?«

»Rudi hat ihn windelweich geschlagen. Das hatte er ja auch verdient.«

Wieder fiel Alex' Blick auf die Regale voller Schallplatten, und dieses Mal beschlich sie ein extrem ungutes Gefühl. Eine Vorahnung, die blitzartig zur Gewissheit wurde. Zur Gewissheit, genau am richtigen Ort zu sein. Sie deute in Richtung der Schränke und fragte: »Wem gehören die vielen Schallplatten dort?«

»Oh, das sind noch die von Rudi. Ich konnte mich nicht davon trennen.«

»Sieht aus, als habe er viel Musik gehört.«

»Er war geradezu besessen davon. Früher war er als DJ unterwegs auf den Dörfern und auch mit seinem Keyboard als Alleinunterhalter. Ganz oft hat er mit den Kindern Platten gehört und ihnen alles Mögliche darüber erzählt. Ich fand zwar immer, dass sie noch viel zu klein dafür waren, aber …« Die Frau machte eine abwinkende Bewegung.

Alex fragte: »Hat Ihr Mann den Harald nur das eine Mal geschlagen?«

»Aber natürlich nicht!«, sagte Ingelore Frentzen entrüstet. »Harald brauchte eine harte Hand. Man musste sehr streng mit ihm sein. Er war so … so ganz anders als unser Mäxchen. Und schließlich kam dann dieser schreckliche Abend.«

Alex rutschte näher an die Frau heran und knetete sich die Hände, an denen die Knöchel weiß hervortraten. »Bitte erzählen Sie uns davon.«

Die Frau seufzte tief. »Es ist nicht leicht …«
»Versuchen Sie es bitte trotzdem.«
»Mein Rudi, Gott hab ihn selig, hatte Nachtschicht, und ich war alleine mit den Kindern zu Hause. Ich habe ferngesehen und mit einem Mal Brandgeruch aus dem oberen Stockwerk bemerkt. Als ich hinauflief, habe ich mit Entsetzen gesehen, was Harald mit Mäxchen machte. Es war schrecklich.«
»Bitte fahren Sie fort«, murmelte Schneider.
»Das Bett stand in hellen Flammen. Und dann sah ich Mäxchen darin liegen. Harald hatte ihn überall mit einem Messer geschnitten. Er wollte ihn verbrennen. Ich bin hineingelaufen und hab den Kleinen gerettet, bevor ich die Feuerwehr verständigt habe.«
Alex wollte schlucken, doch es gelang ihr nicht. Sie wechselte einen Blick mit Schneider. Schweißperlen standen auf seiner Stirn, was an der Kombination aus überhitztem Wohnzimmer und Steppblouson liegen musste. Vielleicht auch deswegen, weil ihm wie Alex immer mehr dämmerte, was für eine Persönlichkeit Ingelore Frentzen hier entwarf – eine, die in ihrer Kindheit und Jugend bereits disponiert worden ist, sich Jahre später zu einem Mörder zu entwickeln.
Ingelore Frentzen sprach weiter. »Mäxchen starb einen Tag später. Nachdem Harald aus dem Krankenhaus zurück war, habe ich nie wieder ein Wort mit ihm gesprochen, nie wieder.«
Schneider fragte: »Sie wollen damit sagen, dass Harald seinen Bruder getötet hat?«
Die Frau nickte. Ihre Lippen waren zu einem schmalen Band zusammengepresst. Ihr Blick wurde wieder glasig, und Alex ahnte, dass der Moment der Klarheit vorüber war und Ingelore Frentzen bald wieder in ihren Dämmerzustand zurückgleiten würde.
»Warum musste Harald ins Krankenhaus?«
»Na, wegen seiner Beine. Eines war gebrochen. Er war aus dem Fenster gesprungen, um den Flammen zu entkommen.«

Alex begriff mit Entsetzen. »Sie ... Sie haben Mäxchen gerettet, aber Harald nicht?«

»Ich habe die Tür zum Kinderzimmer abgeschlossen. Harald sollte seine gerechte Strafe bekommen und am eigenen Leib erleben, was er da angerichtet hatte.«

Schneider rieb sich übers Gesicht. Er schien nicht glauben zu können, was er da gerade hörte.

»Haben ...«, fragte Alex heiser, »... haben Sie Bilder von Mäxchen und Harald, die Sie uns zeigen könnten?«

»Alex ...« Schneider wollte einhaken, aber sie winkte ab.

Schwerfällig erhob sich die Frau aus dem Sessel und ging zielstrebig auf das mit den LPs gefüllte Regal zu, aus dem sie einen dicken braunen Lederband herauszog. Sie legte das Fotoalbum auf den gekachelten Couchtisch und schlug die erste Seite auf. Als Alex die ersten Bilder sah, hatte sie das Gefühl, als griffe eine Hand nach ihrem Herzen und quetsche es zusammen.

»Das sind Mäxchen und mein Mann Rudi auf der Terrasse. Mäxchen war damals noch sehr klein«, sagte Ingelore Frentzen lächelnd. Ihr fauliger und schneidend nach Schnaps riechender Atem und ihr durchdringender Geruch nach Schweiß und Urin schlugen Alex jetzt unmittelbar entgegen, doch sie nahm nichts davon bewusst wahr. Die Bilder in dem Album waren übermächtig.

Das erste Foto zeigte einen Mann mit behaartem Bauch und dickem Schnäuzer fröhlich lächelnd in einem aufblasbaren Planschbecken sitzend. Gummienten schwammen darin herum. Er winkte in die Kamera. Zwischen seinen Beinen saß Mäxchen in einer knallroten Badehose. Er trug Schwimmflügel und starrte ins Wasser. Auf einem weiteren Bild saß Mäxchen in einem Kinderstuhl am Esstisch. Sein Mund war mit Nutella verschmiert. Vor ihm stand ein Teller mit Butterbroten, und Rudi Frentzen wischte ihm grinsend den Mund ab. Ein weiteres Bild war mit Selbstauslöser aufgenommen worden. Es zeigte eine bedeutend jüngere und wesentlich gepflegtere Ingelore mit ihrem Mann auf einem Sofa und Mäxchen in der Mitte. Im Hintergrund stand ein mit Lametta behängter Christbaum, unter dem Geschenke lagen. Mäxchen trug eine Nikolausmütze. Wie auf jeder Aufnahme starrte er teilnahmslos aus seinen Glasaugen an der Kamera vorbei. Mäxchen war eine lebensechte Puppe von der Größe eines Kleinkinds – eine ähnliche wie die, die auf dem Sessel neben Schneider in Hirschlederhosen hockte.

Die nächsten Bilder zeigten dann einen echten Jungen – Harald. Zunächst sah Alex ein professionelles Porträtfoto, vielleicht von einem Schulfotografen geschossen. Harald sah darauf erstaunlich erwachsen aus. Sein Blick war kalt. Das Gesicht schmal. Die Haare lockig. Ein arroganter Zug umspielte den Mund. Wie würde er heute aussehen?

Auf jeder der folgenden Aufnahmen stand er stets etwas entfernt von dem Ehepaar und Mäxchen. Lediglich eines zeigte ihn allein mit seinem »Bruder« in der Badewanne sitzend. Harald mochte auf dieser Aufnahme vielleicht sieben oder acht Jahre alt gewesen sein. Er lächelte in die Kamera. Aber seine Augen weinten ohne Tränen. Dann endete das Familienalbum abrupt. Zwischen der Rückseite und dem Einband lagen zusammengefaltet die Adoptionsdokumente.

Alex gab einen erstickten Laut von sich.

»Von später habe ich keine Bilder mehr eingeklebt«, erklärte Ingelore Frentzen. »Er hat immer alles kaputt gemacht, und der Fernseher geht nun auch nicht mehr. Haben Sie ihn wieder repariert bekommen?«

»So gut wie neu«, sagte Schneider.

Ingelore Frentzen schlurfte um das Sofa herum und lächelte in sich hinein. »Sehen Sie auch so gerne den Stadl?«, fragte sie Schneider.

»Aber immer.« Das war nicht einmal gelogen, wusste Alex. Sie fragte: »Ist Harald nach seinem Krankenhausaufenthalt denn wieder nach Hause gekommen?«

Ingelore Frentzen schüttelte den Kopf. »Ich hab es Ihnen doch gesagt: Das Jugendamt hat ihn abgeholt. Sie haben ihn wohl ins Gefängnis gebracht oder in eine Besserungsanstalt. Ich war froh, dass er weg war. Immer hat er alles kaputt gemacht. Den Teufel hatte er im Leib, damit hatte Rudi recht. Ohne ihn wäre das mit Mäxchen niemals geschehen. Ich«, ihre Stimme brach, »habe den kleinen Mann im Garten begraben.«

Alex' Gedanken fuhren Karussell. Es schien unfassbar, dass man ein Kind zur Adoption in eine solche Familie gegeben hatte. Aber vielleicht war nicht bemerkt worden, wie merkwürdig die Frentzens waren. Wahrscheinlich waren dann bei Haralds Klinikaufenthalt einige Dinge aufgefallen – Misshandlungen, die die Behörden dazu brachten, das Kind sofort aus der Familie zu nehmen. Alex sprang vom Sofa auf. Sie würde es keine weitere Minute mehr hier drin aushalten. Und sie hatten genug erfahren.

»Frau Frentzen«, sagte sie, um Fassung bemüht, »es ist sehr wichtig, dass wir Harald finden. Wir würden sehr gerne das Fotoalbum mitnehmen, um von den Bildern, die Harald zeigen, Kopien anzufertigen.« Alex spürte Schneiders fragenden Blick, redete aber unbeirrt weiter. »Ich verspreche Ihnen, dass Sie es so schnell wie möglich zurückerhalten werden und dass wir gut darauf achtgeben.«

Ingelore Frentzen schien einen Moment nachzudenken. »Müssen Sie den Fernseher denn auch mitnehmen?«, fragte sie und klang verzweifelt. »Was soll ich denn dann abends machen?«

»Seien Sie unbesorgt«, sagte Alex. »Wir bekommen das schon wieder hin, und wir bringen Ihnen das Album zurück, wenn der Fernseher wieder heile ist.«

Ingelore Frentzen nickte. Zögernd reichte sie Alex das Album. »Hat Harald etwas Schlimmes getan?«

»Das wissen wir noch nicht.«

»Wenn Sie ihn finden, müssen Sie ihn sehr hart bestrafen. Immer hat er alles kaputt gemacht, und jetzt ist sogar der Fernseher hin.«

»Natürlich«, antwortete Alex und klemmte sich das Album mit zitternden Fingern unter den Arm.

Schneider stand auf und tätschelte der Puppe mit den Seppelhosen spielerisch den Kopf. »Liest wohl gerne Comics, was, der kleine Racker?« Schneider nahm das neben der Puppe auf der Lehne liegende Heft in die Hand und blätterte darin.

»Ja«, bestätigte Ingelore Frentzen. Ihre Miene erhellte sich. »Das ist noch ein altes Heft von Mäxchen. Der Harald hat sie ihm immer weggenommen und nachts unter der Bettdecke mit der Taschenlampe gelesen. Immer und immer wieder.«

»Mhm«, machte Schneider. Sein Gesicht war blasser geworden. Er zeigte Alex das Cover des abgegriffenen Heftes. Es zeigte einen muskulösen Supermann, der mit Angreifern rang, die in Tierfelle gekleidet waren. »Tarzan und die Leopardenmenschen«, las Schneider überdeutlich vor. Er legte das Heft zurück und sah Alex durchdringend an. Ihr Hals fühlte sich an, als stecke ein Tennisball darin.

79.

Als sie zurück zum Wagen gingen, waren die Schneeflocken so groß wie Geldmünzen. Alex blickte Schneider an und sagte: »Zigarette.«
»Bitte?«
»Zigarette. Jetzt.«
Schneider schüttelte den Kopf. »Von wegen. Du rauchst doch gar nicht. Aber ich rauche eine für dich mit.« Er zögerte nicht, zog die Packung heraus und steckte sich eine Zigarette in den Mundwinkel. Er brauchte drei Versuche in dem Wind, um sie zum Glimmen zu bringen.
»Das ist der schrägste Mist, den ich je gehört habe, Alex. Dieses Fotoalbum!« Schneider patschte sich mit der Hand gegen die Stirn und ging um den Wagen herum, schloss ihn auf und ließ sich auf den Fahrersitz fallen.
Alex setzte sich ebenfalls ins Auto und legte sich das Album auf den Schoß. »Es passt alles zusammen, Rolf. Alles passt ins Bild. Wir müssen herausfinden, wo Harald Frentzen ist. Wir müssen beim Jugendamt klären ...«
Schneider ließ den Wagen an und stellte die Scheibenwischer ein. Im Autoradio verkündete der Sprecher, dass für große Teile des Bundeslands Unwetterwarnungen herausgegeben worden seien und auf vielen Autobahnen bereits nichts mehr ging, insbesondere im Sauerland nicht.
Schneider schüttelte den Kopf: »Vergiss das mit dem Jugendamt. Du hast die Kollegen vom LKA ja gehört – sie haben bereits ein paar Verfügungen auf den Weg geschickt und noch nichts gehört. Da werden die vom Amt uns das bestimmt nicht auf die Nase binden, bloß weil wir so nett aussehen.«
»Wir brauchen die Geburtsnamen der Kinder. Vielleicht hat Harald

Frentzen diesen wieder angenommen, oder aber ...« Alex legte sich die Hand vor den Mund. Sie starrte vor die Windschutzscheibe, ohne irgendetwas wirklich klar vor sich zu sehen. Die Gedanken rasten in ihrem Kopf, um sich dann wieder zu sammeln und zu einem Bild zu fügen. »Verdammt«, sagte sie durch ihre Finger hindurch. »Wenn die Jugendämter Kinder wegen Missbrauchsverdacht aus Familien herausnehmen, erhalten sie zum Schutz manchmal neue Namen, bevor sie in andere Pflegefamilien oder in ein Heim kommen. Ich kann mir vorstellen, dass das bei Harald Frentzen auch der Fall gewesen ist. Deshalb taucht der Name in keinem Register auf.«
»Also jagen wir ein Phantom. Wird ja immer besser.« Schneider setzte den Wagen zurück. Die Reifen drehten durch. Schließlich setzte sich der Wagen in Fahrt – zurück nach Lemfeld. Alex überlegte gerade, was als Nächstes zu tun wäre, als in ihrer Handtasche das Handy vibrierte.
Auf dem Display stand Jans Nummer. Er meldete sich mit einem »Hey«, und Alex hörte sofort, dass etwas nicht stimmte.
»Hey«, sagte sie tonlos.
»Ich weiß nicht genau, wie ich das erklären soll ...«
»Was ist los, Jan?«
Er seufzte tief und beunruhigt. »Ich bin eben nach Hause gekommen. Mia ist weg.«
»Ist sie wieder bei ihrer Freundin?«
»Alex, ich weiß nicht – in der Wohnung sieht es so aus, als sei sie Hals über Kopf abgehauen, aber ohne ihre Jacke, ohne Handy, ohne alles. Und da lag dieser Zettel auf dem Boden.«
»Was steht auf dem Zettel?«
»›Jetzt ist es wirklich ernst.‹«
Die Worte stachen Alex durch das Herz. Diesen Zettel konnte nur einer geschrieben haben – der Mann, der Alex zuvor gewarnt hatte, die Dinge ernst zu nehmen. Der Mann, der sie verfolgt hatte und

offenbar auch über ihre Beziehung zu Jan Bescheid wusste. Der Mann, der nun Mia in seine Gewalt gebracht hatte.

»Alex, was hat das zu bedeuten?«

Alex versuchte, die Gedanken zu sortieren. »Jan«, stammelte sie, »du musst bleiben, wo du bist. Ich schicke gleich ein paar Kollegen vorbei.«

»Was hat das zu bedeuten?«, fragte Jan nochmals mit sich überschlagender Stimme.

Alex schluckte. Es hatte keinen Sinn, ihm etwas vorzumachen. »Ich fürchte, Mia ist in Gefahr, Jan. Es ist gut, dass du mich sofort angerufen hast.«

»In was für einer Gefahr?«

»Jan, ich muss jetzt sehr schnell handeln.«

Alex hörte ihn schwer atmen. »Wo ist Mia?«, fragte er leise. »Wenn ihr irgendetwas geschieht, dann ... Was ist da los, Alex?«

Alex bemerkte Schneiders besorgten Seitenblick. Sie schloss die Augen, atmete tief durch und sagte: »Wir suchen einen Mörder, Jan. Dieser Mörder hat mir Briefe geschrieben. Er schickt mir Liedtexte, um seine Taten anzukündigen. Es könnte sein, dass er Mia in seiner Gewalt hat, aber ich glaube nicht, dass er ihr etwas tun wird. Er begeht seine Taten nur bei Vollmond. Er hat gerade gestern erst zugeschlagen. Ich glaube, er will nicht Mia, er ...«

»Warum?« Jans Stimme klang wie das Jaulen des Windes. »Warum Mia? Was will er mit Mia?«

»Er will nicht Mia, Jan.« Alex' Unterlippe bebte. Eine Träne rann ihr aus dem Augenwinkel. Sie wischte sie mit dem Handballen fort. »Ich glaube, er will mich.«

80.

Die Scheibenwischer arbeiteten im Akkord und schaufelten den Schnee von der Windschutzscheibe. Die Straße war kaum noch von den Feldern links und rechts der Fahrbahn zu unterscheiden. Schneider war etwas näher ans Lenkrad herangerückt und starrte konzentriert nach vorne, wo das allumfassende Weiß des späten Nachmittags ineinanderfloss.
»Scheißdreck«, sagte er und steckte sich mit dem Zigarettenanzünder eine neue Zigarette an.
Alex fror und schwitzte gleichzeitig. Gerade hatte Alex Reineking angerufen, der die Nachricht über Mias Verschwinden erschüttert zur Kenntnis genommen und zugesagt hatte, sofort eine Streife zu Jan zu schicken und selbst dorthin zu fahren – sofern bei den Straßenverhältnissen in der Stadt überhaupt noch ein Durchkommen möglich war. Schließlich hatte Alex Veronika erreicht, die zusammen mit zwei weiteren Beamten auf dem Weg zum Luisenhof gewesen war, um dort Potthast aufzusuchen und zu vernehmen. Auf halbem Weg waren sie jedoch umgekehrt. Es war schlicht zu gefährlich gewesen, die steilen Serpentinen zu der Jugendeinrichtung ohne Schneeketten und Allradantrieb hinaufzufahren, hatte Veronika erklärt. Gefasst hatte Alex ihr die Geschehnisse rund um Mia geschildert – und betont, dass dringend festgestellt werden müsse, welchen Namen Harald Frentzen angenommen hatte. Nur, wenn sie herausfinden würden, wer Frentzen war, gab es eine Chance, Mia zu finden.
»Dieser verdammte perverse Dreckskerl!«
Alex zuckte kurz zusammen, als Schneider mit der Faust auf das Lenkrad schlug, worauf etwas Asche von seiner Zigarette abfiel und der Vectra eine schlingernde Bewegung machte. Stotternd meldete sich das ABS. Alex hielt sich an der Seitenverkleidung fest, als das

Heck des Wagens auszubrechen drohte, sich dann genauso plötzlich wieder fing und in die Spur zurückschnurrte.

»Pass auf die Straße auf, Rolf.«

Schneider knurrte etwas Unverständliches, drückte die Zigarette aus und starrte wieder nach vorne. »Bei dem Wetter brauchen wir locker eine Stunde zurück bis nach Lemfeld – wenn wir es überhaupt bis dorthin schaffen.«

Alex blickte stumm aus der Seitenscheibe. Durch einen Nebel aus Milliarden von Schneeflocken sah sie blasse Wälder vorbeigleiten. Nicht mehr lange, dann würde die Dunkelheit herabsinken. Die Zeit zerrann ihr zwischen den Fingern.

Schneider räusperte sich. »Also fassen wir alles noch mal zusammen. Vielleicht haben wir etwas übersehen. Erzähl mir die Geschichte, Alex.«

Alex strich nachdenklich mit der Hand über das Familienalbum, das auf ihrem Schoß lag. Alles hing miteinander zusammen. Es war ein Rätsel – ein verworrenes Puzzle, das Alex lösen musste, um Mia zu finden. Sie blickte wieder auf. In ihrem Kopf hämmerte es.

»Die Zwillingsbrüder Harald und Elmar«, begann sie, »werden von ihrer leiblichen Mutter zur Adoption freigegeben. Eine ungewollte Schwangerschaft vielleicht, die Gründe können vielfältig sein. Die Kinder leben im Luisenhof und kommen in Pflegefamilien, von denen sie später adoptiert werden – Elmar von der Familie Hankemeier, Harald von der Familie Frentzen. Elmar hat Glück. Seine Familie ist angesehen und wohlhabend. Harald hat Pech, was wohl niemand ahnen konnte. Denn wären die Frentzens immer schon auffällig und merkwürdig gewesen, hätte man sie kein Kind adoptieren lassen. Ingelore Frentzen ist psychisch labil und kompensiert ihre Kinderlosigkeit jahrelang mit einer Puppe namens Mäxchen. Ihr Mann hat das kranke Spiel mitgemacht – und das wird nun auch von Harald erwartet.«

Erneut strich Alex über das Album auf ihrem Schoß. »Unglaublich ist das«, hörte sie Schneider murmeln. »Ich habe wirklich schon viel erlebt, Alex, aber das schlägt dem Fass den Boden aus.«

»Harald ist ein Kind zweiter Klasse«, fuhr Alex fort. »Er entwickelt sich nicht so, wie die Frentzens es gerne hätten – denn er möchte sich benehmen wie ein ganz normales Kind. Er macht Unordnung, er gibt Widerworte, ist auch mal frech und unbequem. Mäxchen macht aber keine Probleme. Kein Wunder, er ist ja eine Puppe. Harald verzweifelt daran. Er will Aufmerksamkeit. Stattdessen erntet er Schläge und Misshandlungen. Ihn prägt die große Musiksammlung seines Vaters. Ihn prägt ebenfalls die Geschichte von den Leopardenmenschen, die er in den Comics liest. Wenn er sich wie die Menschen in dem Heft in einen Leoparden verwandeln könnte, müsste er kein Leid mehr erfahren, denkt er sich. Und deswegen wird der Mond für ihn so wichtig – weil er hofft, vom Mond in dieses stärkere Etwas verwandelt zu werden.«

»Was für eine Scheiße«, knurrte Schneider und stellte die Lüftung etwas stärker ein, weil die Windschutzscheibe zu beschlagen begann.

»Der Junge foltert Tiere, weil er wissen will, ob er so etwas wie Gefühle empfinden kann, Empathie – etwas, das seine Eltern ihm nicht vermitteln. Und tatsächlich stellt er fest, dass er bei seinen Taten etwas wahrnimmt – allerdings nicht das, was er gesucht hat. Kein Mitleid, keine Liebe oder Zuneigung. Er empfindet hingegen Befriedigung. Lust. Freude. Eines Tages beschließt er, sich von Mäxchen zu befreien. Es ist eine helle Vollmondnacht, in der sich seine Wut an der Puppe entlädt. Frau Frentzen hat von Schnitten an der Puppe gesprochen. Harald hat vielleicht da schon die Tatzenhiebe imitiert.«

»Okay«, sagte Schneider. »Nach der Krankenhaussache wird er aus der Familie genommen. Schließlich sein Name geändert. Ich kann mir aber kaum vorstellen, dass er danach nicht mehr auffällig geworden ist.«

»Vielleicht hat er gelernt, vorsichtig zu sein, sich zu verstecken. Wie ein Raubtier bei der Jagd. In jedem Fall werden ihn die Leopardengesellschaft und Themen wie Verwandlung und Verletzung weiter fasziniert haben. Und irgendwo wird er irgendwann irgendwie eine Möglichkeit gefunden haben, seinen Neigungen nachzugehen.«

»Zum Beispiel in Ruanda, Nicaragua, Peru, an der Elfenbeinküste und in Tansania. Oder wo beispielsweise dieser höchst suspekte Heimpädagoge Potthast sonst noch war«, fiel Schneider ihr ins Wort. »Die Opfer an der Elfenbeinküste waren zudem Frauen, die Waisenkindern geholfen haben, oder junge Prostituierte. Das passt ins Schema.«

Alex dachte darüber nach, dass ihr Arzt Dr. Pfeiffer ebenfalls in Afrika gewesen war. Wie viele Menschen. Es gab kaum eine Kirchengemeinde, die dort nicht Hilfsprojekte unterhielt. Dennoch konnte das eine Spur sein.

Sie sagte: »Es wäre in der Tat denkbar, dass er gezielt über kirchliche Verbindungen ins Ausland ging, um sich dort ausleben zu können. Es würde mich nicht wundern, wenn sich eine Blutspur auch durch andere Länder zieht.«

Schneider starrte stumm auf die Scheibenwischer, die gegen das immer heftiger werdende Schneetreiben ankämpften. »Und dann findet er heraus, dass er einen Bruder hat, der in Lemfeld lebt – Elmar Hankemeier, der in U-Haft sitzt und von alledem keinen Schimmer hat. Oder er lügt.«

»Ja«, seufzte Alex und runzelte nachdenklich die Stirn. Ein Bruder. Ein Alter Ego. Jemand, der es besser getroffen hatte als er. Überall in der Stadt waren die Baugerüste der Firma Hankemeier zu sehen. Das Geschäft lief demnach fabelhaft. »Harald muss irgendwie von einem Bruder erfahren haben. Er hat recherchiert und kam nach Lemfeld, weil er hier seinen Bruder fand. Er hat ihn beobachtet, gesehen, dass er sich ganz anders entwickelt hat. Harald

erfuhr von Hankemeiers obsessiver Sucht nach Frauen, die ein ähnliches Schicksal erlitten haben wie er selbst. Harald beobachtet das im Stillen, verfeinert seine Methoden, benutzt den Bruder als Köder und er erwählt die Frauen als Opfer – allerdings frage ich mich nach dem Grund. Außerdem müsste es doch einen persönlichen Kontakt zwischen beiden gegeben haben. Einem lang vermissten Bruder würde man sich doch als Verwandter offenbaren.«
»Und Mia?«, fragte Schneider.
Die Frage vereiste Alex' Herz. »Der Täter sieht in mir wohl eine Gegnerin. Ich habe keine Ahnung, warum er mich ausgesucht hat.« Alex dachte an ihr Gespräch in Düsseldorf mit ihrem Mentor Stemmle. »Er hat Mia entführt, um mich zu sich zu locken. Er will prüfen, ob ich mich mit ihm messen kann. Und wenn ich würdig bin, will er, dass ich sein Treiben beende und ihn aus dem Verkehr ziehe.«
»Und wenn du verlierst?«
Alex blickte betreten in den Fußraum. »Wenn ich verliere, dann verliere ich alles. Und er triumphiert ein letztes Mal.«
»Wo könnte Mia sein?«
»Ich weiß es nicht. Wenn tatsächlich Potthast der Täter ist, dann ist Mia vielleicht im Luisenhof. Aber wie Veronika schon sagte: Es gibt kein Durchkommen zurzeit. Und den Einsatz von Hubschraubern können wir im Moment wohl auch vergessen.«
»Na, hoffentlich schaffen es die Kollegen noch schnell zurück in die Behörde und erreichen zeitnah jemanden vom Jugendamt, um denen in den Hintern zu treten. Ich habe nämlich so das Gefühl, dass unser Leopard diesmal nicht auf den nächsten Vollmond warten wird, bis er jemanden tötet – in diesem Fall Mia.«
Die Rot zeigende Ampel an der Kreuzung schälte sich wie aus dem Nichts. Die Hecklleuchten eines Lieferwagens und die gewaltige Schaufel eines orangefarbenen Streufahrzeuges ebenfalls. Sogleich ratterte das ABS des Vectra, aber die Bremsen taten auf der glatten

Fahrbahn keinerlei Wirkung. Sie sorgten nur dafür, dass der Wagen sich um die eigene Achse drehte.
Schneider fluchte. Alex schrie. Um sie herum verwirbelte die Welt in Schlieren aus Rot und Weiß. Ein heftiger Ruck raubte ihr die Luft. Der Sicherheitsgurt schnitt ihr in die Brust. Etwas explodierte in ihr Gesicht und schürfte ihre Wangen auf. Dann wurde sie an das Seitenfenster geschleudert und spürte einen heftigen Schmerz, als ihr Kopf gegen die Scheibe schlug. Schließlich wurde aus Oben Unten und aus Unten Oben.

81.

Alex vermochte nicht einzuschätzen, wie viel Zeit vergangen war. Sekunden? Minuten? Im Inneren des Wagens roch es nach verbranntem Gummi. Die Ventile tickten. Aus dem Motorraum zischte es. Draußen jaulte der Sturm.
Ihr Kopf wollte platzen. Sie bekam kaum Luft. Etwas Warmes lief ihr über die Stirn – aber wie in einem surrealen Traum in die verkehrte Richtung. Langsam begriff sie, dass der Wagen auf dem Dach liegen musste, weswegen der Druck in ihrer Stirn so unerträglich war, und dass sie deswegen so schlecht Luft bekam, weil sie immer noch in den Sicherheitsgurten hing.
Alex legte den Kopf in den Nacken. Sie erkannte eine rote Pfütze in dem samtigen Grau der Innenverkleidung des Fahrzeugdachs und blutige Schlieren auf dem rauhen Belag des Airbags. Ihr Blut. Keuchend tastete sie nach dem Verschlusssystem und hoffte, dass der Gurt sich auch lösen würde, wenn ihr volles Gewicht an ihm lastete. Ein lautes Klicken und ein heftiger Schlag auf den Kopf gaben ihr die Antwort, als sie aus dem Sitz fiel und auf dem Himmel des Vectra zum Liegen kam.
Mit dem Atmen wurde es nun schlagartig besser. Auch der Druck im Kopf wich – nur ein dumpfes Klopfen blieb zurück. Alex wischte sich das Blut aus den Augenwinkeln, das aus einer Platzwunde am Kinn sickerte und ihr quer über das Gesicht gelaufen war. Dann fiel ihr Blick auf Schneider, der regungslos und mit hochrotem Kopf im Sicherheitsgurt hing und vom Airbag am Lenkrad in die Rückenlehne gepresst wurde.
»Rolf?«
Keine Antwort. Nur das Klicken und Zischen aus dem Motorraum. Und Geräusche wie durch Watte von draußen. Schneiders Gesichtsfarbe wechselte ins Bläuliche – ein eindeutiges Anzeichen

dafür, dass er zu wenig Sauerstoff bekam und nicht atmen konnte. Zwar hieß es, dass man Unfallopfer so lange in ihrer Position lassen sollte, bis man sichergehen konnte, dass weder eine Verletzung der Wirbelsäule vorlag noch sich Plastik- oder Metallteile in den Körper gebohrt hatten und beim unbedachten Herausziehen innere Blutungen auslösen konnten. Aber war Ersticken die bessere Wahl? Alex schob sich, auf dem Rücken liegend, etwas nach vorne und suchte nach dem orangefarbenen Knopf an Schneiders Sicherheitsgurt. Sie streckte beide Arme nach oben, um ihn auszulösen, und nahm sich vor, blitzschnell zur Seite zu rollen, damit nicht einhundert Kilo Rolf Schneider ungebremst auf sie herabfallen würden. Der Gurt löste sich, und Schneider rutschte langsam zwischen dem Airbag und der Rücklehne aus dem Sitz. So langsam, dass Alex noch seinen Nacken stützen konnte, damit er sich nicht das Genick brach. Schneider sackte wie ein nasser Sack herab und kam auf der Seite zum Liegen. Instinktiv fühlte Alex nach seinem Puls und atmete auf, als sie ihn spürte. Doch Rolf blieb ohne Bewusstsein.

Licht drang ins Innere. Als Alex hinsah, erkannte sie, dass das Seitenfester freigekratzt wurde. Dahinter erschien das Gesicht eines Mannes mit Pudelmütze in der leuchtend orangefarbenen Bekleidung des Winterdienstes. Ein zweites Gesicht war zu erkennen – sowie der hölzerne Stiel einer Schaufel. Mit einem Ruck öffnete sich die Tür. Frische, eiskalte Luft strömte herein.

»Können Sie sich bewegen?«, fragte der Mann mit der Pudelmütze panisch.

Alex versuchte ein Nicken. »Ich denke schon, mir geht es gut, aber mein Kollege ist ...«

»Ja, sicher geht's Ihnen gut, das sieht man«, hörte sie den Mann ungläubig sagen und spürte dann Hände an den Schultern und einen Ruck, als sie aus dem Fahrzeug gezogen wurde. Mit einem Geräusch, als würde man mit der Hand in ein Kissen boxen, kam sie in einer Schneewehe zum Liegen. Der Wind schnitt ihr ins

Gesicht und ließ ihre Haare wehen wie die schwarze Rauchfackel eines Feuers im Sturm.

»Sie sind voller Blut«, hörte sie den Pudelmützenmann vor sich sagen. Alex nickte, griff sich ans Kinn und betrachtete anschließend ihre rot verschmierten Hände.

»Nur eine Platzwunde«, sagte sie.

Neben sich hörte sie Schritte. Ein dritter Mann rutschte die Böschung herab, in der der Vectra dampfend und zischend auf dem Dach lag. Er trug einen braunen Overall mit dem Aufdruck eines Lieferservices. Die beiden Mitarbeiter des Räumdienstes machten sich gerade daran, Schneider aus dem Wagen zu befreien.

»Mannomann«, sagte der Mann im Overall, öffnete hektisch den Verbandskasten, den er unter dem Arm getragen hatte, und verstreute vor Aufregung den halben Inhalt im Schnee. »Das war knapp, haben Sie mich denn gar nicht gesehen?«

»Geben Sie her«, murmelte Alex und riss dem Fahrer des Wagens, vor dessen Heck sie offenbar geprallt waren, den Kunststoffkasten aus der Hand, suchte nach einer Kompresse und öffnete die Verpackung mit den Zähnen, bevor sie sich das weiche Mullband aufs Kinn drückte. Dann sah sie zu, wie die Helfer vom Winterdienst Schneiders Körper ins Freie zogen. Zu Alex' Erleichterung war Rolf ohne Zweifel wieder bei Bewusstsein. Er fluchte lautstark über sein Bein und fuchtelte herum, als wolle er Fliegen verscheuchen.

»Rufen Sie einen Notarzt«, sagte Alex zu dem Mann in dem Overall. »Wählen Sie 112 oder 110 – geben Sie die Position durch und fordern einen Krankenwagen an!«

»Okay.« Der Mann lief die Böschung wieder hinauf. Seine Schuhe traten in dem rutschigen Schnee einige Male wie ins Leere.

Umständlich stand Alex auf, entnahm dem Erste-Hilfe-Pack eine zusammengerollte Isodecke aus Aluminiumfolie und ging damit zu Schneider, den die zwei Helfer an die Böschung gelehnt hatten.

»Was tut dir weh, Rolf?«

Schneider sah Alex groß an. »Das fragst du mich?«, presste er hervor. »Dein ganzes Gesicht ist voller Blut, Mensch!«

»Platzwunde«, wiegelte Alex ab und legte die Decke über ihren Kollegen. »Was ist mit dem Bein?«

»Tut scheißweh – scheint aber nicht gebrochen zu sein.«

Alex nickte, griff eine Handvoll Schnee und wischte sich damit durchs Gesicht. Er sah rosafarben aus, als sie ihn wieder wegwarf. Rolf war inzwischen über und über mit Schneeflocken bedeckt. Hier konnte man ihn so nicht liegen lassen.

»Kacke«, hörte sie einen der Winterdienstmitarbeiter sagen und drehte sich zu ihm herum. Er hielt Alex' Handtasche in der einen Hand und ihre Glock in der anderen. Der Adamsapfel des Mannes mit der Pudelmütze hüpfte auf und ab. »Was zum Teufel seid ihr denn für welche?«, fragte er heiser.

»Kripo Lemfeld«, erklärte Alex. »Sehen Sie in der Handtasche nach – darin befindet sich mein Dienstausweis. Und dann stecken Sie meine Waffe bitte in die Tasche zurück und geben sie sie mir dann.«

»Polizei?«

»Polizei«, wiederholte Alex.

Der Mann spielte nun mit Alex' Dienstmarke, formte seine Lippen zu einem O und ließ dann sowohl die Marke als auch die Glock in der Tasche verschwinden, um sie Alex zu reichen.

»Danke«, sagte Alex im Aufstehen und warf die Mullkompresse zur Seite. Die Blutung aus der Platzwunde hatte sich in der Eiseskälte beruhigt. »Und danke, dass Sie uns zu Hilfe gekommen sind.« Alex ging einige Schritte auf den Vectra zu, hockte sich hin und zog das Familienalbum der Frentzens aus dem Inneren, um es sich unter den Arm zu klemmen.

»Keine Ursache«, hörte sie den Mann mit der Pudelmütze sagen.

Alex ging zu Schneider zurück. In spätestens fünf Minuten wäre er unter der Schneewehe verschwunden.

»Hören Sie«, sagte Alex zu den Männern in Orange, »der Fahrer des Lieferwagens verständigt gerade den Notarzt. Der Name meines Kollegen ist Rolf Schneider. Bis der Notarzt eintrifft, muss er warmgehalten werden. Es wäre vielleicht sinnvoll, ihn in den Laderaum zu verlegen.«
Schneider sagte bibbernd: »Ich brauche keinen Notarzt, und ich lege mich in keinen Lieferwagen!«
Alex ignorierte das Gemotze und blickte die zwei Männer in Orange fest an. »Hat jemand von Ihnen eine Erste-Hilfe-Ausbildung?« Der Jüngere von beiden nickte. »Gerade erst wieder aufgefrischt.« »Jetzt helfen Sie zwei mir mal«, sagte Alex zu den Männern, ging um Schneider herum und fasste ihn von hinten unter den Armen. Was nicht so einfach war mit dem Album unter dem Arm. Die zwei Männer kamen ihr zur Hilfe.
Alex sagte: »Es wird ein bisschen weh tun, Rolf, aber du musst ins Warme, sonst bekommst du eine Unterkühlung.«
»Okay«, zischte Schneider, biss die Zähne aufeinander und richtete sich mit Hilfe von Alex und den beiden anderen auf. Am oberen Rand der Böschung tauchte das Gesicht des dritten Mannes auf. »Das hat nicht viel Sinn mit dem Notarzt!«, rief er. »Die versuchen es, werden aber wohl nicht durchkommen!«
Alex sah dem anderen Mann in Orange an. »Dann bringen Sie uns mit Ihrem Schneeschieber nach Lemfeld. Wir sind in dringenden Ermittlungen unterwegs«, keuchte sie. »Mit Ihrem Fahrzeug kommen wir doch sicher durch, oder?«
»Ähm, ja«, stammelte der Mann und half Schneider hinauf auf die Straße. Schneider humpelte ziemlich und brummelte ein »Geht schon, geht schon« wie ein Mantra vor sich her.
Alex schulterte die Handtasche, als sie oben angekommen waren. Der Winterdienst-Lkw und der Lieferwagen waren schon fast unter einer weißen Schicht verschwunden. Sie klemmte sich das Album fester unter den Arm. Schneider ächzte, als sie ihn in die Fahrer-

kabine wuchten wollten. Er machte eine abwehrende Geste und versuchte es dann selbst. Es gelang ihm mehr schlecht als recht, aber es gelang. Offenbar war sein Bein tatsächlich nicht gebrochen. Vielleicht nur geprellt oder einige Bänder überdehnt.

Alex blieb draußen stehen und starrte auf die offen stehende Tür. Die Schneeflocken bildeten auf dem dunklen Kunststoff der Innenverkleidung zerfaserte Punkte. Es sah aus wie das Schwarzweißnegativ vom Bild eines Leopardenfells. Erst jetzt merkte sie, dass in ihrer Tasche das Telefon vibrierte. Sie nahm es heraus und sah, dass Kowarsch einige Male versucht hatte, sie zu erreichen – sicher während des Unfalls. Alex ging dran.

»Alex«, sagte Kowarsch. »Es hat etwas gedauert, aber der Augenzeuge von der Mühle hat sich an den Wagen erinnert. Es war ein Jaguar.«

82.

Der schwere Diesel röhrte wie ein Schiffsmotor, während sich der Schneepflug durch das dunkle Niemandsland pflügte. Dicke Flocken jagten durch das Licht der Scheinwerfer. Durch die Windschutzscheibe sah es aus, als würden Alex und Schneider durch ein Meer aus Sternen fliegen, um mit Lichtgeschwindigkeit zu Darth Vaders Todesstern vorzudringen. Aber am Steuer saßen nicht Han Solo und der Wookie Chewbacca, sondern ein blasser, bärtiger Mann in orangefarbener Jacke und ein weiterer mit Pudelmütze, der Schneider eine mit Kaffee gefüllte Thermoskanne mit der Linken und mit der Rechten drei gelbliche Kapseln hinhielt, die jeweils mit vierhundert Milligramm Ibuprofen gefüllt waren. Kopfschmerztabletten. Besser als nichts. Schneider warf die Pillen ein, spülte sie hinunter, fummelte umständlich seine Zigaretten aus der Jacke, steckte sich eine an und stieß seufzend eine beachtliche Qualmwolke aus.

»Was«, presste er hervor, ohne Alex anzusehen, »wollte Kowarsch denn?«

Alex starrte auf ihr Telefon. Kowarsch wollte ihr eine Datei schicken mit Namen von Personen, auf die in Lemfeld Jaguars zugelassen waren. Ein Jaguar, dachte sie. Der Name einer gefährlichen Raubkatze. Ausgerechnet.

Kowarsch hatte erklärt, dass er mit dem Augenzeugen Lütkehagen eine Reihe von Bildern durchgegangen war, die Rückansichten von Autos zeigten. Glücklicherweise kannte der Mann sich als Ex-Besitzer eines Autohauses gut aus und hatte schließlich den Typ mit den auffällig abgewinkelten Heckleuchten identifiziert. Kowarsch hatte schließlich nach allen in Lemfeld zugelassenen Jaguar-Limousinen gefahndet und war lediglich auf vierzehn gestoßen.

Schließlich meldete Alex' Telefon mit einem Gong, dass eine neue

E-Mail eingegangen war. Kowarsch. Alex öffnete den Dateianhang und überflog die Namen der Lemfelder Jaguar-Besitzer. An einem blieb sie hängen. Schließlich öffnete sie die zweite Datei und sah, dass auf die gleiche Person auch ein Golf Kombi zugelassen war. Sie las den Namen erneut. Dann noch einmal in der ersten Datei. Und nun ergab alles einen Sinn. Die Puzzleteile fügten sich zusammen. Alex schloss für einen Moment die Augen. Ihr war schwindelig.

Die Leopardenhaare von den Tatorten. Die Mitglieder der Leopardengesellschaft kleideten sich in solche Felle, wenn sie mordeten. Ein solches musste auch der Lemfelder Täter besitzen – und sicher hatte er sich ein Originalstück aus Afrika mitgebracht. Es gab nur eine Möglichkeit, solche Dinge legal einzuführen: als Ausstellungsstücke für ein Museum. Und die KTU hatte an den Raubtierhaaren eine spezielle Substanz für Tierpräparate gegen Mottenfraß festgestellt. Alex war davon überzeugt, dass dieser Wirkstoff auch an anderen Exponaten in der Völkerkunde-Abteilung des Lemfelder Landesmuseums zu finden wäre.

Alex sagte zu Schneider: »Ich glaube, ich weiß, wer er ist.«

»Was?«, hakte Schneider nach.

Alex nickte und durchwühlte ihre Handtasche. Schließlich fand sie ihn – den Flyer des Landesmuseums über die Sonderausstellung von Mumien. Sie hielt ihn Schneider wortlos hin. »Der Leopard ist nach Afrika gereist, um mehr über die Geheimnisse der Verwandlung zu erfahren, die ihn von Kindesbeinen an faszinieren. Er hat dort als weißer Leopard an der Elfenbeinküste von sich reden gemacht. Teils lagen dort mehrere Jahre zwischen den Morden, weil der Leopard nicht immer da war. Er kam nämlich anlässlich verschiedener ethnologischer Projekt- oder Forschungsreisen nach Afrika – um mehr über die Leopardengesellschaft zu erfahren und dort zu töten, wo er sich vermeintlich sicherer fühlte als in Deutschland.«

»Ein Ethnologe?«, keuchte Schneider ungläubig und faltete den Leporello auf und zu.

»Marc Berner vom Landesmuseum. Er hat mir mit den Schriftzeichen von den Tatorten geholfen. Er hat mir auch diesen Flyer gegeben – mit dem Hinweis, dass er mir ja mal eine Privatführung durch die Ausstellung geben könne. Ich hielt das damals für eine plumpe Anmache, aber ...« Alex legte sich die Hand über die Augen. Sie brannten.

Sie erklärte Schneider, was Kowarsch herausgefunden hatte, und zeigte ihm die Liste mit den Kfz-Zulassungen. Sie erklärte, dass das Museum vor einem millionenschweren Umbau und einem Strukturwandel sowie einer Neukonzeption stand. Vielleicht ausreichend Gründe, um einen Fetischgott wie den, von dem sie in Afrika gehört hatte, um gutes Gelingen zu bitten und ihn mit Opfern zu besänftigen. Berner hatte jedenfalls stets gestresst gewirkt, wenn sie ihn traf oder sprach – und da war noch etwas: Das Museum war von der Firma Hankemeier eingerüstet worden. Von der Firma seines Zwillingsbruders.

»Ich denke, er hat Mia in seiner Gewalt«, sagte Alex. »Und er ist der Leopard.«

»Aber wo ist Mia?«, fragte Schneider und wedelte mit dem Faltblatt.

Alex seufzte.

Der Motor des Streuwagens brummte. In dem Schneegestöber waren nun Straßenleuchten zu erkennen. Sie mussten sich inzwischen dem Ring der Fachmarktzentren nähern, der Lemfeld fest umschlossen hielt. Sie betrachtete das Faltblatt, mit dem Schneider fächelte. »Mythen, Mumien, Metamorphosen«, stand darauf. Berner hatte Alex das Blatt gegeben, weil er die Sonderausstellung kuratierte und diese Privatführung ...

Alex stockte. »Zum Landesmuseum – so schnell wie möglich«, sagte sie zu dem Fahrer und erkannte an Schneiders Blick, dass auch er begriffen hatte, wo der Leopard womöglich seine Beute gefangen hielt.

Sofort beschrieb der Streuwagen eine weit ausladende Linkskurve und bog auf den Kernstadtring ein. Im selben Moment griffen Alex und Schneider zu ihren Handys und begannen zu telefonieren.

83.

Der moderne Zentralbau des Lemfelder Landesmuseums glich einem auf den Kopf gestellten Aquarium und bestand rundherum aus Glas. Er verband zwei historische Gebäude miteinander, die von außen an das Weiße Haus in Washington mit seiner Säulenfront erinnerten. Der Bau lag inmitten eines kleinen Parks, in dem sich von Eis und Schnee schwere Baumkronen gefährlich nach unten neigten. Auf dem gepflasterten Platz vor dem Haupteingang befand sich ein Brunnen aus dem achtzehnten Jahrhundert mit einer Bronze, die spielende Nereiden darstellte. Im Sommer saßen hier oft Museumsbesucher oder junge Mütter mit Kinderwagen, die auf den Stufen ein Eis aßen und die Sonne genossen. Heute lag alles unter einer dicken weißen Schneedecke begraben.
Da Montag war, war das Museum geschlossen. Die Außenbeleuchtung strahlte den Hauptbau an, von dem lange Eiszapfen herabhingen. An der Straße davor hielt mit laufendem Motor der Streuwagen.
Alex' Finger krallten sich um ihre Tasche. Darin lagen eine Glock und drei volle Magazine. Papas Weihnachtgeschenk, dachte Alex, die einzige Art, die ihm einfiel, sein Mädchen zu schützen. Es war ihre Privatwaffe, nicht ihre Dienstwaffe, was später für Probleme sorgen würde. Aber das war ihr in diesem Moment gleichgültig. Es war ja nicht einmal gesagt, dass es ein Später geben würde ...
Mit zitternden Fingern öffnete Alex den Verschluss der Tasche, nahm die Glock heraus, schob ein Magazin hinein, lud sie durch und steckte die beiden Ersatzmagazine in die Jackentasche. Schließlich zog sie den Tactical-Light-Aufsatz mit der Laserzieleinrichtung aus der Tasche, ließ ihn unter dem Lauf einrasten und schaltete ihn an.
»Was«, keuchte Schneider, »um Himmels willen, ist denn das?«

»Meine Privatwaffe«, antwortet Alex knapp. »Habe die Dienstwaffe nicht mit. Egal. Diese hier kann Dinge, die die Walther nicht kann.« An einem kleinen Rädchen stellte sie die Intensität und den Leuchtradius des grellen Xenonlichts auf Maximum, ließ aber den Laser aus. Er nutzte ihr nichts, weil sie noch nicht dazu gekommen war, die Zielhilfe zu kalibrieren. »Der Aufsatz bringt Licht ins Dunkel«, sagte sie. »Hilfreich.«
Schneider schien etwas erwidern zu wollen, verzog jedoch nur das Gesicht und winkte ab.
Alex öffnete die Beifahrertür und stieg aus. Draußen blies der Sturm Myriaden von Schneeflocken fast horizontal durch die Luft.
»Bist du dir sicher, dass du das tun willst?«, rief Schneider ihr zu.
»Nein! Aber ich kann nicht auf die anderen warten. Ich gehe jetzt rein!«
Schneider streckte Alex die geballte Faust entgegen. »Go!«, rief er ihr zu und nahm dann wieder das Handy ans Ohr.
Alex tat es ihm gleich, konnte im heulenden Wind aber ohnehin nicht viel verstehen. Reineking hatte Schneider und sie in Ermangelung von Funkgeräten in eine Konferenzschaltung genommen, der nun auch Veronika zugeschaltet war, die sich mit ihrer Crew durch den Schneesturm immerhin bis zur Polizeibehörde durchgekämpft hatte. Dort wurde fieberhaft daran gearbeitet, wie mit den Einsatzfahrzeugen ein Durchkommen bis zum etwa vier Kilometer entfernten Museum am anderen Ende der Stadt möglich wäre. Die Polizeiwagen hatten keine mannshohen Räder mit fünfzehn Zentimeter starkem Profil wie der Streuwagen, der Schneider und Alex hergebracht hatte. Sie versuchten nun, an Räumfahrzeuge zu gelangen, um sich im Windschatten ihrer Schaufeln vorzuarbeiten.
Aber bis dahin war Alex auf sich allein gestellt. Es war fast genauso wie bei der Übung am Gymnasium – mit einem Unterschied: Dieses Mal war es tödlicher Ernst. Alex schluckte, verband das Telefon mit dem Klinkenstecker der Freisprecheinrichtung und verstaute

es in der Jackentasche. Sie zog das verdrehte dünne Kabel glatt und steckte sich den Kopfhörer in die Ohrmuschel. Sofort hörte sie, wie sich die Stimmen in der Konferenzschaltung überschlugen. Dann klemmte sie sich das Fotoalbum unter den Arm und fasste das Museum ins Auge. Der Schnee reichte ihr fast bis zu den Kniekehlen. Schließlich ging sie los.

84.

Die Museumstür war geöffnet, obwohl das Museum geschlossen hatte. Als sie mit einem leisen Klicken aufsprang, wusste Alex, dass sie recht gehabt hatte: Hier, auf seinem Terrain, wo er sich sicher fühlte und sich auskannte, erwartete der Leopard mit der Beute in den Fängen seine Jägerin. Aber das Museum war groß, und es war stockfinster im Inneren.
Die Tür schloss sich hinter Alex. Das Geräusch hallte durch das weitläufige Foyer. Spärlich erhellte die durch die riesigen Glaselemente hereinfallende Außenbeleuchtung den Raum, der etwa halb so groß wie eine Turnhalle war. Draußen heulte der Wind um den Kubus.
»Hier Alex«, sagte sie leise in das Mikro des Freisprechsets, das an der weißen Kabelschnur unter ihrem Kinn baumelte. Schlagartig verstummte das Stimmengewirr in ihrem Ohr. »Die Tür war offen – ich bin mir sicher, dass das kein Zufall ist.«
»Der Scheißkerl steckt wirklich da drin«, meldete sich Schneiders heisere Stimme aus dem Streuwagen.
»Veronika hier«, vernahm Alex die nächste Stimme. »Wir haben gute Chancen, in etwa dreißig Minuten eine Einsatzgruppe zum Museum zu bringen.«
»Ich glaube nicht, dass er mir die Zeit lassen wird.« Ihre vom Schnee nassen Schuhsohlen matschten auf dem Boden.
»Keine Heldentaten, Alex«, vernahm sie Reinekings Fistelstimme.
»Danke für den Hinweis«, murmelte Alex. Sie fürchtete jedoch, dass genau eine solche gefragt sein würde.
Der Lichtkegel des Xenonaufsatzes der Glock tanzte über den grauen Boden, tastete die Regale mit Broschüren ab, glitt über den Kassentresen und blieb an einem Wegweiser hängen. Er stand

neben der Metallbrücke, die über den Museumsgraben führte. Alex las, dass man über die Brücke in den Ostflügel und damit in die Völkerkundeabteilung sowie in die Sonderausstellung »Museum in Aktion« gelangte, die unter dem Motto »Mythen, Mumien, Metamorphosen« stand. Genau wie es auf dem Flyer versprochen wurde, den Berner Alex gegeben hatte. Und dort, so vermutete sie, würde sie Berner und Mia finden. Eine Mia, die hoffentlich noch lebte und sicherlich Todesängste ausstand.

»Ich gehe in den Ostflügel und in die Räume für Sonderausstellungen«, sprach Alex ins Handy.

»Bestätigt, Ostflügel«, schnarrte Reineking im Kopfhörer.

Alex überquerte die Brücke. Sie richtete die Glock auf den Eingangsbereich der völkerkundlichen Abteilung und betrat den Schauraum.

Sie schauderte, als das Licht der Taschenlampe auf die spitzen Reißzähne einer grinsenden Maori-Figur traf. Ein Dämon aus Holz, der mit den Augen rollte und die Zunge herausstreckte. Neben ihm das hohle Gesicht einer afrikanischen Maske, die zu einem mannshohen Körper gehörte, über den grellbunte Stofffetzen und wirr abstehendes Stroh geworfen worden waren. Das Glas der Schaukästen reflektierte das Xenonlicht in hellen Blitzen. Fetische aus Java, rituelle Gegenstände aus Australien, eine ganze Ansammlung von Schwertern aus Malaysia, dazwischen immer wieder entrückt verzerrte Dämonenfratzen, die sie aus leeren Augen anstarrten.

Dann mischte sich unter das weiße Licht der Taschenlampe ein gelblicher Schein. Alex erstarrte. Und war da nicht auch ein Geräusch? Sie hielt den Atem an und verharrte in der Bewegung. Der Wirrwarr aus Anweisungen, Kommentaren, Befehlen und Funkgerätkrächzen in ihrem Ohr übertönte jedoch alles. Mit der freien Hand riss sie an der Kabelstrippe den Hörer aus dem Ohr. Ja, da war ein Geräusch. Ein gleichförmiges Scheppern. Es kam aus der-

selben Richtung wie das flackernde Licht, und zwar aus einem Gang, der einige Meter vor Alex nach rechts in einen weiteren Raum und in die Sonderausstellung führte.
So behutsam wie möglich bewegte sich Alex vorwärts, griff dabei nach dem kleinen Mikro und flüsterte hinein.
»Ich gehe nach rechts in die Sonderausstellung, von dort sehe ich ein Licht und höre etwas.«
Sie ließ das Mikro wieder los und ignorierte das blecherne Wispern, das aufgeregt aus dem Ohrknopf drang, der über ihrer Schulter baumelte.
Das Erste, was Alex deutlich wahrnahm, war die Melodie. Verzerrte Gitarrenakkorde, die wie in einer Endlosschleife aus tragbaren Boxen drangen. Alex machte einen Satz nach vorne, presste sich mit der Linken das Fotoalbum an die Brust und lehnte sich mit dem Rücken an die Wand neben dem offenen Durchgang.

85.

Das warme Licht musste von Kerzen stammen. Es tanzte wie ein lebendiges Wesen auf dem Boden. Dort floss es um den schwarzen Schatten einer Figur, deren Finger wie scharfe Krallen gebogen waren. Sie hoben und senkten sich, als dirigiere das Wesen den Song. Eine aggressive Männerstimme mischte sich unter die Akkorde.
»Oh, Mother ...«
Alex hielt die Luft an. Dann wirbelte sie um die eigene Achse, riss in der Bewegung die Waffe nach oben und stellte sich mitten in den Durchgang.
Große Kerzen standen in Wachspfützen auf dem Boden. Sie waren im Kreis aufgestellt. Ihr Schein strahlte die einbalsamierten Körper eingefallener Mumien an. Sie standen aufrecht in Glaskästen und wohnten wie gefrorene Zombies dem schrecklichen Schauspiel im Inneren des Kreises als Zuschauer bei. Mia saß auf einem Stuhl im Zentrum. Sie war nackt mit Klebeband an die Lehne gefesselt. Ein breiter Streifen Tape war über ihren Mund gepappt. Ein Ruck ging durch ihren Körper, als sie Alex erkannte. Ihre Augen weiteten sich wie zu einem stummen Schrei.
Hinter Mia stand der Mann. Sein Oberkörper war entblößt. Um seine Lenden war ein Leopardenfell gewickelt, das von einem derben Ledergurt zusammengehalten wurde. Das Fell setzte sich am Rücken fort. Die Pranken des Tieres waren über die Schulter geworfen. Auf dem Kopf trug er den Schädel des Leoparden wie eine Kappe. Seine Fangzähne teilten das strohblonde, lockige Haar in der Stirn. Es war dasselbe Haar, das Alex auf den Jugendfotos von Harald Frentzen gesehen hatte. Es war das Haar, das der Mann angeklatscht und mit Gel zurückgekämmt getragen hatte, als Alex ihn kennengelernt hatte: Marc Berner. Hinter ihm baumelte ein

glänzendes Etwas an einem Seil von der Decke. Es sah aus wie ein mit spitzen Holzpfeilen durchstochener Ledersack, der mit Ketten und bunten Holzkugeln geschmückt war. Fleischlappen schienen daran mit Bändern aus Stroh befestigt zu sein. Es musste sich um die Quelle des bestialischen Gestanks handeln, der den Raum erfüllte.

Berner grinste Alex an und schwang seine Keulen wie Maracas. Allerdings befanden sich an diesen Maracas die Krallen einer Raubkatze. Sie waren so lang wie ein gekrümmter kleiner Finger. Im nächsten Moment sausten sie nach unten und legten sich an beiden Seiten um Mias Hals. Nur eine Bewegung, und die fürchterlichen Klauen würden ihn zerfetzen.

»Gefällt dir der Song? *Mother* von Glenn Danzig, Alexandra?«, rief Berner. »Du kennst doch Glenn Danzig, oder? Ich fand den Song ganz passend für unser Rendezvous, und sicherlich hast du bereits einiges herausgefunden und kannst dir vorstellen, warum ich ihn ausgewählt habe.«

»Das kann ich«, sagte Alex heiser und fasste die Glock fester. Eisern klammerte sich ihr Griff um das Album in der anderen Hand. Die Taschenlampe strahlte Berner mitten ins Gesicht. Er blinzelte nicht einmal. Ihre Halsschlagader fühlte sich an wie ein Feuerwehrschlauch auf Hochdruck. Sie drohte zu platzen, als Alex Mias verzweifelten Blick wahrnahm. Für einen Moment überlegte Alex, Berner einfach zu erschießen. Aber wenn er dabei nach hinten fallen würde, könnten die Klauen Mias Halsarterien zerfetzen. Alex warf das Familienalbum in Berners Richtung. Es schlitterte über den Boden und blieb aufgeschlagen liegen. »Ich war bei Ihrer Adoptivmutter in Bad Oberwalde. Sie hat mir das hier für Sie mitgegeben.« Ein ganzseitiges Foto war zu sehen. Ingelore und Rüdiger Frentzen, die Puppe Mäxchen auf dem Schoß, saßen auf einem Tretboot und lachten. Und ein kleiner Junge stand wie unbeteiligt daneben. Er lachte nicht.

Berner starrte auf das Bild und zuckte wie von einem Peitschenhieb getroffen zusammen.

»Sieht nicht nach einer glücklichen Kindheit aus«, sagte Alex und fasste die Glock nun mit beiden Händen. »Hat Ihr Vater gerne Danzig gehört, wenn er Sie verprügelte, damit die Nachbarn nichts hören? Spielen Sie mir das deswegen vor?«

Eine der Krallen löste sich von Mias Hals. Mit einer schwungvollen Bewegung traf sie den mobilen MP3-Player. Seine Plastikteile regneten auf den Boden. Augenblicklich war es bis auf Mias Wimmern und Berners Schnauben still im Raum. Kaum wahrnehmbar krächzte es aus Alex' Kopfhörer. Die Kollegen würden bisher alles über das Mikrofon mitgehört haben und wissen, dass Alex fündig geworden war.

»Geben Sie auf, Berner«, sagte Alex und gab sich alle Mühe, gefasst zu klingen. »Lassen Sie Mia frei. Legen Sie Ihre Waffen zur Seite und drehen sich mit erhobenen Händen langsam weg von dem Mädchen.«

Berner legte die Kralle wieder zurück an Mias Hals.

Alex log: »Das Gebäude ist umstellt. Sie haben keine Chance, hier wieder rauszukommen. Es ist vorbei. Geben Sie auf.«

»Das spielt keine Rolle. Alles, was mir wichtig ist, befindet sich in diesem Raum. Du. Deine Tochter – und ich.«

»Mia ist nicht meine Tochter.«

»Das weiß ich«, sagte Berner leise und drückte die Krallen ein wenig fester an Mias Hals. Sie zuckte, riss die Augen auf und gab einen erstickten Laut von sich. Etwas Blut rann ihr über die Schulter. »Aber immerhin gibt es doch eine gewisse Beziehung zwischen euch, nicht?« Alex schwieg und presste die Lippen zusammen.

»Bevor du mich töten kannst«, sagte Berner, »werde ich Mia töten. Und mich interessiert im Rahmen eines kleinen Experiments, wie viel dir an ihr liegt und ob du nicht vielleicht doch noch Muttergefühle für sie entwickeln wirst – so wie es meine Mutter niemals getan hat. Du hast sie ja kennengelernt. Und meine leibliche Mutter ...« Berner lachte verbittert.

Alex' Gedanken drehten sich im Kreis. Darauf kam es ihm also an. Darum ging es in seinem wahnsinnigen Spiel. Und das war der finale Test, von dem Alex' Mentor Johannes Stemmle in seinem Büro beim LKA gesprochen hatte, als er Alex erklärt hatte, dass der Mörder wissen wolle, ob sie würdig sei und dem Idealbild standhalte, das er von ihr entworfen hatte.

»Mia ist nicht meine Tochter und Ingelore Frentzen nicht Ihre Mutter«, sagte Alex tonlos. »Der leiblichen Mutter sind Sie weggenommen worden – genau wie Ihr Zwillingsbruder. Er hat aus Sehnsucht nach ihr die Vereinigung mit Frauen gesucht. Sie hingegen wollen nur billige Rache.«

»Kluges Mädchen«, schmunzelte Berner. »Mein Bruder ist ein Scheißkerl – du hast ihn getroffen?«

»Wir haben ihn verhaftet. Aber ich kenne ihn nicht, nein.«

Berner streckte sich. Dabei bohrte sich eine der Krallen etwas tiefer in das weiche Fleisch an Mias Hals. Alex schauderte. Am liebsten hätte sie sich auf Berner gestürzt und ihm mit bloßen Händen das Herz herausgerissen.

Berner sagte: »Ich war fasziniert von dieser kleinen Drecksau Elmar und habe mich dafür interessiert, was er da so treibt.«

»Sie waren zu feige, mit ihm Kontakt aufzunehmen. Er weiß nichts von Ihnen.«

»Er hat es nicht besser verdient, als dumm zu sterben und im Knast zu verrecken.«

»Beides wird nicht geschehen. Und Sie, was haben Sie verdient?«

»Eine Antwort – und zwar in genau zehn Sekunden.«

»Eine Antwort worauf?«

»Ob du Mia das Leben retten wirst. Wie eine Löwenmutter.« Das letzte Wort betonte er dramatisch.

Alex fasste die Glock fester. Ihr ausgestreckter Arm begann zu schmerzen. Zwischen der Kunststoffverschalung und der Haut hatte sich ein Schweißfilm gebildet. Wie sie es drehte und wendete, standen die Chancen miserabel. Und das war es sicher, worauf es Berner ankam: seine Macht auszuspielen und zu genießen.

»Lassen wir diese dämlichen Spiele, Berner.«

»In nunmehr acht Sekunden werde ich Mia töten. Es sei denn, du erklärst dich bereit, ihr Leben zu retten. Und dich zu opfern.«

Alex erstarrte. »Was?«

»Dein Leben für ihres, Alex. Der Bohfimah ist hungrig, und er wartet nicht gerne.« Berner deutete mit der Stirn in Richtung des mit verwesendem Fleisch gespickten Lederbeutels. Er hing in Schulterhöhe hinter ihm an einem Seil und drehte sich langsam um die eigene Achse.

Ein Test, dachte Alex. *Das ist alles nur ein Test.*

»Fünf Sekunden«, sagte Berner. »Und weg mit der Waffe.« Er begann, in monotonem Singsang eine rituelle Formel in einer Sprache zu sprechen, die Alex noch nie gehört hatte. Sein Bizeps schwoll an. Nun lief ein weiterer Blutfaden über Mias Schulter. Berner würde ernst machen. Daran gab es keinerlei Zweifel.

Es ist nur ein Test. Je fester du daran glaubst, umso leichter wird es.

Berner unterbrach den Singsang. Er sagte: »Drei Sekunden.« Mit der linken Hand griff er in Mias Haarschopf, um ihren Kopf in den Nacken zu biegen und ihre Kehle freizulegen. Mia quiekte und schnaufte. Ihre Füße strampelten.

»Zwei.«

»In Ordnung.«

Alex ging in die Hocke und legte die Glock auf den Boden. Dann hob sie beschwörend die Hände, stand wieder auf und betete, dass die Kollegen nach wie vor alles mithörten und Himmel und Hölle in Bewegung setzten, um hier endlich ein SEK einzuschleusen.

»Lassen Sie Mia leben. Ich opfere mich.«

Berner hielt inne. Er ließ Mias Haarschopf los. Die Kralle hielt ihren Kehlkopf nach wie vor umschlossen. »Zieh dich aus«, herrschte er Alex an.

»Alles?«

»Ausziehen.«

»Ich trage keine verdeckten Waffen.«

»Wenn du vor den Bohfimah trittst, um ihm dein Fleisch zu geben, will ich keine Überraschung erleben.«

»Es wird keine geben.«

»Ausziehen!« Berner kreischte mit sich überschlagender Stimme.

Alex nickte. Sie wickelte den Schal ab und warf ihn auf den Boden. Dann zog sie die Jacke aus und ließ den Pullover folgen. Sie öffnete den Gürtel der Hose, schnürte die Stiefel auf. Wenige Augenblicke später lagen ihre Sachen auf einem Haufen zu ihren Füßen, und sie stand nur noch in Slip und BH da.

»Alles«, sagte Berner, der sie mit leuchtenden Augen betrachtete.

Alex zögerte einen Moment. Sie lauschte, ob aus den Gängen des Museums irgendetwas zu hören war, das auf die Präsenz einer Einsatzgruppe hindeutete. Aber da war nichts. Sie griff nach hinten und öffnete den BH-Verschluss. Dann zog sie den Slip aus. Nun stand sie vollkommen nackt im Raum.

»Umdrehen«, sagte Berner.

Alex folgte der Anweisung und streckte die Arme weit von sich.

»Keine verdeckten Waffen. Wie ich gesagt habe«, erklärte sie.

Wenn nur endlich Hilfe eintreffen würde. In einer halben Stunde sei ein Team so weit, hatte Veronika gesagt. Wie viel Zeit war seither verstrichen? Minuten? Stunden? In jedem Fall, dachte Alex, sollte sie sich nicht auf die Kollegen verlassen. Hier und jetzt gab es nur eine, auf die sie sich verlassen konnte – das war sie selbst. Und sie brauchte dringend eine Idee.

»Nun tritt vor den Bohfimah.« Berners Stimme zitterte vor Erregung. Seine Blicke klebten an Alex' Körper. Ihre Brust hob und senkte sich.

»Was«, fragte sie, um Fassung bemüht, »wird danach mit Mia geschehen?«
»Ich lasse sie gehen.«
»Welche Garantie habe ich dafür?«
»Keine. Nur mein Wort. Vielleicht wirst du umsonst sterben. Vielleicht auch nicht.«
Alex ballte die Hände zu Fäusten. Gab es eine Wahl? Gab es nicht. Sie setzte einen Fuß vor den anderen und trat in den Kreis aus Kerzen ein. Langsam nahm Berner seine Waffen zur Seite. Mia schüttelte immer wieder den Kopf. »Tu das nicht«, sagten ihre Augen.
»Schhhh«, machte Alex, als sie neben Mia stand. Tröstend strich sie ihr über die zerzausten Haare und schenkte ihr ein Lächeln. »Alles wird gut. Es ist meine Entscheidung«, sagte Alex leise. »Was auch passiert – vergiss das niemals. Schuld an allem sind nur dieser Mann und ich. Niemand sonst.«
Berners Hand schnellte nach vorne. Eine der Keulen presste sich gegen Alex' Unterleib. Die Raubtierkrallen bohrten sich schmerzhaft unterhalb des Bauchnabels in die Haut und ritzten sie ein.
»Sprich nicht von Schuld«, fauchte er. Alex keuchte. Mia gab ein ersticktes Schluchzen von sich. »Tritt vor den Bohfimah.«
Ein weiteres Mal strich Alex über Mias Haare. Dann ging sie an Berner vorbei und stand vor dem grauenhaften Götzen. Alex zwang sich, nicht durch die Nase zu atmen. Der Lederbeutel war an zahlreichen Stellen von daumendicken Holzspießen durchstochen und mit Fleischteilen gespickt, die wahrscheinlich von Berners Opfern stammten. Links und rechts daneben befanden sich zwei mannshohe Schaukästen. Sie sahen aus wie Glassärge und enthielten aufrecht stehende Mumien. Ihre schiefen, vertrockneten Gesichter starrten Alex aus leeren Augenhöhlen an. Die verrenkten Kiefer waren wie zu einem tonlosen Schrei geöffnet.
Auf den Schultern spürte sie nun seine Krallen. Berners heißer

Atem strich über ihren Nacken. Alex schloss für einen Moment die Augen. War das das Ende? *Nein,* dachte sie. *Nie im Leben.*

»Es hat sicher weh getan«, sagte sie leise, »dass Ihre Adoptivmutter eine Puppe bevorzugt hat. Der Bohfimah und die Kraft des Leoparden werden das nicht wiedergutmachen.«

Berner lachte leise. Eine Kralle rutschte über Alex' Rücken. Ein scharfer Schmerz flammte zwischen ihren Schulterblättern auf. Etwas Warmes rann herab.

»Was weißt du schon davon ...«

»Ich war in Afrika«, presste Alex hervor. »Ich bin der Spur des weißen Leoparden gefolgt. Ihrer Spur.«

Die Kralle an Alex' Rücken hielt inne.

»Jeder dort weiß, dass der Jäger immer nur so stark ist wie der, der ihn jagt. Was werden Sie tun, wenn Sie mich getötet haben? Wer werden Sie dann noch sein?«

Die andere Kralle löste sich von Alex' Schulter. Sie spürte Berners Hand, die über ihre aufgeritzte Haut strich.

»Und jetzt«, flüsterte Alex, »wo Sie mich vermeintlich besiegt haben, stellen Sie fest, dass Sie in Wahrheit verloren haben. Sich selbst verloren.« Alex schwieg einen Augenblick und beschloss, dass es nun an der Zeit war, auf eine persönlichere Ebene zu wechseln. »Ich sollte dich jagen, um dich zu befreien, nicht? Wenn du mich nun tötest, musst du es selbst beenden. Und dazu hast du nie die Kraft gehabt und wirst sie auch weiterhin nicht haben.« Alex machte eine Pause. Berner schien zu zögern. »Und in Wahrheit«, fuhr sie fort, »hast du dir doch ganz andere Dinge ausgemalt, die du mit mir anstellen willst. Du hast mich verfolgt, unter meinem Fenster gelauert. Du hast doch nicht nur davon geträumt, mich zu töten – zumindest nicht sofort.«

Der Atem in ihrem Nacken ging schneller. Eine Hand wanderte an ihre Hüfte. Die andere ebenfalls. Von den Krallen war nun nichts mehr zu spüren.

Jetzt, dachte Alex.

Alex riss die Arme hoch und fasste nach dem Bohfimah. Sie tauchte nach rechts weg und schwang den Fetisch wie einen Boxsack so stark sie konnte in Berners Richtung. Er gab ein Stöhnen von sich, als sich die Holzspieße in seine Wange und den Unterkiefer bohrten. Er ließ seine Krallen fallen und griff nach seinem Gott, um ihn sich mit einem unmenschlichen Brüllen aus dem Gesicht zu reißen.

Alex taumelte zu einem der Glaskästen mit den Mumien und stieß ihn in Berners Richtung vom Sockel. Der gläserne Sarkophag stürzte um, traf Berner an der Schulter und zerplatzte schließlich in einem Regen aus Scherben, als er auf dem Boden aufschlug. Mit einem Sprung rettete sich Alex zur Seite und riss nun auch den zweiten Schaukasten um. Er zerbrach in tausend Teile, als er auftraf. Geduckt wandte sich Alex zu Berner. Das Herz schlug ihr bis zum Hals.

Berner vollführte einen schrecklichen Tanz mit den zwei Mumien, die auf ihn gefallen waren und die er von sich abschütteln wollte.

Alex machte einen Satz nach vorne, wo sich der kleine Haufen mit ihrer Kleidung befand. Dort lag auch die Glock, durchgeladen und mit einem randvollen Magazin. Versehentlich stieß Alex mit dem Fuß gegen eine der Kerzen, die heißes Wachs gegen ihren Schenkel spritzte. Sie schrie auf und trat in eine wächserne Pfütze, rutschte aus, verlor das Gleichgewicht und kam zu Fall.

Hart schlug sie mit dem Musikantenknochen auf dem Boden auf. Die Welt explodierte in gleißendem Weiß. Ihr wurde schlagartig schlecht und schwindelig. Einen Moment lang befürchtete sie, ohnmächtig zu werden. Aber schon im nächsten sah sie Berner zwischen den hellen Punkten vor ihren Augen. Er hatte sich von den Mumien befreit und presste sich eine Hand in die Halsbeuge. Hasserfüllt blickte er zu Alex.

Hektisch wandte sie sich zu dem Kleiderhaufen. Da war ihre Jacke.

Sie warf sie zur Seite. Ihre Jeans. Sie schob sie weg. Darunter sah sie endlich das kalte Licht des Tactical-Light-Aufsatzes der Glock. Mit den Fingerspitzen griff sie nach der Waffe.

Berner schrie und kreischte. Dann bückte er sich, griff nach einer seiner Klauen und stürzte auf Alex zu. Das gab Alex genug Zeit, um den Knauf der Glock zu fassen zu bekommen. Sie riss die Pistole herum. Berner hob die Klaue an, um sie in hohem Bogen auf Alex niedersausen zu lassen. Alex' Fingerspitze legte sich auf den Sicherungsknopf am Abzug. Das Xenonlicht strahlte mitten in Berners blutüberströmtes Gesicht. Er sah überrascht aus.

Alex schoss ihm in den Kopf. Zwei weitere Schüsse trafen seinen Körper. Die Wucht schleuderte Berner durch den Raum, bis er einknickte und in dem Kreis aus Kerzen zu Boden fiel.

Das Echo der drei Schüsse hallte durch das Museum. Es klingelte in Alex' Ohren. Die Luft stank nach Pulverdampf. Alex senkte die Waffe und drehte sich über die Schulter um.

Mia!

Alex sprang auf und hastete zu dem Mädchen. Mia zitterte am ganzen Leib. Alex riss ihr den Klebestreifen vom Mund. Mia sog die Luft tief ein.

»O Gott!«, rief sie. Ihre Stimme überschlug sich.

Hastig löste Alex die Klebestreifen, mit denen das Mädchen an die Stuhllehne gefesselt war, danach die von ihren Fußgelenken. Sie fasste Mia unter den Armbeugen und half ihr behutsam, aufzustehen. Sie klammerte sich wie eine Ertrinkende an Alex fest und schlang die Arme um sie.

»Ist es vorbei?«, schluchzte Mia hemmungslos. »Ist es vorbei?« Ihr eiskalter Körper wurde von einem Weinkrampf geschüttelt.

»Es ist vorbei«, flüsterte Alex. Sie strich Mia über den Rücken, durch die Haare, nahm sie fest in die Arme. »Es ist vorbei.«

»Er wollte uns beide töten. Er wollte dich für mich töten! Du wolltest dich für mich umbringen lassen!«

»Schhhhh«, machte Alex und wischte Mia über die nassen Wangen. »Es ist vorbei. Okay?«
Mia nickte zitternd. »Okay.« Sie schniefte.
»Komm, wir sollten uns etwas anziehen.«
Mit Mia im Arm ging Alex durch den Kerzenkreis, vorbei an Berners Leiche. Sie beugte sich nach unten, um ein paar von den Sachen aufzunehmen, die sie eben vor Berner hatte ausziehen müssen. Die Jacke legte sie um Mias Schultern. »Die anderen werden sicher gleich da sein.«
Mit einem Mal wichen die Anspannung und das Adrenalin aus ihr. Sie stützte sich an der Wand ab, bevor ihre Knie nachgaben.
»Wer war der Mann?«, fragte Mia.
»Nur ein Scheißkerl«, flüsterte Alex. Ihr wurde schwarz vor Augen. »Nur ein Scheißkerl.«

86.

Dem Sturm war Tauwetter gefolgt. Heute glich der Himmel einer blaubemalten Leinwand, in deren Zentrum eine aufgeklebte Spiegelscherbe funkelte. Das Sonnenlicht und die warmen Temperaturen hatten die Schneemassen innerhalb eines Tages in Wasser verwandelt, das sich seinen Weg über die Straßen und Wege suchte, in Bäche und Flüsse strömte, sich in die Kanalisation ergoss und den Winter wegspülte, als habe es ihn nie gegeben. Nur vereinzelte schmutzig braune Haufen zeugten noch davon, dass er einmal existiert hatte.
Alex bog mit dem Mini ab, hielt Ausschau nach einer Parklücke und war schließlich erfolgreich. Sie stieg aus, um ein Kurzparkticket zu ziehen. Die Schnittwunden auf dem Rücken schmerzten, wenn sie den Oberkörper verdrehte. Sie waren verklebt worden. Es würden Narben zurückbleiben. Jeder Fall eine Narbe, dachte Alex. Wenn sich an ihrer Quote nicht bald etwas änderte, würde sie in zehn Jahren aussehen wie Frankenstein.
Alex warf einen Euro in den Automaten und wartete, bis er einen Coupon ausspuckte. Dann ging sie zurück zum Wagen und klemmte den Zettel hinter die Windschutzscheibe.
Schneider hatte nicht ambulant versorgt werden können. Er musste operiert werden. Zwei Metallstäbe stachen nun aus dem Knie heraus. Bei dem Unfall war tatsächlich nicht sein Bein gebrochen, vielmehr hatte es das Gelenk erwischt. Zur Beobachtung sollte er noch einige Tage im Klinikum bleiben, was er so schlimm nicht fand – schließlich lag er auf der Station, auf der seine Freundin Maria arbeitete. Alex hatte sie dort kennengelernt. Ein weißer Kittel spannte sich straff über ihren ausladenden Busen und die breiten Hüften. Ihre Augen strahlten, was ihr hübsches Gesicht von innen heraus leuchten ließ. Sie hatte gesagt: »Schlimm für den

Rolf ist, dass er nicht rauchen darf. Aber das ist ja mal eine ganz gute Möglichkeit, dass er es sich komplett abgewöhnt, nicht?« Schneider hatte dazu nur gemeint, dass eher der Mond viereckig werde.

Alex warf die Tür zu, verschloss den Wagen mit der Fernbedienung und überquerte die Straße. Ihr Herz klopfte, ihre Hände waren feucht. Sie dachte daran, dass der Fall mit Marc Berners Tod noch nicht abgeschlossen war. Für viele Menschen, die daran unmittelbar beteiligt gewesen waren, würde er es auch nie sein. Allen voran für Mia, für Alex selbst – und natürlich für alle Angehörigen der Opfer seiner schrecklichen Taten sowie den mittlerweile freigelassenen Elmar Hankemeier, der keinen Schimmer gehabt hatte, dass er als Köder von seinem bestialischen Zwillingsbruder missbraucht worden war.

Soweit die Polizei bislang wusste, hatten sich die bisherigen Annahmen über Marc Berners Vorgeschichte als zutreffend erwiesen. Wegen Misshandlungen in der Familie Frentzen war sein Name auf Antrag des Kreisjugendamts geändert worden. Er lebte danach eine Zeitlang in einer betreuten Jugendeinrichtung und entwickelte sich vorbildlich. Machte sein Abitur und fiel nirgends negativ auf. In München studierte er Ethnologie und Afrikanistik. Von dort aus führten ihn Studienreisen nach Westafrika. Er volontierte an Museen, legte seine Abschlussarbeit über die Geheimgesellschaften Zentral- und Westafrikas ab. Vor drei Jahren kam er nach vorheriger Tätigkeit im Museum für Völkerkunde in Hamburg nach Lemfeld. Ob es ein Zufall war, dass hier eine Stelle ausgeschrieben war, stand noch nicht fest.

Berners Studienaufenthalte in Afrika waren verbrieft und in den Unterlagen von Universitäten und Museen sowie in Einreisedokumenten vermerkt. Er hatte während seiner Aufenthalte dreimal das Dschungelklinikum in Kritari aufgesucht, wo die deutschen Krankenschwestern getötet worden waren. Einmal war er dort wegen einer Gelenkentzündung in Behandlung. Zwei weitere Male hatte man ihm ein Zimmer für Übernachtungen zur Verfügung gestellt. Dort soll er sich ausgiebig mit den Waisenkindern befasst und außerdem dabei geholfen haben, einen Radiosender aufzubauen.

Musik schien ihn fasziniert und geprägt zu haben – woran sicherlich sein Adoptivvater Rudi schuld gewesen war. Alex erinnerte sich an die monströse Plattensammlung im Haus von Ingelore Frentzen. Bei der Durchsuchung von Berners Wohnung hatte die Polizei außerdem herausgefunden, dass er einen eigenen Internet-Radiostream unter dem Pseudonym *Wolfman* betrieben und Tausende Musikdateien auf dem Rechner gespeichert hatte.

Berner galt als technisch sehr versiert, wie einige Kollegen von ihm aus dem Landesmuseum ausgesagt hatten. Sie hatten ihn aber auch als jemanden beschrieben, der sehr zurückgezogen und in einer Welt für sich gelebt habe, ein Sonderling, wenngleich fachlich über jeden Zweifel erhaben – kurz: Jeder war erschüttert über Berners Taten, aber nicht ein Einziger hatte Verwunderung geäußert. Was Alex für bemerkenswert hielt, denn sonst hieß es meist: *Das hätten wir dem nie zugetraut, er war immer so normal.*

Die Tatsache, dass Berner seinen Bruder gefunden hatte, sowie der Druck durch den neuen Job und die millionenschwere Museumserweiterung hatten ihm in der Summe reichlich Stress beschert. Berner war es gewohnt, Verantwortung an seinen Fetischgott abzugeben, aber das hatte wohl am Ende nicht mehr richtig geklappt. Der Druck, unter dem Berner stand, war zu groß geworden, um ihn noch auf den Fetisch abladen zu können. Ihm wurde klar, dass es so nicht mehr weitergehen konnte. Ein Umstand, unter dem er gelitten haben musste, wie Alex annahm. Deswegen hatte er sich auf sie fixiert – in der stillen Hoffnung, dass sie beenden würde, was er selbst nicht beenden konnte.

Bei der Hausdurchsuchung war unter anderem ein ausgeschnittenes und laminiertes Zeitungsfoto von ihr gefunden worden. Es

hatte sich auch herausgestellt, dass Berner Alex bei anderen Gelegenheiten fotografiert und ihren Wagen sogar mit einem GPS-Sender versehen hatte. Er war ihr diverse Male gefolgt und hatte auf dem PC eine Sammlung mit Medienberichten aus dem Internet gespeichert, in denen Alex eine Rolle spielte.
Warum er ausgerechnet sie und nicht irgendjemand anderes ausgesucht hatte, blieb unklar. Alex nahm an, dass es rein pragmatische Gründe hatte. Berner war gut bekannt, was Alex tat – nämlich solche wie ihn jagen. Sie lebte in Lemfeld, er lebte in Lemfeld, und vielleicht hatte er sich auch ein wenig in Alex verliebt.
Verliebt, dachte Alex und blickte auf den Klingelknopf mit dem Namen »Lindberg« vor sich. Den mit dem abgenibbelten Hannah-Montana-Aufkleber. Wahrscheinlich hatte Mia den einmal angebracht.
Mia. Mia war zunächst ins Klinikum gebracht worden. Inzwischen war sie wieder bei ihrer Mutter – fort aus Lemfeld. Ihr Leben war mit der Gewalt eines Erdbebens erschüttert worden. Die schreckliche Tat von Marc Berner hatte alles Kindliche mit sich gerissen und eine Verwüstung hinterlassen, deren Trümmer Stück für Stück abgetragen werden mussten, um Platz für Neues zu schaffen. Das würde nicht von heute auf morgen gelingen. Vielleicht nicht einmal in Jahren. Aber Mia war stark, dachte Alex. Dennoch würde manches für immer zurückbleiben. Mia war siebzehn. So alt wie Alex damals, als die Sache mit Benji geschehen war. Das Trauma prägte sie bis heute – und verglichen mit dem, was Mia erlitten hatte, waren Alex' Erlebnisse Peanuts.
Klar blieb jedoch eines, dachte Alex, nahm sich endlich ein Herz und drückte den Klingelknopf: Wenn sie Jan nicht kennengelernt hätte, wäre Mia niemals in Berners Fänge geraten.
Alex wartete einen Moment. Schließlich meldete sich der Türsummer. Sie ging rein, hastete die Treppenstufen hinauf und sah Jan bereits an der Wohnungstür stehen. Er wirkte, als habe er in den

letzten Nächten kein Auge zugetan. Hinter ihm standen zwei Plastikboxen auf dem Boden. Bei der linken handelte es sich um ein Katzenklo, bei der rechten um Hannibals Transportbox. Hanni saß bereits drin und maunzte leise durch die Gitterstäbe.

»Hey«, sagte Jan und blickte Alex ausdruckslos an.

»Hey«, antwortete sie und verlangsamte ihr Tempo. Sie machte eine Geste, als wollte sie ihn zur Begrüßung umarmen. Aber Jan stand da wie ein Eisberg, und deswegen ließ Alex die Hände wieder sinken.

»Wie geht's dir?«, fragte Jan.

»Es ging mir schon wesentlich besser. Und Mia?«

Jan verzog den Mund zu einem kraftlosen Lächeln. »Sie lässt dich grüßen.«

Alex lächelte zurück und nickte. »Ich ...«, begann sie, »... ich kann dir gar nicht sagen, wie schrecklich das ist. Ich wünschte einerseits, wir hätten uns nie kennengelernt, damit das alles nie geschehen wäre. Andererseits hätten wir uns dann nie kennengelernt und ...«

Sie machte eine unbestimmte Bewegung mit den Händen.

»Du hast nie ein Wort darüber verloren«, sagte Jan. »Nie. Ich habe dich oft gefragt, was los ist, wenn du bedrückt warst. Ich hatte keinen Schimmer, was dahintersteckte und dass dich jemand verfolgt hat ...«

»Ich habe nie ein Geheimnis aus meinem Beruf gemacht.«

»Aber, Alex. Bitte. *Solche* unfassbaren Dinge ...«

»Ich wollte nicht, dass du ein Teil davon wirst, Jan. Ich wollte nicht, dass das Böse in dein Haus kriecht.«

»Hat nicht ganz geklappt, oder?«

Die Worte trafen Alex direkt ins Herz. »Leider nicht.«

»Tja.« Jan wich ihrem Blick aus und fasste nach hinten, um die beiden Plastikboxen anzuheben und sie Alex zu reichen. Sie nahm sie an. Er sagte: »Mia hat mir erzählt, dass du dein Leben für ihres geben wolltest. Hättest du das wirklich getan?«

»Ja«, sagte Alex ohne Zögern.
Weil es die Wahrheit war. Sie wäre für Mia gestorben. Sie hatte nicht einmal das Für und Wider abgewogen, als es darauf angekommen war. Sie wäre instinktiv dazu bereit gewesen. Aus Verantwortung und Gefühlen einem jungen Menschen gegenüber. Weil dieser Mensch gänzlich unschuldig war. Weil es Alex' Job war, die Unschuldigen zu schützen, zur Not auch mit ihrem Leben. Weil Mia nur ihretwegen in diese Lage geraten war. Weil es nur um Alex und Berner ging.
Jan betrachtete Alex eine Weile. Schließlich sagte er: »Ja dann ...« Er hob die Hand zum Abschied.
Alex umfasste die Griffe der Boxen so fest, dass es weh tat. »Darf ich dich anrufen?«, fragte sie im Ausatmen.
»Gib mir ein wenig Zeit. Da sind ein paar Dinge, mit denen ich klarkommen muss. Mia wäre beinahe gestorben. Ohne dich wäre sie nie in diese Situation gekommen. Ohne dich hätte sie aber auch nicht überlebt. Es ist nicht deine Schuld, sondern die von diesem Perversen. Andererseits ist es aber doch irgendwie deine Schuld, und ...« Jan schlug mit dem Handballen gegen den Türrahmen. »Es ist schwer, Alex. Die Zeit wird es zeigen.«
»Verstehe.« Alex nickte und biss sich auf die Zunge, um sich davon abzulenken, dass ihr die Tränen in die Augen zu schießen drohten.
»Mach's gut, Alex.«
»Mach's gut, Jan.«
Rasch drehte sie sich um und lief die Treppen hinab. Mit dem Ellbogen drückte sie die Klinke an der Haustür und schlüpfte umständlich ins Freie. Sie überquerte die Straße, betrat den Bürgersteig und setzte neben dem Mini die beiden Boxen ab. Das Katzenklo stellte sie in den Kofferraum, den Transportkorb mit Hannibal auf den Beifahrersitz.
Bevor sie in den Wagen stieg, warf sie noch einen Blick nach oben

zu den Fenstern von Jans Wohnung und atmete tief durch. Wie Marc Berner unter ihrem Fenster, stand sie jetzt unter Jans, überlegte Alex und dachte an eine Zeile aus dem Song von Sting.
Ich bin verdammt zu lieben, was ich zerstöre, und zu zerstören, was ich liebe.
Sie setzte sich ans Steuer, wischte sich durch die feuchten Augen und steckte zwei Finger durch die Gitter zu Hannibal. Sofort stupste er mit dem Kopf dagegen und begann, sie abzuschlecken. Alex gab ein ersticktes Lachen von sich. »Da sind wir nun wieder, wir beiden.«
Schließlich ließ sie den Motor an und fuhr davon.

Nachwort und Danksagung

Die Leopardenmenschen Afrikas haben in den 1930er und 40er Jahren die Phantasie von Autoren wie Edgar Rice Burroughs beflügelt. Sein »Tarzan and the Leopard Men« erschien 1935. Drehbuchautoren ließen sie in Abenteuer-B-Movies auftauchen. Sie kommen in Comics wie »Tim und Struppi im Kongo« und anderen vor. Manche Diktatoren haben sich gern mit Insignien der Gesellschaft gezeigt – sogar auf Geldscheinen.
Gruppen wie die Leopardengesellschaft oder andere Geheimbünde – Pavianmenschen, Krokodilmenschen Löwenmenschen – sind der große Schreck der Kolonialmächte gewesen und waren über Jahrzehnte hinweg nur schlecht in den Griff zu bekommen. Es gibt aus den Jahren 1912 und 1913 Zeitungsberichte über Massenverhaftungen und -hinrichtungen von Leopardenmenschen in Sierra Leone und anderen Teilen Westafrikas an der »Goldküste«.
Neben Medienberichten über die Geheimgesellschaft gibt es außerdem historische Betrachtungen von Kolonialbeamten, Gerichts- und Polizeiberichte, Untersuchungen von Völkerkundlern, Beobachtungen von Missionaren oder dem »Dschungeldoktor« Werner Junge, der um 1930 nach Westafrika ging. Aus seinen Lebenserinnerungen stammt eine medizinische Beschreibung von Opfern der Leopardenmenschen. Ihr Fetisch-Gott wird in der Literatur mal Borfima, mal Bohfimah genannt. Ich habe die letztere Schreibweise gewählt.
Berichte über die Leopardenmenschen – auch wenn sie wahr waren – haben natürlich das Klischeebild von den »Wilden« Afrikas unterstrichen.
Dank gebührt – wie immer – meinen Lektorinnen Andrea Hartmann und Regine Weisbrod, die mich und diese Geschichte mit ihren Anmerkungen und Anregungen auf den richtigen Weg

gebracht haben. Ihr wisst, dass der Weg lang und steinig war. Ohne meine Literaturagentin Natalja Schmidt wäre aus diesem Alex-von-Stietencron-Roman keiner geworden – herzlichen Dank also auch nach Speyer. Viele andere haben mich bei diesem Buch auf die eine oder andere Art und Weise unterstützt, ohne es bewusst mitbekommen zu haben. Am meisten Dank aber gebührt meiner Frau Claudia, die mich immer und auf allen Ebenen beim Schreiben meiner Bücher unterstützt.

Sven Koch

Sven Koch

PURPURDRACHE

Thriller

»Der Drache ist erwacht!« Diese anonyme Botschaft versetzt den Journalisten Marlon Kraft in höchste Alarmbereitschaft. Der Purpurdrache, der vor drei Jahren für ein schreckliches Geiseldrama verantwortlich war, hat Marlons Leben immer noch fest im Griff. Als mehrere Frauen aus Krafts Umfeld bestialisch ermordet werden, ermittelt dessen bester Freund Marcus zusammen mit der Polizeipsychologin Alexandra – und die beiden stoßen auf ungeheuerliche Verwicklungen im Zeichen des Drachen. Sind die Morde das Werk eines Wahnsinnigen? Das eines eiskalten Killers? Oder könnte es sein, dass Marlon selbst zum unberechenbaren Psychopathen mutiert?

»Ein super-spannendes Gänsehaut-Debüt«
Frankfurter Stadtkurier

Das Grauen hält Einzug in die ostfriesische Idylle

Sven Koch

DÜNENGRAB

Kriminalroman

Im Fischerort Werlesiel an der friesischen Küste verschwindet ein junges Mädchen nachts im dichten Seenebel. Femke Folkmer, Chefin der kleinen Polizeiinspektion, glaubt nicht an einen normalen Vermisstenfall. Aber auch die Schauergeschichte der Küstenbewohner über ein ertrunkenes Mädchen, das bei Seenebel aus den Tiefen der Nordsee aufsteigt, hält sie für eine Mär. Kriminalist Wolf verstärkt ihr Team. Doch statt der Vermissten entdecken die Ermittler den Friedhof eines Serienmörders in den Dünen.